A WEEK IN WINTER
MAEVE BINCHY

奎妮小姐的石头大屋

[爱尔兰] 梅芙·宾奇 著
杨凌峰 译

献给亲爱的高登。
他宽宏大度,让每一天的生活都无限精彩

目 录

小鸡 …………………………………………… 001

里格尔 ………………………………………… 033

奥拉 …………………………………………… 082

温妮 …………………………………………… 121

约翰 …………………………………………… 165

亨利与妮柯拉 ………………………………… 197

安德斯 ………………………………………… 232

沃尔夫妇 ……………………………………… 278

奈尔·郝小姐 ………………………………… 301

弗丽达 ………………………………………… 340

小鸡

雷恩家的农场在石桥这里。家里每个人在农场里都各司其职。男孩子们帮父亲干农活,修补围栏、篱笆,把母牛赶回来挤奶,挖条播沟种土豆。玛丽负责喂小牛。凯瑟琳烤面包。一群鸡则由杰拉尔丁照管。

不过,家人们可从未喊过她杰拉尔丁。无论是谁,从很久以前能记得的时候起,都把她称作小鸡。一个认真的小姑娘,撒出饲料,给鸡雏们喂食,还有就是每天都去捡新生出的鸡蛋。做这些事的当儿,她总是一边叫着"咕咕咯、咕咕咯"来安抚那些家禽。所有的母鸡、小鸡都有名字去叫它们;每当哪一只被抓去为周日午餐做了牺牲,没有谁会忍心告诉她。他们一直都假装那是市场买来的肉鸡,但小鸡其实一直都心知肚明。

夏季,石桥对孩子们而言,是爱尔兰西部的一处天堂乐园。但夏季太短促了,每年大部分时间,这里都潮湿又荒凉,被孤零零地遗落在大西洋海岸边。虽说如此,这里还是有些值得一提的地方,有洞穴可探秘,有峭壁可攀爬,有鸟巢可搜寻,还有长着硕大弯角的野羊可研究。另外,还有那座石头大屋。那巨大的花园,草木过于茂盛,但小鸡非常喜欢在那里玩耍。拥有石头大屋的三姐妹都被叫作谢狄小姐,她们都是老得很的老小姐了。有时候,她们会让小鸡穿上她们不知哪年哪代的旧衣服,玩一玩穿越时光、回到往日的小游戏。

凯瑟琳走了，去接受培训，要在威尔士一家大医院当护士；然后玛丽在一家保险公司找到了工作；小鸡就只是在一旁看着。这些行当，对小鸡都没有任何的吸引力，但她总得做点什么。要养活雷恩一家人，光靠那块土地是不够的。男孩子当中的两个，已经去了西岸的大城镇，在商行里干活学艺。只剩下布莱恩在家里给父亲当帮手。

小鸡的妈妈总是疲惫不堪的模样，而父亲总是忧心忡忡。当小鸡在针织厂落实了一份工作，他们都松了一口气。小鸡不是在车间操作机器，也不是接了编织活计在家里干，而是在办公室上班。她负责将完工的服装发送给客人，还要做好出货的账目登记。这不是多么风光①的工作，但这毕竟意味着她可以待在老家，而这正是她想要的。她在这里有相当多的朋友，每年夏季都会爱上一个奥哈拉家的男孩，每次换一个，但每一回都无疾而终。

然后有一天，沃尔特·斯达，一个美国小伙子，转悠着走进了针织厂，想买一件阿伦岛羊毛的毛衣。小鸡接到经理指令，跟此人解释说，这里不做零售，只是生产毛衣给合作商户或者为邮购订单供货。

"哎呀，这么一来，你们就错失一个商机了，"沃尔特·斯达说，"来到这偏僻的地方，遇上风大天冷的日子，人们自然需要一件阿伦毛衣。他们是眼下立刻就需要毛衣，而不是几周之后才要的。"

他长相很英俊。这让她想起了杰克和鲍比，也就是肯尼迪总统两兄弟，他们在少年时代也是这么帅气，同样明亮的笑容和健康整洁的牙齿。沃尔特的皮肤晒成了小麦色，跟石桥这一带的男孩子差异明显。她不愿他就此离开针织厂，而他似乎也不想走。

---

① 英文原版中将某些词写成斜体，表示强调，故而中文版沿用了这一方式。

小鸡想起有一件现成的存货,是之前拿来拍照用的。也许沃尔特会愿意买那一件——不算全新,但也几乎跟新的一样。

他说,那是再好不过了。

他邀请她去海滩上散散步,聊聊天。他对她说,这里可算是世界上最美的地方之一。

难以想象!他都去过了加州和意大利,竟然还认为石桥风景漂亮。

他认为小鸡也很漂亮。他说,她真是可爱,深色鬈发和蓝色大眼睛非常迷人。每一个能相聚的时刻,他们都腻在了一块儿。他本来只打算在本地停留一两天的,但现在发觉行程难以继续了,其他任何地方他都不想去,除非她能跟他一起走。

甩下针织厂的工作,把几样个人物品收拾好,然后告诉父母,她要跟一个刚认识的美国人环游爱尔兰,一路搭车到处跑跑逛逛!对这样的天方夜谭,小鸡只能大笑几声。设想飞到月亮上去,大概都会比这更容易接受一些。

对此设想,她竟这样惶恐。沃尔特倒觉得她的反应令人动容,几乎是惹人怜爱。

"我们只有一次生命,小鸡。别人是没法替我们生活的。自己的生活,我们必须自己来体验。你觉得我的父母乐意我来这样无人知晓的荒僻地方,来享受这美好乐趣吗?不,他们只想让我在乡村俱乐部度假,陪那些富有人家的姑娘打打网球,可是,要知道,这里才是我要来的地方。事情就是这么简单。"

沃尔特·斯达生活在一个无事不简单的世界中。他们彼此相爱,所以,还有什么比鱼水之欢更自然的呢?他们各自都认定对方是自己的正确人选,所以,何必把事情搞得很复杂,去纠结于别人怎么说,怎么想或怎么做呢？仁慈的上帝当然是懂得爱的。而这里的约翰逊神父，发过誓说绝不恋爱的，则不懂爱。什么愚蠢的书面约定或一纸婚姻证书之类的，小鸡和沃尔特也不需要，不是吗？

精彩炫目的六周之后，沃尔特不得不考虑要返回美国，小鸡此刻已做好准备跟他一起走。这事早已经把雷恩家里闹得鸡犬不宁了，引发过无数的争执和激烈的场面，所有人都满怀忧虑。但沃尔特对此却一无所闻。

现在，小鸡的父亲前所未有地担心，因为邻里乡亲们这下都要咋呼开了，说他家养了个小浪货，而那丫头本不该如此轻浮。

小鸡的母亲看上去前所未有地疲惫和失望，她说，她把小鸡养大，却给全家带来如此的惩罚和祸害，只有耶稣和他那圣处女妈妈才知道，她上辈子是造了什么孽。

凯瑟琳说，幸好她手指上已经戴着一枚订婚戒指，否则的话，如果知道了她是来自这样一个名声不好的家庭，没有哪个男人会要她的。

玛丽，就是在保险公司上班的那个，正跟奥哈拉家的一个儿子频频约会。她说，现在她的恋爱史大概没几个日子就要完蛋了，真得多谢谢小鸡！奥哈拉家族是镇上非常有地位的大户人家，对小鸡的这种行为，他们是绝对不会有什么好听的说法的。

哥哥布莱恩一直埋着头，什么也没说。小鸡问他有什么看法，布莱恩回说他压根儿就没想这件事。他没有时间来想这些。

小鸡的两个朋友，同在针织厂工作的佩姬，还有给谢狄老小姐们当女佣的鲁拉，都说这是她们听过的最令人兴奋、最莽撞仓促的举动，太有勇气了，幸好以前学校组织她去过法国卢尔德旅行，有现成的护照，这岂不是又派上了用场。

沃尔特说,他们将在纽约跟他朋友们住在一起。他打算从法学院辍学,那个专业对他真的并不合适。如果我们有几次生命,嗯,是吧,那个,也许吧,但既然我们此生只有一次机会,那花在学习法律上就很不值。

离家远行的前夜,小鸡试着让父母能理解她的决定。她二十了,还有着未来漫长的人生路要走。尽管让家人失望了,她依旧会爱他们,也希望他们会爱她。

父亲板着脸,表情冷硬。她永远不会在这栋房子里再受到欢迎,她让雷恩家丢了脸,辱没了全家人。

母亲满肚子愤懑,语气尖刻。她说,小鸡非常愚蠢,傻透了。那不会长久的,也不可能长久。那不是爱,而是一时的迷恋,是昏了头。如果这个沃尔特真心爱她,那么就会等着她,给她一个家,让她成为斯达太太,给她一个未来,而不是现在这样乱七八糟地胡来。

雷恩家的气氛凝重至极,紧张得让人透不过气来。

小鸡从姐姐们那里也得不到一点的支持。但她心意已决,坚定不移。她们都不懂得真爱。她不会改变自己的计划。她有护照。她要去美国。

"祝福我吧。"动身的前夜,她恳求家人,但他们都把头扭向了一边。

"不要让我带着这样的记忆走,只记得你们是这么冷漠。"泪水顺着小鸡的脸颊流淌而下。

母亲重重地长叹一口气:"假如我们就只说,'走吧,去享受你的好日子',那才是真冷漠。我们现在尽力劝你,是为你好,是要帮你找到自己最好的生活。你这样不是爱,只是一时冲动,一种暂时的迷恋。你不会得到我们的祝福的。因为没有什么幸福在等着你。我们假装也没用。"

于是,小鸡走了。没有祝福。

在香侬机场,有一群群送机的父母跟孩子挥手道别,这些年轻人正出发去美国开始他们的新生活。没人和小鸡挥手送别,但她和沃尔特都不在乎。前方,他们拥有充满无限可能的未来人生。

没必要循规蹈矩,没必要为了取悦邻里和亲朋去做所谓正确的事情。

他们将彻底自由——自由,去想去的地方工作,做自己喜欢做的事。

没必要费力去达成别人对你的期望——在小鸡这里,就是嫁给一个有钱的农民;或者是成为一位顶尖的律师,那是沃尔特家里人心中给他规划的社会角色。

布鲁克林区的那几间大公寓房中,沃尔特的朋友们显得挺热情。他们都是年轻人,友好随和,不拘小节。有的在书店工作,有的是在酒吧,还有的是玩音乐的。他们来来去去,变动不居。没有谁对此大惊小怪。这跟石桥老家截然不同。一对男女住了进来,是来自沿海地区的;一个写诗的女孩子则是来自芝加哥的;另外有个墨西哥男生,他在拉丁酒吧弹吉他。

每个人都是优哉游哉,泰然处之,若无其事。小鸡觉得这令人惊奇。没有人对你提出什么要求。他们会用肉、豆子和番茄酱配辣椒做出一大锅的菜来当晚餐,做的时候每个人都出力帮忙。没有任何压力,外来的或内在的,都没有。

他们闲聊时会稍稍叹息,感慨各自的家人太保守,对什么事都不理解,但这不会让他们受到深重困扰,觉得苦恼不堪。很快地,小鸡感觉石桥在她心中稍微有点远去了。不过,她还是每周都给家里写一封信。从一开始,她就想好了,她绝不记仇,绝不主动让怨恨持续下去。

如果一方表现正常,在情在理,那么,另一方迟早也会做出回应,也会恢复常态的。

她也确实收到了几个朋友的回音,从她们那里听到了一些零星的消息。佩姬和鲁拉写来回信,告诉她家乡的生活琐屑,看上去也没有什么值得一提的大变化发生。于是,她借坡下驴,在信中对家人说,知道凯瑟琳和迈克的婚礼已提上计划程,她为姐姐感到开心;而玛丽跟桑尼·奥哈拉的恋爱已告终结,这事她自然也听说了,但笔下却回避了。

母亲在寄来的小贺卡上简短写了几句,问她是否也确定了结婚的日期,还忧虑她所在的那个教区有没有爱尔兰天主教牧师。

关于她所过的这种公社式生活——这栋拥挤的大公寓楼里住客来来往往,还有人动不动弹弹吉他——她跟家里人绝口不提。他们是永远不会理解的,一丁点的可能性也不存在。

取而代之的是,她在信中说到去看艺术展开幕式和戏剧或电影的首映礼。这些大都是报纸上读到的通告,有时候也是真的,比如他们去看午后场演出,或者是从朋友的朋友——当他们需要有足够多的人坐满剧目预演或影片试映的活动现场时——那里拿到很便宜的票。

沃尔特做着一份工作,是给他父母的几个老朋友名下的图书馆做编目分类。家里希望以此劝说他回头,哪怕不读大学了,也能以某种形式做一点研究活动。他说,其实这工作好像还不太差劲。他们让他一个人清静自在,任何时候都不会来烦他。人生既已惬意如此,夫复何求。

小鸡也清楚了,这种生活无疑就是沃尔特目前想要的一切。于是,她也就不跟他唠叨,问什么时候带她去见他的父母,或者他们何时才能找一个属于自己的住处,或者说下一步他们究竟该干些什么。他们在纽约,在一起。那就足够了,不是吗?

从很多方面来看,似乎确实是这样。

小鸡给自己找了个工作,在一间小餐馆打工。上班时间对她来说很合适。她可以早早起床,在公寓里任何人醒来之前就出门。她帮餐馆开门,做自己那一轮班的事情,给客人上早餐。回到公寓时,其他人还赖在床上,在为进入新的一天而挣扎着蓄积意志力。餐馆里早餐剩下来的冷牛奶和硬面包,小鸡都带回来。大家已经习惯于她给他们提供这些给养。

她依旧能听到老家传来的消息,但感觉那里变得越来越遥远和隔膜了。

凯瑟琳和迈克的婚礼已经办过了,最新进展是,她怀孕了。玛丽在跟"极品"交往,那是本地的一个农夫,就在不很久以前,他们还曾笑话他是个愚蠢的老男人。现在,他们的约会是认真的,奔着婚事而去。布莱恩跟奥哈拉家的一个闺女好上了。小鸡全家人认为这是天大的好事,但奥哈拉家那边就远远没这么高兴了。约翰逊神父做了一场布道演讲,说什么每当爱尔兰的离婚法案全民公决被提及时,我们的圣母她老人家就会哀哭一次。教区的有些人对此表达了抗议,说神父做得太过火了。

短短的几个月过去,石桥正变得越来越不真实,完全像另一个世界。

他们在公寓里过着的生活也是如此不真实。有更多的人搬进搬出,有关于朋友的种种传闻——谁谁跑去希腊或者意大利安顿了,还有谁在芝加哥的酒窖式餐吧中整夜弹奏音乐。在小鸡写回家的信中,现实却完全是一个奇幻世界,是她编造出的一幅成功人士的曼哈顿生活风情画,忙碌、热闹而又兴旺。

没有哪个石桥人会来纽约,这也就免除了那种危险——某位乡亲来看望她,或者是揭穿她的谎言和惨淡可怜的欺骗。这里的真相她当然不能告诉家人:沃尔特已经辞掉了图书馆的编目工作。那对老夫妇总是在说,他应该回家度个周末,看看父母,这太烦人了。

去看父母,这个建议,作为一个周末计划,小鸡看不出哪有什么不对头的,但这看似让沃尔特感到不悦甚至恼怒。所以,他放弃那工作时,她只能摆出理解和同情的样子,点点头。为了支付公寓生活的开销,她在那小餐馆里又延长了上班的时间。

这些天,沃尔特显得很反常,坐卧不安,微不足道的小事也会让他烦躁。他期望她永远是一只愉快、亲热的"小鸡",照料他的起居。她也确实就是那样。内心里,她却是一只疲惫又焦灼的"小鸡",但这些情绪,她没有一丝一毫表露在脸上。

一周又一周,她往家里写信,对信中讲述的那个童话也越来越当真。她买了个螺旋线圈的活页本,开始在上面记下她向家人宣称所过的那种生活的细节。她不想在任何微末之处有闪失,以免真相暴露。

也是为了安慰自己,她在信里通报了婚礼的情况。她解释道,她跟沃尔特是登记结婚的,安安静静的,不是那种教堂婚礼。一位方济会牧师在现场为他们祝福。彼时彼地,他们感觉非常好。他们知道,他们相互承诺携手共度人生,双方家庭都支持,会很乐意。小鸡说,沃尔特的父母当时出国还没回来,所以没能出席登记仪式,但所有人都为此而高兴。

在很大程度上,她倒也做到了,就是宁可相信这些虚构确有其事。比起认定沃尔特正变得日益烦躁,就要去浪迹他乡,相信那些谎言要容易一些,轻松一些。

沃尔特和小鸡在一起的日子要结束了。说结束就结束了。在所有旁观者看来,那是不可避免的。沃尔特温和地告诉她,那些日子很美好,但已经过去了。

现在沃尔特有另一个机会,有一个朋友是开酒吧的,他大概能去那里工作。一处新的环境,一个新的开始,一座新的城市。这个周末他恐怕就要走。

愣了很久很久,小鸡才领会到这一讯息。

一开始,她认为这是在开玩笑,或者,是某种试探、考验。她胸中有一种空荡和不真实的感觉,就像有了一个大洞,而且这洞正变得越来越大。

可是那不能结束。他们有过的那一切都不能这样结束。她苦苦哀求:不管是什么事,如果有做错的地方,她都会改正。

他极度地不耐烦,向她确保说谁都没有错,只是事情自身发展成了这个样子——爱情如花般盛开,又如花般凋零。当然,这令人悲哀,但这类事总是这样的。不过,他们还会是好朋友,以后回顾这段时光,将是温暖美好的记忆。

她没什么可做的了,除非是回家,回到石桥,孤魂野鬼般在荒寂的海岸边散步,而那里,曾是她跟沃尔特一起漫步和坠入爱河的地方。

但小鸡绝对不能回去。

这是她很清楚的一件事,是建基于流沙之上岌岌可危的世界中的一个具体明晰的事实。即使其他人希望她继续住在公寓,她也不能在那里待了。除了楼里认识的这些人,她在外面几乎没有朋友。她的生活无疑是太封闭了,没有什么故事,也没有任何见解可跟朋友去分享。她眼下需要的只是有人来陪陪她。他们不用提任何问题,也不会先入为主,把意见强加给她。

除此之外,小鸡也需要一份工作。

她不能在那小餐馆接着干了。假如能留住她,店里还是挺乐意的。但既然沃尔特离去了,她就不想再在那一带逗留下去。

做什么工作,在她看来都没关系。她真的不介意,只要能谋生,有什么事可以让她先应付一段时间,直到脑袋清醒过来,能把事情理顺。

沃尔特就要走了,小鸡睡不着。

她尽力了,但就是毫无睡意。于是,她就直直地、傻傻地坐在房间的一把椅子上。沃尔特跟她在这里住了五个月,舒心喜悦的五个月——还有那坐卧不宁的三个月。

他说,他在任何一个地方从没连续待过这么久。他说,他并不是有心要伤害她。他是在爱尔兰碰见她的,他希望她能安然地回到故乡。

她只能对他笑笑,可眼中泪水盈盈。

花了四天工夫,她找到了安身和工作的地方。在她上班的小餐馆隔壁的大楼里,有个工人摔了下来,被架进餐馆缓口气。

"我摔得不很重,不需要去医院,"他请求说,"你能不能帮忙给卡西迪太太打电话?她知道该怎么办的。"

"卡西迪太太？那是什么人？"小鸡问道。那个工人有爱尔兰口音,同时还颇为忐忑,担心会丢掉这一日常营生。

"优选食宿是她经营的,"那人说,"她是个好人,她把所有的秘密都藏在心里。这种情况下,就是要联系她。"

他讲的没错。卡西迪太太把事情接过去了。

她是个小个子的妇人,很忙碌,目光敏锐犀利,头发拢到脑后,挽成一个朴素规整的发髻。她属于那种从不浪费任何时间的人。

小鸡看着她,满怀赞赏与钦佩之情。

卡西迪太太安排车子把摔伤的工人拉去了她的民宿。她说,她隔壁的邻居是位护士,如果那人的情况恶化,护士会帮忙把他弄进医院。

第二天,小鸡打了个电话到卡西迪太太的旅店。

她首先问了下那受伤工人的最新情况,然后,便提出求职。

"你为什么想来我这里工作?"卡西迪太太问。

"他们都说你把所有秘密都藏在心里,不会口无遮拦,随处闲聊。"

"我太忙了,没空去八卦。"卡西迪太太间接承认了这一点。

"我可以打扫卫生。我身体很好,干多久也不会累的。"

"你多大?"卡西迪太太问。

"明天就二十一岁了。"

这么多年来,卡西迪太太只是注意观察人们,但很少说什么,这种习惯让她在做决定时能够非常果断。

"生日快乐,"她说,"拿好东西,今天就搬过来吧。"

收拾那些个人物品根本不用多长时间。只不过是把一个小袋子从那座庞然大物般的、东西随处乱放的公寓楼中提出来就行。作为沃尔特·斯达的女人,她在那里跟一群永不安分、生活摇摆不定的年轻人共度了几个月的开心时光,然后,那就仿佛是一个欢乐的马戏团,去下一处赶场了,把她独自留在了城中。

于是,小鸡的新生活开始了。她住在民宿顶部阁楼里的一个小卧室里,有点像修道院苦行用的,每天早上起来擦拭铜器,拖地,清理楼梯,帮着上早餐。

卡西迪太太有八位房客,全都是爱尔兰人。他们不是那种早餐只吃谷物片和水果就能打发的人,都是些在建筑工地或者地铁工段上干活的劳工,需要吃下大份的培根和鸡蛋来提供能量,一直撑到午饭时间。午餐是火腿三明治,也是小鸡给他们做好,包在油纸里,在他们离开民宿去上班前交给他们的。

然后,小鸡还有床铺要整理,窗子要擦,客厅要打扫,还要跟卡西迪太太出门去采购。她学会了怎样让便宜的肉块做出来更美味——用调味卤汁腌制。她懂得如何让哪怕是最简单的餐食也看上去温暖怡人,有欢快的气息。桌上总是会放着一瓶花,或是装在罐中的绿植。

给房客上晚餐时,卡西迪太太总是穿戴得漂亮得体。不知怎的,那些工人们也会如法效仿。在桌边坐下就餐之前,他们都先洗了澡,换上了干净衬衣。如果你自己表现出良好风度,并预期别人投桃报李,那你通常也能在别人身上看到希望中的回馈。

小鸡一直称她为卡西迪太太。她不知道她的名字,不了解她的人生故事。卡西迪太太经历过什么,甚至是否有卡西迪先生这样一个人,这些小鸡都一无所知。

相对应的是,卡西迪太太也没问过小鸡任何个人问题。

这种关系让人感到很松弛、很安逸。

卡西迪太太强调说,要给小鸡搞到绿卡,这很重要,然后她就能登记参加市政议会的投票选举,以便确保有必要数目的爱尔兰裔议员有机会去获得公众权力。她向小鸡解释如何申领一个邮政信箱号,那样的话,你就可以收发信件,同时又能保密,不会有人知道你具体住在哪里,也根本不会知道你是干什么的。

鼓励这个女孩子去参加社交活动?卡西迪太太也劝说过,但放弃了努力。这么个妙龄女郎,身处世上最具活力、最令人激动的城市,社交生活的机会数不胜数。但小鸡很坚定很果决,那些东西,她都一概不要。不去酒吧,不去爱尔兰人的同乡俱乐部,也不会有人捕风捉影地说这个或那个房客有望成为她的好丈夫。卡西迪太太明白了小鸡这种行为状态想传递的讯息。

不过,她还是指点小鸡去上了一些成人教育课程和培训班。小鸡学会了做法式糕点,渐渐成为了出色的点心师。但她没有任何表现,没有一丝一毫要离开卡西迪太太的优选食宿的意思,尽管当地的一座面包房主动示好,要给她一份全职工作。

小鸡的开销非常少,因此她的存款在日益增加。不在卡西迪太太店里干活时,她有非常多的兼职可做。基督教家庭新生儿洗礼,首次领圣餐,犹太教男孩的受戒礼,老人们的荣休宴会,她都帮着去制备餐食。

每天晚上,优选食宿的餐桌上,她和卡西迪太太都是女主人,打理一切。

卡西迪太太的人生故事,她仍然一无所知;她自己过往经历的任何详情,卡西迪太太也从未问过。所以那天当卡西迪太太说,她觉得小鸡应该回石桥看看,倒是有点让人惊讶了。

"现在就回去,否则这事就拖延得太久了。回去得太迟,那事情就大了,不好处理。今年你就回去稍微看一下,那以后会容易很多。"

实际上,这比她设想中的还要轻松得多。

她写信告诉石桥的家人,说沃尔特去洛杉矶出差,要在那里停留一周,他提议她可以利用这个时间回一趟爱尔兰。她也很乐意回家看看,稍作盘桓,希望这样的安排对所有人都方便。

从父亲那次说过永远不要她再踏进家门起,五年的光阴已经过去。一切也都变了。

父亲现在完全变了个人。几次心脏不适引发的恐慌,让他意识到世界并非在他的掌控之中,甚至连他自己在这世上所扮演的角色部分也非他所能掌控。

母亲也不再像以往那样害怕别人会怎么想、怎么说了。

她的姐姐凯瑟琳,现在是迈克的妻子,也是奥拉和罗锐的妈妈。她早已忘记了此前说过"小鸡让家庭蒙羞"之类的冷酷难听的言语了。

玛丽,自从嫁给了"极品"——山上的那个有点疯疯傻傻、不走寻常路的农夫,脾气也变温和了。

作为女婿人选,布莱恩遭到奥哈拉家族的反对。这让他颇感挫败,于是埋头在农活中。妹妹回来了,他几乎都没什么反应。

这次探亲差不多顺顺当当,全无痛苦,这让小鸡有些意想不到。从此以后,她每年夏天都回家一次,也都受到家人的热情欢迎。

回到石桥期间,她会四处走动走动,走上好几里地,跟邻里乡亲们拉拉家常,估摸一下在大西洋彼岸她的虚构生活场景中,他们是否有可能进入。西岸这些地方的人们,几乎没有谁会跑那么远跑到美国去的——知道不会有不速之客登门,这样才能确保她编织的谎言之网安然无恙。既然不会有石桥人意外造访,去纽约寻找一个只在她信中才存在的公寓楼,那么,她那纸上的美国侨居已婚生活的假象就不会被捅破。只要有一个破绽,那一切便会轰然垮塌。

很快,她就重新融入了家乡的生活场景。

她跟老友佩姬见面。针织厂发生过的所有好戏,佩姬对她和盘托出。鲁拉早就离开本地,去都柏林长住了。她的消息,老家这里再也没听到过。

"一看到小鸡回来在海边散步,我们就知道到七月啦。"谢狄三姐妹总是这样对她说。

小鸡于是报以大大的微笑,这笑容透露出无限的暖意,使三位老小姐都沐浴其中。她告诉她们,也告诉愿意聊一聊,或是听她说两句的其他所有人,说无论她在外国看到过多少精彩美妙的东西,这世上也没有哪个地方能像石桥这样特别。

这让听的人都觉得悦耳。

在石桥生活是明智的决定,是正确的选择。面对这样的夸奖,没有哪位乡亲会不高兴。

家人问到了沃尔特。听说他事业成功、受人欢迎,大家看起来挺开心。父母曾经大大地冤枉过这位女婿——即使他们对从前的那些误解感到心怀愧疚的话,倒也未必会多说什么。

然而不久之后突如其来的变故打乱了小鸡的计划。

家里的大侄女奥拉,现在已经十七岁了。来年,她希望能去美国,同行的还有布里吉德,那是红头发的奥哈拉家族的一个女生。她想问问,她能不能在小鸡姑妈和沃尔特姑父家里住上几天?她和同伴绝不会惹麻烦的。

虽然猝不及防,小鸡连一秒都没有慌乱。

当然,奥拉和布里吉德肯定要来玩一玩的,她对此满怀期待。她热切地盼望她们的美国之行。没有任何问题的,她让她们尽管放心。内心却已是翻江倒海,但这一点不能让任何人知晓。眼下她必须保持镇静,往后再想对策还来得及,现在应该做的,就是表示欢迎,表示很期望侄女上门,表现出恰当的兴奋情绪。

奥拉还想知道,她们到了纽约之后可以做些什么。

"你的沃尔特姑父会去肯尼迪机场接你们。你们到了我家,先休整一下,养点精神,然后我立刻就带你们去坐船,绕着曼哈顿来个环线游,这样的话,你们就能对大致方位有点了解。另择一天,我们会去艾利斯岛,还有唐人街。你们会玩得很尽兴的。"

小鸡一边拍着手,对这趟未来之旅表示出极大的热忱,一边似乎想象到侄女的这场拜访已经实际发生了。她能够看到那和蔼、慈爱的沃尔特姑父的身影:他悔恨又遗憾地笑着,看着女儿们,把她们都宠上了天。同样是这个沃尔特,陪着她在纽约待了短短的几个月之后,便头也不回地向着西边去了,穿过广袤的美洲大陆,消失无踪。

如今,那种震惊的冲击已经过去许久,她和他共同生活的真实回忆也正变得日益模糊。在她的意识中,很少再去回想或偶然想起那些日子。可是,她对家乡父老谎称的生活,那虚构中的生存状态,却又如此明晰,历历在目。

这正是让她有底气坚持下来的精神支柱。就是这么一种虚荣的信念:石桥所有的人都被证明是错了,而她,小鸡,早在二十岁的年纪,就已经比这些人更有见识。她获得了幸福美满的婚姻,在纽约有了忙碌又成功的生活。如果他们得知沃尔特早就扔下了她,而她在那里擦地板,清理卫生间,帮卡西迪太太端盘子上菜;如果他们得知,她省吃俭用,每一分钱都攒下来,除了每年回一趟爱尔兰,根本不会去任何地方度假,那她营造的一切假象就都失去了意义。

那种编造出的生活,是对她所有辛苦努力的回报和安慰。

怎么才能在奥拉和她的朋友布里吉德面前圆谎?多年以来,她小心细致地构建出的假象,难道要一下子被揭穿?但现在,她不愿去忧虑烦恼,不想眼下的假期被搅扰破坏。稍后,她会考虑对策的。

回到纽约的日常生活之际,她还是没能想出什么满意的应对方案。她实际所过的日子,是石桥的任何人都无法想象到的。奥拉和布里吉德所带来的困扰,让小鸡实在找不到恰当的解决办法。这太让人恼火了。这丫头为什么不选择去澳大利亚游玩,就像其他很多爱尔兰青少年所热衷的那样?为什么一定要到纽约来?

在卡西迪太太的民宿里,小鸡终于打破了她们两人之间长期存在、心照不宣的默契规则。

"我遇到个麻烦。"她简略地说。

"晚饭后,我们再谈不迟。"卡西迪太太说。

卡西迪太太给两人各倒了一杯喝的,说是波特酒。小鸡讲了她之前一直守口如瓶的人生故事,从头至尾,原原本本。事情的整个经过,那精心维持的骗局的一丝一缕,都被像剥洋葱那般,层层展开坦白了。她解释说,现在,游戏要完蛋了:她的侄女相信沃尔特姑父确有其人,要来这里做客,要与姑父见面。

"我想说,沃尔特死了。"卡西迪太太语速沉着缓慢。

"什么?"

"我想的是,他在长岛的高速公路上丧命了,多车事故,连环相撞,连死尸都差点难以辨认。"

"那不行的。"

"这种事每天都会发生的,小鸡。"

一如往常,卡西迪太太这次也说对了。

这个对策很管用。

可怕的悲剧,公路上有人疯狂驾驶,一个无辜的生命在事故中被夺走。在石桥老家,他们都为她伤心不已。他们打算来纽约参加葬礼,但她告诉他们,葬礼将会很私密。依照沃尔特的性格,那也是他想要的送别方式。

妈妈在电话那头泣不成声。

"小鸡,我们对他,以前的说法太苛刻了。但愿上帝原谅我们。"

"我相信,上帝已经那样做了,很久以前就原谅了。"小鸡保持着冷静。

"过去,我们已经尽力了,尽力做当时最好的选择,"父亲说道,"我们以为自己看人很准,但现在要告诉他,我们以前弄错了,那已经是太迟了。"

"听我说,他明白的。"

"不过,我们可以给他家人写封信吗?"

"老爸,你们的哀悼慰问,我已经转达了。"

"可怜的亲家。他们肯定心都碎了。"

"他们非常坚强。沃尔特一生过得挺好,他们就是这样说的。"

雷恩老两口还问,他们是否该在当地报纸登一份讣告。但,不必了。小鸡说,面对悲哀不幸,她的处理方法就是暂停一切的对外接触,把自己在这里的生活封闭起来。她知道这样做是有用的。父母所能给她的最大帮助，就是记得沃尔特的好，在心里缅怀他就行，不用费心来管她，让她安静就好，直到创痛自己愈合。下一年夏天，她会正常回家探亲。

她只能向前看，生活还是要继续。

老家那边读到她去信内容的人，都觉得这一切有些奇怪，太难理解了。也许，是她伤心过度，思维错乱了吧。不管怎么说，沃尔特活着的时候，他们都太冤枉他了。也许，如今他死了，他们应该充分尊重他的意愿。小鸡的朋友们现在都理解了她为何需要安静独处。她希望，自己的家人也能同样如此。

奥拉和布里吉德，本来兴致勃勃计划去阿姨家位于纽约第七大道的公寓短住的，如今也心烦意乱了。

不仅是那个热忱迎客的沃尔特姑父没法去机场接她们了，而且她们的度假行程也彻底泡汤了。小鸡阿姨带她们乘船环游曼哈顿岛？已经没有这个可能了。显然地，阿姨正痛不欲生，强打精神过日子。

无论如何，她们得到允许去纽约观光的机会，那是不用再提了。她们很困惑——难道还有什么事比这更倒霉的？时机实在是不凑巧。

家里人跟小鸡保持着联系，把当地的新鲜事及时向她通报。奥哈拉家简直是发疯了，在大把买进石桥这一带的房地产，说是要做成度假屋。冬天的时候，谢狄老小姐当中的两个，都被肺炎带去天堂安息了。肺炎是老年人的朋友，大家是这样说的，那些呼吸有困难的人，肺炎能帮他们平静地结束生命。

奎妮·谢狄小姐还在世，怪老太太一个，那不用说的，生活在她自己的小小世界中。石头大屋实际上已非常破败，眼看着要在她身边垮塌下来。据说,她手头也越来越紧,似乎快没钱付账单了。所有人都认为,峭壁上的这座大宅,她恐怕不得不卖掉。

小鸡读到这些内容,感觉那似乎是来自另一个星球的消息。不过,接下来的这个夏季,她还是订了回爱尔兰的机票。这一次,她随身带着的是更为严肃暗淡的衣服,也不是什么很正式的丧服——虽然她的家人也许预期或希望她那样穿——而是颜色基本是灰色和深蓝的裙子和上装,少了以往那种欢快饱满的黄色和红色。至于鞋子,依旧是便于走路的那种,合情合理。

小鸡每天肯定在石桥附近的海滩与岸边峭壁上走了要有二十公里。她走进丛林,经过那些建筑工地。奥哈拉家族正忙着实施他们的计划,修建西班牙风格的房屋,配有精致的黑色铁艺造型装饰和用于晒太阳的露天平台。这样的设计,在气候更温暖更温和的地方会合适得多,而不该出现在石桥这一带的大西洋海岸旁——这里常常强风劲吹,荒寂萧瑟。

有一次散步的途中,她在大宅门口碰到了奎妮·谢狄小姐。少了两个姐妹,老太太显得孤单又脆弱。她们互相安慰,对各自的丧亲之痛表示同情。

"你那可怜的男人走了,仁慈的上帝收留了他。既然你在那边的生活也结束了,现在,你打不打算回来住呢?"老奎妮问道。

"奎妮小姐,我想可能不会啦。在这里我没法再安身了。跟父母住一起的话,我年龄已经太大了。"

"亲爱的小鸡,我明白你的意思。时移世易,一切都变了,可不是吗?我倒是一直都希望你能来,住在这房子里。那可是我求之不得的。"

然后，一切就开始了。

真是一个完全疯癫的想法——小鸡要买下峭壁上的这座大宅。石头大屋，她还是小丫头的时候，在那荒草蔓生的园子里玩过。夏天在海里游泳时，小伙伴们抬头向上看到的，也是这里。她的童年好友鲁拉，还曾在这里给慈爱的谢狄老小姐们打理过家务。

但这事还是有可能的。沃尔特以前就老说，什么事发生或没发生，都取决于我们自己。

卡西迪太太也总是说，别人可以，我们为什么就不能做到一样呢？

奎妮小姐说，这可是从"切片面包"那劳什子发明以来最好的主意。（相当于汉语中"自'煎饼果子'以来最好的早餐创意"，即"非常棒的想法"）

"这个地方，别人也许可以给到你更好的价钱，但我付不起那么多的。"小鸡说。

"都这个光景了，我要那么多钱干吗呢？"奎妮小姐问道。

"我出门在外已经太久啦。"小鸡说。

"可你会回来的，你喜欢在这一带散步，走来走去的，这会给你带来力量，让你神清气爽；这里的光照非常特别，天空每隔一个小时看上去都不一样。这么多年来，那个男的对你都那么好，现在没有他了，你回到纽约会很孤单的，那里的每一样东西都会让你想起他，待在那里你会不开心的。现在，只要你愿意，就搬回来吧。我会住到楼下早餐餐厅旁边的房间里。反正，那些老旧的楼梯，我爬起来已经不利索了。"

"奎妮小姐，别说傻话了。那是你的房子。你说的这些，我一点都不能接受。况且，这么大的房子，就我一个人，我能拿它来干吗呢？"

"你可以把这里改造成一处民宿，难道不行吗？"在奎妮小姐看来，这是显而易见的。"奥哈拉家的那些人,早就想从我手里买下这地方了,这几年他们都在打这个主意。他们想把房子拆掉重建。我可不愿那样。我可以帮你,一起把这里改成民宿。"

"民宿?你当真吗?我来经营一处民宿?"

"你会把这里弄得特别一点的,这个民宿,就是为接待像你那样的客人。"

"已经没人像我这样的了,没人这么孤零零的,经历坎坷又难以理解。"

"小鸡,你会大吃一惊的。世上这样的人其实非常多。另外,我在这里的日子不会很久了;这个不得不说的,我终归要去墓地安歇,恐怕很快就去跟我的姐妹相聚。所以,你现在真的就必须决定做这件事,然后,我们可以讨论讨论计划,要做些什么才能让石头大屋重新变得温馨喜人。"

小鸡不知说什么是好。

"你看,在我离世之前,你如果真的能来开民宿,那对我也是再好不过。跟你一起制订计划,参与其中,我可是非常乐意的。"奎妮几乎在恳求了。她们在石头大屋的厨房餐桌边坐下来,认真地讨论起这个事情。

小鸡回到纽约,跟卡西迪太太说起这个计划。她一边听着,一边点头认同。

"你真的认为我可以做这个?"

"我会想你的,但你应该回去了。你自己清楚的,做这事正是你拿手的。"

"那你愿意来看我吗？就住我开的那个民宿客栈？"

"我会的，哪年冬季，我要去住上一周。我喜欢冬天的爱尔兰乡村，而不是旅游旺季去，那时候到处闹嚷嚷，哪里都有表演，人们都装扮成绿衣绿帽子的精灵来寻开心，我不想凑热闹。"

卡西迪太太还从未度过假。现在竟然肯去爱尔兰，这可是前所未有的突破。

"我想，我现在就该走了，趁着奎妮还在世。"

"你应该立刻行动，尽快把民宿搞起来，开门迎客。"卡西迪太太是雷厉风行的人，从不会站在那里犹豫——那样的话，岂不是草都在脚底下长出来了。

"那我该怎么解释呢……面对老家的每个人？"

"你知道吗，你认为做人应该对事情有所解释有所交代，但人们实际上没必要做那么多解释的。就说你用沃尔特留下来的钱买了那处房产。毕竟，这也是唯一存在的事实。"

"那怎么能说是事实？"

"正是因为沃尔特，你才来到纽约的。正因为他丢下了你，你才挣了和存了这些钱。从某种意义上说，他确实把钱留下来给了你。他不走掉，这钱也许就花掉了。我看不出这样说有何不妥的。"卡西迪太太脸上摆出一种神态，意味着她们俩再也不会就这个问题纠结下去。

接下来的几周，小鸡忙着把存款转进一家爱尔兰银行。跟银行，跟律师，都有无休无止的讨论和协商。还要整理提交房屋改建计划申请书，联系挖土机谈施工，咨询酒店民宿这一方的法规制度，税收之类的当然也要考虑。在这个办民宿的决定公布之前，竟然有如此多的事项要一一安排到位，她真的是无法想象也无法相信。关于她们的这个安排,她和奎妮小姐对谁都没有透露过。

终于,一切看来都差不多了。

"这事不能再有任何拖延了。"晚餐后,两人在擦桌子,小鸡对卡西迪太太这样说道。

"虽然我很不舍,很伤心,但你明天就该回去了。"

"明天?"

"奎妮小姐等不了很久的,而你终归是要把这事告诉家里人的。还是在风声走漏之前就说给他们听吧。这样做会更好一点。"

"但一天之内就准备好,明天就离开?我意思是,我得打包行李,还要跟大家道别的……"

"二十分钟,你就能整理好行装啦。你几乎都没什么东西的。这里的房客们没有谁要说什么华丽动听的送别言辞,他们都没那个口才的,我自己也同样不擅长那一套。"

"卡西迪太太,我去开民宿,恐怕是半疯半傻了吧。"

"没有的事,小鸡,如果你不做这个,才是发疯发傻呢。要论抓住机遇,你一直很机灵,做得很出色。"

"如果没有抓住那个机会跟着沃尔特·斯达瞎跑,也许我的处境会更好吧。"小鸡悔不该当初。

"哦,是吗?在针织厂,你大概会得到提升,然后嫁给一个傻乎乎乐呵呵的农夫,生下六个娃,接着还得努力为他们找工作。正相反,我认为你当年做出了非常好的判断。你下定决心跑出来,联系到我,确定了工作。过去的二十年来,证明这一切都还不错,不是吗?你到这里,来到纽约,干得挺好,现在要回老家了,将会拥有那一带最大最气派的房子。这样的一条人生和事业之路,我看不出有多大的毛病。"

"卡西迪太太,我爱你。"小鸡表示感激。

"既然你是要开始用这种方式说话了,那真就说明你要回去啦,回到那凯尔特人的土地上去,那里想来总有些雾气朦胧、天色微光的样子,是吧。"卡西迪太太说道,但她的脸色显得要比往日柔和许多。

听到她的计划,雷恩一家人都目瞪口呆,坐在原地动不了了。

小鸡回来,永远不走了?买下谢狄家的地产?开办民宿,夏天冬天都营业?大家的主要反应很一致,就是根本无法相信。

唯一对此纯然表现出高兴情绪的,是哥哥布莱恩。

"那会让奥哈拉家的嗓门放小声点的。"他嘴角浮出大大的一抹笑容,"他们家对那个地方早就垂涎欲滴,都有几年了。他们想买下那里,把老房子都拆掉,然后建起至少有六间客房的高档精品酒店。"

"那恰好是奎妮小姐不想看到的结果!"小鸡与哥哥的立场一样。

"等他们明白到底是怎么回事时,我倒是很愿意在现场看一看。"奥哈拉家族认为布莱恩配不上他们家的女儿,布莱恩对这一事实一直耿耿于怀。那姑娘嫁给了一个家伙,那人成功地将奥哈拉家的一大笔钱输在了赌马上——布莱恩经常颇感满意地提及这件事。

妈妈怎么也不能相信,就只是第二天,小鸡便要搬去跟奎妮小姐住了。

"是的,我有必要住在那里,"小鸡解释道,"那里有个人住着,时不时地能给奎妮小姐递上一杯茶之类的,总归是没坏处的。"

"一碗粥,或者一小包饼干什么的,也不会有坏处的。"凯瑟琳对情况加以补充说明,"迈克看到她在那里摘黑莓的,那事过去有那么一小段时间了。她说那些果子都不用花钱。"

"小鸡,你确定是当那个地方的房主吗?"父亲忧心忡忡,他总是如此,"你不是只去那里做女佣吧,就跟鲁拉以前干过的那样,区别只在于奎妮做出承诺,说会把房子留给你?"

小鸡安抚他们,向他们确认那地方是她的。

逐渐地,他们开始意识到这是真的,实际上一切就即将开始。他们提出的每一个反对意见,她都预先考虑到了。在纽约这些年的历练,已经让她具有了商业头脑。从过往的经验中,家人也学到了,不能低估了小鸡。同样的错误,他们不想再犯第二次。

家里还是安排了另一场宗教悼念仪式来追思沃尔特,因为此前才听闻噩耗时,他们在这里举行的第一次哀悼,小鸡不在场。站在石桥的小小教堂中,小鸡不禁在心里嘀咕,是否真有个上帝在天上看着和听着这一切。

看起来倒是不太可能有。

但话说回来了,这里的每个人却看上去都认为上帝是确有其人的。整个社区的人们都加入进来,祈祷沃尔特·斯达的幽魂能得到安息。假如他知道了这个戏码在此地上演,会不会哈哈大笑?爱尔兰的这个海滨小镇,他曾在这里度过一次浪漫假日,而这里的乡民们还如此顽固迷信,他会不会感到震惊?

既然回了老家,小鸡知道,她将不得不参与教堂活动。那样做,事情会简单一些。卡西迪太太在纽约,每周日的上午还都去做礼拜的。不过,这又是一个她和卡西迪太太从未讨论过的话题。

她环视这个教堂。在这里,她受过洗礼,初次领圣餐,行过坚信礼,她的姐姐们也在这里结婚,而现在,乡亲们正在为一个根本就没死的男人祷告,祈愿他亡魂安息。这一切实在够古怪、够滑稽的。

不过,她还是希望这祷告能给什么地方的什么人带去一些好运。

有一连串的雷区必须小心翼翼地通过。家乡这一带,已经在做民宿的,或者出租夏季度假小屋的,小鸡一定要确保这些人不会对她有意见,不会觉得受了搅扰。她开始了一场不间断的外交攻势,解释说她要做的,是在这个地区开发一种全新的业态,而不是要从他们手上抢走或分流生意。

点缀在这一片乡村中的很多家酒馆和餐饮店,她也上门拜访了。她告诉人们她的计划。她的客人会在石桥周边的海岸峭壁上和小山间游览观光。她将推荐他们去见识和体验真正的爱尔兰,在所有那些正宗的酒吧、啤酒馆和小酒店里享用午餐。所以,如果哪些店打算供应汤类和简餐食物,她很愿意了解这些信息,然后可以指引客人来这些商店用餐。

她选了村中另一处地方的建筑施工队,因为她想避免把这个业务优先给予奥哈拉家族;建筑行业里奥哈拉家在本地的主要竞争对手,她也不愿去得罪。不用在本地二选一,那就轻松了许多。采购酒店用品时,她也用了同样的策略。如果人家看她只偏爱在一间商户采购,那也容易让其他人心中不爽的。

小鸡很周到,让石桥的每个商家都能从这个项目中接到一点生意。她挺擅长这个,把所有人都笼络在一起,不与任何人为敌。

主要的一件大事,是要安排建筑师的往返交通,还要盯着工地上的工人干活。她以后会需要一位运营经理,但暂时不用管。她需要的是有个人一起住进大宅,帮着她做饭,但眼下的情况还是如此——帮手的事也可以等等再说。

做这事的人选,小鸡看中了侄女奥拉。这姑娘脑筋灵,反应快。她爱石桥,还有这里的生活。她精力充沛,喜欢运动,身手敏捷,帆板和攀岩都玩得转。她在都柏林读过电脑课程,还有市场营销的文凭。小鸡可以教她学烹饪。她性格活泼,也擅长跟人交往。经管石头大屋,她真是天生的最优人选。令人烦恼的是,这姑娘看似想长住伦敦了,做她的那份新工作。跟家里没做任何解释,她就跑掉了。小鸡想到,跟她那时候相比,如今年轻人的处境已经轻松得多了。奥拉不需要征得家人的允许或同意。似乎这一点已经被默认:她是个成年人,家里人没有权力干涉她的生活。

计划在继续推进。民宿将会有八间客房,一个大厨房和宽敞的用餐空间,所有的客人可以坐下来共享晚餐。她淘到了一张巨大的老式木桌,因为磨损,看来每天都得擦拭才能干净,但桌子真是很正宗,很对味儿。这样一个地方,完全不适合搭配精雕细刻的桃花心木家具,也不用餐具垫或者铺厚厚的爱尔兰式亚麻桌布。这里只需要自然的、真实淳朴的物件。

她请当地一位木匠打制了十四张椅子,请另一位修复了一只老旧的碗柜,用来陈列瓷器摆件。她开车载着奎妮小姐,去周边乡村的拍卖会和特卖展销会,寻找和挑选合适的杯盘碗碟。

她们找人上门,看看谢狄家传的一些旧地毯还能不能修补,那些古董小桌子上磨损的蒙皮能不能换成新的。

这是奎妮小姐最喜欢的事情。她会一遍又一遍地说,这些可爱的宝贝又修复了,真是个奇迹。如果姐姐们能看到正发生的这一切,她们该有多么高兴。奎妮小姐相信,石头大屋这里进行中的项目,所有的细节，她们全都知道，在天上看得清清楚楚，也完全赞成。她认为姐姐们已经在一个幸福快乐的地方安顿好了，就等着民宿开业，也将会悉心关照石桥的人来人往，保佑乡民平安。奎妮这个样子，真的令人感动。

奎妮小姐表示，她相信沃尔特·斯达也跟谢狄两姐妹待在天堂里同一个地方，一起兴奋地为他这个勇敢坚强的寡居妻子所达成的每一项进展而喝彩。听她这么一说，小鸡心里当然就没那么安稳舒坦了。

每一周，小鸡必定都告诉家人计划要做的事。这样可以让他们消息灵通，得到一种遥遥领先的心理满足感。房屋改造的申请被批准了，要建一个带围墙的鸡舍同时在其中的空地上自己长蔬菜，整个屋舍要安装燃油加热的中央供暖系统——能预先知道这些，他们看似挺享受，仿佛有了特殊的地位。

也许有必要雇请专业的设计师。这地方应该装修成什么样子，即便她和奎妮小姐觉得自己很清楚，她们还是在留心寻找有鉴别力的人。只要有人给出中肯的意见，她们就愿意投入真金白银来改进，必须保证一切都对头。小鸡认为是优雅的东西，万一在行家眼里反倒被认为是俗气的，那可就不好了。

杂志上所有的酒店的乡村度假屋，她都认真研究了，但要让眼下的民宿呈现出理想中的样貌，她毕竟还是没什么实践经验。要论格调之类的，卡西迪太太的优选食宿，并非真正合格的实训场所。

后面还有很多事要做。必须建立一个网站，接受在线订房，这对小鸡来说仍然是极为陌生的事物。如果奥拉能从伦敦回来，这一块正是那姑娘能成为她左膀右臂的地方。她给侄女打过两次电话，但那丫头显然心不在焉，没做出任何承诺。小鸡的姐姐凯瑟琳说了，奥拉脾气毛躁得很，简直比装在袋子里的一群猫还闹腾，跟她任何话题都别想谈。

"她可是比你以前还倔的"，凯瑟琳颓丧地说道，"这可以说明问题了吧？你应该懂的。"

"可你看看，最终我不是挺好的嘛。当时是明智的决定。"小鸡笑道。

"那地方还没搞定，还没经营起来呢。"凯瑟琳的语气中满是一切在劫难逃的意思，"等店里开业了，我们才会看到你到底有多好，有多明智。"

只有奎妮小姐和远在纽约的卡西迪太太坚信这一切会如期而至，会取得巨大成功。其他的所有人，都只是顺势说两句给她打打气，希望民宿能顺利开张，但他们这样说的时候，就跟希望石桥能有一个温暖长夏，或者就跟中国人指望自家足球队能在世界杯拿到好名次，是同样的态度。

有时候，小鸡会在晚上跑到海岸边，在悬崖上漫步，眺望远处的大西洋。这总能给她带来力量。

人们乘上摇摇晃晃的小船，在波涛汹涌的大海上航行，而前方到底有什么，完全心中无数。这可是拥有无比的勇气才做得出的。她只是开办和经营一间民宿，当然不至于太艰难，不是吗？然后，等她回到屋内，奎妮小姐会兴致勃勃地张罗起来，给两人各弄好一大杯的热巧克力，一边说，自打她还是姑娘以来——那时候，她和姐姐们去参加找对象的社交舞会，还以为能碰上风度翩翩的年轻才俊，把自己嫁出去——已经很多年没这么高兴没这么开心了。如意郎君从未出现过，但这一次，这个生意项目能成功。石头大屋将会重新焕发生机。

小鸡则会拍拍老小姐的手，说她们会在这个国家被人们传为美谈的。她不只是说说而已,还相信所说的会兑现。她所有的烦恼都将消失无踪。不管是因为在野外疾风中的走动,还是因为那暖人心肺的热巧克力,或是因为奎妮小姐那满怀希望的面孔,要么是因为这三者合一的作用,反正这都意味着她每天夜里都能安然入眠,一觉睡到自然醒。

当她醒来时,便已做好了迎接一切的准备。她也不得不做好准备,因为未来的好几个月,还有相当多的事情要她去面对。

里格尔

里格尔对他的父亲一无所知——旁人都从未说起过这么个人。要对妈妈鲁拉有恰当的了解也很难。一则是因为她工作非常辛苦,简直没空理儿子,另外是因为她对自己在爱尔兰西部一个名为石桥的小地方的生活,几乎没说过什么。里格尔知道,她在那里的一栋大屋做过女佣,给三个姓谢狄的老小姐干活,但妈妈从未有兴致讲讲这件事,也懒得提一提老家的亲友。

他无奈又不屑地耸耸肩。管他去呢,大人们反正是无法理解的。

鲁拉从未有过属于她自己的东西。她是家里最小的孩子,所以,到她这里的任何衣服,都首先在其他孩子身上穿过一轮了。没钱买什么哪怕略有些奢侈享受的东西,甚至初领圣餐的新裙子都没有。十五岁时,家里给她找了个活干,去石头大屋为谢狄小姐们当女佣。她们是非常好的人,三位都是,很有教养。

女佣的工作不轻松,石头地板和木桌子要擦洗,古董家具要抹拭干净,保持光洁。她睡在一个很小的房间里面,有一张小铁艺床。但那毕竟是归她自己用的,比她在家里曾有过的东西要多。谢狄小姐们其实手头上没几块闲钱,所以就有很多事要去费力处理,去对抗潮气、墙体的渗漏;屋内的正常取暖,内墙外墙的粉刷,都是急需解决的问题,但一直都没钱去弄。她们通常吃得也很少。但鲁拉已经习惯了。她们在餐桌边吃东西的样子,就如同小麻雀。

鲁拉不解又惊奇地看着三位老小姐。她们的餐巾必须要挂放在各自的毛巾环圈里。宣布用餐时,她们会敲一敲一只小铜锣,简直就像是在表演一场戏。

有时候,奎妮小姐会问鲁拉有没有男朋友,但其他的两个姐姐就会忙不迭地发出嘘声阻止她,仿佛那个话题是不宜跟女佣谈论的。

其实,那也没多少可以谈论的。石桥这一带,可以考虑担任男友角色的人选非常之少。鲁拉哥哥弟弟们认识的男孩子,全都跑去英国或者美国找工作了。奥哈拉家,以及当地另外三四个大家族,人家又看不上鲁拉。她希望能像小鸡一样,遇上一个夏天来度假的小伙子,那人会爱上她,根本不介意她是做女佣的。

她也真的碰到了一个夏季来客,名叫德鲁。安德鲁,简称为德鲁。他是奥哈拉家孩子们的一个朋友。他们都在沙滩上踢球。鲁拉坐在那里,看那些身穿漂亮泳衣的姑娘们。如果能去镇上,买上一件那样的泳装和其他衣物,还有色彩鲜亮的可爱提篮以及五彩缤纷的大浴巾,那该有多好。

德鲁走过来,邀请她一起玩耍。一周之后,她就爱上了他。两周之后,他们就成了恋人。一切都如此自然,如此正常。她想不通,上学的时候,她和其他女生为什么对此叽叽喳喳,傻笑个不停。德鲁说,他很喜欢她,回都柏林之后,会每天都给她写信的。

他倒是写过一封信过来,说那个夏日假期真美好,他永远也不会忘记她。连回信地址都没有。去哪里才能找到德鲁,鲁拉也不好问奥哈拉家的孩子。即使等她意识到自己的例假推迟,很有可能是怀孕了,她也没法去问小奥哈拉们。

当怀孕这件事变得更为确定无疑时,接下来该怎么办,她完全一片茫然。这会让妈妈大为伤心的。有生以来,鲁拉从未觉得如此孤单无助。

她决定把事情告诉谢狄小姐们。

开始讲这事之前,她先等着她们吃完那极其简单的晚餐,直到她把桌子擦干净了,碗盘也洗掉了。解释事情的原委时,鲁拉眼睛看着厨房的石头地板,这样就不必面对老小姐们的目光了。

谢狄三姐妹震惊不已。在她们家的屋顶下,鲁拉竟然发生了这种事。她们吓坏了,几乎找不到什么言辞来表达心里的惶恐惊骇。

"那你到底打算怎么办?"奎妮小姐问道,眼中带泪。

杰西卡小姐和贝翠丝小姐没那么同情,但也同样一筹莫展,想不出什么解决方案。

鲁拉希望她们能怎么办?希望她们或许肯让她把孩子在这里养大?希望她们说,有个孩子在屋里屋外跑来跑去的,会让她们都觉得自己又年轻了?

不,她并没有指望得到如此宽宏的优待,但她还是想要获得一点安慰宽解,一丁点的希望之光,让她知道她的世界不至于因此而末日在即。

她们说会去打探咨询一下。她们听说过,有一个地方,鲁拉或许能住进去,直到孩子生出来,然后让人抱走收养。

"可是,我不想把孩子送人。"鲁拉说。

"但是,鲁拉,你不能留着孩子,你没办法养的。"奎妮小姐劝导说。

"除了这里,你们给我的房间和床,以前我可从未有过自己的任何东西。"

三姐妹只能彼此看看。这丫头根本还没明白她将承受些什么,将付出什么代价。她将背负责任,家务琐事,旁人的闲话,因污名而蒙羞。

"现在是二十世纪九十年代,"鲁拉说,"不是黑暗中世纪了。"

"确实如此,可约翰逊神父还是约翰逊神父啊!"奎妮小姐提醒她。

"跟这事有关的那小年轻,也许会……"杰西卡小姐吞吞吐吐地试探说。

"如果那是奥哈拉家孩子的朋友,那他人品应该不至于太差吧,起码会有点担当……"贝翠丝小姐赞同杰西卡的提议。

"不会,他不会承担责任的。他写信来只是说声再见,说这个夏天很美好。"

"我相信是这回事,亲爱的小鲁拉。"奎妮小姐啧啧有声,慈爱地表示理解,没注意另外两姐妹的异议。

"这不能让我父母知道。"鲁拉说。

"这样吧,我们会尽快把你弄到都柏林去。那边的人会清楚该怎么办。"杰西卡小姐希望以最快的速度把这头疼的事情推到自家门外。

"我会去跟人家接洽的。"贝翠丝是谢狄姐妹中人脉关系最广的那个。

鲁拉的大哥纳塞已经在都柏林定居生活了。在家里,他是个畸零异类,沉默寡言,埋在自己的那层壳里,跟谁也没交流,家人说起这个就长叹一声。他在一间肉铺工作,看似挺安顿的。

他是个卖肉的,有他自己的小家,但绝不是鲁拉可以投靠的人。他已经离家很久,几乎都不认得这个妹妹了,也不会关心她的。当然,她是有大哥的地址,万一有紧急情况可以联系,但她不会去联络他的。

里格尔

谢狄姐妹们给鲁拉找到了落脚的地方。那是一处廉价旅社,住在那里的其他姑娘中,有几个也怀有身孕。

她们当中很多人都是在超市上班,或者是帮人家打扫卫生,做房屋保洁。鲁拉早就习惯了辛苦劳碌的生活。与石头大屋那边拖来拉去、擦来抹去的日常相比,她发现新工作一点也不难。经由客户的口耳相传,她不断接到后继的服务预约。人们都评价说,她性格非常开朗,态度好,什么事都不会嫌麻烦。等到孩子出生时,她已存够了钱,足以租一个房间供自己和孩子一起住。

她写信回去,告诉家人都柏林的新鲜事,还有她去干活的那些雇主家的情况,但对去妇产医院的事则一字不提。她也给谢狄小姐们写信,以实相告,最终通报了这一信息——理查德·安东尼出生了,有五斤九两重,身体各方面的状况都毫无问题。她们寄给她一张五英镑的钞票,希望能有所帮助,而奎妮小姐还寄来了一件小长袍,在洗礼命名仪式上可以用得着。

受洗时,理查德·安东尼就穿了那袍子。仪式场地是在丽翡河畔的一座教堂,共有十六个婴儿集体受洗。

"这样的时刻,没有一个家人陪在你身边,真是莫大的遗憾呀。"奎妮小姐写道,"也许,如果你的哥哥能去看你,去跟他的这个新外甥初次见面,他会感到很开心吧。"

鲁拉对此抱有怀疑。根据她所记得的,纳塞总是那么内向,寡言少语,跟人疏远又隔膜。

"等到孩子长成个小人儿了,我再把他介绍给家里人认识。"她这样决定了。

鲁拉现在只得去找可以让她带幼儿上班的那种活儿来干。起初，这并不容易，但当人们看到她工作认真，能持续好几个钟头，而且小家伙也根本不惹什么麻烦后，她也就得到了充足的工作机会。

通过她去做钟点工的那些人家，鲁拉看到了人生百态：有些女主人对家里的一切都吹毛求疵，仿佛认为生活就是永无休止地去检查室内外哪里还有不足；有些家庭，夫妻双方形同寇仇，对彼此连最基本的礼貌也没有；有些人家，孩子饱受溺爱，要什么有什么，但还是不满足。

但她同时也会碰到友好善良的人，他们对她和她的小儿子都挺热情。当她不嫌路途远赶到这些人家，给他们做土豆饼，或者把老旧暗沉的铜器擦得就跟新的一样闪闪发亮时，他们会真心感激她的付出。

理查德长到了三岁，再把他带去做工的地方，变得越来越困难了。他会捣乱，会到处乱跑，在别人家翻东西玩。鲁拉最喜欢的雇主中，有一位女士，大家都称她为希劳拉，也就是意大利语"夫人"的意思——她给人家教意大利语。这可是一位很不寻常的奇女子，完全不理会人情世故，穿那种极为宽松、垂坠飘逸的衣服，留一头灰、红、深棕色相杂的长发，用一根缎带全都扎在脑袋后面。

她自己并不请钟点工做清洁，而是付钱让鲁拉每周两个下午去为她妈妈料理家务。那是个不好相处、难以取悦的老太太。提起希劳拉，她从来都没有半句好话，除了说女儿一直太愚蠢，总是太固执，不会有任何好结果。

但希劳拉即使知道这些，也毫不在意。她告诉鲁拉，有一个很棒的小小托儿处可以让孩子们一起玩耍。是她的一个朋友办的。

"哦，对我来说，那里恐怕是太贵了。"鲁拉忧伤地回应。

"如果你能做两三个钟头的保洁作为交换，我想他们会很乐意收下你儿子的。"

"但其他家长也许会不高兴的。不想让清洁工的孩子跟他们的子女在一起。"

"他们不会那样想的,况且,他们也根本不会知道。"希劳拉说得很肯定,"去托儿所玩、交朋友,理查德,你喜欢的,不是吗?"希劳拉有一种令人佩服的好习惯,就是跟孩子说话时,仿佛把他们当成年人,从不会特意假扮小娃娃的腔调。

"我叫里格尔。"小家伙说道。从那以后,人们就都这样叫他了。

里格尔很喜欢那小托儿所。没人知道,在其他孩子到来之前的两小时,他就已经先到那里了。他妈妈擦洗打扫,把场地准备好来迎接这一天的游戏活动。

经由希劳拉介绍,鲁拉又得到了附近的几份工作。她给一间发型屋做保洁,店主和员工们让她感到自己简直就是那里的一分子,是自家人。她们甚至免费给她做了那种收费很贵的高光挑染。码头上有一个叫恩尼奥的餐厅,鲁拉每周在那里工作几个小时,也同样有一种融入之感。店里总是让她尝尝一碗意面之类的,这样就解决了一顿午餐。然后,她就回去接里格尔。把儿子带在身边的同时,她还帮着照顾其他的孩子,领他们去圣斯蒂芬绿地公园散步、喂野鸭。

鲁拉的家人对里格尔的存在一无所知。这样的隐瞒处理,看上去似乎也容易或好办一些。并且,里格尔很小年纪就学会了不再询问有关他父亲的事。每次他提起父亲,妈妈总会开始哭泣并迁怒于他。

跟很多大家庭里发生的情况一样,孩子离家独立生活之后,跟老家的一切就日益疏远了。有时候,比如圣诞节,鲁拉会觉得孤单,她想念石桥,还有从前为谢狄小姐们装点圣诞树的日子。每一个装饰物,她们都会给她讲讲来历。她会想起父母,想到家中过圣诞吃的烤鹅,想到他们为所有远赴他乡的子女所做的祈祷——尤其是鲁拉两个远在美国的姐姐,在伯明翰的哥哥,还有在都柏林的纳塞和鲁拉自己。不过,她的生活并不孤单。有了里格尔,怎么会觉得孤单?母子俩可是亲热得很,相依为命。

她想不起来是什么促使她与大哥纳塞取得联系的。也许是奎妮小姐的又一封来信?她总是用一种非常积极乐观的心态去对待每一件事。奎妮小姐说,纳塞在都柏林过的日子或许挺孤寂的,如果有来自老家的熟人或亲属的陪伴,他大概会感到乐在其中。

她几乎想不起大哥的样子了。他是这个大家庭子女中最年长的,而她是最年幼的。她现在都有了一个儿子,很快就要上正儿八经的学校了,大哥不会感到意外或震惊吧。

这毕竟值得一试。

她去造访纳塞所供职的那间肉铺,手里牵着里格尔。她一下子就认出了自己的大哥。他身穿白色长外套,拿着一把斩肉刀在案板后熟练地剁羊排。

"我是鲁拉,你妹妹,"她简练地自报家门,"这是里格尔。"

里格尔仰脸看着这位舅舅,面有畏惧之色。鲁拉盯着大哥的脸,目光坚定,就那么一直看着。然后,她看到纳塞脸上浮现出一抹大大的微笑。见到她,他是真的很高兴。就因为鲁拉担心大哥不愿认她,过去的那五年不必要的拖延,实在是浪费。

"等十分钟,就是我的休息时间了。我们去街对面的那个咖啡厅坐坐。"大哥过去对老板说,"马龙先生,这是我妹妹,还有她家的小家伙,里格尔。"

"纳塞,你现在就去休息吧。你们一定有很多要说的。"马龙先生是个和善的人。事实证明,兄妹俩确实有很多可说的。

纳塞挺随和。关于里格尔的生父,还有鲁拉为何拖了这么久才跟他联络,他都只字未提。他关心的只是妹妹工作的地方,又说马龙家正找人帮着打理家务,而且这家人真的很不错,磊落大方。她去那里是没错的,比在任何地方干都好。纳塞跟另一个侄儿也有联系。那小伙子虽然名字不中听,叫"丁狗",但是个好人,脑海中充满梦想——尽管蠢话也很多。他自己有台小货车,给人家送货。"丁狗"单身,可他总是说,他所服务的那些主顾是对他孤单日子的补偿,他非常喜欢听到其他家庭成员的消息。如果知道又有了个新表弟,他肯定会高兴的。

纳塞问起了老家的情形。鲁拉对具体细节含糊其词。

"他们还不知道有里格尔的。"鲁拉这样说了,但她甚至都不必说。大哥对此心知肚明。

"透露太多的消息,让家里人感到有负担、有压力,那样做没什么意义。"他一边搭话,一边通情达理地点着头。

他说自己至今都没能找到适合自己的生活伴侣,但也一直希望着有朝一日能遇上个什么人。他不喜欢在酒馆或酒吧里搭识姑娘,可老实说,难道还有别的地方可选择吗?对青少年们光顾的舞厅和夜店、俱乐部来说,他已经太老了。

自从那次会面起,他成了鲁拉和里格尔生活的一部分。

他可算是个再理想不过的好舅舅,认识动物园的一位管理员,教小外甥骑单车,带孩子去看人生的第一场比赛。里格尔十一岁时,也是纳塞告诉了鲁拉,说小家伙在学校跟一帮很糟糕的坏孩子混在了一起,还因为偷东西被好几家商店给撵出来。

她大惊失色,惶恐不已,但里格尔却满不在乎的模样。大家都这么干的,商店也知道他们拿了东西。这就是规则,一直都是这样。

接下来,他卷入了一个案件:几个老人受到小混混们威胁,被迫把当周领到的养老金交给他们。里格尔站到了青少年法庭上,领到了刑罚判决,但缓期执行。

当他在一处仓库偷电视机又被抓到时,这就意味着必须去少管所了。

鲁拉以前没想到她会哭得如此伤心,眼泪如此之多。她被彻底击倒,彻底崩溃了。她的小儿子到底发生了什么事?什么时候开始的?现在做什么事都没意义了。如今,她的工作只是机械的劳动。

凯蒂的发型屋,恩尼奥的餐馆,或者圣加拉斯弯月道的居民区,她在这些地方曾经是如此快乐,跟大家打成一片,但现在却听不进周围这些人的半句闲谈。

她决定每周都给儿子写信,但里格尔对什么感兴趣,她又一无所知。

也许,是足球?于是,她翻看晚报,看球队的下一场比赛会在哪里举行,同时也看看有什么新电影是里格尔可能会喜欢的。一周周过去,她就这样写着信。儿子有时候会回信,有时候又不回,但鲁拉还是继续每周都写。

她告诉里格尔,外公是如何生病死掉的,她又是如何回了石桥去参加葬礼。她说,离开那里这么多年之后,家乡村镇看上去是如此之小,真有一种奇怪的感觉。她几乎谁都不认识了,姐姐哥哥们看上去也像陌生人似的。她的母亲看起来非常瘦小而苍老。老家的一切,变化如此之大,就像是去到了一个完全不同的地方。

这封信,里格尔回复了:

我很遗憾,外公去世了。我们为什么从未去看过他呢,也从未回过老家那地方?这里的伙计们倒是老会说到他们的爷爷奶奶、姥姥姥爷之类的。

鲁拉回信:

等你回家了,我会带你坐火车去石桥,你可以亲眼看到一切的。我们之前为什么没回?这就说来话长了,但当面告诉你,比在这里写下来要容易一些。

等到从少管所刑满释放,里格尔已经十六岁了。而在此之前,鲁拉的妈妈又死了。

纳塞独自回去给母亲送葬。鲁拉没回。上次回去参加父亲的葬礼,所经历的一切让她很不自在。她怀疑或觉察到,有些邻居用古怪的眼光打量她。移居美国的两个姐姐对她颇为不满,认为她应该更经常地定期回家探亲。伯明翰的那位哥哥给她讲了一番令人生厌的大道理,说什么是时候了,她该安顿下来,找个归宿,有个家庭,而不是在都柏林瞎晃悠,只顾自己享乐。

纳塞告诉家人,说他跟鲁拉还是时不时碰面的,但除此之外就什么都没说。他坚持着自己的那套理论,就是不要用太多信息去给别人增添负担。他从老家也带回了一些消息。谢狄三姐妹中的两个已经过世了。现在只有奎妮小姐还活着。

然后又传来消息,说小鸡·斯达从美国回来了,打算买下石头大屋。奎妮小姐将在那里度过余生。她们计划把老宅子改造成度假屋。

鲁拉清楚地记得小鸡。她们从前一起上学。小鸡嫁给了一个美国人,名叫沃尔特·斯达,然后就去纽约定居了。鲁拉曾写信给小鸡。她可怜的丈夫在一场惨烈的交通事故中丢了命。

那栋大房子,像野藤一样蔓生,铺开一大片,要把那里整饬得像模像样,弄成一处人们愿意花钱入住的民宿,那可是够小鸡忙碌的,她会忙得喘不过气来。

里格尔回家后,对在少管所度过的日子倒是没说多少。他这个学了一点,那个也学了一点,他说。但哪一样也不能算上合格。他们在那里接受了一些泥瓦工的培训:这周练习抹泥灰,另外一周又被安排挖沟。纳塞说,他要尝试说服马龙先生,让里格尔去肉铺干活,但现阶段生意实在不好做。人们越来越多地光顾超市,在那里买现成的小包装肉品。

希劳拉问鲁拉,她是否知道里格尔还想不想回学校读书。希劳拉愿意给他补习一些课程试试,帮他赶上落下的进度,但里格尔说不想上学了。

学已经上够了,他说。

鲁拉满心期待,希望他能成长进步,摆脱过去的行为习惯,希望他能够结交新朋友,走上跟以往完全不同的生活道路。

但里格尔回家还没几周,鲁拉就意识到,儿子又跟过去瞎混的那些小痞子们联系上了。这几个是他能找到的,另外有一些已经不在附近晃悠了。两个在坐牢,一个跑掉了——可能去了英格兰,其他的人则处在警察相当严密的连续监控之下。

里格尔已经受到过各相关部门的警告,如果他再犯事,就会有留下刑事案底的危险。

他每天早出晚归,不对妈妈做任何解释,也不说一说那么多时间都去干什么了。一天夜里,鲁拉听到外面有叫喊和奔跑的嘈杂声,门也砰砰直响。她躺在黑暗中,吓得直抖,等着警察在警车汽笛的凄厉鸣响中到来。但没有任何人过来。

第二天早上,她依旧绷紧了神经,忧心忡忡。但里格尔却显然睡得很好,看上去什么心事也没有。他告诉妈妈,想找一份工作。鲁拉感到极大的宽慰。

看到里格尔带着两个朋友来到肉铺,纳塞挺惊讶。就只是惊讶,一点也谈不上愉快。

可里格尔是来问有什么零散活儿需要干的,比方说,要不要他们去打扫后院之类的。

看到外甥对合法本分的工作表现出兴趣,纳塞很高兴。他跑到马龙先生面前,问能不能给小家伙们三两个钟头的活儿干干。公道地说,他们把活儿干得不错。纳塞愉快地向鲁拉汇报了这件事。小伙子们做完零活,拿到几欧元的报酬,挺满意地离开了。

鲁拉终于又开始正常呼吸了。也许,她是过度忧虑了,没有事却自寻烦恼。

两天之后的夜里,纳塞照例在晚上很迟才去散步,经过了肉铺。他下意识地看了看店铺的防盗报警器,惊讶地发现报警器没有亮着。他可从来没有一次离开店铺却不把报警器调到"启用"位置的。他大为恐慌,悄悄进入店里,听到店堂后面从冷藏间传出的声音。

他走过去,看到三个人正在抬整片整片的带骨牛肉往小货车上装,而货车就停在后院里。

他冲向这帮小贼。他们其中一个丢下一大片肉,手拿撬棍来迎击他。

"你要干什么?"纳塞高喊道。那人正要拿棍子砸向他时,不知从哪里传来叫声:"别打,看在上帝分上,别碰他!"

抡起的撬棍停下了。纳塞突然辨认出来,保护他的实际上就是外甥里格尔。

"里格尔,我真无法相信。"纳塞几乎要哭出声来了,"你们干了点活,也拿了钱,却回头来偷人家的肉。"

"闭嘴,纳塞,你个大傻瓜。你现在给我走开。你没来过这里,什么也没看见,听清楚我的话没有?你回家去,屁也不要放一个。这对你没坏处。"

"我不能走。我不能让马龙先生的货就这样被拿走,这可是他的生计啊……"

"纳塞,他有保险的。眼睛放亮一点,老兄。"

"你们不能这样。这些整肉块,你们打算怎么处理?"

"切开来卖。在山景村住宅区那边卖。那里的人全都想买点便宜肉的。纳塞,你现在走开,明白了吗?"

"我不走,我也不会把这事瞒着的。"

"里格尔,让这家伙闭嘴,要么是你来,要么就是我来。"另外一个混混开口道。

纳塞感到自己被推出了门外,同时也感觉到里格尔热乎乎的鼻息喷在他脸上。

"老天,纳塞,你就没有一丁点的理智吗?他们会把你半边脑壳都打烂的。*出去*。你给我跑。马上跑掉!"

纳塞一路跑到了鲁拉的住处,告诉她发生的事情。两人脸色煞白、心惊胆战地坐在那里,沮丧地喝茶。

"即使我不向马龙先生告发,他还是会知道的。他又不是傻子。除了那三个混蛋,难道还有别的人能进到店里,能了解那里的地形布局,能把那地方摸得清清楚楚?而且,他也知道里格尔是我的外甥。"

"真是很对不起你,纳塞。"鲁拉哀泣道。

"我们必须想想,怎么才可以救他。犯了这事,他要去蹲大牢的。"纳塞很忧虑。

"都是我的错。我本来可以管好他的。但我总是忙着打工,想为他多挣点钱。存钱让他上大学,可他永远也别想上了。"

"别这么说。这个不能归罪到你身上。"

"可如果不是我的错,又能是谁的责任呢?"

"现在不是讨论这个的时候。我们得把他藏起来。警察一定会来这里找他的。"

"我们能不能把他送到石桥去?"鲁拉满脸的绝望。

"问题是,在那边有谁愿意收留照顾他呢?我想,你也不愿让任何人知道有这个孩子。"

"但我也不愿他去坐牢啊。人家会不会知道他,这已经不再重要了。"

"老家没有人能对付他,能约束他的,"纳塞说,"哪怕先不管这个,首先得有个地方让他蹲着,有点事干……"

鲁拉绞尽脑汁地去想有什么藏身之地。

"他能不能去石头大屋,给小鸡干活?不久前,奎妮小姐给我来信的,说小鸡正要找个帮手。"

"他干不长的。"纳塞摇头。

"只要明白他的选择,要么是那里,要么是蹲监狱,他就会干的。"

"那给小鸡打电话吧。"纳塞当机立断。

纳塞没听电话里怎么说的,他走到外面街边,等着里格尔回来。他看到那孩子沿着街道跑过来。里格尔到家了。他脸色刷白,双手抖个不停。任何人他都想抱怨,唯独不责怪自己。

"纳塞,如果我被弄进去了,那都是因为你。其他几个哥们儿都把我扫地出门了。我们弄到的东西,他们一分也不会给我。太不公平了。是我安排了这件事。是我让他们有了得手的途径。"

"确实,是你。"纳塞语气阴沉而严峻。

"我告诉其他人说你不会出卖我们的,可他们不相信我。他们说,你大概已经跑到局子里报案了。你去了吗?"

"没有。"纳塞答道。

"哎呀,谢天谢地。你为什么当时就不能后撤跑掉呢?"

"我撤了的。按你说的跑掉了。"

"你不会说出去吧?"里格尔神态天真,像个孩子。

"里格尔,我都没必要说出去。反正马龙先生会知道是谁干的。"

"哦,得了吧,你总是马龙先生这个,马龙先生那个的。拜托你听听自己说话的那德行好吗?"里格尔满心的轻蔑和嘲弄,"你这么个大个子,也一把年纪了,可以当你自己的主宰了,而不是一天到晚对他恭恭敬敬,像只呆绵羊随人家薅毛,说来说去老是'先生是的,是的先生,毛够满满三麻袋呢',俯首帖耳的。"

"即使我装聋作哑,守口如瓶,他们也会发现你的。"纳塞提醒外甥。

"里格尔,你给我闭嘴,仔细听着。"鲁拉突然发话了。

里格尔看着妈妈,大为惊讶。鲁拉脸色很严肃,冷硬无情。以前,他从不知道妈妈对他讲话会这样严厉又大声。

"今天,我们要连夜把你弄出都柏林。而且你再也不能回来了。"

"你们说什么?"

"今天夜里,有个卡车司机要开车回石桥。你跟他一起走。他会把你带到石头大屋。"

"什么石头大屋?那是学校?"里格尔心有恐惧。

"那是你妈妈年轻时干活的地方。很多年前,她从那里离开,就是为了生下你。她那时还指望着你能带给她多少的快乐和骄傲呢。"纳塞的语气从未显得如此痛苦又尖刻。

里格尔试图说一点什么,但舅舅不给他说一个字的机会。"收拾一下你的东西",舅舅说,"把你的手机交给我,不要告诉任何人你要去哪儿。早上,等马龙店里开门的时候,你就已经到石桥了。"

"但你说过,警察无论如何还是会找到我的。"

"如果你不在此地就不会,他们找不到你的。只要没人知道你在哪里,他们就发现不了你。"

"妈,是这样吗?"

"小鸡只肯给我这一次人情。司机是她告诉我的。她会收留你一周,看情况怎么样。只要你旧病复发,又要任何老花样,她就会打电话通报警察上门,他们会把你抓回来——你还没明白是怎么回事,就已经被关在铁窗里面了。"

"别说了,妈!"

"别喊我'妈'。我从来都不是你合格的妈妈。我们只是表面上像个家庭罢了,过去这些年来就是这样,到今夜为止,一切结束了。"

"舅舅呢?"

"什么事?"

"你会有麻烦吗?"里格尔问道。这是第一次有迹象暗示,他对别人而不是他自己,大概有了一丝关切。

"我不知道。那有待观察。我会告诉马龙先生,对这件事,我非常抱歉非常遗憾,向他引荐了你们这几个混球去后院干活。对此,我真的是非常非常后悔和遗憾。"

"他不会炒了你的,会吗?"

"谁知道呢?我希望不会。这么多年,我兢兢业业,就犯过这一个错误。"

"其他那些家伙……"

"你说了,他们把你扫地出门了,把你甩了,溜之大吉了。他们不会再惦记你的。你也没必要去考虑他们的事了。"

"可是,如果他们被抓了呢?"

"他们会被逮住的,但你已经远走高飞了,开始了一份新工作。"纳塞镇定而冷静。

随后的事情进展得很快。里格尔的行李在一片静默中打包好了。司机开着空货车来了。那人半个字也不说,只是用手势示意了前排副驾驶座位。在横穿爱尔兰的途中,也不会有什么对话或闲聊。

里格尔打算道别时,妈妈扭头把身体转了过去。里格尔眼中溢满泪水。

"对不起,妈妈。"他说道。

"走吧。"鲁拉说。

然后他就走了。他没想到一趟公路旅程会耗时如此之久。前方等着他的是什么,他也毫无概念。舅舅给了他非常明确坚定的指令,不要跟司机讨论任何话题。暗夜中有黑乎乎的小块田地在车子一边闪过,他便从车窗向外看着。人们是怎么生活在这样的地方的呢?有时候,路面上还会有死兔子和狐狸的尸体。他倒是想问问,这些动物为什么那么呆,要撞到疾行的车辆上找死,但交谈看似是被禁止的,于是,他便听了一路司机放的音乐,无休无止的乡村歌曲和西部民谣,歌里唱的都是失败者和酒鬼的故事,还有那些遭到背叛的倒霉人儿。

等到他们到了石桥,里格尔感到此生以来前所未有地低落和颓唐。

司机把他撂在了石头大屋的门口。他的妈妈曾在这里做过事,曾在这里生活过。难怪她一直都没回来。

里格尔自问,在这里,他到底要干些什么,一直等到都柏林那边的祸端逐渐平息下去?会平息下去吗?

他上前去敲门。一位留着短鬈发的女士立即来开了门,还竖起食指挡在自己嘴唇前示意他别说话。

"悄悄地进来,不要吵醒奎妮小姐。"她说话很低声,带有轻微的美国口音。

被称为小鸡和奎妮的这些人,她们是谁?

他被领进了一处老旧的厨房,那里有一台破破烂烂的炉灶,灶前面蹲着一只小猫在取暖。这是只白猫,有一条小小的黑尾巴,像个细细长长的三角形,小耳朵也是黑的。看到他,小东西乞怜地喵呜起来。

里格尔抱起猫咪,抚弄它的头:"它叫什么名字?"

"这猫是今天才来的,就跟你一样。它一个钟头前跑来的。"

"它会留下来吗?"他问。

"看情况。"小鸡·斯达不泄露任何讯息。

里格尔注视着她。"要看什么情况?"他问。

"如果它肯好好干活,抓老鼠,如果它不惹麻烦,对奎妮小姐表现友好,那就差不多。就是这一类的条件。"

"我懂了。"里格尔回应说。他也确实听明白了,"首先,我该做什么?"他问。

"我想,你应该先吃一点早餐。"小鸡说。

里格尔的新生活就这样开始了。

把这房子变成酒店,这个主意够疯癫的。她们以为会有哪种人来这里,来这个地方?不过,这个计划仍然是最值得关心的事,除此之外,还能有什么可玩的呢?

是奎妮小姐把那猫咪带到家里来的。那边山脚下其中一座农舍里,有一窝小猫出生,而来到大屋的,是幼崽当中的最后一只。这小东西能否幸存,本来还是个疑问,直到奎妮小姐确定了它悬而未决的命运——她把这小生灵放进衣服口袋,带回了家。她把猫咪捧在掌心里,跟它轻声细语地说话,而小猫睁着大大的灰绿色眼睛,严肃认真地盯着她看。她告诉里格尔,她决定把这只小母猫叫作格莱莉娅。里格尔很快意识到,奎妮小姐就仿佛出自黑白老电影中的人物,她喜欢屋子保持原先旧有的老传统,敲一敲小铜锣作为开饭的信号,餐桌要布置得规规矩矩。每次外出,她必定戴上手套,还有一顶考究的帽子。

看起来,她好像认为里格尔是不错的朋友,是一个很有帮助的人,在她们需要他的时候,他就恰逢其时地出现了。她给他讲又长又令人混淆不清的老故事,说的是名叫贝翠丝和杰西卡的什么人,还有其他一些人,反正都是死了好多年的。奎妮对待他人完全是无恶意的,但实在老态龙钟了,大概有些迷糊,神志不那么清晰。

奎妮小姐知道,你不用在猫咪的碟子里倒上牛奶,只要给足够多的水,还有一小袋猫粮就行。格莱莉娅看起来当然也挺好,吃这些东西就能健康成长。每天的大部分时间,她都在睡觉。另外,毫无疑问这是只脑袋没多少东西的傻猫咪,她看起来有一堆强烈的焦躁情绪,动不动就会发作一阵,而这只不过是因为她老是怀疑自己的尾巴是另外一个什么动物一直在尾随她。奎妮小姐说,这事可不能完全责怪格莱莉娅,毕竟,她的尾巴跟身上的毛不同,是另一种颜色。奎妮小姐在厨房角落里,靠着炉灶的旁边,已经弄好了一个小猫窝。格莱莉娅睡觉时,奎妮小姐就在那里愉快地看着,一看能看上好几个小时。

小鸡则没有那么容易接近。她辛勤工作,也希望里格尔同样如此。她几乎没时间去闲聊。

这地方要干的活儿太多了。

里格尔在石头大屋那野草蔓生、荒芜丛杂的园子里挖来挖去,直到腰酸背痛。随海风飘过来的水雾,也让他脸部的皮肤变粗糙了。园子里的泥土土质很硬,还有很多碎石,荆棘和刺藤灌木更是密密匝匝。即使他注意保护自己了,但浑身还是增添了众多的刮痕和伤口。格莱莉娅意外地跑来陪伴他,这让他很是高兴。他挖过的地方,小母猫就鼻子贴着土嗅一嗅,那细长三角形的小黑尾巴向天高高扬起来。她向叶子欢跳猛扑,逮着嫩枝还啃一啃品味一番。不止一次,在里格尔顺着灌木丛向前挖,铲下铁锹时,她差点就身首异处——只隔着一根胡须的距离才得以幸免。她的好奇心真是无限的,永不满足的。里格尔在干活,她就不知疲倦地跟着去探险。他暂停,拄着铁锹站在那里休息时,她就神态凝重地打个滚,然后四脚朝天,仰脸盯着他看。

大西洋的狂风吹袭着屋子,雨水横斜着打入室内,这样的日子,便要清理老阁楼,重新变换家具位置,还要给木器上漆。附属的老旧外屋交给几个建筑工去处理了。那些人忙着拆除倾塌的部分,然后又忙着翻新修复。里格尔也帮他们干活,搬砖头、石块以及木板。他每天早上将炉栅后面的灰烬清理出去,还劈柴用于壁炉取暖,有小鸡的建议警示在前,里格尔知道这一点的重要性,就是要善待奎妮小姐。每天早上,他都为她泡一壶茶,给她送进被她称作"晨间居室"的房间。同时,他也给格莱莉娅喂食。

奎妮是个老古董,人挺好的,当然了,还总是跟仙女精灵们随时碰面,但她本身绝对无害。她对什么都感兴趣,会给里格尔讲些长得望不到头的故事,说的都是过去她姐姐们还活着的时候。老小姐们应该很乐意能有个网球场的,但从来都没有闲钱去修球场。

"你妈妈以前在这里的时候,干得很好。她走了之后,我们真的很想念她。"奎妮小姐这样回顾往昔,"没有谁能像鲁拉一样把土豆饼做得那么好。"

这对里格尔来说倒是新闻。他从不记得妈妈在家里曾做过土豆饼。

在厨房后面,里格尔有他自己的一间卧室,他每晚都筋疲力竭地在那里睡上七个钟头。一个周六,小鸡给了他搭公共巴士去邻镇的费用,还有够买一张电影票和一个汉堡的钱。

没人说起他为什么到了那个地方,也没人提到这个事实——他是在藏身躲避。他没有什么时间在当地结交朋友,而那也很好,鉴于里格尔的处境,那是好事。知道他的人越少越好。

然后,他听到了自己一直在等待的消息。

纳塞在电话里告诉了他详细的情况。因为从肉店盗窃,两个年轻人被拘捕了。他们出庭受审,被判服刑六个月。

警察监视鲁拉的住处,持续了几周时间。没有谁看到里格尔的行迹,也没有谁知道他去了哪里,于是这事就被搁置了。

"他们是怎么抓住他们的?"里格尔小声问道。

"有个人给警察透露了山景村住宅区,结果他们就在那边,无耻又嚣张,挨家挨户地卖肉来的。"

里格尔知道,这里的"有个人"肯定就是纳塞,但他什么也没说。"那你的工作呢,舅舅?"

"还是在那里。马龙先生有时候也同情我当时的做法。你跑掉,他能理解。他甚至还对我说,远离都柏林,你也许要好过得多。"

"我明白。"

"里格尔,他大概说得没错。"

"再次谢谢你,舅舅。妈妈情况怎样?"

"她还有些惶恐,受打击太大了,你知道的。她是那么期待你从少管所出来、回家,实际上是掰着指头数日子。她对你抱有那么大的期望,那么多设想,但现在一切都结束了。"

"哦,不,没有一切都完蛋。没有永远完蛋,不是彻底玩完。既然其他人不在街头混了,我可以回去的,不是吗?"

"不行,里格尔,这些家伙还有朋友的。他们是有帮派的。很长一段时期内,我都不建议你回来。"

"可我也不能永远待在这里呀。"里格尔哀叹道。

"你必须待在那里更长时间,要相当长的时间。"纳塞警示他。

"我想妈妈,想让她给我写信。我在少管所的那些日子,她就是那样做的。"

"我不能说她有心情准备给你写信。无论如何,暂时还没有。当然了,你自己总是可以写信给她的。"纳塞指出这一点。

"我想,我会的……"

"很好,那就好。"纳塞挂断了电话。

也许,奎妮小姐可以帮他写信给妈妈。

她真的帮了大忙,她告诉里格尔哪些事情可能会让鲁拉感兴趣:镇上哪里的汽修店卖掉了;奥哈拉家新建的那些度假屋是如何失去价值的——没有买家,房子现在就如同耗资不菲却无用的大白象,而这个名门望族原本指望以此大发其财,成为百万富翁的;约翰逊神父又是怎么配了一个新副手,教区里大多数的工作如今都由这助理牧师来干。

里格尔不知道妈妈是不是觉得这些新闻中没什么是有趣的,因为她从未寄来回信。

"她不给我回信,你认为是什么原因?"他问奎妮小姐。

老太太也说不出个所以然。她一边抚弄着膝间趴着的格莱莉娅,淡蓝色的眼睛里显出烦恼和忧伤,算是替里格尔表达了内心的困扰。这挺奇怪的,她说,鲁拉从前是如此地以他为豪,甚至还把他受洗命名和初领圣礼的照片寄回石头大屋。也许,小鸡能明白是怎么回事吧。

他紧张不安地去问小鸡。小鸡简练干脆地说,假如他认定自己的妈妈克服了所有那些阴影,已经缓过神来,那他对生活的看法肯定是过于乐观了。

"她半夜给我打来电话,那可不是轻而易举的事。我们二十年没见了,而她却不得不告诉我,说我是世上唯一可以帮她的人。那样的事,可不是她乐意做的。换成是我,我也会反感的。"

"是的,我知道,可你能不能告诉她,我已经改了?"他恳求道。

"我对她讲过了。"

"那么,她为什么还不给我回信?"

"因为她认为这一切都是*她的*过错。她真的不想再跟你的生活有所牵连。我说得这么严酷无情,我也很遗憾,但这是你自己要问的。"

"对,是我问的。"里格尔受到极大的震动和打击。

到了这时候,里格尔对这个完全天方夜谭似的疯癫计划——把这老宅子改造成漂亮舒适的度假民居——真的有了兴趣。最初的粗活和场地的清理都已完成,轮到翻新重建了。建筑承包商将要入场开工。浴室、卫生间和中央供暖的方案图纸被展开在厨房餐桌上,而格莱莉娅则把草图拨来弄去,从桌子这边踢腾到那边。里格尔满心惊异地在一旁看着。他知道,银行的人,保险经纪人,都跟小鸡见面商谈了,还有设计师也在未来商谈计划之中。

小鸡要改变他的职能安排和雇用条款,这倒让他始料不及。

"你在这里已经六个月了,里格尔,你实在是个很好的帮手。"一天晚上,奎妮小姐上床睡觉之后,小鸡跟他说道。听到这样的夸奖,里格尔非常高兴。这样的正面评价,他可从未得到过很多。里格尔等着,想听听接下来会是什么。

"几周之后,等建筑工人进场安顿好了,我需要有人帮着接送奎妮小姐去戴医生那里。你会开车吗?"

"会的,会开。"里格尔答道。

"但是,你有驾照吗?参加过驾照考试之类的没有?"

"我恐怕,没有过。"里格尔老实坦白。

"那么,那就是你首先必须做的——去汽修店的丁尼那里上一些驾驶培训课,然后考个驾驶证。你会栽种什么东西吗?"

"哪一类东西?"

"我们要自己种一些农产品,土豆、蔬菜、水果之类的。我们还要养鸡。"

"你当真?"有时候,里格尔觉得小鸡倒也算可靠,但……种菜养鸡?

"绝对当真。入住的客人,我们必须给他们一点特别的体验,让他们觉得,我们是在真正为他们提供食物,而不仅仅是跑到镇上去,直接在超市里全部买了搬回来而已。"

"我明白了。"里格尔说,但他其实根本都没看明白。

"所以,我在想,如果我称你为这里的经理,给你支付一笔合适的工资,你也许会觉得更有责任感和归属感。这里就将不只是你藏身避难的地方,而是一个正正经经的工作场所,有着真正的前途。"

"在这里?石桥?"里格尔很是惊愕,有人竟然能在这鸟不生蛋的乡野看到他的前途。

"是的,就是在石桥这里,没错。不远的将来,你想回到都柏林去,那看起来好像是不可能、不现实的。我希望,你或许能在这里扎下一点根,搞出一点属于你自己的名堂来。"

"我很感激你,感激你所做的一切,但是——"

"里格尔,但是什么?但是,你看到自己在都柏林有一个光明的未来,有一份美好前景?就是去偷店里整块的牛肉?卖肉的老实生意人要保护他们的货,你们就打人家?"

"我可没有打过谁。"他有些激动,愤愤不平。

"这个我知道。否则的话,我怎么会收留你,你想还有别的原因吗?你救了纳塞的命,他说的。他心意已决,希望你的人生有个新开端。我这是在尽力给你重新做人的机会,但这事还是挺困难的。"

"你喜欢我吗,小鸡?"

"是的,说实话,我喜欢。我原先以为我不会,但现在看法变了。你对奎妮很好,对小猫也很友善,你有很多优点。你还很年轻。我本来指望你能学到一些技能。要是你能做点事,有自己生活的一块小天地,那我就安心了。但你却把我的这些设想直接否决了,说什么这里的生活根本一文不值。所以,我就有点困惑,真的,不知该怎么办了。"

"只不过,这不是我认为自己该过的那种生活。"他辩解道。

"我以前认为我的生活也不是这样的,但生活变化的过程中,在某些节点,我们不得不接受一些东西,然后带着这些继续向前。"

"你运气不佳,可那不是你自己的错误,至少是这样的吧。"里格尔说。

"也许,在某种程度上,也要怪我自己。"她转眼望向远处。

"可是,你丈夫出事故丢了命,还有那一切——都不应该怪你的。"

"是的,不能说是我的责任。"

"如果你还觉得可以考虑,那我很乐意,很乐意当这里的经理。"停顿片刻之后,他这样表态。

"明天上午,我们就挖蔬菜园子。你在丁尼那里的第一节驾驶课,明天下午开始。明天晚上你就开始学习交通规则,这块由奎妮小姐来负责。"

"我准备好了。"里格尔回答道。

"我会给你办一个邮政储蓄的账户,你每周的一半工资都会存进去,另外一半我给你现金。那样的话,你就可以买一些好看的衣服,带个姑娘去参加舞会之类的,或者别的什么活动也一样。"

"这些,我能告诉妈妈和纳塞舅舅吗?"

"哦,可以,当然可以的。但对你妈妈这边,我不抱有任何希望她会回复你。"

"那将是她听到的,有关我的第一个好消息。"他说道。

"不对,很多年前,你刚出生时,她就为你感到高兴。她写信给奎妮小姐,通报了所有情况。你生出来是五斤九两,应该是这么重吧。但现在的情形不同了。纳塞说,你妈需要去看医生,接受心理治疗。她得了某种抑郁症,但你妈却根本听不进去。"

小鸡觉得她看到了里格尔眼中的泪水,但她并非很确定。

驾驶课进展挺好。丁尼说,里格尔胆子大,什么都不怕,但鲁莽粗心;反应是够快,但也缺乏耐心。路面交通规则对里格尔来说是个考验,但奎妮小姐不嫌烦,每天晚上都热心地帮他练习。

"在城郊,有一个被叉掉的圆圈的标志是什么意思?"她会这样来提问。

"意思是,你喜欢开多快就可以开多快?"里格尔猜测。

"不,错了,那意思是说,你可以按照全国适用的常规限速来开。"奎妮小姐好似获胜一般地叫起来。

"我说的就是那个意思呀。"

"你的意思是,想开多快就开多快。"奎妮小姐澄清说,"你这样说,他们会给你不及格的。"

里格尔顺利地通过了驾照考试。

他开车带着奎妮小姐,哪里都去,按约定去见戴医生,去医院定期体检,去兽医那里给格莱莉娅切除卵巢。

"她自己不能生小宝宝,这对她可是个遗憾啊。"抚弄着趴在大腿间的猫咪,奎妮小姐这样感慨。

"奎妮小姐,那样的话,我们可就不得不给它们找地方住啊。以后有客人来了,我们可不能让人家住在一栋一大群猫到处乱窜的房子里。"里格尔意识到,他已经开始自觉地把自己当作这整个项目的成员之一了。

"里格尔,有朝一日,你想有自己的孩子吗?"奎妮总是问一些奇怪而又直来直去的问题,别的人可不会那样问的。

"跟你坦白讲,我想,我不会要孩子的。孩子看起来太麻烦了,不值得大人们付出那么多的心血。他们最终只会让你失望。"他知道,他这些话听起来有些苦涩尖刻的意思,于是费力地想笑一笑,把其中伤害性的因素给剔除掉。但实际上,奎妮小姐完全没有注意到这些。

"我们,杰西卡、贝翠丝和我自己,我们原本倒是很乐意有孩子的。那样的话,我们就能看到自己的孩子在石头大屋这里跑来跑去地玩了。当然,这种想法确实挺傻的,因为如果我们结了婚的话,哪里还会继续一起住在这里。不管怎么说,那一切都只是个梦,是幻想。"

"奎妮小姐,有没有过具体的某人,你曾经真的想考虑跟他谈婚论嫁的?"竟然问老太太这样一件事,里格尔把自己都给惊到了。

"有过一个年轻人……哎呀,我倒是真想嫁给他的,但可悲的是,他家里面感染了 TB,所以他根本没法结婚。"

"为什么不能?"

"TB 就是肺结核,这种肺部的疾病会传染,还会传到孩子身上。那个可怜人儿,真可怜啊,年纪轻轻,死在疗养院里了。他写给我的信,我还存着呢。"

里格尔轻拍老小姐的手。出于尴尬,他也拍了拍格莱莉娅的小脑袋。他继续开车向前,两人都沉默着,直至到了兽医那里。

"别怕,格莱莉娅。宝贝,你什么都感觉不到的。除了爱爱和生小猫咪,再怎么说,生活还是有更多其他乐趣的嘛。"奎妮小姐一边把咕噜咕噜喘鸣的猫儿交给兽医,一边对那小家伙安慰地说道。

兽医和里格尔不由得交换了一下眼神。在这个动物外科手术室,奎妮刚才跟格莱莉娅的对话可不常见。

看着格莱莉娅被抱进去,奎妮小姐和里格尔便开车去完成小鸡的采购清单。石桥这里,还有周边的乡村,竟然有这么多人认识他,能叫出他的名字,这让里格尔大为惊奇。在妈妈长大的这个地方,他已经得到接受和认可。他妈妈知道了这一点,肯定会相当欣慰的。

但依旧没有任何的只言片语从妈妈那边传过来。

他给鲁拉写了信,告诉她大屋这里买了才几天大的小鸡仔,还不得不随时防着格莱莉娅,因为那猫咪打算在小鸡仔身上尝试和练习她的捕猎技能,还有,挖种土豆的条播沟是多么辛苦。他告诉妈妈,砌一圈菜园墙,建筑工是如何狮子大开口要高价。于是,里格尔就自己来砌墙了。反正就是石头上面垒石头,一层层往上堆叠。长菜的田畴地基,也填土抬高了一些。每次当他挖了个土坑准备种什么时,格莱莉娅就会赶场般地跑来,蹲到坑里,郑重其事地抬眼盯着他看。尽管田地翻整过了,现在还是有攀缘植物沿着园墙边长上来,那被叫作树篱或者棚架。他们种的东西有长条菜豆、密生小胡瓜,还有整垄整垄的用于做沙拉的绿叶菜和各种香草。

有个可爱的姑娘,名叫卡梅尔·希基。她还在学校认真读书,想拿到毕业证,但也能被里格尔说服,一起出来看看电影,或者沿着海岸坐车兜风。关于这位女生,里格尔倒是瞒着妈妈了。

一些邻居,实际上也包括卡梅尔的家人,为这一点而忧烦:里格尔跟两个妇人在石头大屋生活。

小鸡一笑置之。人们是说了,说那看上去有点古怪,但还能有什么吗,一切就此而已。她对外人的看法不加理会。三个人的生活继续波澜不惊,每天起早贪黑地忙碌着,也忙着对付那些工人——这些家伙要么是到场不准时,要么就是连个鬼影子也不见。小鸡教里格尔做奎妮小姐喜爱的那一类餐食:小小的司康烤饼和奶酪煎蛋卷。他很快就掌握了。他学的东西很多,这只是其中一例而已。

有时候,里格尔向小鸡询问女孩子们都喜欢些什么。他想好好招待一下卡梅尔,让她开心开心。他问小鸡有什么好主意。

小鸡认为,卡梅尔也许喜欢去邻镇上玩,那里有个露天游乐场,每年这个时候都会搞活动,有烟花表演、碰碰车和一座大摩天轮,还有很多好玩的项目。

显而易见地,卡梅尔很喜欢这个出游计划。

里格尔精心打扮,穿得整整齐齐,开着老旧的小货车带着女友外出。这一幕倒是令人动容。小鸡目送他们顺着海岸峭壁上的公路远去,不禁叹了一口气。里格尔不喝酒,所以她从不担忧前方会有多大的危险。但她实在没有预料到,短短几个月之后,在石头大屋这里会有什么样的对话要发生。

卡梅尔怀孕了。

卡梅尔·希基,十七岁,即将参加她的高中毕业考试,现在要生下里格尔的孩子,而里格尔也才十八岁。两人彼此相爱,所以打算私奔,跑去英格兰结婚。里格尔很抱歉要如此狼狈仓促地逃离,他又让小鸡失望了,但他说那是唯一的选择。去医院堕胎是想也不用想的,卡梅尔的父母会把他们两个都打死的。希基一家人,对这样的事绝无宽容的可能。

面对这一切,小鸡很镇静,甚至是镇静得不合常理。

她首先说的是,他们绝对不可将此事透露给任何人。谁也不能告诉。

卡梅尔依旧准备考试,就当作仿佛什么差错也没发生。接着,三周之后,等考试结束,他们就在这里,在石桥这里结婚,然后再处理剩下的事情。

里格尔看着她,似乎认为她是疯了。

"小鸡,你根本不知道他们会怎样对我。他们会把我活活剥了皮的。她家对她抱有那么大的期望:一个职业,一个像样的生活,最后找个体面般配的人当丈夫。他们可不希望她嫁给我这样一个没出路的人。他们永远不会同意的,哪怕再等一万年也没用。我们必须逃走。"

"那已经够了,已经有过多逃避的先例了,"小鸡说,"你妈妈是从这里跑掉的。我也是。你这里又要跑。这一切也该停止了。现在就让它停止。"

"可我有什么能给卡梅尔呢?"

"你在这里有工作——挺好的一份工作——你在邮政储蓄也已经

有了存款。菜园子旁边的小屋,我打算给你们去住。你们可以在那里安家。长出来的蔬菜瓜果,除了供应给石头大屋民宿,你也可以卖给别的人,只要人家肯买。老天做证,你可是挺有生意头脑的。这些天,希基那家人肯定也没那么容易过的,短时间内要找到什么现成的人选,立刻娶了他家的女儿还提供安家的地方,难度无疑会很大。"

"小鸡,不是那么回事。你不知道那家人是什么样的。"

"我*很*清楚他们是什么人。从小到大,这么多年来我都认识希基那家人。我的意思,并不是说他们会对眼下的局面感到高兴,但再怎么说,比起让警察在英格兰抓到你,或者是让救世军去追踪你们,我提出的解决方案终归要好到十万八千里还不止了。"

"你是说结婚?在石桥这里结婚?"

"只要你们愿意,那我的答复就是肯定的。我觉得,你们两个还是太年轻了。你们本可以再等好几年才结婚的,但如果你们现在想办事的话,那约翰逊神父这里怎么通融,就交给我好了。"

"那行不通的。"

"只要你什么都不说,只管把那小屋收拾好,这个办法就能奏效。你必须把房子整理准备好了,等到那一天,告诉希基家里说卡梅尔怀孕了的那一天,你就把房子给他们看。"

"小鸡阿姨,你理智一点。即使那样做能行得通,我们也没法在三周或一个月之内把这一切都搞定的。"

"只要我告诉建筑工人们,石头小屋是当务之急,优先弄,那么我们就能把这事搞定。我们这里已经买回来的家具,你可以拿一些过去先用着。"

他看着她,眼中露出些希望的神色:"你真觉得可以……"

"我们一分钟时间也不能浪费,这事也不能告诉你妈妈。暂时还不行。"

"哦,老天在上,听到这个她也会疯掉的。又是坏消息。"

"如果等一等再告诉她全部的情况,那就不是坏消息了。等她听说你有了房子,一份不错的工作,还有了个新娘,就不是坏消息了。那样的话,哪里还有坏消息?这些不正是她一直在期待的东西吗,不正是对你的期待吗?"

事实证明,卡梅尔·希基也是个极为实际的姑娘,务实得惊人。她下定决心,会完全专注于毕业考试,同时她还说想学记账,以及一些商业课程,以此作为将来的职业方向。她提出要求,里格尔动作必须加快,只要是醒着的时刻,就得去翻修石头小屋,让那里及早成形。不用去挤上出国的客船,不至于私奔到英格兰却茫无头绪不知如何谋生,这让她看似长长地松了一口气。

卡梅尔对小鸡信心满满,即便是把约翰逊神父请到结婚现场,这一难题似乎也并非无法破解。

卡梅尔的自信没有错。等到毕业考试完毕,约翰逊神父已经被说服了。他转念一想,这两个人诚然是很年轻,但那姑娘的孕相毕竟还很轻微,以基督教的仪式见证他们庄重牵手,缔结良缘,终归是好事一桩,而不是什么恶行。

当希基家的人呼天抢地、连声抗议之时,约翰逊神父倒是指责起他们来,提醒他们不要违背神的旨意,不要碍手碍脚,挡了上帝的路。

初次造访石头小屋之后,希基一家人的情绪多少缓和了一些,因为有证据表明,里格尔看起来是可以自己做主的,而不只是小鸡的勤杂工。他们也不得不承认,那小屋倒是很舒服的地方,按照他们的要求,也算"设施齐备"了。

格莱莉娅自作主张,跑来装点这个场地,力求锦上添花。她蹲在小灶台旁边,玩玩猫洗脸的把戏,让室内有了一种居家的温暖氛围;谢狄小姐们曾非常心爱的那些老灯盏被拿出来,擦得亮亮的;旧地毯上面比较完好的部分被裁切出来,充当小屋里的脚垫;室内外的所有墙面,每一样东西,都被涂上了鲜艳明亮的色彩。

婚礼场面没计划搞大,也不会多热闹。他们可不想招摇过市。

鲁拉写来一封短信,打过一个简短的电话,向他们表达祝福,但也说她不能来出席婚礼。

"哎呀,妈,我可是很想你能来啊,来看看卡梅尔和我们的家。"妈妈拒绝到场,这让里格尔简直难以置信。

"里格尔,我是不能去。那不行的。我对你们俩表示美好的祝愿,希望你们未来会更好。我相信,有一天我会去的,下次再去看你们。"

"但是,妈,婚礼只有这一天呀。"

"那已经是比我能指望的好了。"鲁拉说道。

"可是,妈,那你为什么还不原谅我呢?舅舅说我应该做什么,我都做了。我在这里争取到了自己的生活。我工作很卖力。以前那种愚蠢的生活方式,我都改了,扔一边去了。可你为什么还是不肯来,不来看着我们结婚?"

"里格尔,是我辜负了你,没尽到责任。我没有好好养育你。我没能照顾你,也没能引导你成人。是我让你把你自己的生活搞砸了。你的成长,我一点作用也没有。你做到的那一切,都没有我的参与。"

"不要这样说,好不好?如果没有你,我什么也不是。我以前是个白痴,不听你的话。妈,求求你来吧。"

"里格尔,这一回不行。也许往后哪一天。"

"还有,我们的宝宝……如果那是个女孩子,我们打算给她起你的名字。"

"不要!请你们不要那样做。我知道,你觉得那样大概会让我高兴,但说实在的,我不想要这个。"

"为什么呢,妈?你为什么这么说?"

"因为我不配。里格尔,我什么时候为你做过什么恰当的事情呢?难道做过什么起作用的事情吗?我问过自己一遍又一遍,但不能找到任何肯定的答案。"

她寄来了结婚礼物,一只贵重的玻璃花瓶,还有一张卡片,上面写着,不能亲临婚礼,她感到非常遗憾。

卡梅尔表示了理解。

"我们应该给她时间,等到她完全准备好了为止。宝宝出生的时候,她说不定就会突然来这里了,然后我们就让她看看,她养的这个儿子多有出息。"

婚礼这一天的情况,比他们所希望的还要好。纳塞从都柏林赶来了,一起回来的还有里格尔的表哥"丁狗"。

对希基一家人,纳塞把事情轻描淡写地搪塞过去了。如果能来的话,里格尔的妈妈肯定就已经在这里了,但不幸的是,她感到身体状态太糟,无法成行。她向所有人都致以最诚挚的祝福。

私下里,纳塞告诉小鸡,他的妹妹越来越消极遁世了。

没必要把这一点告诉里格尔,以免那孩子心烦意乱,但鲁拉似乎伤透了心,看起来完全不在意儿子会怎样了。

在婚礼上,奎妮小姐倒是绝对地光彩照人,形象华丽。她穿着一件深粉色的织锦长裙,头戴一顶相称的帽子,帽檐上装点着一圈鲜花。她上一次穿那裙子,还是在三十五年之前。小鸡给自己新买了优雅的海蓝色丝绸长裙和搭配的短外套,戴了一顶朴素简洁的草帽,在帽檐上装饰着蓝白色的绢花。希基家也为婚礼花了点钱。小鸡他们隆重地操办大事,会让那家人心里舒服些——给女儿的钱没白花。

小鸡为石头小屋里这天的午餐准备了鲜美的烤羊肉。她们还做了个婚礼蛋糕,跟希基那家人在任何一间五星级大酒店里——假如他们曾经去过那种地方的话——可能看到过的蛋糕一样精致漂亮。蜜月就免掉了。小两口有很多辛苦活儿要干,忙着搭建鸡圈,还有挤牛奶用的新棚屋。他们已经从牲畜市场上买了三头奶牛,牛儿眼下正在田野里吃着草。石头小屋将为度假的客人们提供自产的牛奶以及酸奶,甚至还包括纯天然的有机奶油。需要做的事情非常多。

卡梅尔帮小鸡做参考,研究客房的色彩方案。她眼光敏锐又精明,很快发现了从哪里可以购买材料。这一过程中,她们也认识和咨询了一些室内设计师。其中有些人的品位,还有那些高昂的预算,都让卡梅尔深深怀疑,嗤之以鼻。

"说真的,小鸡,他们知道的并不比我们多到哪里去。实际上,他们知道的更少,因为你才记得这宅子以前的样子。他们只是试图在这地方打上自己的风格印记。"但她们推迟了这个决定。

小鸡的侄女奥拉打来电话,她正从伦敦赶往石桥,不知道这里还有没有工作可以给她。她计划只是回来一年时间,帮着把度假屋安置妥当,开门营业。

"我回家的话,就跟提溜着一把斧头去见老妈差不离,该怎么办呢?"想到会跟妈妈发生口角,奥拉有些惆怅。

"不要住在家里。"这是小鸡的建议。

"能跟你们一起住吗?"

"不行。那样感觉不太好。我们会给你找到住的地方的。里格尔负责把那里收拾好。给你自己的一个小天地。这事交给我。你何时回来?"

"现在,随时可以回来。我提前一个月通知辞职,他们不需要我再干满这个月。反正,他们是打算找个做兼职的来替代我了。小鸡,我这样做,是不是蠢透了?"

"正如你说过的,只是先试一年。还没等你留意到,这一年就会匆匆流逝了。"

里格尔和卡梅尔下定决心要在所有人的面前证明自己的能力,只要是醒着,他们就勤奋干活,力争早日把计划变成现实。里格尔想送货上门,一直送到靠近岩石岭的僻远农场,但卡梅尔警示他说,她的堂哥家就是当地开蔬菜杂货店的,会对里格尔的做法有怨言,会声称卡梅尔两口子是要抢生意,从他们口中夺食。于是,里格尔夫妻便开始做橘子酱和其他果酱,找来好看的小瓶子装这些成品,每个瓶身上还印有石头小屋的标识。

正如小鸡之前做过的一样,在寻找商机发掘市场的同时,他们不得不避免跟附近这一带靠同类生意养家的店主结怨,不能触动人家的利益。他们必须试着去提供一种新型的服务,而不是取代现存的店家。

很快,酒店和做游客生意的店铺开始向他们订货,而且逐渐加单。

卡梅尔找到了一些老旧的厨艺书,根据书里的方法学做酸辣酱,腌制菜,还有一种尤其独特又美味的鹿角菜海苔,那是用海浪冲上岸的一种土产海藻做成的。小鸡回想起从前当她还年幼时,人们用这红棕色的海藻做一种奶状布丁,但样子难看,让人胃口全无。不过,卡梅尔鼓捣出来的,是完全不同的一道小菜。加入鸡蛋、柠檬汁和糖之后,这海苔轻柔得如同羽毛。上桌的时候,她在其中配上搅拌的鲜奶油,再用爱尔兰威士忌淋上一两道作为点缀调味。

奎妮小姐对即将问世的小宝宝非常关注。卡梅尔和里格尔从医院回来,有些不知所措,因为他们刚刚得知,将要到来的不是一个宝宝,而是双胞胎。第一个听到这消息的,是奎妮。

戴·摩根医生大约从三十年前开始就在石桥担任代理开业医师了。这位威尔士人为里格尔夫妻感到高兴。

"事半功倍,一次就带来双份的喜悦。"他向两个年轻人道贺,但对方还没能够领会和接受这一意外之喜。

"多好啊!一举两得,一个家庭就成功组成了,而且两个小家伙还会是彼此最好的玩伴。"奎妮小姐把巴掌拍得噼里啪啦。

对此喜讯,里格尔和卡梅尔两人自己的反应是这样:养育一个宝宝就足够困难的了,两个根本就无法应付。旁人的祝贺与支持,正是他们需要的——好让他们鼓起勇气。

要安慰卡梅尔,让她更轻松乐观一点,并不容易。但小两口之间的私下沟通,让她意识到,放松心态是当务之急。

一周又一周,时间慢慢流逝。卡梅尔把必需用品装入行李箱,她准备好了。只要她哪怕是深吸了一口气,里格尔就会紧张得不行,几乎要跳向半空。

这一刻到来了,是半夜时分。里格尔尽力保持冷静。他打电话给戴医生。医生指示他立刻去叫醒小鸡,让小鸡把东西准备好。根据情况看来,去医院是来不及了。戴医生说自己十分钟之内就到。大屋这边的人还没搞明白发生了什么事,医生就已经到了石头小屋的门口。

小鸡也到了那里,拿来好多条毛巾。她表现出一种万事尽在掌控的姿态,让大家都平静下来。离天亮还有相当一会儿工夫,一男一女两个宝宝便降生并被安放在卡梅尔怀中。

奎妮小姐出来吃早餐时,发现除了咖啡,小鸡和戴医生还在喝白兰地。

"我错过了大事。"她语气中有些失望。

"半个钟头后,你就可以过去看他们了。眼下有护士在那边。妈妈和孩子都平安。"戴医生告诉她。

"仁慈的上帝,谢谢他老人家。我觉着,我现在也应该来一小杯白兰地,为小东西们的健康干杯。"

这一整天,他们都跑来跑去,进进出出,忙着看新生儿。

尽管小宝贝们才来到世间几个钟头,奎妮小姐竟然都已经能看出一家人像不像了。小男孩简直是照里格尔的模子脱出来的;女儿的眼睛跟卡梅尔的一样。她迫不及待地想知道会给两个小家伙起什么名字。

小鸡原本想说,孩子的爹妈大概还需要一点时间考虑考虑,但事实上不用了,他们已经想好名字了。男孩用卡梅尔父亲的名字,叫麦肯,女孩名叫罗丝玛丽。或者就简称为罗茜。

"这名字是什么来源?"小鸡问。

"是奎妮小姐的名字呀。她受洗时起的名字就是罗丝玛丽。"里格尔回答。

小鸡眼中泛着泪光,向里格尔微笑。想想看,里格尔,这个来到她门前时还郁郁不乐的叛逆少年,现在却变得这样懂事了,甚至还如此有爱心,想到用女儿的命名来向奎妮老太太表示尊敬。一阵哀伤的情绪涌上她的心头:很可惜鲁拉不能分享这样的喜悦和感动。仿佛她已接过了鲁拉的人生角色,在此充当了小宝贝们的代理奶奶。鲁拉本应在这里的,跟那位希基外婆较量较量,争夺一下家庭的权威,而不是躲在都柏林,生活在重重雾障般的极端内疚中,徒然地一直辛劳到死。

不过,看看奎妮小姐的样子,真是令人高兴,深感宽慰。照看小宝贝们,这事没有谁能像她那样上心着迷。

"哎呀,我可从没想到会发生这样的事。"奎妮小姐说话时满怀惊喜,"你想啊,我们没能有自己的孩子,我也从没有过侄女什么的,所以本来不会有后代再用我的名字的,但现在却一下子就有了。"

于是,一大阵吸鼻子、清喉咙的声音,奎妮小姐强忍着内心涌动的伤感,然后,她突然问道:"小宝贝们在这里,鲁拉也高兴吧?"

鲁拉。

事实上,还没有人告诉过她孙子和孙女出生了。

"如果你想的话,我这就去……"小鸡犹豫着。

"不了,我自己来给她打电话。"里格尔说完,便从人群中走开,拨通了妈妈的号码。

"哦,里格尔,是你?"她声音听起来很疲惫,但话说回来,她大概真的很累。谁知道她这些天又做了多少的保洁呢?

"我想,这是你乐意知道的。孩子出生了,两个,一男一女。"

"这可是好消息。卡梅尔还好吧?"

"是的,她挺好的。孩子出生时,一切都很快很顺利,小宝宝们一点问题也没有,很完美,都是四斤一两一个。妈,小家伙们长得很好看。"

"我相信是这样的。"她的声调依旧很平稳,而不是兴奋。

"妈,我出生的时候,是很快呢还是拖延了好久?"

"拖延了很久。"

"你是独自一人在医院?"

"这个,有护士在旁边的,还有其他妈妈在生宝宝。"

"但是没有自家人陪着你的?"

"没有。现在说这些还有什么意义呢?那是很久以前的事了。"

话筒那头一阵沉默。

"孩子名叫罗茜,还有麦肯。"里格尔接上话头。

"那挺好的。"

"因为你说过,你不想我们让女儿用你的名字。"

"是的,里格尔,我说过,那也是我的真实心意。不用向我道歉的。罗茜这名字挺好。"

"妈,这丫头会前途光明的。她和她弟弟麦肯一起,能玩转世界。"

"对,那是当然的。"

然后妈妈就挂断了电话。

什么样的女性才可能对自己孙子辈的出生显得如此漠不关心?这太不正常了。不过,自从他在马龙肉铺那一夜的恶行之后,妈妈就开始显得不那么正常了。是他把妈妈气疯了吗?

里格尔不愿让这种疑惑破坏了他的心情。这毕竟是他有生以来最好的日子。

这样的一天不会被毁掉的。

帮他们照顾双胞胎的人手可一点也不缺。不管是在自己家里,还是在石头大屋,小家伙们都在安然成长,感觉两边并无差异。小鸡和卡梅尔在餐桌旁翻阅那些产品目录、审验布料样板时,他们就安睡在婴儿车里。赶上所有人都外出了,奎妮小姐就会坐在那里,满怀爱意地盯着那两张小脸,看也看不够。万一格莱莉娅感到嫉妒了,她偶尔也会把猫儿抱起来,放在膝间安抚一番。

纳塞宣告说,他要在都柏林结婚了,对方名叫艾琳,是个很好的女人。他希望里格尔和卡梅尔都去出席他的婚礼。

小两口讨论了这件事。他们不愿离开家门,但同时又很想去现场帮衬纳塞,正如舅舅曾支持过他们那样。他们也很期待见到那位艾琳舅妈。本来,他们都以为纳塞早就过了恋爱结婚的岁数。这同时也是他们与妈妈鲁拉相见的理想场合。那会显得很自然,一切绝非刻意。

"看到小家伙们,妈妈会惊呆的,会不知所措。"里格尔设想着那幕场景。

"我们没法带着罗茜和麦肯一起去的。"

"但我们不能把他们丢在一边。"

"还是可以的。只是一个晚上。小鸡和奎妮小姐会好好照料他们。我妈也可以。愿意照料宝宝的人多的是。"

"但我想让妈妈见见他们。"里格尔说话的样子就像一个六岁的孩子。

"你的想法没错,但等她真准备好了,她会见到他们的。可是,她还没准备好。而且,如果带着双胞胎去,我们反倒会成为婚礼现场的焦点,这样一来就喧宾夺主了。那可是纳塞和艾琳的大日子。"

里格尔能明白这其中的道理,但他心里还是感到沉重——妈妈竟然这么难以接触了,要如此小心翼翼才行。他也知道卡梅尔说的没错。这一次就不带孩子了。他能再次见到自己的妈妈,这就足矣。事情必须一步一步慢慢来。

看到妈妈时,里格尔几乎认不出她来。她看上去衰老了很多很多。脸上增添了许多皱纹,那是里格尔记忆中不曾有过的。妈妈走路时,已经明显弓腰驼背了。

这么短的时间,怎么会发生这么大变化?

鲁拉对卡梅尔礼貌相待,无可指摘,但她与外界、与亲人,都保持着一种疏离之感,这几乎令人恐惧。大家在酒馆欢聚时,里格尔扯了扯旁边他表兄"丁狗"的胳膊。

"告诉我,我妈是怎么了?她跟以前不是一个人呀。"

"她那样已经有一段时间了。""丁狗"答道。

"哪样?比如说,心不在焉,别人说话她半听半不听?"

"有点老是走神的样子。纳塞说,那都是因为受打击太大……哎呀,就是以前的什么破事。"

"丁狗"不愿再提起那些糟糕的回忆。

"可是,她现在应该已经淡忘了那些事啊。"里格尔有些激动,"现在情况都不同了。"

"她觉得,在养育你这方面,她搞得一团糟,完全是她的过错。纳塞是这样说给我听的。他没法劝服她,没法让她放弃这些胡思乱想。"

"我该怎么对她说呢?"

"这跟她的心理问题、跟她的念头有关。你懂的,就像那种人,总是认为自己太胖,要节食,恨不得要把自己给饿死一样。他们对自己的评价一塌糊涂。你妈也许要去看精神科。""丁狗"指出。

"老天爷啊,那不是要命嘛。"里格尔很震骇,满脸绝望。

"唉,我提醒你,不要太丧气了,暂时别纠结这事。今天是纳塞和艾琳的好日子。拜托你了,在脸上露点笑容吧。"

于是,里格尔便勉强挂上了一丝笑意,甚至还跟着众人一起唱了《乔·希尔之歌》。大家唱得很来劲。

轮到纳塞致辞时,他抬手,一左一右搂着里格尔和"丁狗"的肩膀,说他这两个来自岛国西部的侄儿,都是最棒的。

里格尔的目光越过宾客,望向妈妈。她面无表情,一脸茫然。

卡梅尔注意到了这一切。不需要有人跟她解释,她也能理解其中的大多数事情。不需要多久,她便大致明白了这里的局面。她已经找了一些话题跟婆婆闲聊,特意挑的都是跟里格尔跟这个家庭没什么关联的话题。然而,一个一个地,都像是扔进了无底洞的石子般没有回应。问看什么电视节目,根本不适用——鲁拉家里没有电视机。她也几乎从不看电影或看戏,也没有时间读书。她说,因为经济衰退,要找到像样的工作就更难了。所有雇主都只会按最低工资标准给你钱,多一点也不愿支付。女客户们以前会送衣服给你的,但如今不了,而是把它们当二手货在网上卖掉。

鲁拉回答问题时,就仿佛是在警察局接受讯问,没有日常对话那种一来一去的正常交流。除了表示希望石桥老家那边一切都好,她对孙子孙女的情况什么也没问。

"你要不要喝点酒呢,尝一尝?"卡梅尔问道。

"不,不了,我从没那个习惯。"

"里格尔也不喝酒。在我们那一片小世界中,这就让他显得相当与众不同了。但我倒是喜欢偶尔喝一杯葡萄酒的。我给你也拿一杯吧?"

"要是你想的话,就一杯吧。"鲁拉回应。

卡梅尔端了两杯干白回到她们坐的小桌边。

"为新娘新郎干一杯。"她提议。

"确实,应该的。"鲁拉机械地举起了杯子。

"我在此可能会冒很大的风险,但还是想告诉您一些事情。我全心全意地爱着里格尔。他是个完美的丈夫,完美的父亲。你不会清楚这一点的,因为你没看到过他是怎么担当这两个角色的。上帝给他的每一点时间,他都拿来勤奋工作了。只有一点他没做好——他不是一个合格的儿子。他不是任何人的儿子。现在他也当了爸爸,肯定很想听听有关他自己父亲的一些情况,但关于那个人,他不会问你一个字的,再过一万年也不会问。但眼下比任何事情都远远重要的是,他想要回自己的妈妈。现在拥有的好日子,这种幸福生活,他非常渴望跟您分享。"

鲁拉看着她,仿佛很惊讶的样子。

"我又没有走远。"她答道。

"请让我把话说完,我发誓,往后我绝对不会再提起这个问题。他的人生场景显然还不完整。就像拼图,而您就是那缺失了的重要一块。他从来都没有认为你是个糟糕的母亲。每次说到你,他口中都是感激和赞美。如果儿子麦肯将来能给我这样的美誉,我即使到了弥留之际也会觉得宽慰的,会很安心。鲁拉,你不必非要做出什么行动。这些话,你可以全都忘记,就当我什么也没说过。我不会告诉他的。他原本想带着孩子一起来见你的,但我让他别那样做。我说,将来哪一天他们会跟奶奶鲁拉相见的,但要等到她准备好了才行。你说,因为没管教好里格尔,让他在外面瞎混,你感到愧疚。而他呢,现在也感到内疚,因为他打乱了你生活的节奏,毁了你的生活。"

"打乱了什么?"

"是啊,如今的情况就是这样,不是吗?你的精神状态失去了平衡,出了状况。你需要有人来帮你调整,来矫正那天平。就好比是你的腿受了伤,需要有人来治疗。否则就不会好。"

"我不需要看医生。"

"人这一辈子,或早或迟,都会有需要寻医问诊的时候,你为何不试一试呢?实在没用也没办法,那就算了,但至少你试过了。"

鲁拉一言不发。

卡梅尔决定就此打住。"我们随时都欢迎您。他也想作为儿子来孝顺您。真的,我要说的就这么多了。"她几乎不敢看鲁拉的眼睛。她的婆婆已经沉疴难返。

这妇人的状态很不好。她封闭在自己的小世界之内。卡梅尔所做的这一切,只能是让她心烦意乱,让她更为不安。

但卡梅尔觉得,婆婆那皱纹纵横、表情僵硬的脸,已经略微有了点变化。鲁拉还是什么话都不说,但神态明显看上去没那么紧绷绷的了。她的手也不会那么神经质地用力抓着桌子的边沿了。

卡梅尔看到的这种变化,这是幻象,还是事实?

她知道,她讲的已经足够了,甚至是多余了。她不会再多说。她静默无声地坐在那里,似乎持续了非常漫长的一段时间,但那或许也只是一两分钟罢了。在她们周围,婚庆派对继续推进,人们唱起了《与你心爱的男人相伴》。

里格尔朝她们走过来。

"再过几分钟,舅舅舅妈就要走了,你们要不要拿点彩纸屑撒一撒?"他问道。

现在,卡梅尔确定鲁拉脸上的神情已经变了。她毫无疑问在看着儿子那热切、快乐的面庞,眼神与之前有所不同。就好像她能意识到,这不是一个被她毁掉了的可怜孩子,而是一个自豪而幸福的男子汉,对他自己的命运尽在掌握,充满安全感,稳如磐石。

"里格尔,你过来,坐一会儿吧。你知道的,纳塞动作没那么快,走之前还有好一段时间的。"

"当然。"他吃了一惊,同时也很高兴。

"我心里在寻思,今天晚上是谁在照顾罗茜和麦肯?"她问道。

"小鸡和奎妮小姐。她们有我俩的手机号码。小鸡一个钟头前打过电话来,说除了她自己,他们都睡觉了,奎妮小姐、我家双胞胎、格莱莉娅……"

"格莱莉娅?"

"是那只猫。她可是个贪睡的家伙。"

"猫不会也睡在婴儿车里吧?"鲁拉看上去焦虑担心。

"不会的,格莱莉娅可懒了,才不会费事爬那么高呢。而且,孩子一直都有人看着的。"

"好,那就好。"

"小鸡还问了,这里的情况怎么样。"里格尔补充说。

"那你是怎么告诉她的?"他妈妈实际上是提出了一个问题,在探询信息。

"我说婚礼很棒。"里格尔如实汇报。

"今天夜里你还会跟她通话吗?"鲁拉又问。

"哦,您放心,我们肯定会的。这可是我们第一次丢下孩子在外面过夜。"卡梅尔插话道。

"你们能不能跟她说,请她盯紧了,好好看着他们?还有,告诉她我自己不久之后就会去看孩子?我只要看一下医生,解决一两个小麻烦,然后就能去那里了。"

里格尔一时不知说什么才合适。他拿定主意,不能打破这个场景气氛。现在不是激动拥抱和流泪的时候。

"妈,听到这个,她们可不是要乐坏了嘛。"他控制住情绪,"她们会非常高兴的。"

就在这时,人群向着门口拥挤而去。新娘新郎真的要离开了。

卡梅尔看着鲁拉。她想告诉婆婆,有了这些话,鲁拉已经让儿子觉得生命完整了。

但没这个必要了,鲁拉心里清楚。

奥拉

奥拉十岁那年,在圣安东尼修女学校,她们有了一位新老师。她叫戴莉小姐,一头红色长发。对修女们或者约翰逊神父,还有家长们,她丝毫也不畏怯。家长们对自家女儿的期望,无非是拿到优等毕业生的证书,最好再拿到所就读大学的奖学金。戴莉小姐教英文和历史,每一个内容都被她讲得妙趣横生。姑娘们对她简直是着了迷,想长大之后都成为她那样的人。

戴莉小姐有一台竞速单车。人们经常看到她在海岸悬崖边的公路上飞速骑过,双脚蹬动脚踏,跟疯了似的。她告诉姑娘们,所有人都必须进行身体锻炼,否则的话,她们最后会变成萎缩干瘪的小老太太,弓腰曲背的,只能在附近蹒跚挪步,仿若爬行。如果她们更健康,就可以享受更多的人生乐趣。于是,突然之间,圣安东尼的女生们都变成了运动与健身狂。戴莉小姐还教一堂早间的舞蹈训练课,姑娘们当天都早早出现在校园里,期待着新的活动内容。

戴莉小姐告诉她们,排斥或拒绝电脑技能课,是非常非常愚蠢的,因为那是时代的未来,是她们摆脱单调沉闷生活的通行证。即使像奥拉和好友布里吉德这样吵吵闹闹、调皮捣蛋的女生,也把这些话听了进去,认为这有一定道理。她们加入了资金募集的志愿者行列,争取学校能配备更多的电脑。

关于戴莉小姐,她们父母的看法是喜忧参半,颇为矛盾。一方面,他们挺高兴,实际上是有点愕然,这位老师对学生的影响是如此之大,能够管束她们,而其他的老师根本就从没有走到这一步;另一方面,戴莉小姐骑在单车上,穿的短裤实在是短得过了头。她几乎有点太健康了,不管哪个季节,头发都因为出汗而湿漉漉的,永远是一副刚刚浮出海面的样子,过于健美了。在当地的酒馆里,她喝起啤酒来也是好几品脱地豪饮,而女人们通常是不会这样的。

据传,有个年岁较长的酒馆老板,在给她拿大杯倒一整品脱的黑啤酒之前不禁犹豫了,说,给女士们上酒,一般不是用这种方式服务的。戴莉小姐然后大概就礼貌地回击了,说他要么就爽快一点上酒,要么就等着接受"平权委员会"的调查和控告,随便他喜欢哪一个都行。结果,老板一丝不苟地把一品脱酒倒好了。

礼拜日的弥撒,戴莉小姐并不会每次都到场,但她在学校耗费的时间却比任何其他同事都更多——还不曾有哪个教职工这样额外加过班的。每节舞蹈训练课开始之前,她都提前半个钟头到。下午四点,放学的铃声响过了,她还在电脑室给学生答疑解难、打气鼓劲。有戴莉小姐作为她们的楷模,圣安东尼学校这一代的女生都变得自信起来。她告诉姑娘们,没什么事是她们干不了的,而她们也绝对相信她所说的一切。

奥拉十七岁时,戴莉小姐宣布说,她要离开圣安东尼了,也要离开石桥。她告诉每一个人,包括那些修女,说她认识了一个妙不可言的小伙子,叫萧恩,来自爱尔兰的开瑞郡。萧恩二十一岁,想创建一个园艺中心。这年轻人相当英俊帅气,比戴莉小姐小十二岁,但对她颇为钟情。她觉得自己能帮助萧恩,让那园艺中心的名声传播出去,受到公众关注。

这样的浪漫故事让修女们都吓了一跳。戴莉要走,她们也感到遗憾。

院长嬷嬷犯了个错误,暗示说跟一个年轻许多的男子结婚或许会掉入陷阱。戴莉小姐消除了嬷嬷的担心,说她压根儿就没想过要结婚,即使有这种念头,那也要排到最末才考虑的。说句心里话,婚姻真是很过时很老套的东西。

院长嬷嬷瞠目结舌,但戴莉小姐执迷不悟,丝毫的悔意也没有。

"难道,院长嬷嬷,你自己没意识到这个吗?我的意思是说,您不仅意识到了,还以身作则实践了这个,超前于你的时代,决定有意避开所有这些陈规……"

姑娘们组织了送别戴莉小姐的野餐会——她们在沙滩上生起篝火,燃了大半夜。戴莉小姐给她们看了萧恩——也就是开瑞郡的那个年轻人的照片,嘱托她们所有人,务必要多旅行,去看看世界,开拓视野。她建议她们每天读一首诗,并咀嚼思索一番。还有,无论何时去到一处新地方,最好了解一下那里的历史,弄明白那地方之所以发展至今的原因。

她说,趁着年轻,应该各种东西都学一学,比如打桥牌,怎么给小车换轮胎,还有如何用吹风机好好地吹干湿头发。这些事情本身并没有多么重要,但往后却可以让你大大减少在时间和金钱上的浪费。

她给姑娘们留了电邮地址,说希望每年能有三四次收到她们的来信,有生之年都如此。她期待着她们能去做些大事业,有精彩的生活。姑娘们哭了,请求她别走,但她让她们再次看看萧恩的照片,认真地自问一下,只要神志健全、头脑正常的,怎么会让这么难得的帅哥从自己手指缝里溜走。

奥拉真的给戴莉小姐写邮件了,告诉她自己在都柏林学的课程,学年快结束时又是如何拿到了优等生奖牌。她告诉戴莉小姐,她发现她的妈妈简直根本就无法忍受,浑身小城镇市侩的庸俗气息。奥拉每次从都柏林回家,通常还没过两三天,她和妈妈之间就会因为一些无足轻重的话题爆发激烈的争吵,比如奥拉穿的衣服,或者她晚上回到家的时间。而父亲呢,他就只是求她别惹什么麻烦,为了生活安稳点,不要搅起任何风波。她从美国回来探亲的姨妈小鸡,则显得截然不同,有着真正自由的灵魂,奥拉希望某个假日期间,能和布里吉德一起去纽约看姨妈。奥拉还总是问问萧恩和那间园艺中心的情况,但没有得到有关的回应。戴莉小姐在电邮中只对学生们的人生成长表达关注,而不是告诉她们她自己的状态。

后来,奥拉又在邮件里写道,计划中去纽约的行程彻底泡汤了,因为沃尔特姨父在高速上遇到惨烈车祸,不幸丧命。戴莉小姐提醒她,人生掌握在自己手里,一切都必须自己做出决断,要有独立意志。

为什么不找一份远离老家的工作,偶尔回来跟妈妈有争执,短暂地爆发一下也就算了。外面还有很大的一个世界。除了都柏林,还有更远的地方、更大的舞台可以去尝试。

然后,奥拉汇报说,她跟布里吉德打算去伦敦。

布里吉德在一家公关服务机构找到了工作。那些客户当中,包括一个橄榄球俱乐部,公司负责球队的宣传策划活动。员工们自然会认识很多很多的球员和各色人等。奥拉进入了一家会展公司,组织各类展览和行业交易会。展会内容林林总总、应有尽有:这几天或许是健康食品,下一场又可能是老爷车。合伙经营公司的詹姆斯与西蒙两人都是工作狂,他们教导奥拉也要学会强硬,雷厉风行,能顶着压力去工作。干了一个月之后,奥拉发现自己也能语气坚定、带着不容置疑的权威跟人们讲话了,而那些家伙原本通常会让她感到头疼或畏惧。

让奥拉意外的是,詹姆斯和西蒙竟然都觉得她很有吸引力,两个家伙还分别向她示好,希望能有更亲密的关系。她简直要当着他们的面哈哈大笑——她想象不出还能有比这两人更不靠谱更不着调的追求者——都是有妇之夫,但几乎不跟家人团聚,主要的人生乐趣就是打败他们的同业竞争者。他们所要的,无非是眼前的一点娱乐而已,逢场作戏罢了。

奥拉的拒绝被他们愉快地接受了。她对他们表露出的心事不予理会,只当那是老男人们孩子气的一时胡闹。她继续上班,学到的东西也越来越多。

她给老师发去邮件,说自己或许可让戴莉小姐引以为豪。那份工作本身就可谓是一项完整全面的教育课程,她正迅速变成行家里手,对税收规定、网站维护和网络运用,以及策展办展,都已经熟练自如。

奥拉和布里吉德合租了哈默史密斯(铁匠)区的一间公寓房。跟父母家相比,这里可是自由自在得很,让人心花怒放,活动太多了。每周二晚上,她俩去柯文特花园一带上踢踏舞培训班。每周一的午休时段,奥拉还为自己安排了一堂书法课。

一开始,詹姆斯和西蒙对此提出异议,说,如果她坚持己见,中午偏要跑出去学什么花里胡哨的书法,那就是没有专注于工作,不能全身心投入。对他们说的任何反对意见,奥拉都不屑一顾。她说,既然只能在这个抓狂忙碌、令人倦怠、成天都围着生意转的世界里谋生糊口,她就得有一个精神上的安全阀,能打开来输入一点艺术的养分,才可以启动一周的工作,这是完全必要的。从此以后,关于书法班,两位老板都不敢再说一个字。

晚上,奥拉和布里吉德就去参加影剧院或奥拉组织的客户招待会,或者是展厅的各种典礼仪式。她们风华正茂,明丽活泼却又没显出名花有主的迹象,所以很受人们的爱戴与欢迎。至此,她们谁也没碰上心仪的男人,但布里吉德和奥拉都不着急,没想着要早日找到如意郎君。

直到弗克希·法雷尔出现。

弗克希,这名字就带着狐狸般油滑的意思,是她俩都讨厌的那类人。吵吵闹闹的大嗓门,财大气粗,趾高气扬,开大车,穿张扬的羊皮夹克,在投资银行有一份牛气的工作,自我感觉良好。可这家伙对布里吉德倒是一往情深的模样。然后,奇怪的是,布里吉德开始认为,这一切跟最初看上去的感觉相比,没那么滑稽可笑和尴尬难堪了。

"奥拉,他本质上来说还是个好人。"她有些辩护的意思。

"我知道他是好人,"奥拉不假思索地说,"但你受得了这个吗?我是说,想象一下,早上要从这个人身边醒来。"

"我有过感受了。"布里吉德语气简洁又干脆。

"不是吧!什么时候的事?"

"上周末,在约克郡哈罗盖特。他开车去那里看我。"

"那么,你是让他跑这一趟的辛劳有所回报咯。"对这一消息,奥拉仍然感到惊讶与茫然无措。

"他人很好,真的。那种显摆招摇的老一套只是他们圈子里的通病。"

"我相信他是好人吧,等你对他有了恰当的了解……"奥拉开始回撤,放弃自己原先的姿态。她希望这还不至于为时已晚。

"是的。还有,下周末,我要对他多了解一点,就是做法不太恰当啦。我们要去巴黎。"布里吉德说着,一边喜不自禁地咯咯笑了。

"那是个长周末,我们要回石桥的呀。"奥拉抗议道。

"我知道,我们原计划是那样的。你可要给我打打掩护,圆个谎。"

"你就不能另外哪个周末再跟弗克希去巴黎?"

"不能,这个周末很特别。"

"那我只得帮你打掩护?可是,我该怎么解释?"奥拉有点为难。每年她们都一起回老家三到四次,算是完成义务也算是她们得到自由的前提和代价。况且,也只是一个长周末而已。

"哎呀,暂时透露的信息还是越少越好。"布里吉德对此显得逍遥自在,有点轻浮随便,"我可不想吊他们,让他们对这事抱有多大的希望。"

"希望?对弗克希抱有希望?"奥拉声音里没有迎合奉承的意思,而是表示出一定程度的难以置信。

"当然啦,"布里吉德说,"弗克希可是有钱人,够阔绰的。如果让他从手指缝里溜掉,那我以后肯定没好日子过,家里会唠叨个没完。"

于是,奥拉独自回了石桥,含糊地传达说,布里吉德加班忙,脱不开身。

石桥的乡土风物还是没什么变化,但奥拉实际上总会忘记这里的景色是多么美。当她沿着崖壁上的小路散步,望向阔大的沙滩和高低错落、参差不齐的黑黝黝的岩石时,常常不由屏气凝神,流连忘返。

小鸡姨妈忙得脚不沾地。石头大屋的翻修工程在推进。老小姐奎妮也在一旁跑来走去的,喜滋滋地把一切都看在眼里,时而絮絮叨叨,时而拍手称快。帮小鸡干活的那个里格尔,情绪变好了很多,不再是闷闷不乐又脾气粗暴。他学了车,大概拿到了驾照,在路上看到奥拉时,甚至还会主动喊她搭车。他问她是否认识他的妈妈,奥拉当然是毫无印象。她听说过这个名叫鲁拉的长辈,但奥拉出生之前,鲁拉就已去了都柏林。

"她的一切情况,小鸡应该知道的。"奥拉提示道。

"我不问小鸡任何事情的,"里格尔回道,"她也不会问我任何事情,这样也挺好的。"

奥拉把这一点听在了心里。她本来眼看着就打算问里格尔一些个人情况的。里格尔刚刚说的话倒是很及时地警示她把话头咽了回去。

所以,他们聊起了石头大屋的翻新改造,那座砌了院墙的新菜园,还有未来的计划。看起来,他认为那将会获得巨大的成功。从项目开始就参与其中,他感到挺兴奋。

不过,奥拉的妈妈给这份事业可是泼了很多的冷水。小鸡总是老样子,因为一些疯狂的想法而走火入魔,比如之前连跟父母都没有请示一下,就跑去美国了。

"可是,*那件事*的结果不也挺好吗,难道不是?"姨妈一直对奥拉平等相待,视她如大人,她自然也就为姨妈辩护了,"她的婚姻挺圆满,虽然成了寡妇,姨父毕竟留下了足够的钱,可以买下石头大屋。"

"他本人从未回来过一趟,还是挺奇怪的,不是吗?"不管什么事,什么情形,凯瑟琳从来都无法完全感到安心自在。

"得啦,妈,你就不能消停消停?任何一件事都难免会有些小缺憾、小瑕疵的。"

"绝大部分是这样。"凯瑟琳也认同女儿的意见,"但是有另一个问题:小鸡跟那个小伙子还有一个老太太,就三个人住在大宅那边,乡邻们的说法可就多了去了。这样可不太合适,事情不应该是这么个样子的。"

"老妈!"奥拉边说边忍不住笑出声来,"您生活的那个世界是多么神奇呀!你认为里格尔是在那个石墙菜园中跟小鸡姨妈寻欢作乐吗?他们还拉上奎妮小姐,一起玩三人行是吧?"

因为气恼和尴尬,妈妈的脸变成了深红色:"奥拉,请你不要说得这么难听露骨。我只是在复述周边人们说过的那些话罢了,仅此而已。"

"周围是谁在说那些混账话?"

"奥哈拉家就是其中之一。"

"那只是因为谢狄小姐不把房子卖给*他们*,他们心里不舒服。"

"你跟你的布莱恩舅舅一样坏——总是说奥哈拉家的坏话!布里吉德不是你自己最好的朋友吗?"

"是又怎样?她的那些叔叔伯伯可是够贪心的,都是投机分子。她也清楚得很。"

"正好顺便问你一下,她到哪儿去了?她再怎么也不至于烦得不想回来见家人吧?"

"妈,她在努力工作谋生啊。至于我呢,这就是你比奥哈拉一家人要幸运很多的原因,因为我总是把你放在第一位考虑,而不仅是只有工作啦。你说是不是?"

对于这个说法,她妈妈一时之间也找不到反驳的理由了。

奥拉尽其所能,一有时间就跑到小鸡这里来。尽管有各种事务安排,尽管石头大屋那边不断有人进进出出,小鸡显得很淡定。她从来不会问奥拉在伦敦有没有男友,不会问她是否打算在那里永久居留。奥拉穿短裙,穿长裙,穿破洞牛仔裤,无论她穿的是什么,小鸡从来不会说乡亲们会觉得那不成体统。她甚至根本一点都没意识到人们在说什么,想什么,或猜疑什么。小鸡从未对奥拉的生活指手画脚,说她什么该做,什么又不该做。

所以,这一次当小鸡问她是否擅长烹饪时,她就有点令人惊讶了。

"我觉得还行吧。每周有两三次,布里吉德和我会照着菜谱做点吃的。她做鱼做得很棒。那边的鱼倒是不同,不像我们这里的全是骨头啊刺啊什么的,石桥的鱼吃到嘴里就像鱼肝油的味道。"

小鸡笑了:"不会再那样了,不会的。糕饼面点,你做过没?"

"没有,那太难了,也太麻烦。"

"我可以教你,让你成为出色的厨师。"小鸡提议。

"小鸡姨妈,你是烹饪高手吧?"

"碰巧了,我就是。以前设想未来人生,烹饪也许是我最后才会考虑的选项,但我其实还挺享受做美食的。"

"沃尔特姨父也会做吗?"

"他不做,主要都是留给我做了。你知道,他总是那么忙。"

"我明白了。"奥拉并不真正明白,但每当小鸡要结束一段交谈时,她还是能识别出姨妈的意图,"你为什么想教我做美食?"她问道。

"我是希望,有朝一日,不是现在,而是将来某一天,你也许能回家,来这里帮我经营这个民宿。"

"我不认为自己会有可能回到石桥来。"奥拉坦白道。

"我知道的。"看上去,小鸡认为奥拉的想法合情合理,"我也从没想过要回来,可我还是回来了。"那天,她给奥拉演示怎么做真正简单易学的黑麦面包,还有用欧洲萝卜和苹果做一款汤。这两样东西做起来看似完全毫不费力。那天的午餐,她们吃的就是这些。奎妮小姐说,小鸡来这里之前,她一辈子都从未吃过这么美味的食物。

"你想想看,奥拉,这些萝卜是我们自己菜园里长的,苹果是从老果园里摘的,但小鸡竟能把它们做得如此可口,如此美妙!"

"我知道的,她真是个天才,不是嘛!"奥拉微笑着说。

"确实是天才。她回来跟我们住在一起,而不是继续待在美国那边,我们岂不是很幸运?跟我说说,你在伦敦,过得是不是很精彩、很开心?"

"不算糟糕,奎妮小姐。当然很忙,也很累,但挺棒的。"

"我真希望自己多走过一些地方。"奎妮小姐感慨起来,"但即使我去过更多地方了,我觉得我总还是乐意回到这里的。"

"奎妮小姐,这个地方,具体是哪些东西让你喜欢?"

"这里的大海呀,这里宁静的气氛,还有往日的回忆。我也说不清,但这里的一切看上去都挺对头的。我们去过巴黎一次,还有英国的牛津。那两个地方,都很漂亮,非常漂亮。杰西卡和贝翠丝,还有我,我们后来经常说起这些旅行经历。那确实很好,但那不是真的——大概你能明白我的意思吧。那感觉就好像我们是在参与一场戏,扮演了什么角色。而在这里,你不用也不会那么做的。"

"哦,奎妮小姐,我明白你的意思。"奥拉看到小鸡向她抛了个眼神过来,那是感激的表情。可怜的奎妮小姐说的是什么意思,奥拉其实不甚了然,但她很高兴自己给出了正确的回应。

回到伦敦,她做了黑麦面包和欧洲萝卜汤,为巴黎归来的布里吉德接风。

"天哪,你都变成家庭'煮'妇了呀。"布里吉德故作感叹。

"你一定有什么消息要宣布吧。"奥拉回道。

"我要嫁给他啦。"布里吉德说。

"不可思议!什么时候结婚?"

"夏天。当然了,只有你给我当伴娘才行。"

"那是当然的,只要不逼着我穿李子色的塔夫绸长裙就行,绿不绿黄不黄的雪纺绸裙子也不行。"

"你为我感到高兴吗?"

"得了吧,拜托你看看自己的样子好吗,你高兴得都要冒烟了。我都为你激动得打哆嗦了。"奥拉希望自己在声音中加入足够的热忱。

"难道,你不认为弗克希挺蠢,只是个俗气的老小子?"

"你什么意思?我当然没那样想。我认为他是个很幸运的家伙。告诉我,他何时何地求的婚?"

"我是真的爱他,你知道吗?"布里吉德强调。

"我知道你对他是真爱。"奥拉撒谎了,一边还特意看着布里吉德的眼睛。她的这个多年闺蜜,因为某种永远也不会透露的原因,要将就着结婚了,要嫁给那个弗克希·法雷尔。

在那之后,事情推进得很迅速。

布里吉德离了职,将很多时间都花在跟弗克希的家人待在伯克郡。婚礼将在石桥举办。

"多遗憾啊,小鸡那里的翻新装修还在弄,不能及时开业。如果法雷尔家可以接手那地方,用来办婚礼,那就太好了。石桥会让他们惊呆的。"布里吉德如此设想。

"我心里倒是有一半动摇了,可以考虑回老家。"奥拉突然这样说道。

"你不是当真吧?"布里吉德很震惊,"想想看,我们起初为了离开那里,是费了多大的力气啊。"

"我也没有明确的计划……就只是一个想法而已。"

"好啦,把那想法扔一边去。"布里吉德姿态坚定,不容置疑,"回去只要不到二十分钟,你就会手脚并用,忙不迭地要从那里又爬出来了。老天在上,想想你能去哪里工作?去针织厂当小妹?"

"不至于的,我可以去帮小鸡做事。"

"但那地方命中注定在劫难逃的,我可以告诉你。那地方熬不过两季的。然后,她就不得不把那里卖掉,损失一大笔银子。谁都看得出会那样的。"

"小鸡自己没觉得会那样。我也没觉得会那样。只有你的叔叔伯伯们才那样讲,因为他们自己眼红想买下那块地产。"

"我可不想跟我的伴娘斗嘴争执啦。"布里吉德说。

"给我起誓,不要让我穿什么紫色塔夫绸。"奥拉做恳求状,两人又和好如初了。但尽管如此奥拉依旧难以相信,竟然会有人愿意嫁给那个弗克希·法雷尔。

正如她在人生变动之际常做的那样,奥拉向戴莉小姐征询建议。

"我是脑子进水了吗,竟然有点想回石桥生活了?布里吉德决定嫁给那个白痴,而我这只是对此消息的一种'膝跳反射',是焦虑性的逃避?你在石桥时,有没有感到沉闷无聊得要命?"

戴莉小姐写来电邮回复:

我爱那份工作。在那所学校里,你们都是很棒的孩子。我喜欢那个地方。回顾那段时期的生活,我依旧感到愉快。现在,我住的地方是山区。风景挺美,我也能开车去海边,但那里依旧与石桥不同,石桥的海就在你脚边,随时可以在沙滩上漫步。想回去的话,何不先尝试一年,体验一下?跟姨妈讲清楚,这并不意味着你要签终生契约,在那里一辈子。你没问起萧恩,谢谢你。他暂时去外地散心了,大概遇上了比我更有趣一点的什么人或什么东西吧,但应该会回来的。我估计也会接纳他。这世上有些事还是挺奇怪的。一旦意识到这一点,你也就坦然多了,算是有一半懂得人世了吧。

这些天来,在奥拉上班的办公室里,詹姆斯和西蒙都双唇紧闭,不苟言笑。生意不好,经济萧条,不管政客们说什么也没用,他们心里清楚。客户们不再像以往那样预订展位。行业交易会的规模比去年更小了。前景黯淡,令人沮丧。他们把所有希望都寄托在了马蒂·格林身上——这位承担组织承办的、屈指可数的大人物。他们要在办公室里弄个小酒会来接待马蒂,讨好并拉拢他。

"你的朋友,红头发,极其性感的那位,叫她来帮我们撑撑场面。"詹姆斯向奥拉提议。

"布里吉德刚刚订婚。这些天,她可不想当什么派对女郎呢。"

"这样嘛,叫她把未婚夫一起带过来。那人还拿得出手,能上上台面之类的吧?"

"你呀,这可是比我妈跟她妈两个加起来还要坏。是你要挑女婿吗?那人相当上得了台面,好了吧,而且比财神还有钱。"奥拉回道。

布里吉德和弗克希觉得这种场合会有点乐子,兴致勃勃地盛装到来了。马蒂·格林挺开心,显得对在场所有人都还满意。那些推销宣传的说辞,他看似也听进去了。他还对奥拉表示出很大的兴趣。奥拉穿了件鲜红色的真丝长裙——那是在慈善寄卖店淘来的好货,还有一双光泽鲜亮、价值不菲的红黑配高跟鞋,整个人都显得光彩熠熠。她来去穿梭,拿托盘给大家派送干白和鱼子面包之类的佐酒小食。

"非常美味。"马蒂·格林表示赞赏,"这些吃食是哪家包办的?"

"哦,是我自己做的。"奥拉报以微笑。

"真的吗?那么,就不是花瓶咯,不只有一张漂亮脸蛋?"这个小酒会,无疑是给他留下了鲜明的印象——费心搞这个活动,就是这个目的。但奥拉感觉到,可惜这人是对她印象深刻,而不是对公司有足够的关注。

"格林先生,您这样说,我不反对,但我受公司雇用,不是来做小吃和笑脸迎客的。我们都在努力工作,正如詹姆斯和西蒙介绍所说的,这也得到了一些回报。对市场对行业现状,我们都有清晰的了解。有机会跟您本人当面讨论,当然是很荣幸。"

"能当面听到这个,我非常愉快。"格林的目光一直没从奥拉的脸上挪开。

奥拉脱身走开了,但心里知道他从头至尾都在瞄着她。即便是当詹姆斯给他看统计数据之际,当西蒙跟他讲业界潮流时,当弗克希呱啦呱啦扯着什么新开的高大上餐馆时,当布里吉德问他对橄榄球是否有兴趣——因为她可以送票给他时,这位格林先生的视线仍然在追着奥拉跑。

马蒂·格林向奥拉提出能否赏光跟他共进晚餐。

看到詹姆斯和西蒙相视而笑,面有轻松之意,奥拉突然就感到了强烈的愤怒与厌恶——她被当成礼品敬献给马蒂了,事情就是这么简单。她精心打扮,午餐时间都忙于制备这些精美细致、耗神费力的开胃小食,将芦笋嫩尖搓滚着裹进油酥点心,端出去的时候还配上碟装的蘸酱,将小小的鹌鹑蛋与食用盐一起搭配,在生菜叶上布置出风雅的格局样式,而现在,他们却打算把她给送出去,就像一只献祭的羔羊,送到马蒂·格林的爪子间,任其侮蔑玩弄!

"非常感谢您的赏识,格林先生,但令人悲哀的是,我今晚有自己的安排。"她保持着克制。

他力求优雅平和的君子风度,她应该也会给他台阶下的。他说:"我相信,你一定是有安排了。也许改日可以?"

所有人都微笑了,但笑得不尽相同。奥拉的笑容是生生地钉在脸上的;詹姆斯和西蒙还不如不笑,他们的笑容惨白僵硬,像戴了骇人的面具;布里吉德则用微笑掩饰了她的震惊之情——跟马蒂·格林这样一个富有魅力的大阔佬约会交往,如此好的机会,奥拉竟然眼睁睁地让其错过;弗克希的笑容模糊空泛又傻乎乎的,一如往常。

马蒂·格林离开了,嘴里说着会保持联系。奥拉给自己倒了一大杯酒。

"你为什么要对他如此无礼?"西蒙质问。

"我一点也没有无礼呀。我谢了他,然后告诉他我有安排了。"

"我说的就是这个。你根本没有什么安排的。"

"哦,我有的。我的计划就是,绝不跟一个生意人去厮混,绝不把自己当成商务伴游或者干脆就是妓女。"

"怎么能这么讲呢,我们刚才说的可根本没有那样的意思。"詹姆斯辩解道。

"得了吧,那意思还不够明白吗?"奥拉现在已经极为愤怒,"那就差大声说出来了:跟这个大佬去吧,好好款待这位先生,对他投怀送抱,让他在合同上签下名字。"

"我们利益一致,都是为了公司在想办法。我们以为——"

"那你为什么弄根金属杆来呢,就在办公室里安装好了,然后我可以脱了衣服,跳上两段钢管舞啊?那也会有帮助的,不是吗?"

"人家只是想约你吃饭罢了。"西蒙还故作糊涂。

"说得轻巧,一顿豪华晚餐之后,我就站起来,说一声'再见,格林先生,谢谢你'?那就算结了?请问你生活在哪个世界里?如果我跟他去吃饭,然后不跟他回酒店,那我就是个卖弄风骚的小浪货。那样就是在诱惑他,吊他的胃口。他只会因此而感到更恼火。现在这样处理,我们都保住了面子。应该说,我们大部分人保住了吧。"

"嗨,奥拉,你把这事看得太严重了一点吧?"弗克希插话。

布里吉德朝他瞪眼,但他没看到。

"我意思是说,今晚这样安排,那也没什么大不了的啦。"

"弗克希,这是你有史以来说的最实在的一句话。"奥拉呛声道。

第二天,詹姆斯和西蒙准备好了,要表现出宽宏大度。他们事先讨论过一下,觉得自己之前或许可能是给出了错误的信号。他们最不想做的一件事就是……哎呀,其实还是那回事——奥拉昨天提过的,说他们正想做的那个安排。

奥拉礼貌地听着,直到他们解释完毕。然后她审慎严肃地开口了。

"这不是发脾气,也不是耍小性子。我考虑离职已经有一段时间了。我姨妈在爱尔兰西部筹备开度假屋。我也需要一点可以投身其中的事业来让自己定下心来,而这就是一个好机会。请两位不要因此而恼火,也不要把这理解成是什么伎俩,要以此来让你们挽留我。根本不是那么回事。我这是提早一个月通知你们,同时,对在这里所学到的一切,我也深表谢忱。"

不管詹姆斯和西蒙说什么也没用了。奥拉心意已决。最终,他们只得同意她辞职。

奥拉来到时,里格尔已收拾好了一个菜农的小屋,虽然旧,但屋顶好好的,不漏不破,所以室内甚至还没受潮。

奥拉的新居已经准备好了。

"我希望你不会有戴莉小姐的那种德行,不要成为镇里乡邻们风言风语的八卦谈资。"到家的第一晚,奥拉的妈妈就这样警示她。

"哦,老妈,我也真心希望不会。"奥拉表示响应,很热切的样子。她甚至能看到小鸡姨妈强忍着藏起了一丝笑意。

"不管怎么说,你爸跟我都无法理解,你一定要去给自己弄那样一个潮湿发霉的小屋住住,到底是为了什么。在这里,你有一个像样的家,差不多无可挑剔。你不住家里,别人会觉得很奇怪的。"

"老妈,你知道,人家不会多管闲事的。他们甚至都不会注意到的。"奥拉机械地回应道。

戴莉小姐和小鸡都强调生活要独立自主,那是多么明智啊。现在,她出于直觉,决定从伦敦回来了。她希望这是正确的选择,而不是愚蠢冲动的临时起意。

几乎没有时间来纠结或忖度这件事，所有人都立刻忙碌起来，一头扎进手边的工作。

奥拉如今回忆起跟詹姆斯和西蒙一起在办公室度过的繁忙日子，就仿佛那只是一个悠长的假日而已。她之前实在不敢相信，这里要整理组织和规范化的东西会如此之多。

小鸡的财务管理体系有很多地方亟待改进。虽说这体系整体来讲是朴实、认真又详尽的，该有的簿记也都做了……勉强能说得过去。但没有进行电脑化处理。小鸡从未用过什么会计软件，而是用分类账和卡片手写文档的那套体系来工作，这在奥拉看来简直还停留在五十年前。于是，奥拉做的第一件事，就是选一个房间作为办公室。在那里，她跟小鸡可以安放电脑、打印机、设计装饰之类的参考书籍、草图、分类存档的文件柜，以及她们所需的一切。

厨房这边有几个很大的餐具室，小鸡提议将其中之一改造利用起来。里格尔在忙着翻新装修他自己的小屋，为的是给卡梅尔·希基的家人留下好印象。奥拉设法让他腾出了几个小时的空档，来给选定的这间办公室装上搁板与架子，还有粉刷墙壁。

"这地方最终会发挥价值的。"奥拉坚信如此，"到时候，我们就不会烦到任何人了，不用把所有东西都铺开在餐桌上，然后还要再把这些玩意儿都收拾起来。"她弄来了一台电脑，装上需要用到的那些软件程序。接着，她又坚持让小鸡进来坐下，让姨妈从头学起。

"不，我不干，那可是你负责的部门。"小鸡抗议道。

"*拜托*，昨晚我可是花了两个钟头去学怎么做奶油泡芙。我可没说什么那是你负责的部门呀。今天，你就得开始学学使用记账软件。只要你集中注意力来学，应该四十五分钟就差不多搞定了。"

小鸡学得专注又努力。

"挺不错的嘛!"奥拉表示认可,"那么,明天我们就搞一个预订登记的系统,再过一天,你就能学会怎么在网上买卖东西了。"

"你确信需要我来学……"在办公室里花太多时间,而不是在外面处理那些日常事务,小鸡对此感到担忧。

"完全确信。设想一下,假如你要买某个厨房设备?在电脑上解决这些问题,可以节省很多时间,不用去左一个右一个地打电话,也不用跑老远去购物。"

"我希望能如此。"小鸡同意了,但仍旧抱有疑虑。

不过,她确实是赞同了这一点:一切事情都可以用指尖来处理,那真是非常棒的感觉。奥拉给她进行小测验,问她怎么才能找出预订了下个月入住、后来又想把入住时间再延长一周的客人,小鸡随后很快就能操作预订系统使之呈现在屏幕上了。与此同时,奥拉也学会了怎么制作为肉食锦上添花、增加风味的酱料蘸汁,还有怎么把刚从海里捕捞上来的鱼迅速清理、切片、烹饪完毕新鲜上桌——那种效率和加工方法,即便是熟练的鱼贩也难免要艳羡和嫉妒。

一个接着一个,她们逐步扫除了面临的障碍。

奥哈拉家的叔伯弟兄们的所作所为有点令人生厌,他们企图阻止石头大屋的改建方案申请被通过。小鸡成功地化解了这一矛盾,而且没有跟任何人翻脸。这本身简直是个奇迹。她们顺利应对了环保主义者的游说:这些人担心新建的这个度假屋会惊扰鸟类和其他野生动物。那些关注环境的人士上门来问询,先是受到热茶和司康饼的款待,然后被领去现场考察,看自然环境是如何全面地得到了保护。

人们离开时,都感到满意。

一想到每天能享用业主提供的一顿私厨饭菜,建筑工人们就得到了激励,干活更带劲。一点钟,小鸡把饭食在厨房餐桌上安顿好,然后一点半,所有的人便又都高兴地去做事了。大部分工人原本都习惯于自己带三明治到工地的,现在认为这顿丰盛的午餐是他们一天生活中最精彩的亮点。回家后,他们对老婆说,同样的爱尔兰式牛羊肉炖菜或者培根配卷心菜,在斯达尔太太那里吃到的,跟他们家里做出来的就有云泥之别,这当然就引发了很多主妇们怨愤不满的反应。

大宅这里的景观改造开始显现出成果。奎妮老小姐说,这房子看上去还是她少女时期的风貌。那时,她们在经济方面可还没像后来那么捉襟见肘。

离大宅不多远的地方,她们能看到石头小屋也日益成形了。每人都很乐意帮着里格尔来装饰那小屋。奥拉知道,与卡梅尔结婚的计划确定之后,一想到要如何与希基一家周旋,里格尔就会非常紧张,而小鸡姨妈则认为这些事情其实连讨论都不必。

此时的生活跟与布里吉德同住时的情况大为不同。那时候,每件事都要详细探讨,彻底分析。当然了,那都已是从前的日子了。布里吉德也不再跟以往一样了。她眼下心心念念的是她的婚礼、客人名单、结婚礼品单,和宴席座位安排。她指望着奥拉能在某种程度上充当婚礼的规划人,因为她就身在石桥现场。

奥拉能否帮她去教堂考察一下,看看每排座位顶头靠着走道的那张椅背上可以悬挂什么花束?奥拉说,石桥这里没人见过那种东西。但说了也白说。布里吉德正处于那种"疯狂新娘"的模式,什么也无法减损她的高昂兴致。

奥拉绝望了,向小鸡寻求建议。小鸡略微沉思后说:

"告诉她,她自己的家人期望能参与其中,而且所有这类事都应该是*他们*做的才对。"

"可她不想托付他们去做,她觉得他们都是乡巴佬。"

"她说的大概也没错,但跟她强调一下,与石头大屋有关的任何事情,她的家人一律都深怀敌意,如果你参与婚礼筹备,那会很难办很尴尬的。那样就能把你给解脱出来。"

"你在这里真是浪费人才啊,应该去联合国才对。"奥拉满怀钦佩与赞赏。

婚礼之前,布里吉德回来看过两次,她显得精神紧张,焦灼不安。

"我能住在你的小屋里吗?"她向奥拉求告,"如果我待在家里,我妈到时候就得成了新娘的亡母啦——不是她完蛋就是我完蛋。"

奥拉很不情愿让布里吉德住进来。那真的会引起跟她家之间的龃龉,与此同时,这也就意味着奥拉将被迫卷入那令人抓狂的婚礼筹备事务。

"布里吉德,我没法让你住过来的。戴莉小姐要来。"

"*戴莉小姐?我们的戴莉老师吗?上学时的戴莉老师?*"

"是的,已经安排好了。"

"老天哪,自从回了石桥,你的行为可是很*有些*奇怪啊。"

"我知道的。都是因为这里的海洋和空气吧。"

"从何时开始,你跟戴莉小姐成了这样的莫逆之交?"

"我们一直都是啊。"

"奥拉,我觉得跟奎妮小姐相处共事,对你不好。你都完全变成一个怪人啦。"

"我再怎么样也没变疯到穿嫩黄衣服的地步——就像金丝雀小黄鸟。我的伴娘礼服,颜色你确定了吗?"

"那个呀,你喜欢什么就穿什么。随你的便。"

"太好了。我已经选定了:深金色裙子,带一点奶油色饰边。低调内敛,但很精神。"

"长裙?"

"是,当然是长裙。"

"那好,裙子在哪? 我去那边时,我们能不能去看看?"

"已经归我所有。"

"你已经买好啦?"布里吉德大为震惊。

"婚礼上,我也不是一定要穿这裙子。就是让你先看一看。"

"可是,假如裙子不合适,你怎么办? 能退回去吗?"

"这迟早总会有用的。"

"有用? 穿着它在度假村洗锅洗盘子? 我的老天爷啊,奥拉,你会变成个什么样子呀?"

"那只有天知道。"奥拉不置可否,随口附和。

她主要的意图,就是让布里吉德看到这长裙,但同时不让她得知裙子是奎妮小姐的。六十年前,奎妮穿着这裙子去参加一场相亲社交舞会,成为全场关注的焦点。奥拉穿这长裙正合身,就仿佛是为她量身定制的一般。

戴莉小姐看起来还是从前的样子,岁月和生活没有在她身上留下太多痕迹。她随身带来了两只行李箱,还有她的单车。

"没能提前足够时间邀请你,没想到你这么快就到,真是太好了。"

老师对她的紧急求助能快速反馈,奥拉心怀感激。

"这对我也非常合适。萧恩移情别恋,我本以为那是一时兴起,很快会烟消云散的,但那结果似乎是更持久的改变。"

"真是遗憾。"奥拉表示同情。

"说真的,我倒也不太难过了。尘缘散尽,该发生的都已发生,我也基本恢复了。我当时需要的是一个'瞬时强冲击休克'疗法。"

"那,你受到了那种冲击?"

"是的。一个十八岁的姑娘,孕相十足,还有他跟她在一起的那副模样,总之就是等着抱娃娃的那一套。现在正是时候,让我出来几天重新考虑考虑。"

"在这里的这段时间,那就是你打算做的事?"

"对,这是个静下心来思考的好地方。走到海边,你会感到自己更渺小了,某种程度上也没那么重要了,这能让事物呈现为真实的尺度,不夸大不缩小,让你更合理地看待它们。"

"希望这对布里吉德也能有用。"奥拉叹息一声。

"你觉得,你已经失去了她这个朋友,是吗?"戴莉小姐有同情之意。

"坦白说,是的。从十岁那年起,我们就算是亲密的朋友了。这整个阶段就仿佛是某种人生阶段吧,暂时的。你懂的,比如她和我一起上了一段时间的踢踏舞培训班,穿着连体紧身衣,练习拖曳小跳踏步组合,练习脚底踢踏部位的前后变化,一遍又一遍地反复练。但这一回,可就是一辈子的事了。而摊上的人却是那个弗克希!"

"也许她爱他吧。"

"应该不是。如果她爱他,何必想方设法地去讨好他的家人,就跟发疯发傻似的。"

"或者,那可能是她需要一点安全感。"

"布里吉德需要安全感?她生活能力挺强的,过好自己的日子毫无问题。"

"奥拉,你爱过什么人没有?"

"没有,没爱过。喜欢,倒是有过。"

"至少你清楚这两者之间的差别了,这已经比我们当中有些人好了。让我来给你帮忙吧,种一点花草,有些会在石头大屋这里存活下来的。但你种下的东西,也许有一半会在冬季死掉。"

戴莉小姐骑着单车出去转悠,光顾了当地的几间酒馆,在各家喝上一大杯黑啤酒,以此为她的活动范围标上了记号。布里吉德回来时,她问了很多问题,都是奥拉不敢问的。比如蜜月之后,假如不打算再上班了,布里吉德整天会做些什么?他们计划立刻就组建家庭吗?她是不是要一一拜见法雷尔家族的众多成员?

这位待嫁新娘给出的答案远远谈不上令人满意,而且看来只是围绕着看了多少多少的赛马大会,还有偶尔去拜访在西班牙的弗克希的姐姐这些事情。不过,也有一点点小安慰。奎妮小姐的那旧裙子,布里吉德还是挺喜欢,赞赏地描绘其为古着。弗克希的姐姐也要穿复古长裙参加婚庆,跟奥拉将会相得益彰。

婚礼的可怕程度与奥拉所担心的正好不相上下。一切都过了头,现场搭起巨大的天幕顶棚,显摆阔绰的扎眼陈设到处都是。

奥哈拉家大摆排场,不遗余力,甚至还预先收拾好了几套联排屋——在地产热期间,他们家购入很多物业,但自从经济衰退以来便空置在那里。这几套房子,他们找人匆匆涂刷,重新装修了一下,给法雷尔家的人入住,此举倒是受到了相当的赞赏。

弗克希的伴郎叫作康纳,又是一个小丑式人物,他将他的爱尔兰乡土根基连同爱尔兰口音一起丢在了脑后。在婚礼上,他的致辞粗俗不堪,乏善可陈,说作为伴郎的额外优待之一,就是你得跟伴娘来上一发,而从今天夜里的情形看来,这应该不算是多么大的痛苦牺牲。闻听此言,弗克希笑得跟驴鸣似的。奥拉双眼僵直地看向前方,努力不与小鸡的目光相遇。

小鸡跟自己的哥哥布莱恩悄声耳语,说他没和那家人搅和在一起,倒不失为好事。但布莱恩还在为被奥哈拉家拒之门外的陈年往事耿耿于怀、隐隐作痛,此刻对希拉·奥哈拉倒是旧情难忘,深深怜惜起来——这位大家闺秀跟那嗜赌如命的丈夫分道扬镳了,而那家伙曾经被视为希拉的如意郎君。

新娘新郎动身前往香侬机场之后,康纳往奥拉面前凑上来。

"我听说,你有自己单独住的地方。"他稳操胜券的样子。

"你的仪态风度挺出彩的。"奥拉摆出欣赏钦慕的口吻,"我打赌,所有姑娘都会对你一见钟情的。"

"我们要讨论的可不是所有姑娘,今晚,我们要说的就只是你。你意下如何?"她说的那些话,他竟全都信以为真了。

奥拉看着他,很是愕然。他竟然没意识到,她实际上是在打发他走,去找别的姑娘。既然康纳和弗克希这样的蠢货都能当银行家做投资,那西方经济沦落到目前这个态势,也就不足为怪了。

"即使我好奇到死,想知道性爱是什么样的体验,康纳,我也不会朝你这样的叫驴靠近半步的。"她说着,一边愉快地冲他微笑。

"拉拉。"他往她面前啐了一口。

"肯定是这么回事呗,一定的。"奥拉依旧笑笑。

"算你狠,做你的打蛋器①去吧。我只是问问你罢了,因为那是惯例。"

"没错的,康纳,你就是问问而已。"奥拉的语气听来是在抚慰傻蛋。

戴莉小姐逃避参加婚礼,去山里穿越骑行了。她遇上了在那里逍遥度假的两个法国牙医。明天,他们就要出发去多尼高尔郡了。戴莉小姐打算跟他们同行。他们开的小车顶上带有行李架——搭载她的单车再合适不过。

奥拉目瞪口呆地坐在那里,对她目瞪口呆。

"我明白你的心情,奥拉,世界上的人分成各种各样的,比如像我这样的,像布里吉德那样的,我们是如此不同的人。而你走的是中间道路,那岂不是挺幸运?"

现在,石头大屋主要的翻修工程差不多完成了,只剩下室内设计和装潢部分需要商定。小鸡仍然想雇请专业人士,而奥拉则坚持,直到请来的人证明了可以胜任,然后再付酬劳不迟。奥拉认为姨妈完全有能力自己来做这事。毕竟,她可是有最好的原始素材来源的。奎妮小姐可以告诉她们,这房子过去是什么样子。

小鸡懂得室内怎么弄才既舒适又有格调,但她仍然犹豫不决,把自

---

① 英文中的"ball breaker"同时也有"母老虎"的意思。此处双关。

己的想法先放在了一边。

"我们的收费不低,这里也不是廉价旅馆的标准,所以我们不能让客人说这个地方华而不实,邋遢寒酸。"

"在伦敦,我也接触过不少的设计师,"奥拉说,"其中有些人确有才华,我得承认,但他们也有很多人就是粗汉,是蹩脚货,玩的是皇帝新衣的骗人把戏。你的眼睛不得不像老鹰那样敏锐,时刻盯着他们。"

她们最终选定了一对男女档,分别叫霍华德和芭芭拉。两人来这里是因为得到了布里吉德的大力推荐,她跟弗克希在都柏林参加一个派对,认识了这两个人。

一见到这两人,奥拉就感到讨厌。他们四十出头,说话拿腔捏调,"亲爱的""如此"之类的词用得非常多——通常还是在不同意某事的时候用。

"亲爱的,大堂里放那台老爷大座钟,你还是想都不用想吧。那对睡眠节律不好,将会是如此地吵闹,那钟声是如此地令人心神不宁。"

"客厅大堂向来都是放老爷座钟的。"可怜的奎妮小姐表示温和的抗议。

"请注意,我们讨论的是如何让这地方变得适宜居住,不是吗?亲爱的,我们来这里的目的就是如此。"

她们把最好的房间之一给了霍华德和芭芭拉,有大大的窗户和阳台,面朝大海。两人环顾房间,用鼻子嗅来嗅去。下楼梯时,他们彼此看看,交换眼神。对不喜欢的东西,他们摆出轻微的恐惧状——仿佛被吓坏了的意思:比如厨房的原石地板,他们就看不上眼,认为那应该被撬掉,用高质量的实木地板来取代。奥拉说,那原石地板是很地道、很正宗的,自从十九世纪二十年代房子完工,那里就一直是石头地板。

"我只想说这么多,"霍华德回应,"是时候换掉了。"但这一争端,奥拉赢了。关于石头地板,没有可商量的余地。

"晨间居室"那个小客厅,小鸡她们打算命名为"谢狄小姐厅",但芭芭拉和霍华德不以为然。他们说,那样命名挺古怪的,矫揉造作,亲爱的,如果有一样东西会让某个地方掉价的话,那就是那玩意儿有一种多愁善感的矫饰元素在里面。不过,这两人却把自己的房间搞得一团糟,湿毛巾随手扔在浴室地上,喝过不洗的脏咖啡杯、玻璃杯多到令人发指,尽管已向他们多次提过禁止吸烟的规定,堆了烟头的烟灰缸也还是随处可见。

砌了矮墙的菜园,他们根本不屑一顾,说那太业余了,客人们只会喜欢更开阔、修剪打理得更整齐的园林景观。看到格莱莉娅,他们便阴郁地皱眉头,说让一只猫靠近厨房和食物是不卫生的。奎妮小姐、小鸡和奥拉都耐心解释,说格莱莉娅是德行无可挑剔的一只好猫,人吃饭的时候,它绝不会去靠近餐桌。但说了也白说,那两人死活不听。必须承认的是,格莱莉娅有一次把霍华德的小腿误当作给她练习抓挠的猫抓板,猫儿又被霍华德的疼痛尖叫惊到了,于是在他的裤管里急着往上爬。可怜的猫随后逃窜,躲到了沙发后面,吓得直抖。而芭芭拉在那里大喊大叫,挥舞双臂咒骂那畜生,直到奎妮小姐跑来拯救了她的宝贝。到这时,讨厌霍华德和芭芭拉的就只有奥拉一人了。

由于别人都替格莱莉娅说好话的缘故,在猫的问题上,这两人只得承认落败,但他们把敌意的矛头又指向这个事实:卡梅尔显然有孕在身。他们希望,孩子出生之后,她能远离民宿,省得影响这里的综合观感——亲爱的,要知道,客人们最不想听到的,就是小婴儿的啼叫哭闹。那会让这地方的氛围*如此*糟糕、一塌糊涂。

小鸡和奥拉给他们提供的美味餐食,他们连半个字都不夸,反倒建议说,石头大屋需要配备一个像样的酒窖。晚餐之后,两人还嫌不足,提出要喝大杯的白兰地。

奥拉的想法已经非常坚定。第二天早餐之后,她说,关于装饰、所用的材料和所打算推荐的色彩方案,以及应该去哪里搜寻购买全部的物料,她希望他们心中有数了,能给出实实在在的建议。

听到这个,芭芭拉和霍华德似乎稍稍吃了一惊,回答说,他们原本预期着在此逗留几日,沉浸其中,要充分体会这里的整体环境格调才好给出方案。这正是奥拉此前疑心会得到的答复。于是,她拿了一只咖啡渗滤壶走进办公室,坐到电脑边,期待那两人的高见。

"不言自明,这是乔治王朝时代后期的一栋建筑。"奥拉信心十足,"我上网搜索了那个时候这一类房子的图片,打印了一些出来,供讨论用。我想知道,*你们*可以给出怎样的参考意见,我们也好比照比照。"

他们看着她,警觉起来。"这个,当然,我们都知道乔治王朝经典风格的豪华宅邸……"芭芭拉不太顺畅地扯了起来。奥拉意识到,那是要开始故弄玄虚了,恐怕是要扯到二十英里远的地方去。

"这是不错,但不是什么了不得的豪宅。这是一位谦逊乡绅的住所,实际上,差不多是维多利亚女王时代的风格,而不是显著的乔治王朝特征。我们想知道,你们考虑用什么配色方案?"

"亲爱的,这一切都取决于我们要从哪里开始,那具有很强的决定作用,不是吗?直接就问用什么颜色,就等于问一根绳子有多长,不能*如此吧*,连个前提都没有。"霍华德声音洪亮,语调夸张。

"还有,我们要找地方买软装面料,你们有什么可推荐的?"有更多打印出来的资料被奥拉堆放在了桌上,她还翻来翻去地归拢着这些东西。她看到霍华德与芭芭拉有眼神交流,彼此不时对望。

小鸡走了进来。

"当然喽,我们自己有些想法,但也很盼望能有真正的专业人士来指导我们。比起我们,你们的经验要多得多了,接触的人和事也多得很。"

"我没想到你对电脑是如此精通。"芭芭拉对奥拉说,语气冷淡。

"你说的可是我这一代人啦,电脑一代嘛。"奥拉故意笑嘻嘻的,"顺便问问,你们怎么会没有自己的业务网站的?"

"从来都没那必要。"芭芭拉有点沾沾自喜的自负。

"那客户怎么才能找到你们呢?"奥拉一副天真好奇的表情。

"通过私人介绍。"

"应该是,他们就是这样听说和找到你们的,但你们实际上做过什么,他们怎么才能知道呢?"

她脸上依旧一片天真,但挑衅质疑的意思明摆在那里。

到了这时候,会谈就结束了。显然该分道扬镳,各走各路了。

芭芭拉提到,就目前为止,他们所投入的时间和精力,应该得一笔酬劳。小鸡和奥拉相互看看,很困惑的样子。霍华德提议,大家友好分手,毕竟还未曾结过什么仇怨。他们祝愿度假村事业成功。但说话的语调不对头,尽是怀疑和遗憾的味道:*假如石头大屋真的开门营业了,能熬得过一周就算运气了。*

里格尔开车送他们去了火车站。

回来之后,他汇报说,一路上那两人一声没吭。他问他们,会不会回来监督装修,他们说那不太可能了。

"那么,我希望你们这次来还愉快吧。"里格尔这样说的。

"亲爱的,愉快这个词如此美好,说起来太夸大了。"他提行李送上火车时,他们嘀咕道。

当天晚上,小鸡和奥拉在卡梅尔的帮助下一起确定了色彩方案和面料,第二天就开始付诸实施了。这次她们算是学到了一个教训。本来外面某个地方可能会有出色的设计师的,可她们就是没找到人家。但没有时间去再试一次了。只能相信自己。

一点一滴地,这地方逐渐有了样子。

网站也开通了,上面放了很多从石头大屋能看到的风景和周边景物的照片,还有详细的介绍,全面描述这里所能提供的所有服务。她们收到了不少的咨询,但还没有客人确认预订。

奥拉策划了一个媒体通稿,给所有的报纸、杂志和广播节目都发过去。有几个比赛项目,她主动提供赞助,把石头大屋冬季一周的度假作为比赛的奖品。这样做的理由,是以此来推广宣传,增加曝光率。她买了一个大大的剪贴簿,交给奎妮小姐,要求她有任何报章杂志提及石头大屋的,都要剪下来留作收藏。她联系了机场、旅游局、游客接待处、读书会、观鸟兴趣协会、运动俱乐部……她还在 facebook(脸书)上搞了个页面,又开通了 Twitter(推特)账号。

身在石头大屋那小小的办公室中,就能接触到外面那么大的世界,这让小鸡欣喜不已。她们精心策划了菜单,力求完美,然后公布在网上。现在,她们已经设计好了日常流程,包括度假屋常规消耗品的供应商以及配送服务,都确定并安排了具体时间,以便一切能顺利运营。渐渐地,有明确的预订单进来了。就在卡梅尔的双胞胎出生之际,她们眼看着就要接待第一拨客人了。

奎妮小姐告诉奥拉,她从来没有这么开心过。近些天来,石头大屋发生了这么多的变化,而她恰好身临其间,居于一切事务的中心。"晨间居室"现在被正式称为"谢狄小姐厅"。那里挂有修复和翻印的照片,上面是童年时代的谢狄姐妹仨,贝翠丝、杰西卡和奎妮都还是小姑娘的模样。如今,石桥的每个人她都认识,而不是像以往那样只知道少数几个。她有了可口的一日三餐,还有一栋温暖的房子。谁能想得到,她到了晚年,生活境遇反倒大为好转,改善很多。

"不过,我还是为小鸡烦心,她工作太卖力了。"奎妮小姐向奥拉吐露心事,边说边摇头,"她还是个年轻女士嘛,不管怎么说,跟我比起来,她还很年轻。有好多人对她有意思的,看她的眼光都满是爱慕,可她从来都没考虑过谁或许可以成为丈夫的人选,没那心思正眼看看人家。"

"那,奎妮小姐,我呢?你怎么看?就不为我担心吗?"

"我不担心,奥拉,甚至一点儿也不烦。你会按照之前承诺的,在这里跟小鸡干一年半载的,然后你就会远走高飞,去征服世界啦。这都明摆着写在你脸上嘛。"

奎妮对她的能力如此有信心,奥拉本应高兴的,但她突然感到有些孤寂落寞。她并不想远走高飞,去征服世界。她想留在这里,看看大家辛苦建立起来的一切,在未来如何发展。

"奎妮小姐,我不着急离开的。"奥拉听到自己这样说道。

"在石桥停留太久还是有危险的。难道你要和海鸥或是鲱鸟结婚吧!"奎妮小姐实话实说。

"可是,你自己不是说了吗,你从来也没有像现在这样开心过。"

"我只是把不好的情况处理成尽量好罢了,我实在是幸运。非常幸运。"奎妮小姐说。

第二天早晨,奥拉给老太太房间里送茶,朝床上刚刚看了一眼,她就知道,奎妮小姐在睡梦中离去了。老人双手交叠放在胸前,脸上很平静,看上去就像年轻了二十岁。仿佛关节炎、风湿痛之类的都已放过了她,消失了。

奥拉以前从未看过人死的样子。这并不是非常可怕。

她端着那杯茶走进小鸡的房间。

小鸡已经醒了。看到奥拉,她立刻就明白发生了什么。

"说是有上帝,哪可能有!有的话,他怎么能让奎妮现在就去世?这里还没开张啊。太不公平了!"小鸡忍不住悲泣。

"你想想,某种程度上这或许是最圆满的结局。"奥拉劝慰说。

"奥拉,你这是什么话?她渴望着参与这一切的。"

"其实不是。她挺紧张的,忐忑不安。她不止一次问我,她该不该坐下来,跟客人们一起进餐。"

"但她毫无疑问是要和我们一起的。"

"她担心自己或许太老了,老得都长毛了……这是她的原话,不是我说的。"

"唉,你还能这么冷静?可怜的奎妮。真可怜,亲爱的奎妮。她都没享受过生活。"

奥拉伸出手:"过去看看她吧,姨妈。只要看看她的脸。你就知道她有过生活的,是你给了她生活。"

她们走进房间,奎妮小姐睡过八十多年的那个房间。这要一路回溯到二十世纪三十年代，那时，爱尔兰作为一个独立国家，才成立十年左右。

那只猫格莱莉娅也进来了。她没有跳上床，而是停在门边恭恭敬敬地看着，仿佛她也知道大事不妙了。她们站在那里，凝视奎妮小姐的面容。小鸡俯身弯腰，摸了摸奎妮小姐冰冷的手。

"奎妮，我们会让你骄傲的，也会让你体面尊严地走。"说完，她和奥拉出来，在身后关上了门。她们去通知里格尔和卡梅尔，接着打了电话给戴医生。

石桥为奎妮·谢狄小姐举行了盛大的送别仪式。一大群人聚集到石头大屋外面。灵车缓缓地驶向教堂，人们在后面慢慢跟随。

约翰逊神父说，下个周日将是这个教堂数十年来第一次没有谢狄家成员到场的礼拜日。他说，奎妮小姐上周来拜访过他，问他，她的葬礼上——先不管那会是什么时候——他们能不能唱《舞蹈之王》这首歌。约翰逊神父当时就说了，我们大概都先要早早蹬腿升天了，然后才轮到奎妮小姐自己准备着去领受天国的礼物呢。但上帝的心思不好捉摸，现在，奎妮走了，去加入她心爱的姐姐们，留给我们一份温暖的回忆，她那宽厚仁爱的一生。

众人齐声唱起了爱尔兰广为传唱的《舞蹈之王》。一想到这么多年来，远自他们能记得的模糊的往日起，奎妮小姐曾慈眉善目地看护过他们，曾凝视关注过他们的孩子，很多人便不禁鼻酸眼热，哽咽起来，更有的潸然泪下，泣不成声。

四个人抬着那小小的灵柩去往墓地。里格尔是其中之一。想起这老太太是如何欢迎他来到家中，对一切事情——从菜园围墙到他住的石头小屋,到开小货车载她在周边转悠,再到双胞胎的降生——又曾是如何的兴高采烈,里格尔的表情不由黯然肃穆起来。

这么可亲的一位老奶奶,没法陪伴在罗茜和麦肯的生活中,里格尔对此深感遗憾。他们会给孩子们说起奎妮的。将来有一天,他自己的棺材被抬往这片墓地时,儿女们也要告诉他们自己的孩子关于奎妮小姐的故事。可敬的老太太,是爱尔兰的那一段急风暴雨、动荡不安的历史的珍贵纪念。

谢狄家没有任何亲属在世,里格尔被委托铲第一锹土填下葬坑,随后接着的是小鸡和奥拉。一大群人都静默无声地站在那里,直到戴医生,这个有着雄浑厚重男中音的威尔士人,蓦然唱起了《与主同在》,大家才跟着往回走,在山丘上鱼贯形成一个纵队。

石头大屋中有茶和三明治招待众人。

格莱莉娅跑进跑出、跳上跳下地找奎妮小姐,最终茫然不解地蹲在了前门外面,有点暴躁地在自己身上舔来挠去。

奥拉忙着给大家分发食物和茶水,这时她逐渐恢复了些许,能意识到竟有这么多人来参加葬礼:布里吉德和弗克希从伦敦赶回来了;戴莉小姐从什么人那里听到消息,跟法国牙医当中的一位成双现身了——那人现在已是挺亲密的朋友;奥哈拉全家也到场了,以往的敌意嫌隙被抛诸脑后;所有那些建筑工人、民宿的供应商、当地的乡邻农夫、针织厂的员工,都来了。还有艾丹,邻近镇上的一位法务律师,据说他暗恋着小鸡。

奎妮小姐地下有知,估计会拍着巴掌说:"想象不到,他们全都来送我了!他们真是太好心啦!"

艾丹将奥拉请到一旁,告诉她,奎妮小姐上周立了遗嘱。她把所有的一切财产都留给了小鸡,只除了两笔小房产,一栋给里格尔,另一栋给奥拉。

他还问奥拉,如果他礼貌而慎重地邀请小鸡外出共进晚餐的话,小鸡会不会答应。

奥拉说,也许他应该等到石头大屋正式开业之后再行动。眼下,小鸡全部的心思都集中在度假屋的事情上。但奥拉让艾丹放心,没有任何其他人来搅局的,到目前为止艾丹没有情敌。

"我暂且就不去打扰。"他告诉奥拉。

"老天有眼,你们那推荐的人选,可不是很棒嘛。"奥拉招呼道,一边显得挺热忱地看着自家的几位叔伯,还有那令人厌憎的弗克希。

"必须说,芭芭拉和霍华德在这里干了件很漂亮的事。"弗克希赞赏地说。

"他们?可不是嘛。"小鸡模棱两可,听上去误以为是同意。

里格尔本来嘴都张开了,想说那两个人是如何的毫无帮助、一无是处,但奥拉皱皱眉阻止了他。生命短暂,纠缠无益。小鸡已经决定就这样应对了。过去的事,随他去。

只要再过几天,第一批客人就将到来。客房几乎都订满了,只有一间客房暂时还空着。每天晚上,奥拉和小鸡都坐下来核查客人的名单。他们当中有瑞典的、英国的,也有来自都柏林的。有的是开车来的,有的是搭火车的。每位客人到达的具体时间,她们都通知了里格尔,让他务必谨记在心。

她们一遍又一遍地校验菜单,看每一样材料是否备齐。她们试着去预演,仿佛所有这些客人在晚上都坐在了桌边,第二天早上又齐聚一堂享用早餐。在"谢狄小姐厅",她们精选了一些杂志和小说放在那里。地图、鸟类图册和观光指南,全准备好了,随时可供客人取用。更衣换鞋的专用隔间里,威灵顿长筒靴、雨伞与雨衣也都应有尽有。

奎妮小姐消失,格莱莉娅也哀伤了一阵,但它很快克服了这种情绪,又恢复了老习惯,蹲伏在壁炉边,喉咙里发出咕噜咕噜的念经声。即使最苦恼不安的灵魂,也会从中得到抚慰。

"奥拉,你现在有跑路的钱咯。"客人入住前的最后一晚,小鸡说道。

"跑路的钱嘛,我一直都有的。"奥拉回应。

"我只是不想把你困在这里。承诺的一切,你都做到了,甚至还做了更多。"

"为什么每个人都想把我踢出局?"奥拉问,"奎妮也是一样。去世前的那天夜里,她说,我总不能嫁给石桥的海鸥或者鲱鸟的。"

"她说的对。"小鸡表示赞同。

"但是,你呢?艾丹可是在追求你呀。"

"哦,奥拉,到此打住,拜托了。"

"我敢打赌,沃尔特也会希望你能再婚的。"

"是吧,确实有可能。"

"那么,你呢?"

"即便如此,又能怎样?把戴医生从他太太手中抢走?让约翰逊牧师抛弃神职?上网推销:'寡妇富婆,有自己的产业,诚觅知音'?"小鸡哈哈大笑,"我们说的是你。奥拉,人只有一次生命。"

"那,在这里生活一段时间,有什么不对头的?"奥拉问道,"这里才开业,自己参与的事业,假如不等到完成第一年经营就先走掉,作为一个大活人,谁也受不了这个。"

小鸡往后靠坐,半躺到扶手椅中。格莱莉娅伸了伸懒腰,似有赞许满足之意。

大厅里的老爷大座钟敲响了午夜零点。

这一天,将是石头大屋开门迎客,面对公众的日子。即将到来的很多个夜晚,她们都不会单独安坐在这厨房里了。

她们朝彼此举起酒杯。屋外,波浪拍击着海岸,风从树木之间呼呼吹过。

温妮

当然,温妮挺希望自己已经是嫁作人妇了,或者是有个稳定的长期伴侣。又有谁会不愿那样呢?

有一个人在那里陪伴你,让你感到生活有着落。一个你可以与其分享一切的人,最终你还会跟他生儿育女。显然,这就是她想要的。但不能为此就不惜付出任何代价。

她绝不会跟一个醉汉结婚。有个朋友就嫁了这样的老公——那家伙在婚礼派对上就骂骂咧咧、污言秽语。那场闹剧的余波多年以后还没完全散尽。

她绝不会嫁给一个控制狂,也不会嫁给吝啬鬼。但闺蜜们牵手的很多男人倒也是好人,温暖贴心,开朗乐观,让她们的个人生活变得非常完整。

要是哪里有那样的一个男人就好了。

如果有的话,温妮怎么才能找到他呢?她尝试过与网友交往,还有速配约会,也去过社交联谊之类的俱乐部,但无一成功。

到了三十出头时,温妮多多少少已经放弃了这份希望。她过得挺忙碌,做的是护士,由劳务代理机构派遣的那一种,所以往往一天在这里,另一个晚上又到了那里,总之是在都柏林的各个医院之间流转。空闲时间,她去看看电影,会会朋友,上烹饪培训班,读很多书。

不能说这种生活寂寞又悲哀，远远不至于那么凄惨。但她还是很愿意能遇上什么人，能知道那人是她的真命天子。只要知道，也就行了。

温妮是个乐天派。在病房，大家都说她是个非常棒的人，和她共事很愉快，因为凡事她总能看见事物光明的一面。病人相当喜欢她——她总是设法挤出一点时间去抚慰他们，坚定他们的信心，告诉他们治疗效果如何，情况恢复得如何之好，现代医药的进步又是如何之大。在医院餐厅吃饭时，她绝不会哀叹着跟人抱怨爱尔兰的男人，说他们多么令人失望，是一帮很差劲的东西。她才不会这样怨天尤人。她接受现状，就那么过着。

她仍旧抱着一点模糊的希望，爱情大概还是在哪里等着她的——只不过她不是那么有把握，确信自己真的能碰上有缘之人。

三十四岁生日那天，她跟泰迪相遇了。

丽翡河畔的码头边，有一间恩尼奥的餐馆。温妮和三个好友——都是护士，都是已婚女性——去那里共进晚餐庆生。她穿了件银黑配色的新上衣。发型师成功说服了她——她做了个相当贵的护理，让头发更显润泽柔顺。店里的姑娘们都夸她漂亮。可话说回来了，她们又有哪一次不是这么恭维的呢。要论去吸引生活伴侣之类的，这一套似乎也没有起过什么作用。

这是个美好的夜晚，餐馆员工全都来到桌旁，一起合唱"祝你生日快乐"，还有店家的友情赠饮——意大利的一种利口酒。隔壁桌子边坐着两个男的，欣赏羡慕地看着这边。他们也跟着一起唱生日歌，声音洪亮，情绪饱满，以至于餐馆老板乐得做个人情，一并给他们提供了免费赠饮。两人谦恭有礼,连忙表示不愿让店家为难,希望他们的歌声也没搅扰温妮她们。

名叫彼得的那人说,他在罗斯摩尔开旅馆,同来的这位朋友叫泰迪·亨尼斯,是专门做奶酪的,也在罗斯摩尔,那个犄角旮旯的小地方。他们每周都来一趟都柏林,因为彼得的老婆和泰迪的妈妈喜欢看演出,而他们则喜欢每次都去一家不同的餐馆尝尝鲜。这是他们第一次来恩尼奥店里。

"你的太太怎么不一起来都柏林的?"菲奥娜直截了当地问泰迪,用意明显。

温妮觉得自己脸红耳热了。菲奥娜是在投石问路,看泰迪是否尚未婚配。看来泰迪都没觉察到这一点。

"这无从谈起,我还没有太太呢。净忙着做奶酪了,大伙儿都这么说我的。我是自由身,连女友都没一个。"他就像个小男生,说话认真恳切。柔软的金发垂挂在额头前,几乎要挡住眼睛了。

温妮认为,他是在看着她。

不过,她可绝不能发花痴,不可过于乐观。也许他能看出,眼前的这四个女人当中,她是唯一没有戴婚戒的;也或许,那纯粹只是她的想象。

聊天挺轻松的。彼得谈论起他的旅馆。菲奥娜工作所在的心脏病理疗所,有不少八卦谈资。芭芭拉说起丈夫戴维创建陶艺工作室的事,描述了其间所发生过的一些倒霉变故。艾尼娅,那个相对较晚才接受护理培训的波兰少妇,则给大家看她孩子的照片——她的小宝贝刚刚蹒跚学步。

泰迪和温妮没说几句话,但时不时彼此欣赏地看看对方,两人对这次偶然的相处感到挺自在。然后,彼得和泰迪该走了,去剧院接那两位女士。开车回罗斯摩尔的路上还要花两个钟头。

"期待我们能再次相见。"泰迪对温妮说。

其他三个女人把自己搞得挺忙的样子,在一旁跟彼得亲切话别,左一声右一声地说再见。

"我也希望如此。"温妮回应。谁都没有主动更进一步,提出留下联系电话或地址。

最终,彼得帮两人把这事给做了。

"几位美女,我可以留个名片给你们吗?如果你们知道有什么别的餐馆,像这里一样好的,请转告我们,行不行?"他提议。

"好主意,彼得。哦,温妮,你包里带名片了吧?"菲奥娜意味深长地说。

在恩尼奥餐馆宣传自家超值美酒的一张卡片背面,温妮写下了自己的电邮和手机号。然后两个男的便走了。

"菲奥娜,说真的,你干脆在我头上弄个霓虹灯小招牌得了,牌子上就写'剩女恨嫁'。"温妮抗议道。

菲奥娜不屑地耸耸肩:"那可是个好小伙子。你说我该怎么做,就让他跑了,白白错过?"

"想想看,做奶酪!"芭芭拉咂摸着陷入思索,"我得说,感觉很安宁很惬意的。"

"亨尼斯夫人……这听起来挺美妙的嘛,跟轩尼诗干邑一样好。"艾尼娅笑盈盈的。

温妮叹了叹气。不错,他人确实是挺好,可她远不至于会因为偶遇,心中就烧起希望的小火苗。

第二天,泰迪给温妮打来电话。周末,他会再来都柏林。他问温妮能否赏光跟他一起去喝杯咖啡什么的。

在一处阳光暖照、空间宽敞的咖啡厅,他们聊了一整个下午。要说的要听的,可真是太多了。她对他讲起自己的家庭——她有三个姐妹两个兄弟,分散定居在世界各地。她说,那意味着动不动就是一连串机场送别:含泪说再见,承诺一定去探亲拜访。但温妮从没想要去澳大利亚或者美国看看。她是一只真正的留鸟,虽不算很宅。

泰迪点头表示认同。他恰巧是和她完全一样的同类,从来都不想离开罗斯摩尔太远。

温妮十二岁时,妈妈去世了,家里冷清暗淡下来,就如火苗熄灭。五年之后,她的父亲再婚了。继母叫奥莉芙,一个愉快活泼的女人,但也挺疏远的样子,不易接近。她自己做一些首饰,在周边乡村的市场和集镇售卖。温妮很难说清自己喜不喜欢这个继母。奥莉芙看上去陌生又隔膜,仿佛生活在另一个世界里。

泰迪是家中独子,母亲是寡妇。多年以前,农场里发生事故,他父亲不幸丧命。妈妈随后进了当地的乳品厂工作,挣钱送他去一所名校上学。他倒也喜欢在学校度过的时光,但没能成为一个医生或者律师。妈妈大为失望——那种有出息的高尚职业,才是对她当年长期辛苦劳作的回报。

泰迪热爱制作奶酪,也已经获得过几个奖项。生意虽不大,但也挺好,稳定安逸。他遇上了很多贵人,最终甚至有能力在罗斯摩尔提供就业机会了——否则那些工人可能不得不背井离乡去国外找工作谋生。他妈妈在乳品厂有过早年的经验之后,已经锻炼成了一个精明干练的商人,于是就帮他打理财务,深入到奶酪生意中。

温妮讲述她身为护士的日常生活,解释跟一个代理机构登记签约是怎么回事。那事实上就意味着,你真的不知道明天将会去哪里服务,可能是那些新开的私立医院之一,又大又敞亮;也或许是旧城平民区一间忙碌不堪的医院,一处妇产科大楼,或者是老人护理院。从很多方面来说,这样很棒,因为工作环境多样化,差异巨大,也会带来新鲜的体验;从另外的角度来看,这也意味着你没法对病人有一个详细全面的了解——护理没多少连续性,接触自然也不深。

两人都去过土耳其度假,都喜欢读惊悚小说,同样都在那些一腔热情、满怀好意的朋友手下沦为牺牲品——人家急着安排他们去约会相亲,迫不及待地盼着他们早日喜结良缘,该娶则娶,当嫁则嫁。不管那样的前景会不会发生,会不会成为事实,他们都毫无隐瞒,相谈甚欢。不过,两人心里都明白,他们会很快再见面的。

"今天,我过得很开心。"他坦白。

"也许下次我可以下厨,请你吃顿饭?"

他的脸上闪现出一丝光芒,像一盏温柔的夜灯。

在那之后,他便成了她生活的一部分。不是很巨大的一部分,一周大概会出现两次。

有几次,他来到她的公寓,可在午夜之前就离开了,不辞辛苦地长途驾车返回罗斯摩尔。然后,有一个晚上,他问,她能否同意,也许,他可以在此过夜。温妮回答说,她欣然同意,真高兴他能留下来。

有那么一两次,他们甚至一起去外地度周末了,但那只能是一个短周末。她很快就了解到,任何事情都不能,也不会改变他妈妈的计划。

无论哪个周五,泰迪都无法自由支配,因为那天晚上,他必定要带妈妈去彼得的小酒店赴宴。

是的,每一个周五,他遗憾又懊丧地承认。其实只是小事一桩,但老妈却那么郑重其事。可是,一旦你想想过去那些年月,她为了他所放弃与牺牲的一切……

温妮自己在心里掂量这个问题。泰迪看似并非那种男人,所谓妈妈的乖儿子,但她也感觉到了。要把她介绍给妈妈,他对此极为忐忑,紧张得不行,就仿佛她可能无法通过什么测试似的。这真够稀奇的。但他毕竟都长大了,是个成熟男人了。她不必操之过急。

取而代之的是,她现在专注于这个念头,就是拉着泰迪一起去度个小长假。

温妮听说这个地方不久之后将开业,名为石头大屋,位于爱尔兰西部。广告小册子里的照片看起来很有吸引力。一张大大的餐桌,客人们晚上将一起就餐。壁炉中炭火熊熊,一只可爱的黑白花猫蹲在炉边。宣传中承诺会有大屋自家烹制的出色美食、舒适的客房,以及可以在周边散步游览、观鸟,还有机会去体验那一带景色壮观的海岸线。

这岂不是很理想的一个去处?让她与泰迪携手同行,逍遥几日。只要她能把这个男人从他妈妈身边撬开,只要能打破这个魔咒——周五夜晚的珍贵时光都归那女人支配。

他的妈妈!

在拿出提议,挑唆诱拐这宝贝男孩叛逃去西部之前,她最好还是把跟那女人见面的事情给办掉。另一方面说来,那地方看上去似乎还真的挺受欢迎的。给泰迪看了这个度假计划之后,他应该会很乐意去小住一番的,即使这不对他的胃口,她总还可以取消预订的……

然后,就到了与那妇人相见的时间。这位为儿子曾做出巨大牺牲的英雄母亲,这位周五晚上的安排决不可被扰乱的威严母亲。她已经跟泰迪讲过,要他把女朋友温妮从都柏林带过来,周五在那酒店一起吃顿晚饭,第二天再跟他们共进午餐。

穿什么衣服去赴宴,那位亨尼斯太太可能会喜欢什么,温妮都极其仔细地斟酌过。

这个老妇人几乎没离开过罗斯摩尔。任何张扬浮夸的东西都会令她起疑心的。

温妮那件银黑配色的上衣也许就过于时髦了。于是,她穿了一身理智又保守的海军蓝长裤套装。

"要跟她见面,我可是够紧张的。"她向泰迪吐露心声。

"别瞎说。你们会融洽相处的,会聊得热火朝天,然后旁人不得不喊消防队来灭火的。"泰迪说得挺夸张。

她打算乘火车去罗斯摩尔,小手提箱里带上随身用品和过夜的衣物。彼得和他的老婆葛瑞塔已经事先邀请她入住他们家的旅馆。晚上的住宿安排,不会告诉亨尼斯太太,所以这看来是明智的选择。

"我们会给你最好的房间。跟那蛮横婆娘见面之后,你需要人类所能得到的所有舒适享受。"彼得是这样说的。

"可是,我以为你们很喜欢她的!"温妮吃了一惊。

"她是位很好的夫人,一点不假,作为朋友相处也再好不过,但任何野生母兽,保护自己幼崽时的那种劲头,跟莉莉安的气势都没法比的。猛兽都会接二连三地被她吓跑的。"彼得哈哈大笑着说。

温妮装作没听到这些,心中认定没必要因为争夺泰迪去燃起战火。他是个成年人,一个能够也应该会自己做出决定的男人。

泰迪在火车站接她。"明天的午餐,妈妈也列好了请客的名单。"他语气挺愉快的,"她说,你费事这一路赶过来,我们要对得起你所花的时间。"

"她真周到,实在是盛情。"温妮含混低语,"我也能看到你家是什么样子啦。"她感到很宽慰,自己预先给亨尼斯太太准备了一个小礼物。一切都会顺利的。

到了旅馆,彼得和葛瑞塔处于一种高度兴奋的状态。"现在要不要看看你的房间,换上吃晚餐穿的衣服?"葛瑞塔问道。

"不了,不用了。穿我身上的这套衣服就好了。"温妮回道。她知道亨尼斯太太是怎样一丝不苟、计较细节的人,对准时是多么偏执,又是多么痛恨别人让她干等着。

"随便你咯。"葛瑞塔略感疑惑地说道。

温妮果决地走进旅馆那附带吧台的饭厅。她将让泰迪的妈妈放宽心,赢得那老太太的赞同和信任。这一切就只是想让她明白温妮完全没有威胁,不是来跟她竞争的。她们都是为了泰迪的幸福,在同一阵线。

她看不到坐在大扶手椅上的老人的身影。也许,亨尼斯太太那传说中绝对守时的作风是夸大其词了。然后,她看到泰迪朝酒吧区坐着的一个女人热烈地打招呼。那是一个仪容出众、优雅明艳的女人。

"你都到啦,妈!又早我们一步,总是这样!妈,这是我朋友温妮。"

温妮呆愣地看着,难以置信。这可根本不是成天盯着儿子的什么羸弱老太太。这女人才五十出头的年龄,收拾得干净利落、整整齐齐,化了妆,打扮和着装能迷死一大群人。她穿着考究的酒红色真丝长裙,外面是金色的织锦小外套。她肯定刚做好头发就从发廊过来了。手袋和鞋子都是超软的贵价真皮材质。佩戴的首饰明显很高档,也非常漂亮。

肯定是搞错了吧。

温妮的双唇张开又合上了。她可是从来不会拙嘴笨舌,找不到话说的,现在却发现自己彻底语塞,没词儿了。

温妮的这个样子,大概也让亨尼斯太太略感意外。不过,她气度雍容,对自己惊讶之情的应对方式就体面得多了。

"温妮,你好,很高兴能与你见面!你的情况,泰迪跟我都说了。"她的目光将温妮从头到脚打量了一番,又从下到上复审一遍。

温妮穿了双舒服的大鞋子,此刻却让她非常不舒服了,仿佛是傻乎乎的小丑靴。还有,她怎么穿了这身沉闷得要死的藏蓝色衫裤套装?她这样子就像来这精品小酒店中搬家具的女工,而不是要跟这位时尚达人共进晚餐——显然盛装出席才恰当。

泰迪的微笑在两个女人之间来回跳转,想看到他一直所求而不得的场面:妈妈跟他的女友相见相亲,其乐融融。整个晚宴过程中,他都还保持着快乐的状态,无论妈妈是在保护和款待温妮,是在冷落和疏远温妮,或者几乎是在当面奚落哂笑温妮。泰迪仿佛对此没有察觉。他只看到,自己和妈妈还有温妮,这样一个三人家庭正在成形、指日可待。

亨尼斯太太说,毫无疑问温妮应该直呼其名叫她莉莉安,因为,她们现在毕竟已经是朋友了。"你跟我预想中的可真是大为不同呀。"她语气中似有赞赏之意。

"哦,真的吗?"可怜的温妮寻思着自己可曾有过如此笨拙、如此不知所措的时刻。

"是的,确实如此。起初泰迪告诉我,说在都柏林结识了一个小护士,我觉着我是想到了什么傻乎乎的小甜心,半成年的那种。结果是这么沉稳成熟又理智的姑娘,真是太棒了。"

"哦,我给人是这种印象吗?"她辨别出了这些话本身的意思:成熟和理智,是指她个子大、无趣、姿色平常、年龄偏大。她甚至能听到莉莉安·亨尼斯那表示松了口气的轻微叹息声——这个女人要保持形象,只允许不易觉察的淡弱气流从那被口红涂抹完美的双唇间悄悄滑出——温妮这姑娘毫无威胁。她的儿子泰迪,事业有成、风度翩翩的金童一枚,不太可能迷上这么个乏善可陈的村姑的。

"泰迪在都柏林时,能与稳妥的人见面交往,实在是太好了。"莉莉安继续说道,声音虽不是像水流般喷涌而出,但也差不多这个程度了,"有合适的人看着他,避免他误入歧途,省得去接触有害的东西,也不会结交损友。"

"确实,这一点我做得挺好,全无压力。"温妮回应。

"是吗?"莉莉安的目光严肃起来。

有那么一会儿,泰迪的神色显得颇为困惑。

"是这样,我三十四了,到目前为止,我自己行为检点,倒是没交过损友之类的。"温妮说。

莉莉安声音尖细地笑起来,似乎挺开心。"你真棒,可不是嘛!哎呀,当然了,泰迪才三十二,所以,我们都得盯着他才行。"她发出清脆的笑声。

餐厅里的每一个人莉莉安都认识,跟人家要么是点头示意,要么挥手打招呼。有时候,她甚至向别人这样介绍温妮,说是"都柏林来的朋友,我们的一位老老朋友啦"。她挑选了葡萄酒,又挑剔说店里没把她家的亨尼斯奶酪好好摆盘,有碍卖相。最后,她说起邀请温妮第二天共进午餐的计划,也以此宣告今晚的活动到此为止。

"除了你,同时还要请哪些人,这之前真让我兴奋又纠结。可眼下既然已经见到你了,我就明白了,跟谁一起吃饭你都无所谓的,会很自在。这样吧,你明天将认识我们这里的很多老古董,土包子。我恐怕,跟都柏林人相比,他们全都是没见过世面的乡巴佬,但我肯定,你会找到几个能谈得来的。"然后,她就去到了门厅那边,雅致秀丽的小鞋跟在地板上踩得嗒嗒响,在休息区一直等到泰迪把温妮送到客房电梯前。

"我就知道会一切圆满的。"他说着,一边在温妮腮上快速地亲吻了一下,随即就去开车载他的母亲大人回家了。

在罗斯摩尔的酒店房间里,温妮哭了又哭,直到眼泪流干了。她在镜子里看到自己妆容花掉、泪痕交织的脸:一张平淡的老脸,一张可以介绍给那些土包子认识的脸。这样一个老姑娘,没人会为她纠结又激动。那女人是从哪儿学来这些用词的?

她因泰迪而哭。他还算个男人吗?把她扔在电梯门边就跑了,跟着他那过度讲究穿戴打扮、控制欲极端膨胀的老妈走了。要么,他就像个傀儡,毫无主见,也没有打算跟她建立像样的稳定关系?

她不想去明天那可怕的午餐了。她将找个借口告辞,然后就搭火车回都柏林。让他们随便猜测去吧,爱怎么想就怎么想。过去的那几个月,只是愚人乐园,只是一枕黄粱。以温妮的年龄,她本该早就清楚的。

论及年龄,莉莉安说了,泰迪才三十二,听上去就让人觉得他似乎还是个天真的孩子。但再过两周,他就三十三岁了。他只比温妮小十四个月罢了。关于年龄差距,她和泰迪都曾一笑了之。在他们看来,这点差距无足轻重,几乎可以忽略不计。但是,莉莉安怎么就把这个局面给彻底改变了?——让温妮听上去就像专吃嫩草的老母牛,偷偷接近了毫无防备能力的童男泰迪!

不过,没关系了。这是她最后一次见那母子俩。

她终于入睡,但却睡得不沉,总在睡梦中转身,醒来时头痛不已、昏昏沉沉。

葛瑞塔站在她床边,捧着装有早餐的托盘。

"怎么回事?我没有叫餐……"

"温妮,老天呀,你可是跟莉莉安一起吃的晚餐啊。你很可能需要输血或者来个休克治疗才行,不过,我给你弄来的就只是咖啡、羊角面包,还有一杯血腥玛丽,估计能让你恢复元气站起来。"

"不用太把她当回事。下一趟火车我就回都柏林。我不想再给她机会打击我。相信我,我知道何时该撤退的。"

"先喝了这鸡尾酒。振作起来,温妮,喝了它。里面全都是好东西,柠檬汁、芹菜籽盐、墨西哥的塔巴斯科辣酱。"

"还有伏特加。"温妮接道。

"这是你绝对需要的,最对症的及时灵药。"葛瑞塔伸手把酒杯送过来,温妮喝了。

"她这么恨我,是为什么?"温妮想知道内情,几乎在求告。

"她并不是恨你。她只是太害怕失去泰迪。任何时候,只要有人看上去似乎会把她儿子抢走,她就雌威顿生,身上长出大爪子似的。一旦慌乱了,她凶巴巴的这一面就会暴露出来。但这一次嘛,我估计她是在劫难逃,要吃败仗了。"

喝咖啡时,葛瑞塔解释说,酒店这天有人办婚宴,美发师唾手可得。那女士会来房间,给温妮快速整理一下发型,然后化妆师也同样会施以援手。

"现在才化妆打扮什么的,黄花菜都凉了。"温妮悲叹道,"她都看过我那个样子了。我还特意不带什么时髦的衣服过来,怕的是太晃眼,会惊到她。我,惊到她?我肯定是发傻了吧。"

"我有一件很漂亮的上装,借给你穿。她都从没见过的。这衣服真超级划算,是米索尼出品,真正的高档货,是在一个奥莱店里淘来的。你穿上这个,会把她眼珠子给惊出来的。"

"我不介意她怎么看。她和她的儿子,我都不在乎了。"

"我们也是,谁都不把她放在心上,但我们都喜欢泰迪,不是嘛。你是唯一可以拯救他的。坚持一下,温妮,就是一顿午餐的事。你可以做到的。你信也好不信也罢,从内里来说,莉莉安人还是挺好的。"

稀里糊涂的,温妮就发现自己在浴室里冲凉了,然后就来了个发型师,然后眉毛就修整过了,脸颊上就扑好了一抹腮红。眼影也刷上了,与那件意大利设计师款女衫正相配,与那迷人的淡紫和浅水蓝色互为映衬。

"即使你甩手从舞台上退场了,也会让留下来的人争论一阵子的。"葛瑞塔一边赞赏这身打扮,一边预想可能发生的场面。

"葛瑞塔,你回去忙人家的婚宴吧。你家的面包黄油要靠酒店生意的。那可是你的生计呀。"

"我才不管那个婚礼呢。我关心的,就是怎么才能把泰迪从那女人的手里给弄出来。温妮,你听着,她确实是我们的朋友,这一点不错,但泰迪必须得到自由,去过他自己的生活嘛,而你就是那个来解放他的人。我说不清为什么会这样想,但希望就在你身上了。"

"我可不想发什么最后通牒,让泰迪二选一的。我随他去,要么是跟我在一起,要么就算了。"

"哎呀,温妮,生活要是那么简单就好了。你不像我们,我们一年到头,几乎每周都给客人办婚宴的。两个人要携手走到圣坛前,你不知道那路有多崎岖。"

"我情愿走一条轻松愉快的路,平平坦坦,没有坑洼,没有绊脚石,就独自一个人走。"温妮说。

"你能行的。温妮,还是去争取一下呗。"葛瑞塔言辞恳切。

莉莉安请来超过十二人参加午宴。新鲜的三文鱼配当季的土豆与薄荷调味的豌豆,还有外观非常考究的沙拉,配有芦笋和牛油果、核桃和蓝纹奶酪。

温妮环视一周。房子很舒适,令人一见倾心:木地板上铺着地毯;宽大的沙发和扶手椅用的是印花布艺面料,点缀在室内各处;小巧别致的边几上,放着大大小小的相框,是家人的照片。

外面有一座玻璃暖房,那里安放着一张桌子,夏季可坐在那里喝点饮品。房门开向整洁美丽的花园——这是莉莉安的地盘。

温妮欣赏这里的家居陈设,但她无意奉承、赞美或表示艳羡,而是注意观察其他来客。尽管有偏见,她发现自己还蛮喜欢莉莉安的这些朋友的。

她被安排坐在当地一位律师的旁边。那人讲到,爱尔兰人维权意识增强,处处都想着要争取赔偿,还讲到大家是怎么变得越来越热衷打官司的。他告诉她几个极为搞笑的故事,都是他听来的一些实际案例;她另一边坐着的是汉娜和切斯特·科瓦齐夫妇。两口子创办和经营着一间卫生保健中心。他们聊起了医疗服务体系存在的问题;坐在桌子对面的是一位名叫奈迪的先生,是开养老院的;还有他的妻子克莱尔,是当地小学的女校长。这对夫妻的好友,朱迪和塞巴斯蒂安两口子,告诉温妮,他们在镇上从一个小报刊亭起步,如今在罗斯摩尔的主街上已经有了挺大的一间商店。镇外新修那条绕城路时,人们很是大惊小怪了一番,认为那会把旧区的客流全都带到外围甚至外地去的,但结果呢,带来的却是巨大的商机——"山楂林"那一带搞开发,很多都柏林人跑来买他们的二套房,用作乡村小住。

这些都是正常人,很热情。他们看似与莉莉安·亨尼斯也相处融洽,毫无芥蒂。比起显露出来让温妮看到的这些,这个女人暗中肯定还有更多的小伎俩。

她注意到莉莉安不时瞥自己一眼,带着某种猜测忖度的神情。似乎她已经意识到,与昨夜相比,温妮的改变并非仅限于衣着面貌。不过,温妮没留意到的,是律师不停为她斟酒续杯的频率。他说那是一流的夏布利干白。到草莓上桌时,温妮的思维已经不是那么清晰了——不能如她所愿的那般清晰。

她觉察自己看着桌子另一边泰迪的脸,一边想着他是如何的温暖可心,脾气真的是多么多么好。他对妈妈的朋友们殷勤周到,很恳切地希望每位客人都能用餐愉快。温妮对他的这种君子之风欣赏有加。他的目光也总是看向她,带着微笑,仿佛他的人生理想已然实现,而她也已经成为自己的家人。

莉莉安是个蛮不错的女主人。这一点,温妮不得不承认。

她设法让客人们随意挪位,以便与之前没坐在一起的其他人交流攀谈。温妮看着大家各自走动,然后决定起身去洗手间,打算回避跟莉莉安面对面。

但她没能及时躲掉。

"好漂亮的米索尼上衣呀!"莉莉安赞赏地说道。

"谢谢。"温妮回答。

"能不能问问,你在哪买的?"

"是别人送的礼物。"温妮的回答没有给对方追问下去的机会。

"希望你在这里没有觉得无聊。我确信,你恐怕要认为这是个货真价实的乡巴佬小聚会。"穿着奶油色的亚麻长裙和上装,莉莉安看起来足够雅致,简直是要出席一场时髦的社交圈婚礼似的。

"我很喜欢这顿午餐,莉莉安。你的朋友们可真好啊。"

"我相信,你在都柏林也有很多好朋友的。"

"嗯,是的,确实。跟你一样,我喜欢与人交往,所以我觉得我确实有很多朋友吧。"温妮感到她的声音听上去微弱又遥远。她也许真的有点醉了。她必须谨慎小心才行。

莉莉安的眼睛看上去眯起来了,但那敏锐尖利的目光还在那里。温妮凛然一惊,意识到莉莉安或许很恨她,就是这么严重。这是她的地盘,她的宝贝儿子,温妮碰一碰也不行,妈妈会为他挺身决战,在所不辞。而温妮差不多是太疲劳了,没精神也没斗志回击。昨夜的哀哭、一整个上午筋疲力竭的忙乱准备、早餐的血腥玛丽,以及这颇不习惯的午餐干白——何况喝得还不少——这一刻都让她身心俱疲。既然没有赢的希望,何必去应战?

然后,她看到泰迪在桌子对面朝她微笑,脸上还有骄傲的神色。他确实爱她。他没有觉得她又老又无趣。这么好的一个人,连努力都不努力一下就放弃,实在可惜。

"莉莉安,你的房子非常雅致。在这么漂亮美好的地方长大,泰迪真够幸运的。"

"谢谢。"莉莉安的眼神跟昨晚同样强硬严厉。现在,她没有试图去掩饰和隐藏那份敌意。

"我能明白,你为什么不喜欢去远的地方度假了。因为你这里应有尽有。"温妮希望自己的笑容还稳稳地挂在脸上。

"哦,可我当然还是很喜欢旅行的,我喜欢去不同的地方,看看风土人情。温妮,你难道不喜欢吗?我想问问,今年你有什么度假计划?"

泰迪也过来加入了她们。他微笑着,目光在两个女人脸上游移。事情的进展甚至比他所能期望的还更好,应该是吧。突然,温妮发觉自己莫名对母子俩描述起石头大屋来。

莉莉安表现出相当的兴致。"听上去很不错嘛,几乎像世外桃源了。你打算跟谁一起去?我相信你能找到人同行的,如果那地方真像你说的那么好。这种田园度假屋,也是我自己很喜欢的。我觉得,这恐怕对更成熟和年长些的客户群会比较有吸引力。你知道还有什么人喜欢那里吗?一位护士朋友?还有,她们都爱晒太阳吗?"她盯着这个话题,说起来没完了。

"是啊,确实,你的见解没错,不过,冬天这里太冷的时候,也并不是所有人都只想着要跑到有太阳的地方去。"温妮有些语无伦次,不知所云,"我实际上倒是喜欢刮风下雨的时候,那地方一样很漂亮的。一天结束之际,还会有舒服的热水澡和一顿可口的晚餐。我相信,很多人都会有同样的看法。"

"你肯定可以找到知音的。"莉莉安在纡尊降贵地附和。

"我在想,泰迪也许愿意跟我一起去。"借着酒意,温妮大胆起来,勇敢得就如一头小母狮。

"泰迪!"莉莉安显得非常慌张和惊恐,就仿佛人家提到了某个罪恶昭彰的国际战犯。

"这主意多好啊!真是不赖。"泰迪挺高兴的样子,"这国家的那一片地区还保持着自然风貌,人为破坏不严重,冬天去,比夏天挤在游客人群中凑热闹,应该会更具吸引力。我们能不能订到房,你认为难度大吗?"

"那没有任何问题。"温妮回道。

泰迪高兴坏了,看上去就像他全部的生日都聚到了一起过似的。

"那我们为什么不一起去?"他说道,"这消息真是太好了,那地方听起来也非常棒。既然你们需要相互了解一下,我们三个人都去那里岂不是很好?"他的视线在妈妈和女友两人之间看来看去。事情发展的态势让他欢欣鼓舞。

他的话所引起的反应是尴尬愕然的沉默。他怎么会毫无觉察?但这份沉默似乎根本没进入他的意识范围。

"我想不出还有比这让我更喜欢的事了。"他一副喜不自胜的神态,再次来回盯着两个女人的脸。

莉莉安首先缓过气来开口说话。"这确实让人开心,正如你说过的,实际上在那里订到房可能都挺不容易的。"她抱着试探又迟疑的口吻。

现在轮到温妮了,她想不出任何聪明圆滑的回应,发现自己只能实话实说。"我已经临时预订了大概一周。"她目光向下看着地板。

"那不是*好极了*吗?"泰迪喜出望外,"这样的话,这事就定了。是哪天?"

温妮踌躇不安地说出了日期。这不是真的,怎么会发生这样的情况?他们去度假,泰迪竟然想把他妈一起带上?如果他们真的结婚了,难道他还要请他老娘跟着去度蜜月?求求上帝,请出点岔子,让这趟旅行无法成行。

她看到泰迪的脸上浮起愁云。

"哎呀,太不巧了!那一周碰巧是奶酪生产商开行业大会。一年中唯独这一周我是走不开的。"他说道。

温妮从心底里感谢上帝。她默默表态,往后要更多关注他老人家。

"噢,这个,没有商量一下日期就预订了,是我办事太愚蠢。不过,那只是一个意向性的笼统预约,我这就给店里打电话,告诉人家……"温妮面露歉意,一边希望她的神态没出卖她——不能让那对母子看出她松了一口气。

"还有,可能那里会很冷的,甚至又湿又冷。"莉莉安快言快语地插话。

但泰迪似乎置若罔闻:"你们两个必须去,一起去。"

莉莉安咳出声来,但还是装作对此事加以考虑的样子:"不行,亲爱的,我们要等你一起,下一次再安排。"

"你不去,那不就有点像没有王子的《哈姆雷特》了嘛。"温妮强颜欢笑,不过笑容够难看的。她疑心那模样看上去肯定像个龇牙咧嘴的骷髅头。

"其他周末可以出去的,也有很多其他地方可选。"莉莉安辩解道。

"不跟你一起去,我们还是想都别想最好。"温妮几乎要把那质地精良的亚麻餐巾给扯成碎布条了。

"我外出开会时,如果你们两个能一起度假,那该多好!除此之外,难道还有更好的选择吗?你们,我爱的两个人,可以彼此多了解,熟悉熟悉。"他显然很热忱的样子,完全是真心话。两个女人都陷入了困局,为难起来。

"哎呀,我们当然会相互了解的,泰迪,但是我们不想去度假时把你给落下。"莉莉安有些急切。

"欢迎你妈妈来都柏林,你去外地时,我可以陪她出来玩一天。"温妮发觉自己的声音里有一丝哭腔。

"那地方听起来对你们两个再合适不过了,况且已经预订了。你们一定要去。"泰迪坚持。

"我们的年龄恐怕不合适,跟那里的住客群体合不来。那里或许满屋子都是小年轻啊。"莉莉安想抓住这最后一根稻草,"尽管说起来,这眼下的假日,这样的季节,照理不会吸引多少年轻人去那边的。"她终于还是有些妥协。

"对的,我们在那里或许不合拍的,丢人现眼。"温妮卖力地拼命点头,她不禁担心自己那倦怠昏沉的可怜脑袋会掉下来。

但是,这一切都只是干滩上搁浅的鱼儿那垂死的挣扎喘息。她们彼此看看。她们都知道,再拒绝的话,可能就会因此失去泰迪。她们谁也不愿迈出那一步。两人开始回撤。

莉莉安首先屈从认输。

"既然那是你真心想要的……好吧,总而言之,有很多的理由让我去那里就是了。当然喽,温妮,我也很高兴能跟你一起去。"

"什么?"温妮的感觉就像是被猛地一枪打中了。

"泰迪说的对。我们确实需要相互多了解。到时候,我跟你去完全没问题的。还有,你知道吗,我觉得我会喜欢那里的。"

温妮感到房间在她四周倾斜翻转。

就在此刻,她必须把意见说出来,否则只能是同意跟这个可恶的婆娘去共度假期,而且是相处一周。可是她的喉咙却干得要命,仿佛声带坏死,没法发出声音。她感觉到,自己在傻呆呆地默默点头。就像一个溺水的女人,眼看着水在头顶上围合封闭起来,她却无法阻止。她意识到,如果不开口,最终的结果就必定是她陪着莉莉安去西海岸。

莉莉安那带有敌意的小脸离温妮很近。她计划把这周假期用来当作破坏手段——不管泰迪和温妮可能声称两人之间有什么,她都要给摧毁掉。

温妮挺直身板。

她在心里说,那好吧,那就干一场,看看到底是谁会赢。但在嘴上,她大声说的是:"莉莉安,这真是个好主意。我相信,我们会相处得很愉快的。我稍后就确认预订,就我们两个人去。"

不知不觉地,午宴到了结束的时刻。泰迪要开车送她去火车站。

"动身去那里之前,我们先保持联系。"莉莉安在大厅门口朝她这边招呼。

"想想我之前跟你说过什么?"泰迪问道,"*我就知道*,你们两个一定合得来的。"

"是的,她非常和气,待人很热情。"

"你们两人还要一起去度假——这岂不是神了? 真是不可思议。"

"是啊,她说了,刚刚一听到石桥那里这个度假村的信息,她就觉得喜欢。"

"你知道吗,老妈可是很少跟谁同行去度假的。她很挑剔的。所以,她肯定是一下子就喜欢上你了。"

"是吧,那岂不是很好……"温妮含糊说道。她感到被完全击溃了,虚弱无力,兴味索然。另外,酒劲似乎就要上来了,晕晕的。这是一次警示,这一辈子往后的日子里,午餐时喝酒绝不可大意。不过,这个教训来得太迟了。

火车在爱尔兰乡间飞快驶过,温妮看着窗外。是什么样的人在这里劳作,把牛群在小小的绿色田野间赶来赶去?是谁挥动铁锹挖那硬硬的土地,将庄稼栽种下去?这些人,在午饭期间,或者是任何时候,从来都不会喝上太多葡萄酒的。他们永远也不会答应跟那个全爱尔兰最可恶的婆娘去度假的,何况还是一周之久!她试着想睡一会儿。正当火车那稳定的节奏就要让她迷糊打盹之际,她收到了一条短信。

是泰迪发来的:

> 我好想你。午餐聚会时,你把全场都点亮了。大家都被你迷住了,我也是。不过,你根本想不到你在我妈眼中有多棒。她到现在都在讲跟你去度假的事,别的什么也不提。你真是太出色了,我爱你。

这并没有让她开心起来。甚至适得其反,让她对自己的感觉更糟了。她是个成年女子,不是什么小女生。但她却把所有事情给搞砸了。再过两个月,她将跟莉莉安·亨尼斯一起去石头大屋。那简直就跟"疯帽子"①的茶点派对一样,就像一个可怕的梦,不仅愚蠢荒谬,同时还令

---

① "疯帽子"是《爱丽丝梦游仙境》里的人物。

人恐惧。

温妮的朋友们注意到了她的变化。她们问起那趟罗斯摩尔之行,她就只是耸耸肩。她们几乎不敢问,泰迪是不是还来看她。她们提出一起度假的建议或计划,温妮都一概谢绝。

菲奥娜和迪克兰两口子诚恳地邀请她去威克斯福德。他们在那里租了个度假屋,房间足够,他们也很乐意有她一起同住,可温妮根本不予考虑;芭芭拉和戴维决定去意大利,搭旅行社大巴观光游览。他们提议温妮同去,但也遭婉拒;艾尼娅他们想租船在香侬河上玩玩,她给温妮看那只船的照片,但没能激起对方一丝兴趣。

"你至少得有点假期活动吧。"菲奥娜几乎要绝望了。

"哦,我有安排的。冬季我要去西部住上一周。那会很不错的。"她尽量淡化语气,让这事听上去就仿佛跟做个牙根管治疗一样平常。

"泰迪跟你一起去吗?"芭芭拉有时说话比较大胆。

"泰迪?不去,那一周他要去开奶酪行业的年会,年年如此。"

"你不可以选另外一周去吗?"菲奥娜感到不解。

温妮看上去跟没听到这话似的。

泰迪依旧来看她,每周有一两次在温妮的小公寓中过夜。他还是开朗快乐,一如以往,看似把那计划中的一周假期当作是理所当然的,理解成是两个女人一见如故之后所产生的自然结果。这是他一直希望看到的局面,但现在情况如此之好,倒让他有些不敢相信了。泰迪是如此可亲可爱,在其他每一个方面来讲也都是理想的朋友、爱人和人生伴侣。他都已经在讨论结婚的话题了。温妮试着把事情淡化处理,故作轻松。

"啊,是嘛,那还任重道远呢。"她一笑置之。

"我把一切都规划好了。反正,做奶酪销售,我们在都柏林需要个办公室,我们可以一半时间住在罗斯摩尔,一半时间住这里。"

"不用操之过急,泰迪。"

"但时机已经成熟了呀。我很想我们能在罗斯摩尔举办一场盛大的婚礼,把你隆重地介绍给亲友们,好好炫一炫。"

温妮没说话。

"当然了,如果你愿意,我们也可以在都柏林这里办,把你所有的朋友都请到位。那是你的大日子。温妮,随你选择。"

"我们现在这样不也挺好吗?"

温妮知道,等到她和莉莉安结束那倒霉的假日,从石头大屋回来之后,也许就没有什么未来好考虑的了。

温妮跟莉莉安之间有过几封邮件,几条短信,也打过两三个电话。温妮每次都要充分调动所有的技巧,竭尽所能地控制住自己,才忍住没在电话里失声尖叫说,那一切都只是一场可怕的误会。

然后,泰迪动身去参加奶酪行业年会了。第二天早晨,温妮从都柏林开车向西,莉莉安则驾车从罗斯摩尔往西北方向去。

她们在石头大屋汇合。巧合的是,她们几乎同时到达,停好了车。温妮开的是一台很旧的老爷车,破破烂烂的,她常去一间医院服务,车是从医院的一个搬运工手里买来的。莉莉安开的则是一台新款奔驰。

温妮的行李就只是一只大帆布袋,提在了手上。与她相反,莉莉安带了两个行李箱,先放在了车旁边。

小鸡在前门迎候。她的欢迎仪式非常暖心。她跑过来提起莉莉安的行李箱,领着她们走进一个又大又暖和的餐厨间。餐桌上已放好了温热的司康饼,还有黄油和一些罐子上印有"石头大屋"几个字的果酱。餐厅一头的壁炉中架着几根原木,火苗正旺,另一头是加热食物的炉子,烧固体燃料的,跟广告单页上的宣传图片一样。

她们被招呼着进屋,随即安顿落座。

"你们是最早到来的客人,"斯达尔太太说,"其他人一两个钟头之后也会到。两位是喝茶还是咖啡?"

根本没过多久,斯达尔太太就掌握到了莉莉安和温妮的不少情况,比她们两人对各自的了解还多。莉莉安提到了她那不幸早逝的丈夫,那时儿子还只是个小娃娃,噩耗传到她耳中时,那一天是多么绝望悲凉。温妮简单说了自己的处境:她父亲再婚,娶了一个绝对快活的女人,是个做手工首饰的,自己所有的兄弟姐妹都分散在世界各地。

即使斯达尔太太认为这两个女人成为朋友进而来结伴度假的可能性不大,她也不会表露出丝毫的诧异,任何大惊小怪的痕迹都没有。

按照温妮之前的要求,莉莉安被安排入住一间海景房。那是一个安静、温暖的房间,有着凸出的观景大飘窗。房间里有几处赏心悦目的绿植,没有电视机,但配有一个小小的淋浴间。这处度假屋全都翻新整修过,软装挺漂亮。温妮的房间也差不多一样,但略小,面对着停车场。

温妮这才意识到自己是多么累。行车时间够长的,天气阴雨潮湿,接近石桥的时候,那段路也相当窄,开起来需要集中注意力,多加小心。她真的只想先躺下休息一会儿。房间里有两张床,一大一小。如果她们真是莉莉安话里所暗示的那种好友关系,两人完全可以同住这个房间的,甚至会给彼此再煮上一杯茶——小桌子上放着托盘,里面配备有一只小电水壶和饼干桶。墙边屉柜上放着的小册子、地图和旅游书,都是介绍本地风物的。

不过,别人怎么想,温妮倒也根本不在乎。斯达尔太太毕竟只是个开旅馆的,是女店主,是商人。这两个客人,稍显古怪的一个组合,尽管是首先到来的,她也应该没闲工夫来瞎揣摩吧。

温妮觉得自己恍惚睡着了。她听到有人说话,从楼下传来了模糊的低语,那是店里在欢迎陆续到来的客人。莫名地,这一切让她感到安心又放松。她感到安全,就像家里以前那样。那是很多很多年前,温妮的妈妈还活着,家里住满了兄弟姐妹,进进出出。

斯达尔太太说了,晚上开饭时,她会提前二十分钟敲响"谢狄"小铜锣。显然地,那谢狄三姐妹,在这大屋中过着清贫却还固守体面的生活时,每晚总雷打不动要敲一下小锣才吃饭的。三位老姑娘的晚餐,大概经常只是放点沙丁鱼或豆子酱在面包片上烤成的吐司,但那锣声必定会响彻大屋。她们的父母在世时,想必就已习惯了那样。

小铜锣那圆和温柔的响声唤醒了温妮。天可怜见!现在,在这个远离都市的荒村野地,她将不得不在这天晚上露脸就位,而这是莉莉安又要对所有人摆出屈尊俯就姿态的时刻,并且,还有六个夜晚!竟然让事情失控走到了这个地步,她肯定是脑袋被驴踢了。这是唯一可行的解释。

离开房间之前,她收到了一条手机短信:

> 祝你晚上愉快。我是如此希望自己在那里,跟你俩在一起,而不是在这里。以前我挺喜欢这个行业年会的,现在却感到孤单。我想你,也想念妈妈。告诉我,那地方怎么样。深深爱你,泰迪。

其他客人也正会聚而来。斯达尔太太请大家自我介绍增进彼此了解,因为她要忙着上餐。她有个年轻的侄女,名叫奥拉,帮着她一起上菜。

温妮看到莉莉安了。正如可以预想到的,她打扮得很出众,杀伤力巨大,而她立刻也就如车子挂上了挡,开始行动起来,去倾倒众生。她向一个年轻的瑞典人介绍,说她跟温妮是很老的老朋友啦,她们又是如何好久不见,又是多么期待着要好好散散步,聊天叙旧,以弥补间隔期的空白。

她又跟一个退休教师聊起来。老太太叫奈尔——这次度假行程是校方安排的,算是一份礼物。学校的人说,他们觉得这对她比较合适。奈尔自己则心中无数。莉莉安放低声音说,她一开始对此也抱有疑问,但她的老老朋友温妮坚持要她来。到目前为止,莉莉安必须承认的是,一切看起来都很不错。

温妮与亨利医生和他的妻子妮柯拉闲谈了几句。两人来自英格兰,在网上发现了这个度假屋,那时他们就想找一个非常安静平和的地方小住。温妮疑惑他们是否不久前才遭遇过丧亲之痛。他们看上去虚弱苍白,还有点哆嗦颤抖的样子。但话说回来了,这或许只是温妮的错觉。另外一对男女,依稀看来有些怏怏不乐,不怎么说话。长桌更远的那一头还有其他人。温妮稍后也会跟他们认识的。

他们享用了配有辣根奶油的烟熏鳟鱼。一起当头盘菜的还有店里自制的黑麦苏打面包。然后是烤羔羊肉:斯达尔太太切出来的,一看就是行家里手。素食自然也有,另外还有一只巨大的苹果馅饼。红酒是从手工雕切、水晶材质的古董醒酒器中斟到杯子里的。谢狄小姐们当年倒橙汁和柠檬水,想必用的就是这些醒酒器。都是很漂亮的古旧器皿,感觉跟这老宅浑然一体。

这一切所构成的氛围,所采用的服务方式,让温妮不由得喜欢和赞赏。客人们的交谈看上去轻松又随意。斯达尔太太没有小题大做地跑来跑去为大家介绍彼此——她做得对。每样菜品一吃完,桌面都被及时清理干净。年轻的奥拉将盘子在大洗碗机中堆叠整齐,然后去她自己的小屋了。斯达尔太太坐下来陪客人喝咖啡。

她解释说,早餐将会是连续供应的自助餐,但如果有人想吃现做的,就得在九点前来到餐厅。无论哪位客人需要,她都会提供外带的午餐,要么就是给他们一份附近那些午饭时可供简餐的啤酒馆名单。如果有人想借用,大屋外面有单车可骑,还有望远镜、雨伞,甚至还备有几双惠灵顿长筒靴。她告诉客人们,有相当多的步行线路他们可以尝试,还有当地值得一去的风景点。天朗气清、无风无浪的时候,可去探访几处美丽的小溪和海边水湾,应该会不虚此行。峭壁顶上有看海的步行道,但向下通往海边的小道,走起来需要非常小心才行。石崖间有值得探索体验一番的岩洞,不过首先要注意潮汐高低。马耶拉岩洞就很好。夏季,那里对恋爱的情侣来说是绝好的两人世界。稍稍一涨潮,进洞窟的通道就被淹了,在洞里悠游的小伙和姑娘将不得不在那儿逗留,时间要远比他们预计的长,直到潮水退去,两人才会重获自由……

晚餐之后,温妮给泰迪发短信,告诉他这地方挺迷人,与别处大为不同,她和莉莉安受到款待,宾至如归。她加了一句说,她也深爱着他。但她私下却疑惑这是否属实。

也许,她是生活在某个想象中的虚幻境地,就如石头大屋这般远离现实。扮演一个角色,参与其中,扮演目前或者有可能是永远被锁定为自己未来婆婆的什么老朋友。她沉沉入睡了,直至有人敲门才醒来。

莉莉安已打扮完毕,盛装登场,准备出行。

"我以为你是不愿错过现做的早餐的。"她说,"我们这个年纪,白天要活动的话,需要来点美味早餐作为开局。"

温妮感到一阵忍无可忍的强烈怒火。莉莉安当真认为她们是同龄人?

"我十分钟之后下去。"她揉了揉睡眼。

"哦,亲爱的,你房间看不到海景呀。"莉莉安说。

"但是有漂亮山景的,我很喜欢看山。"温妮有点忍不住要咬牙切齿了。

"是这样吧。温妮,你有非常棒的一点,就是不挑剔,挺容易满足的。那么,楼下见啦。"

温妮站在淋浴头喷出的水流下。这一周的日子看似漫长得没有尽头,而之所以要忍受这份煎熬,要怪只能怪她自己……

那瑞典小年轻已经出去了,同行的是那位神情紧张、看似敏感多虑的小个子女人,名叫弗丽达。英格兰医生亨利和他的妻子在早餐点了炭烤马鲛鱼。其他住客在浏览斯达尔太太提供的地图,热烈地讨论他们可能会去的景点。有一位美国客人叫约翰,时差还没倒过来,看上去很疲劳的样子。

天气晴明,雨伞或者惠灵顿靴子都不需要了。想要带午餐的房客,吃食已经给他们准备好了,用油蜡纸包着。其余的则带上了啤酒馆名单。

到了十点,所有客人都离开了石头大屋,斯达尔太太的侄女奥拉过来收拾客房。一套日常流程已然建立。就仿佛这个度假屋已经运营了好多年,而不是跌跌撞撞地才起步。

温妮和莉莉安选择去峭壁上散步。一路都是壮丽的海岸风景,走上几英里,就到了西港湾。在那里,她们要去布拉迪餐吧小憩。午饭后,她们打算搭公共巴士回来。每小时有一趟车开往石桥。

温妮回望石头大屋,心生向往之情。

回去跟斯达尔太太坐在桌边,继续喝点茶吃点新烤的奶油苏打面包,谈天说地,那是多舒服呀。取而代之的是,她不得不跟莉莉安待上几个钟头,斗智斗勇、暗藏机锋地打嘴仗。不过,及至走到布拉迪餐吧,温妮感到自己肩部的肌肉倒是放松下来了。路上的景观跟广告里的宣传图片一样,恢宏壮美。受到自然的感召,莉莉安总算大发慈悲,没怎么废话。

然而现在,她又恢复原形,自以为是地聒噪起来。

"毫无疑问,徒步挺愉快的,但并没有多大难度,缺少刺激。"她给出断言。

"很美的风景。那么辽阔的天空,我简直看不够。"温妮回应。

"哦,确实挺美,但明天我们应该去另一个方向,向南边走。斯达尔太太说了,那里有更多的东西可看。那些小溪,海边水湾什么的。我们还可以看看岩洞。"

"那条线路感觉复杂一些,不是那么容易对付。我们先看看,今天有没有其他人去玩过的。"温妮保持谨慎。

"算了吧,那些人都是胆小鬼。任何有点冒险的东西,他们都不敢玩的。而我们来这里就是要找一点小刺激,不是吗,温妮?在安稳地接受中年生活之前,这是我们最后一次拿出点姿态,来对抗一下自然界的力量。"

"你何时何地都不会安稳的。"温妮没好气地说。

"是吧,可你却显示出挺危险的迹象啦,变得很有中年人那种四平八稳的意思喽。温妮,你的精气神到哪去了?明天,我们就带上打包的午餐,去石桥南边闲逛。"

温妮笑笑,似乎是表示同意。她并无任何意愿让自己去翻脸,去冒险摊牌,因为莉莉安在玩心机、耍手腕。不过,这个问题明天上午还可以去处理。在此期间,她最好就配合地扮演自己的角色,装作可爱讨喜、一派波澜不惊的样子——而奖品就是泰迪。

拜托了,亲爱的仁慈的上帝,希望泰迪值得她付出的这一切努力。

她们搭公交巴士回到石头大屋,其他客人也完成各自的远足郊游回来了。原木在壁炉中噼啪燃烧。大家都坐下来享用热茶和司康饼。那情形就仿佛他们过的一直是这样的日子。

晚餐时,温妮坐在弗丽达对面。弗丽达说她是个图书馆助理馆员。温妮告诉对方她是护士。

"你有固定的关系吗?"弗丽达问。

"没有,我是通过代理机构安排工作。每天都去不同的医院,几乎是这样。"

"实际上,我指的是恋爱关系。"

莉莉安在一旁听着。"到了这个年龄,我们都差不多过了谈情说爱的阶段了。"她发出清脆的笑声。

"我倒是不太确定……"弗丽达若有所思,"我的情况不是那样。"

"够奇怪的,那个女人。"过了一会儿,莉莉安小声嘀咕道。

"我觉得她挺有趣的,我必须承认这一点。"温妮说。

"正如我之前说过的,温妮,你对人对事完全不挑剔。你对生活要求这么低,真是令人感叹!"

温妮的唇角拉伸开来。"我就是那样。"她假笑着,"正如你说的,很容易满足的。"

其他人都在谈论明天的天气。斯达尔太太说,会有强风从南方吹过来,需要慎重对待。那些小溪和海边水湾会迅速涨满潮水的,绝不可掉以轻心。风和海潮的力量,甚至让当地人也上过当。温妮如释重负地长舒一口气。莉莉安那鲁莽疯狂的想法,要像个探险家那样去岩洞的计划,至少应该可以取消了。

但是,第二天上午,拿了打包的午餐之后,莉莉安直接就朝着南边去了——那正是主人警告她们要回避的去向。温妮犹豫了一会儿。她可以拒绝跟随的。但莉莉安说的或许也有道理:斯达尔夫人夸大事实,过于谨慎,为的是保全她自己,开脱责任。

这样的小探险,温妮没多大困难。老天在上,她毕竟才三十四岁嘛。而莉莉安呢,至少也五十三了。已经忍受了这么多,坚持了这么久,投入了这么多的时间和耐心——温妮现在不愿半途而废、前功尽弃。

一开始还挺来劲的,令人兴奋。溅起的浪花飞沫咸咸的,海边礁石巨大,黑不溜秋的,样子险恶。野鸟的叫声与海浪的拍击声互为呼应,压倒了人声,让她们无法交谈。她们一起大步向前走,偶尔停下来看向海面远处,意识到大西洋对面的土地竟隔着三千英里,远在美国。

然后,她们找到了斯达尔太太所提过的马耶拉岩洞的入口。那里是天然的一处庇护所,挡住了那简直要把她们拦腰吹断的大风。她们坐在一块向前凸出的石头平台上,打开度假村为她们打包好的午餐:面包、奶酪和装在保温壶里的汤。她们的眼睛都有点刺痛。因为大风的鞭打和海滨空气的刺激,她们的脸颊都红红的。有了之前的运动,两人都感到既疲惫又舒服,感到体能的消耗与更新,感到很饿。

"我们一路坚持来到了这里,我挺高兴的,"温妮说道,"好像是不虚此行啊。"

"你并不是真的想这样。"莉莉安有点得意扬扬,"你之前认为我是有勇无谋,认为这是鲁莽之举。"

"好吧,如果我那样想过,那就是我搞错了。有时候稍微勉强或逼迫自己一下,倒也不错。"话还没说完,温妮感到一股水流扫过她的脸庞——有一个大浪冲进了岩洞。说来也怪,这浪头并未像她们所预料的那样退去,回流到海洋,而是接连有几个大浪跟着冲进洞里,在她们脚边泼溅开来。两个女人飞快地往后撤退。但是浪头依旧涌来,那冷冷的暗黑的咸涩海水,基本上不留任何空当让之前的涌浪回流退去。她们一言不发,沉默着爬上一处更高的外凸石块。她们躲在这里应该会安然无恙,这个位置明显高于海平面。

海浪还在不断地涌进来。莉莉安慌乱地想往更高处爬一爬,结果踢到了那两个帆布小袋子——里面有她们的野餐食物,还装着各自的手机和暖和干燥的替换袜子。波浪回撤时将袋子席卷而去,她们只能眼睁睁地看着。

"到退潮还要有多久?"莉莉安问道。

"六个钟头。"温妮说得干脆利落。

"他们会来找我们的。"莉莉安说。

"我们在哪儿,他们都不知道。"温妮回答。

然后,她们都沉默了。马耶拉洞窟中,只有风和海浪的声音。

"我在想,马耶拉是个什么人物?"很长时间之后,温妮说道。

"大概有个什么圣人吧,叫杰拉德·马耶拉。"莉莉安含糊疑惑地说。这是她第一次用一种没多大把握的语气说话。

"很有可能。"温妮表示认同,"我们还是乐观一点吧,不管他是什么人,都希望他有着仁慈的好口碑,总是救人于危难。"

"你答应一起来的。你说了,我们不辞劳苦来到这里,你也挺高兴。"

"没错。那时我是挺高兴的。"

"你拜神吗?常做祷告?"莉莉安问。

"没有,基本上不怎么去祈祷。你呢?"

"以前拜的。现在不了。"

看似也没有更多话可说的了,她们于是就静静地坐着,听涌浪的拍击和海风的嘶吼。洞里可供落脚的更高的外凸岩石,只剩下一处了。如果情形进一步恶化,她们大概只能爬到那上面去。

她们的衣服湿了,又冷又害怕。

对彼此而言,她们谁也帮不上谁。

温妮怀疑她们会不会死在这里。她想到了泰迪,想到了斯达尔太太将如何被迫向他通报那不幸的消息。泰迪永远也不会知道,在生命的最后几个小时,她心中充满的,是对他妈妈绝对冷酷的厌憎,同时还有无尽的悔恨——她竟然让自己深深卷入了这样一个靠伪装来委曲求全的白痴游戏,而这个游戏注定会搞砸,以悲剧收场。可是,说实在的,谁又能预先想到会有这么糟,有这么惨呢?

她看不到莉莉安的脸,但能感觉到她的双肩在哆嗦,上下牙在磕碰。她一定也被吓坏了。但这一切都源于她那该死的主意,固执己见要来岩洞。不过,无论莉莉安犯的这个错多么致命,也不管她们是怎么来的,反正她们现在都深陷其中,要共命运了。

仿佛过去了一个世纪,温妮开口了:"虽然说这个也没多大意义了,但我们为什么一起到了这里? 我是说,到了石桥。你明明看到我就讨厌的。可我们都爱泰迪,那应该是把我们联系在一起的纽带,你同意吗?"对泰迪的爱被提出来,这是第一次。就是在这里,在马耶拉岩洞中,当她们都面临死亡的威胁时——要么被淹死,要么因为体温过低而死。直到眼下,温妮都被莉莉安视为一个更年期的傻瓜老女人,一直盯着泰迪,要横刀夺爱——而泰迪本应属于她们两个的。

"我爱泰迪,"温妮大声说,"他也爱你,所以,我试着来接近你,了解你,喜欢你。就是这样。"

"但这个计划没成功,不是吗?"莉莉安语气冷淡,"我们来这里是个意外。我不想跟你来这里,你也同样不愿跟我一起来。是你找了石头大屋这个地方。今天你也同意来这里的。现在,看看我们的处境。"

沉默。

"说说话吧,随便问点什么。"莉莉安示弱求告。

"你多大?"

"五十五。"

"看起来年轻很多。"

"谢谢。"

"你为什么装出那个样子,总把我们说成同龄人? 我出生时,你都二十一了。"

"因为我想让你放弃,离开泰迪,把他留给我,以前怎样往后还怎样。"

又是沉默。

最终,温妮说话了:"实际上,到最后,你我都会失去他。"

"你觉得我们能从这里出去吗?"声音苍老可怜了很多。她不再是那个凡事稳操胜券、刚愎自用的莉莉安。

有少量的怜悯之情渗透进入温妮的潜意识。她试着将这种情绪赶回去,但没能如愿。

"别人说过,这种情况下你心态必须积极,还要多活动。"她边说边在石块上挪动了两下。

"活动?在这里?我们能做些什么来保持积极?"

"位置太小,我知道。我们是没法活动。我想,我们可以唱歌吧。"

"唱歌?温妮,你是不是脑袋混乱了?"

"是你问了,我才说的。"

"好吧,那就开始唱。"

温妮犹豫一下,想了想。妈妈在世时最喜欢的歌是民谣《卡里克弗格斯》:

> 多想在卡里克弗格斯陪着你
> 到了巴里格兰德还只剩三英里
> 我要游过最深的海洋去找你
> 想着巴里格兰德的日子就在那里
> …………

她暂停片刻。让她惊讶的是,莉莉安也跟着唱起来。

> 大海太深,我无法游过去
> 没有翅膀,我也无法飞过去
> 只愿能就近找到船夫
> 载我和我的爱,漂洋过海去

然后,两人都不唱了,寻思起刚刚唱过的歌词。

"应该还有更合适一点的歌来唱唱的,就是我刚才没能想起来。"温妮感到抱歉。

她听到,这么久来第一次,莉莉安发出一串真正的笑声。不是那种故作姿态的尖声脆笑,也不是嗤之以鼻的不屑冷笑。她是真心觉得刚才的情形滑稽搞笑。

"我想,你原本可以挑《冰凉的清水》这歌来唱的。"她最终这样说。

"那你来决定吧。"温妮提议。

莉莉安唱起了《今夜你的模样》。莉莉安告诉温妮,泰迪的父亲在农场开联合收割机丧命的前一天晚上,给她唱了这首歌。

温妮唱起《只有寂寞之人》。她发现并买下那张唱片,是在父亲娶了那个做首饰的、陌生又疏远的继母不久之后。接着,莉莉安唱起《真爱》。她说,泰迪的父亲死后,她倒也一直希望能遇上另一个人,但从未碰到合适的。她成年累月地长时间工作,不辞辛劳,只想让自己和儿子成为罗斯摩尔有头有脸的人。没有空闲去重寻爱侣。

然后,温妮唱了《圣路易斯蓝调》。她曾在一个啤酒馆参加才艺比赛获奖,唱的就是这首歌,而奖品是一整条羊腿。

"我们是不是在浪费嗓子啊,假如要呼救怎么办?"莉莉安问道。她似乎诚心想听听温妮会怎么说。

"无论如何,我倒是认为谁也不会听到我们求救的。我们幸存的最大希望就是保持积极的心态。"温妮这样建议道。"你听过披头士的歌吗?"于是,她们唱起了《嘿,朱迪》。

莉莉安说,她还记得自己的妈妈说过,披头士成员都是堕落之人,因为他们留长头发。温妮说,她的继母根本就不知道披头士是什么人,她父亲对这个乐队也所知甚少,不明就里。不管是谈论什么,要跟他们有真正的对话和交流,都难于上青天。

"他们知道你来这里了吗?"莉莉安问。

"任何人也不知道我们在这里。这就是麻烦之处。"温妮叹叹气。

"不,我说的是来爱尔兰西部。你父母知道泰迪吗?"

"不知道。我所有的朋友,他们几乎都一概不知。"

"或许,你应该带他去见见他们。他说了,他还从未见过你的家人。"

"这个,你知道的……"温妮不以为然地耸耸肩,似乎要忽略这一话题。

"他带你回家见过我了。"

"是啊,可不是吗?"上次的会面,在记忆中依旧苦涩难堪。温妮暗骂自己太愚蠢,竟然去接受这个女人的挑战,这个地狱里跑出来的鬼婆婆,去跟她纠缠角力,假装友好,去争取那个儿子。看看落得个什么结果!就在这个岩洞里等着,最坏的情况就是海水慢慢涨上来把她们淹死,即使碰上最好的运气,那也会患上风湿热。

"一开始,我并不是完全赞成来这里,没那么高兴。"稍微安静了一会儿,莉莉安坦白起来,"你对此也不高兴,可建议来这里度假的,终归还是你。"

"我没有建议你来这里度假。我只是跟你提到了石头大屋,说我想和泰迪来这里,这就是全部事实。是你不请自来。"

"泰迪请我来的。你也同意了。"

"现在,这些都没关系了。"温妮的语调中有挫败的沮丧感。

"拜托你,不要灰心丧气。别把我吓坏了。我还是更喜欢你意志坚强的时候。还能想出其他的歌吗?"

"想不出。"温妮发起了犟脾气。

"你肯定知道更多歌曲的。"

"《巴比伦河畔》怎么样?"温妮提出这一首。

莉莉安参加过在罗斯摩尔的圣奥古斯丁教堂举办的一场婚礼,新娘和新郎恰好选了这歌作为欢庆曲目之一。在场的那位波兰牧师以为这一定是一个古老的爱尔兰传统,还跟着众人一起唱了。

温妮说,有一年的圣诞节,她在一间医院值班,为了振奋病人们的情绪,医护人员都加入进来,排成一个康加舞队列,一边唱这首歌,一边跳舞进入那些病房,即使那位整天板着脸的讨厌的护士长也认同了这个办法,觉得效果挺好。

然后,莉莉安说,没有哪首歌比埃尔维斯的《伤心旅馆》更棒的了,于是她们就唱了起来。温妮又说她实际上更喜欢"猫王"表演的《猜疑的心》,但她们都只记得当中的一句歌词,是跟落入一个陷阱或圈套什么的有关。不过,她们还是按旋律把那句歌词胡乱唱了一遍又一遍,直到歌声开始听上去显得空洞又无力。

她们试着唱灵魂音乐人欧蒂斯·雷丁的《坐在海湾的码头上》时,

两人都注意到水面高度已经有所降低。她们几乎不敢说出发现了这个变化,怕就怕又有一个巨浪打进来,给两人兜头泼一盆冷水。

不过,当退潮的势头已经明确时,当她们的喉咙因为唱歌和海水盐沫的侵蚀而嘶哑时,两人向彼此伸出了手。由于手又冷又湿还在哆嗦,所以这次握手只持续了几秒钟。她们没说话,因为言语会破坏那脆弱的希望和岌岌可危的平静——她们刚刚才勉强孕育出这种心绪。

现在的问题,就是耐心等待。

斯达尔太太发现有两位客人显然是不见了,立即就通知了里格尔。他组织了一个搜寻小组,成员包括小鸡的姐夫们。

"我事先警告她们不要去南边的峭壁,因此你可以肯定,她们就是去了那里。"小鸡说得果断又明确。里格尔问她是否给那两个客人介绍过什么具体的观光去处,小鸡想了想,就清楚地猜到发生了什么。前一天晚上,她发布了天气预警,莉莉安·亨尼斯不以为意,她觉察到了她脸上的不屑神态。她还注意到,这天早上,莉莉安外出离开却没有透露去向。

男人们说,他们这就去马耶拉岩洞,一旦有什么消息就立刻给她打电话。

然而,还没听到搜救小组传回的音讯,她先接到了泰迪·亨尼斯的电话,说他是莉莉安的儿子,从英国打过来的。他对打扰了店主表示歉意,但他说是迫不得已,因为他无法打通母亲或温妮的手机。她们肯定是关机了。

小鸡具有专业意识和素质,言行谨慎。即使可能有任何的危急情况,让他紧张焦虑也无意义,除非已经有了真的令人担心的切实证据。

她慎重地记下了泰迪的号码。

"亨尼斯先生,她们去海边峭壁上的小道散步了,应该快要回来了。"

"她们在那过得不错吧?"听起来,他急切地想听到好消息,证明一切圆满。

"是的,还不错。她们不能在这里亲口告诉你,我对此感到遗憾。错过你的电话,她们也会觉得可惜的。"

"昨天晚上,温妮给我发了短信。她说你那地方非常好。"

"她们能满意,我当然高兴。"小鸡感到喉咙有点发堵,"看到老朋友们快乐相聚,真是好事……"求求上帝,但愿几个钟头之后,她不用被迫以一种完全不同的方式跟这年轻人通话。

"我刚说过了,莉莉安是我妈妈。这次度假,是一个途径,好让她们能对彼此有个恰当的了解。相信您懂我的意思。得知一切如此顺利,真是再好不过了。"

听起来,他满怀希望和热忱。小鸡怎么能告诉他,他那强硬、刁钻、臭脾气的母亲,跟温妮相处得一点也不好?温妮原来是这小伙子的女朋友啊——但这份关系甚至还根本没得到那妇人的认可。万一最糟糕的事情发生了,死无对证,该怎么去改写这段准婆媳相处的历史?

她站在那里,一只手按在喉咙上,直至奥拉拽了拽她的衣袖,问现在该不该上晚餐。她回过神,镇定下来,招呼客人们入座。他们都忧心忡忡,想听到两个失联女客的消息。餐桌上方浮动着一种焦灼不安的气氛。

"你们知道的,她们没事。"弗丽达突然发言了,"她们情况还不错。你们务必不用担心。她们大概又冷又饿,但会安然无恙的。"她说得相当有把握,信心满满。但大家就感觉一切都像是慢动作,异常煎熬,直到电话铃声响起。

她们平安无事。除了受冻和惊吓,看来并没有什么更严重的问题。搜救小组首先送她们去戴医生那里。小鸡如释重负,但表面上不露痕迹。她告诉客人们,温妮和莉莉安是被潮水困住了,回来需要立刻洗个热水澡。她让大家只管先用餐,不用等她们。

两人进门时都脸色煞白,身上裹着毯子。所有的人都欢呼起来。

莉莉安做出一副非常轻巧的样子。

"现在,你们都看到我素颜的样子啦。这样的打击,我永远也恢复不过来的!"她笑道。

"你们是被海潮困在那里了?"弗丽达急切地想知道发生了什么。

"是的,但好在我们知道潮水还会退去的。"温妮做出回应。因为冷,她还在打哆嗦,但除此之外并没有做出什么夸张的反应。

"你们没被吓坏吧?"那位英格兰医生亨利和他的妻子表示关切。

"没有,不算很糟。温妮太棒了。她一直不断地唱歌,来给我们打气鼓劲。顺便透露一下,《圣路易斯蓝调》,她唱得非常好,非常出色。哪天晚上,她或许可以给我们开个演唱会呢。"

"有个条件,你一定要客串,唱《伤心旅馆》才行。"温妮回道。

斯达尔太太插话了:"莉莉安,你儿子从英国打过电话来的。我说等你们回来就回他电话。"

"我们还是先洗澡要紧。"莉莉安说。

"你是不是告诉他了——"温妮犹豫地问。

"我告诉他说你们被耽搁了。就是这样。"

她们一起感激地看着她。

莉莉安看似若有所思。"温妮,你为什么不回电给他呢?他是你的人。毕竟,他想说话的对象是你。告诉他,我换个时间再跟他通话。"她说完就奔向客房去洗澡了。

　　只有小鸡和弗丽达·奥多诺万看出了这些话语中有什么特别的意思。她们都意识到,在等着大西洋那涨起的潮水退去,在岩洞中耐心蹲守的那漫长的时间内,有某种巨大的转变已经完成。前方也未必都是阳光灿烂或一路坦途,但再怎么说,跟这天上午比起来,天气看上去已经平静很多,风浪波折必定也少了——而未来的那一切当然并不仅限于天气的改善。

约翰

当有人叫出他的名字时,约翰心里必须清楚,人家是在跟他说话。从当初还有人用约翰这个名字来称呼他,已经过去了如此之久的时间;约翰实际上是他的真名,或者说,最起码是他原先的名字——多年以前,在孤儿院,那里的人给他起了这个名字。

所有其他的人都只知道他是柯瑞。

在入睡时,孤儿院的修女们会给孩子们读读儿童书。其中一本书里有个人物就叫柯瑞。那是一个刚刚蹒跚学步的小胖娃娃,大家都很喜爱他。于是,约翰便认为那是个好名字,而修女们也就顺势满足他,把他叫作柯瑞。

孤儿院里有个花匠。一个来自瑟利纳斯的老头。他老是告诉孩子们,说那是世间很美好的一个角落,有朝一日,等攒下足够多的钱,他就要回到那里,给自己买一小块土地和一座小房子,在那里安身立命。

柯瑞曾经一遍又一遍、反反复复地说瑟利纳斯这个地名。他就是觉得喜欢。

他没有姓。这个地名就可以当作他的姓。

柯瑞·瑟利纳斯便成为他的身份标识。十六岁时,他有了自己的第一份工作,在一个三明治餐吧干活。

店里有个服务合约,是为电影剧组供应午餐。柯瑞很快就抓住了每一个人的目光。不是因为他那鹰钩鼻与黑色双眸的组合，不是因为在太阳穴这里微微卷曲的头发，也不是因为那看上去显得聪明机灵的目光——似乎总是跟对方会意地微笑着，仿佛两人之间达成了某种共谋。他引起别人注意，是因为他的细心周到，谁喜欢花生酱，谁喜欢低脂奶酪，他都记得一清二楚。任何事情他都不会嫌麻烦，即使那种病态自恋又非常折腾人的末流小明星——自己半途改了主意却无理指责柯瑞送错了餐——也对他印象良好。

"我真不知道你哪来的那份耐心。"跟他一起工作的莫妮卡脾气就没那么好。

"三明治餐吧可不止我们一家。要让人家选择我们的服务，一开始就需要付出额外的努力。"柯瑞乐呵呵的。他不怕工作辛苦。他住在一处洗衣店楼上的一个小房间里，每天早上把那里整个打扫一遍，这样就可免交房租。

食物这一方面，他不需要花钱：既然是做三明治生意的，随时总会有东西吃。他的存款逐渐增加，但每一分钱都有指定的用途——上表演培训课。生活在洛杉矶，却不想进入电影行业，那绝对是讲不通的。

他和莫妮卡现在成了情侣。

柯瑞长相英俊。这意味着去当个临时演员并非难事。但那不是真正可行的选择。那样的话，就要成天东跑西颠，而拿到的报酬比起在餐吧打工所挣到的钱要少很多。他决定不轻举妄动，坚持等到有个有台词的角色才出演，或许等有了自己的经纪人再说。

这些都是他梦想的构成部分。

莫妮卡的梦则不同。她想的是，他们应该找个铺面自立门户，开创属于自己的快餐生意。上帝赐予的时间，为什么要全都耗费在打工上，让老板更有钱?

但柯瑞心意坚定。他的梦想是当演员。他拒绝专职去做餐饮,把一辈子全都投入其中。

这让莫妮卡心烦意乱,坐卧不宁。她看过有太多的追梦人,想在好莱坞扬名立万,结果浪费了整整一生。她自己的父亲就是失败的一例。但柯瑞是她此生最爱,这个帅小伙戏路广,那张脸适合扮演多种类型的角色,他也有信心闯进电影圈。她不想催逼他改变人生规划,不愿因此而失去他。

然后,莫妮卡怀孕了。她不知道该怎么告诉柯瑞。她非常害怕他会说自己没法承担责任来养家。一直以来,避孕都是她的事情。莫妮卡也没耍心机,根本不是故意忘记吃避孕药。有好多天,她都寻思着,怎么告诉他这个意外,才能把对他的惊扰减少到最低限度。最后,她不必再费神了——他自己猜到了。

"为什么不早点告诉我呢?"他看上去满怀关爱。

"我不想毁了你的梦想。"

"现在,我有了两个梦想:拥有完整的家庭,还有当演员。"柯瑞提出这样的前景。

三周之后,他们结婚了。莫妮卡搬进了洗衣店楼上的房间。为了在维持生活之外有所积蓄,两人找了更多的活儿来干。表演课需要花很多钱。别人还告诉他们,生养孩子可不是什么小开支。

等到女儿玛丽亚·罗莎呱呱坠地时,柯瑞·瑟利纳斯已经有了个经纪人,将在一部大投资的音乐喜剧中出演三个唱歌的服务生之一。不是什么了不得的角色,经纪人解释说,但可以让他踏上演艺事业的起步梯级。这个剧是为一位眼看着就风华不再的女演员量身定制的。拍摄期间,这个难以相处的半老徐娘想必会作怪,让剧组的每个人生不如死。如果大家能喜欢柯瑞,接下来会有什么好事,谁也说不定的嘛。

柯瑞打定主意要让人们喜欢他。对待成天长时间的工作,他都兢兢业业,保持无限的耐心。对第一副导演,他毕恭毕敬,当成神一样侍奉着。那位不好伺候的女明星,柯瑞特地为她准备了鲜榨果汁。她对每个人都说,柯瑞挺可爱的。

扮演服务生的另外两个人,忍不住流露出不满的情绪,但柯瑞从未如此。他那随时出现的笑容和殷勤主动、令人愉快的行为方式成功奏效了。及至音乐剧拍摄完工,他已经拿到了另一部影片中的一个角色。

玛丽亚·罗莎是个再漂亮不过的小宝贝。

莫妮卡的家人都满怀希望地等着莫妮卡的丈夫能找到一份薪水像样的正经工作,同时也做出很多努力来帮助这个小家庭。柯瑞没有家人或亲属来帮他们渡过难关,但他经常会推着婴儿车带女儿到自己长大的孤儿院去,每次都受到热情的欢迎。他总是问,孤儿院里有谁能告诉他一点有关他亲生父母的事情——任何线索都好,但他们总是抱歉地表示爱莫能助。大概才三周大的时候,他被放在了孤儿院的大门边,包裹他的衣物中有一张留言条,是意大利语,请求孤儿院收留养育他,让他能过得好点。

"你们确实做到了,我在这里过得挺不赖。"柯瑞总是这样表示感恩。孤儿院的修女们很喜欢他。有太多被收养的人,离开时耿耿于怀,满心的苦闷伤痛,哀叹怨恨自己是在福利院度过了童年和少年时光。现在的时代已经变了,修女们也照样可以出去看戏和看电影。她们承诺,只要有柯瑞出演的每部新戏,她们都会去看。她们甚至还开始搞起了一个影迷俱乐部,也是柯瑞的粉丝团。

莫妮卡说,住在洗衣房楼上,婴儿车在楼梯这里搬上搬下,很麻烦也很困难,但柯瑞说他们暂时还无法搬家。当演员是一份冒险的职业,收入很不稳定。他们当然会给宝贝女儿一个舒适漂亮的家,但眼下还不能办到。

在第二部片子里,柯瑞扮演了一个问题少年,而那位难伺候的半老女演员,则出演他的继母。这个电影受到了无情的差评,就那位一线女星而言,此作被认为太失水准。她的演艺生涯结束了,评论者断言,她的时代已经过去。不过,这个小男生出现了!这个天才新星正冉冉升起!于是,开始不断有片约到来。

柯瑞买下了莫妮卡所向往的一栋房子。但到了玛丽亚·罗莎三岁那年的时候,一切便都开始分崩离析。制片公司给柯瑞提供了一套单身公寓,他在那里度过的时间越来越多。各种招待会、夜总会和慈善义演活动,他都需要露脸。

莫妮卡在报上看到,他的名字跟海蒂成双出现——海蒂是最新一部电影中与他搭档的女主角。接下来的这个周末,他难得回家待了整整两天,她便直截了当地问他,报刊八卦栏目所说的那些绯闻是否确有其事。

柯瑞试着解释说,公司的宣传推广部门还有娱乐圈想要的就是这种闹腾的劲爆猛料。

"可是,这里面有没有什么事实?"莫妮卡追问。

"这个嘛,我跟她睡了,是的。但那是另一码事,并不重要,那跟你和玛丽亚都不能相提并论。"他坦白。

离婚的事很快就办好了。每周六,他可以去看望玛丽亚·罗莎,每年还可以带女儿去度假一次,为期十天。

柯瑞·瑟利纳斯并没有迎娶海蒂,尽管八卦专栏上的预测言之凿凿。海蒂因此而抓狂不已,做出很多过激反应。作为情感骗子或负心汉的受害人,她倒是得到了频繁的曝光,知名度大为提升。

莫妮卡保持沉默,不接受任何采访。柯瑞每周六来接玛丽亚外出时,莫妮卡都不在家里。通常是她的父亲或者母亲把孩子交给这位女婿。老两口一般跟柯瑞也说不了几个字,但脸上满是失望和埋怨的表情。

有时候,柯瑞感到孤单失落,试图请莫妮卡重新审视一下两人的关系。可每次得到的始终是同样的回复。

"我对你没有恶意,也不怪你。但你如果要联系我,请去找我的律师。"

柯瑞得到的电影角色越来越好。岁月也流逝而过。

二十八岁时,他娶了西尔维亚。这次的婚礼跟第一次有霄壤之别。西尔维亚家世显赫,非常富有,父亲是酒店业的大亨。她明艳动人,受到娇纵溺爱,要什么就有什么。当她坚持要一场盛大的社交婚礼来作为自己二十一岁的生日礼物时,也同样如愿了。

这个珠光宝气、夺人眼目的富家小姐竟然如此迷恋他,柯瑞感到受宠若惊。西尔维亚家人所建议的婚礼事项安排,他全都赞同。他只有一个要求,就是让自己十岁的女儿玛丽亚作为撒花女童之一出席庆典,但被断然拒绝了。女方回绝得如此坚定,他连一次都没再提。

西尔维亚的律师拿出一系列婚前协定,跟柯瑞的律师商议完毕,就让两人签了。这场婚礼的报道宣传紧锣密鼓,声势浩大。照片发布权很抢手,各路媒体争夺激烈。

那一天晕晕乎乎地就过去了。也许曾有一瞬间,柯瑞略带怅惘地怀念起他和莫妮卡办过的那简陋的小小婚礼派对,他们那时十八岁,满心的希望与憧憬。但他随即就把这份愁绪远远抛在了脑后。毕竟彼一时,此一时。

这个此一时,并未持续多久。柯瑞必须长时间待在片场或公司,试穿戏服,去外地为推广活动站台,参加国外的电影节。西尔维亚无所事事,她三天两头地打网球,为慈善机构筹集捐款。

柯瑞的三十岁生日要到了,西尔维亚计划大摆排场,为他隆重庆祝一番。这时,柯瑞正受到大众的热切关注。在最新上映的片子里,他饰演一个深受困扰的医生,需要做出一个非常艰难的道德选择。到处都张贴着海报,上面是柯瑞那敏感忧郁的面庞,正沉思着该如何决断。女影迷们都为此心疼,巴不得能与他立即见面,拂去他眼中的愁云,让他摆脱内心的折磨。

柯瑞查看客人名单。好莱坞名流和酒店业大佬都在邀请之列,但没有他女儿的名字。

这一次,他没有让步。

"她十二岁了。她会看到娱记报道的。必须让她来参加。"

"这是我举办的派对,我不想要她在场。她属于你的过去,而不是你的现在,或者,说实在的,也不属于你的将来。还有,我在想,是时候该生个我们自己的孩子了。"西尔维亚很坚决,也很固执。结婚以来,她只勉强答应见过玛丽亚·罗莎不过六次。她说,她觉得跟小姑娘打交道很费劲——她们都是那么傻乎乎的,总是没来由地咯咯傻笑。

她说话时带着不屑一顾的语气,就好像她在告诉对方,她西尔维亚想要什么就能得到什么。那玫瑰花蕾般的明媚微笑,他曾觉得是那样令人倾倒,如今看来则更像是嘟嘴生气的表示。

他进一步试探,问可不可以另外邀请几个人来,就是收养他的孤儿院里的修女。

"可是,我亲爱的柯瑞,她们来了会完全格格不入的。你当然能明白的吧?"

"在我的生活中,她们永远不会碍眼,永远不会丢我的脸。她们养大了我,让我得到今天的成就。"

"这个嘛,宝贝,你给她们点钱,帮她们募集资金——那要比做出姿态请她们来一个亮闪闪的豪华聚会好得多吧,好一倍还不止。她们来了之后会很不自在的,就像鱼儿离了水。"

实际上柯瑞已经给那孤儿院捐过款了,他也是一个善款募集委员会的理事。但问题的要点并不在这里。那三位温和、衣着朴素的"尼姑"——柯瑞就是这样称呼她们的,随意又亲切——如果能获邀来一场盛大的宴会做客,她们会心花怒放的。这些妇人,从发现他被扔在孤儿院门口那天起便照料抚养他,无论是在哪种场合,她们怎么能被认为碍眼,被认为不得体?

他感到自己前额上有青筋暴起,一种抽搐的痛感。他甚至觉得略微有点晕眩。他能听到自己的声音,但那仿佛来自遥远的地方,而不是从他身体内部发出来的。

"如果我的女儿不能来,如果教育过我,给我喂过饭、穿过衣的人都不能来,那我宁愿不要过什么生日。"

"柯瑞,你是累过头了。你工作太辛苦了。"西尔维亚转移话题。

"是没错,我工作太努力了。但我现在是认真的。有生以来,我还没这么较真过。"

西尔维亚说,他们应该暂且把这件事丢到一边去。

"你给她们发去邀请,然后我们就可以把这事丢到一边。"

"我不想做的事情,威逼、恐吓或要挟都没用的。"

"那好吧。"柯瑞心意已决。于是,这场婚姻到头了。

就各方面看来,这倒也没多大痛苦可言。柯瑞的律师与西尔维亚的律师接洽处理此事。协议达成,一切都安置妥当了。不过,西尔维亚随后发现,她的社交生活不能挽着柯瑞·瑟利纳斯的胳膊去参加,就根本不如以往那么有光彩。于是她便忍不住对各类采访邀约有求必应了,她大谈特谈她和柯瑞那风狂雨骤、鸡犬不宁的婚姻。

柯瑞读到这些八卦,简直难以置信。实情根本不像她说的那样。

他试着告诉女儿玛丽亚·罗莎,跟西尔维亚的生活,是一系列预先设定、登台演出的活动,就像公开展示在一个大金鱼缸里,目的只是引来他人的羡慕和嫉妒。所谓这些激烈的争执,完全是子虚乌有。柯瑞总是妥协,让着她。婚姻失败的真相是,他和西尔维亚之间几乎没有基本的相互了解。

"那你为什么跟她结婚呢,老爸?"玛丽亚问道。

"我想,被阔小姐看中,我是高兴得过了头。"他简略地给出原因。

玛丽亚很机灵,聪明得超出她年龄应有的程度。而且,她听妈妈给出过同样的解释,所以她相信爸爸说的没错。

随后的二十年间,柯瑞·瑟利纳斯成了家喻户晓的大明星,不仅是在美国,在全世界都尽人皆知。他参与的任何电影,都有投资方趋之若鹜。人们看到他跟优雅的美女出入各种高调场合:电影首映礼,百老汇剧目初演首夜,艺术展开幕式,乘坐最最奢华的游艇在地中海上度假。

八卦娱记们总张罗着给他安排婚事,娶这个女星,或者那个豪门女继承人,甚至是欧洲小王室的公主,但这些谣传或预言无一成真。

玛丽亚·罗莎长着黑眼睛,外表看起来挺浪漫多情的,就像柯瑞,但个性很实际,安静平和,就像莫妮卡。她继承了父母勤奋的职业道德,受训成为一名老师,经常在海外做义务教工。父亲那一线明星的生活方式对她一点吸引力也没有。在她成长的过程中,那种名流身份,对任何的家庭生活都是威胁。

青少年阶段,她已经耗费了太多的时间去逃避狗仔队的镜头,去拒绝跟外人说话,以免媒体对她的言语断章取义。身为柯瑞的女儿,任何地方都会为她敞开大门,但她从未打算走进去。

对父亲,她从未有过敌意或怨恨。无论何时回到洛杉矶,她都会给他电话,提议去身边附近的餐厅小聚,吃个披萨或者是一顿墨西哥菜,只要父女俩能安稳地坐下来,没有如影随形的各种跟踪曝光就行——柯瑞·瑟利纳斯所到之处,嗅觉敏锐的狗仔和影迷通常总会不期而至。

他从女儿口中得知,莫妮卡再婚了,那人叫哈维,脾气温和,开花店。玛丽亚说,她妈妈从未像现在这么开心过。天空中唯一残余的阴云,就是她自己的婚姻,或者说长远一点,也包括她的孩子,都还没见着任何迹象。不过,玛丽亚叹息道,她就是一直没能遇上有缘人。老天在上,这个城市,洛杉矶本身,岂不就是一个可怕的警告,告诉人们婚姻可能会有多错谬!

人们经常说,男人老一些之后看上去反而更具魅力,这实在是不公平。女星们到了五十多岁都要挣扎着才能拿到角色,而柯瑞在此年龄仍然可以扮演热烈多情的主角。但他也知道,这不会永远持续下去。

近六十岁时,柯瑞心里清楚,他需要的是一个绝对令人难忘的角色,一部经典之作。一个有分量、复杂微妙的人物形象,让人们提起来就顿生敬意。一个会永远跟他关联起来的角色。然而,这样的好运看来不会眷顾。

他的经纪人,人称"不知疲倦的特雷弗",试图诱导他去出演一个电视剧,但柯瑞对此毫无兴趣。他出道的这些年,圈里人总是认为,只有失败的、混不下去的老演员才会去拍电视剧。真正的竞技舞台是电影院,别的都是小玩意儿。

特雷弗长吁短叹。

他说,柯瑞已经远远落伍于时代了。他说,现在正是电视的黄金年代,有最好的剧作家在为电视贡献他们最优秀的作品。有个角色虚位以待,具有柯瑞所想要的全部尊严气度——扮演一位美国总统!而且,他可以自己开个价,条件尽管提。成功的真正秘诀,就是要随机应变、顺势而为,特雷弗反反复复地这样劝导,但柯瑞就是听不进去。

这不是要换经纪人的问题。在目前阶段,暂时还不用考虑这个。特雷弗经手的演员当中,他是最出名的。为他寻找和敲定理想角色时,特雷弗也确实是不遗余力,不知疲倦。有句老话,柯瑞倒也知道:换经纪人,就像在泰坦尼克号上换躺椅。①

柯瑞的脾气一直都挺随和。但突然之间,他变得固执起来,绝对确信自己比经纪人,比电影公司和整个行业都更了解未来。

孤儿院那些善心的修女曾希望柯瑞能当个牧师,但他没听进去。最初工作的那个三明治餐吧的老板曾提议给他一个永久职位,他也不以为意。有人曾说,表演培训课费用太大,不是他能负担得起的,他对

---

① 换了,船还是一样沉。

这些劝告都置若罔闻。他一直都按自己的主见行事。

他很快就要年满六十了。特雷弗想宣布一个重磅好消息,来为柯瑞的生辰纪念日锦上添花,但最终拿出来的,只是又一个电视剧的邀约。

"这是很棒很抢手的一个角色。"特雷弗就差打躬作揖了,"你扮演一个意大利人,他认为自己得了绝症,于是在离世前回到意大利寻根。然后他就遇上了这个女人。如果你担任主演,会有一大堆女星排队争着演女一号的。有哪些女星报名,你都想象不到的!"

"电视剧免谈。"柯瑞回应。

"你要信我的话,一切都已经变了。看看那些奖项!现在大奖全都冲着电视明星去了。"

"特雷弗,我不会干的。"

事情就这样僵持了好几周。

柯瑞将这些情况跟玛丽亚和盘托出。

"老爸,你为什么不接这个活儿呢?我的朋友们如今都没时间去电影院了。她们都在家看电视,或者把片子下载到电脑上看。时代已经变了。一切都变了。"

她说的很对。她的见解比这父女两人自己所能意识到的还更中肯。

柯瑞的财务经理之前总能给他提出明智的建议,眼下也在萧条惨淡的票房面前遭到痛击,焦头烂额。投入得不到预期中的回报,于是甚至有了更仓促、更不理智的投资。这一天,经理在一场车祸中丧命,危机于是彻底爆发。

那人开车直接撞上了一堵墙,在身后留下一团财务乱局,需要耗费几年时间去厘清头绪再加以解决。

几十年来第一次,纯粹是出于挣钱的需要,柯瑞不得不在他的事业上做出抉择。他的绝大多数财产已经被迫一样一样地卖掉了。

特雷弗还是一如既往地不知疲倦,尽力帮着隐瞒柯瑞的财务困境,避免媒体大肆渲染。不过,关于那个电视剧邀约,他倒是有好几次明确了他的意见。这一回,柯瑞不想听也必须听进去了。

投资人将在法兰克福碰头。他们希望柯瑞能到场,表示他对该剧真正有兴趣。这会有助于他们去筹措拍片资金。那会是巨大的成功,特雷弗说,柯瑞能靠片酬把财产拿回头的。

"我只想以后能留下些遗产,保证我女儿过得好就行了。"打包行李去德国之际,柯瑞一副郁郁寡欢的模样。

航空公司总是审慎细致地在航班起飞前两三分钟安排柯瑞登机。他往往悄悄地坐到自己的头等舱位,尽量避免引起旁人的骚动。即使有其他乘客认出了他,也没有大惊小怪,咋咋呼呼。新电视剧的脚本和剧本草稿摊在大腿上,他不情愿地把它们打开。这个项目,按照特雷弗的预测,将会扭转他的财务状况,甚至会让他比现在的名气更大。到了法兰克福之后,他要先洗澡,换衣服,在酒店休息片刻,然后再决定下一步做什么。他累了,在舒服的座位上坐了几分钟,他很快就迷迷糊糊睡着了。

他醒来时意识到飞机还没起飞。空姐给他拿来一杯鲜榨橙汁,告诉他起飞延迟了,设备正在检修,但没什么故障,机长说不久之后就起飞。

柯瑞看看手表。机舱中响起了广播通知:航班取消了。航空公司正安排大家改乘第二天的航班。不愿等待的乘客,可以转乘另一家公司的班机,但那不是直达航班。第二天再飞就太迟了,他会完全错过投资人的会议。之前还想着能事先在酒店安顿一下,理理头绪的,现在什么都别提了。特雷弗不会相信这一切的。他永远也不会原谅柯瑞。

因为所有的乘客都忙着转乘其他公司的航班,机场这里简直乱成了一锅粥。最终,只有搭乘途经爱尔兰香侬机场的航班,柯瑞才能有一线机会赶到法兰克福。他忙定了之后才抽出一点空闲给特雷弗打电话。为了节省时间,特雷弗决定现在去机场接他。他会安排媒体现场跟拍,报道柯瑞匆忙抵达的消息。关于航班延误,他将编造一个故事。在机场接受几个简短采访之后,他就带柯瑞直接去参加会议。不管发生什么情况,柯瑞必须赶到法兰克福。每个人都把赌注押在他身上了。

每个人都在他身上押注,当真如此?哦,管他呢。眼下看来,他或许会迟到,但也有可能勉强赶得上。他知道,即使他为此着急上火、忧心忡忡,也无济于事,不会让飞机加速,也无法缩短航程距离,于是,航班向东飞行,夜色逐渐褪去,然后,飞机在爱尔兰降落。

他看向窗外,远处是一小块一小块的绿色田野。他可以看到海岸线。玛丽亚·罗莎几年前曾跟一个学生团队来过爱尔兰。她说很喜欢那次旅行。在这里遇到的每个人都有点故事可以讲给你听。他不禁突发奇想,如果跟女儿一起外出度假,那将会是怎样的情形?玛丽亚现在已经四十出头了——挺干练的挺漂亮的一个女人,全心全意教她的书,无论是在花店跟母亲和继父哈维在一起,还是在好莱坞的顶级酒店跟生父共饮,她都同样安然自若。

她仍然没有丝毫恋爱的迹象,她对此总是一笑置之,所以柯瑞也就不再问了。她甚至说不定也乐意跟老爸一起度个假吧。等他一回到洛杉矶,就要给女儿打电话提议这个事。

他又一次看看表。时间非常紧。落地后他必须连走带跑,那样才或许能赶上去德国的联程航班。

实际上,可用于转机的时间太有限了。柯瑞站在那里,眼睁睁地看着去往法兰克福的航班飞走。

不知疲倦的特雷弗会在机场等候他。娱记所代表的宣传机器,将会迎接一趟没有他的航班。他拨通了特雷弗的号码,同时把手机拿得离耳朵远一点——可怜的经纪人对他通报的消息怒不可遏、火冒三丈、暴跳如雷。终于,对方用完了所有的感叹词和侮辱谩骂的词语,听上去萎靡沮丧起来。

"那么,你打算怎么办?"他问道。

柯瑞说:"我累了,很累。"

"你累了吗?"特雷弗的声调又可怕地高了起来,"你没什么可累的吧。我们其他人才会被那些破事累到,比如要去解释那些永远没法解释的事。"

"是航空公司的问题……"柯瑞吞吞吐吐。

"别跟我提航空公司。如果你真想来这里的话,那你人应该都已经到了。"

"他们不能今晚或者明天开会吗?"

"当然不能。你以为这些人是谁?他们都是专门飞过来的。他们怎么就上了飞机呢?他们的航班怎么就没在跑道上停着不动呢?"特雷弗咆哮着说。

"我要在这里停留一周。既然太迟赶不上会面了,那就让这破事见鬼去吧。我要清净一会儿。"

"拜托,这不是时候啊……我把一切都弄好了。"

"我也尽力往那里赶了,但航空公司把我给扔下了。特雷弗,再见了,一周之后再跟你说。"

"可你要去哪里呢?你要干啥?你不能就这样拍屁股走开的!"

"听着,我是个成年人,而且是个老人啦,你可是一直孜孜不倦在提示我这个事实的。只要我愿意,就可以在这里休闲一周,或者一个月也说不定。回头洛杉矶见。"柯瑞挂断电话,把手机关机。

他去给自己叫了一杯咖啡。对他来说,这种闲散自由可是新体验。他逃离了此前就厌烦的那场会面。现在,他想干什么都可以,不必再去征询任何经理、经纪人或项目主事者的意见。他实实在在地自由了。

航空公司倒是帮了他一个忙。

不过,他要去哪里呢?也许,应该买一本观光指南书或者找一个旅行社。咖啡厅里的桌子上有各种各样的小册子,介绍这一地区有什么可消遣的去处。在一座古堡里,有一场中世纪风格的宴会;有一个游览行程,是去看壮观的海边陡崖,那地方叫莫赫,打算申报成为世界自然遗产;还有打高尔夫的食宿全包活动。当中没一个让柯瑞感兴趣的。

他看到一张小小的广告单页,推销的是"冬季一周"的主题假期,承诺有温暖舒适、让客人感到宾至如归的民宿客房,还有长达数英里的海滩和崖壁风景,以及野鸟观赏区。柯瑞心动了,打电话过去询问是否有空位。

一个声音听上去愉快开朗的女士说他们恰好还有空房,让他租一台车一路往北方开,到了石桥之后,再打电话询问去大屋的具体路线。

"房费怎么付?"柯瑞犹豫地问道。他不想透露自己的名字,不过那地方大概也没人会认出他来。谁也不认识他,那倒是真正的赏心乐事。

"等你来了之后,这些问题都好解决。"电话里的斯达尔太太快人快语,"请问您的名字是……"

"约翰。"柯瑞毫不迟疑地回答。

"好的,约翰,不用着急。开车时要非常小心爱尔兰的司机,他们习惯突然就从岔路上冲出来,也不按喇叭提醒一下。要小心这样开车的人,然后你就会安全了。"

他感觉双肩没那么紧绷了。他现在成了个平凡的度假游客。没有媒体发布会,也没有娱乐业的写手跟着他。

这是个晴朗冷冽的冬日早晨。柯瑞把行李包放进车后座,驾驶着这台租来的小车,遵从指令往北边开。

他必须记住,从现在开始,他的名字是约翰。

其他客人看来已经安顿好了。大屋跟小册子上的图片一模一样。约翰拉起衣领,半挡住自己的脸。

他此前已经习惯了人们跟他偶遇时,忍不住多看两眼,然后喊出声来:"哦,老天,你是柯瑞·瑟利纳斯!"但在石头大屋,没人能认出他。不知疲倦的特雷弗也许是对的,他说了,柯瑞正处于严重的危机当中,要变成一个惨遭遗忘的过气明星了。

有人问时,柯瑞就告诉他们,他是来自洛杉矶的商人,出来度个假。他辛勤劳作,这样的短期放松是理所应得的。然后,他开始感觉自己没有必要再继续拉起衣领。即使他们认出了他,似乎也会秘而不宣的。但情况看来更像是另一回事:他是个什么人物,他们根本就茫然不知。

吃的东西挺好,聊天交谈也轻松,但他觉得很疲乏。他已经习惯于作姿作态,任何时候都像是在表演。而这里突然不需要他这样做了。这本身是一种解脱,但从另一方面来讲,他又感到某种程度的茫然和失落。他在这里是什么角色?

他是最早去睡觉的。他请大家原谅他早早告退,请大家相信国际日期变更线可不是他发明出来的。他们都大笑起来,祝他睡得安稳。

约翰确实睡得挺香,在舒适的床上一躺下就睡着了,但飞行时差意味着他没能睡很久。身体依旧停留在加州时间,他凌晨三点就醒来了,睡意全无,脑袋清晰,准备面对白天。

他给自己弄了一杯茶,看着窗外拍击着海岸的波浪。他想给玛丽亚·罗莎打电话。那边的时间要早八到九个钟头。或许,上完一整天的课之后,她已经回到了自己的公寓。

他拿起手机,但在拨号之前,他停住了。女儿是不是真有兴致说上两句,对他这趟怪诞的短期度假有所关切?

然后,他告诉自己,别再做这些权衡分析了。

他拨通了号码。

"是玛丽亚·罗莎吗?我是老爸。"

"嗨,爸爸。情况不错吧?"

"还好。我在爱尔兰被困住了,就在这里的一个什么地方,没能赶上飞往德国的联程航班。"

"老爸,爱尔兰算好的啦,比那里差劲的地方多了去了。"

"我知道。这里挺好的。我所在的这个地方很偏僻,很天然,就在大西洋边上。"

"也挺冷?我猜。"

"是的,但酒店里面很温暖。我要在这里住一周。"

"那很好，老爸。"

她关心吗？她觉得这通电话多余又无聊？远隔六千英里，他很难感知到女儿的情绪："我就是想给你打个电话问候一声。"

"我很高兴听到你的消息。"

语音暂停了片刻。她要结束对话了吗？

"你的情况如何？"他不愿女儿这么快就挂断电话，"能听到外面海浪的声音吗？浪真的很大。听上去有点像远远传来的擂鼓声。"

"那边现在几点？"她问道。

"凌晨三点刚过一会儿。"他说。

"哎，老爸，你还是继续睡觉吧。"他的独生女儿这样说，"回来了打电话给我。"

柯瑞道了晚安。有生以来，他从未感到如此孤独和失落。

之后，他断断续续地、迷迷糊糊地睡着了。下楼吃早餐时，他感到昏沉呆滞，双腿发软。有几个人已经在桌边落座。他们向他表示同情，说时差真是不好受。一位年轻女子名叫温妮，是个护士，给了他很实际很可靠的建议来克服时差，他答应一定会照做，同时又接受人们的劝告，试着吃一顿丰盛的爱尔兰式早餐，作为一种替代疗法。斯达尔太太在柯瑞面前放了一只按压式咖啡壶，让他自行添加咖啡。

早餐完毕，他继续慢慢地啜饮又一杯咖啡。奥拉在清理餐桌。斯达尔太太忙着分发地图和望远镜，为即将出门徒步旅行的客人打包午餐。最后一位客人离开，柯瑞看到女主人的双肩放松下来。他这才意识到，在她沉着的表象下，隐藏了多少的担忧与焦虑。

她转过身来碰上了他的目光，她看出他此前是在观察她。

"这是我们开业第一周。"她主动解释。

"但我敢说,这个生意你一点也不陌生。"他断定。

"你说的没错,"她回道,"不过,以前的店不是我开的,我是给别人打工。现在,什么都要我自己负责了。约翰,我问你,今天你想去哪儿走走吗?要不要再来一杯咖啡,听我讲讲周边有哪些值得游览的?"

就着又一壶咖啡,他们友好融洽地聊了起来。然后,约翰恢复了精神,在阳光朗照的呼呼大风中开始了他第一天的漫游。

按照小鸡的建议,他选择去内陆方向。他走过一条寂寞无人的路,看到有着黑色脸蛋和弯曲羊角的体形硕大的绵羊。也许这些是野山羊?柯瑞长大的那些年,没什么时间去探索考察大自然。有太多事物,他对它们的了解还存在着巨大的空白。

他发现了一家小啤酒馆,便从明亮冷冽的阳光中走进了那昏暗的室内。酒馆里有个小壁炉,炉栅后面烧着泥炭火。六七个男人从面前的大酒杯上抬起头:看到一个外乡人走进来,他们感到有点新鲜。

约翰热情愉快地跟所有人打招呼。他是美国人,他多余地解释说,他是来石头大屋度假的。斯达尔太太向他推荐了这里,说这是个值得光顾的好地方。

"小鸡·斯达尔是个可信的好女人。"听到赞赏,店主挺受用的,擦杯子的动作带着前所未有的麻利干劲。

"她之前大部分时间都在美国。在那边时,你认识她吗?"一个老人问。

"不认识。说真的,我只是昨天在香侬机场看到广告,然后就来这里了!"

仅仅才昨天吗?他觉得这里跟其他生活已经完全隔绝了。

一个戴着一顶大帽子的大块头紧盯着约翰看。他那阔大的红脸膛上长着一双好奇的小眼睛。

"我说老兄,你看着多少可是有点面熟呢。你确定以前从没来过这地儿?"

"没来过。这是我第一次到这里。你们生活的这地界,堪称是一个世外桃源啊。"

这让他们大为满足。约翰很容易就让他们把注意力从自己身上转移开,何况他还巧妙地奉承了对方,说他们够聪明够幸运,为自己找了一块人间福地来生活。

"你知道吧,小鸡曾嫁给一个美国佬。那可怜的家伙,遇上很惨的交通事故,丢了小命。""大红脸"说。

"愿在天的主怜悯他。"其他人异口同声地念道。

"真是太糟糕了。"约翰表示同情。

"是的,小鸡非常伤心,人都崩溃了。但她很有勇气,意志坚强。她回来了,回到亲人和老乡身边,买了谢狄家的老宅子,翻新装修耗费的时间可长了去了。你简直不敢相信她在那房子里投入了多少的精力和心血。"

"那地方住起来感觉很舒服。这倒是一点不假。"约翰回道。

"回去之后,你会告诉在美国的朋友,推荐他们也来住吗?"

"那是当然的。"约翰心里在寻思,在洛杉矶他认识的人当中,有谁会愿意来这样一处僻远之地。

酒客们不再与他搭话,让他喝自己的汤,饮自己的黑啤酒。有这些人陪伴,他有种奇怪的悠然自在之感。他听着他们聊起一个名叫弗兰克·韩拉迪的老家伙,那人把他那老旧的厢式小货车刷成了亮粉色,为的是在哪儿都能毫不费力地找到车。弗兰克依旧开着那车在这一带来来去去，眼睛在厚厚的镜片后面朝外凝视，不过，无论车前方或后面，他都一无所见。但是，他从未遭遇过任何的交通事故。至今都没有。

很显然，弗兰克没结过婚，但他的社交生活比谁都丰富。他到处都去，不管去到哪里，都能受到欢迎。他对电影疯魔般地着迷，每周都会开着那亮粉色的小货车跑三十英里去隔壁较大的镇子，看至少两场电影……

他们的对话内容在约翰身边浮动。对韩拉迪这个人所过的平静悠闲的生活——乐天知命、随遇而安——他脑袋中已经有了具体的画面。他考虑是不是该请在座的每人喝上一杯。那是电影中才会发生的情节。但生活不是电影。如果请他们喝酒，这些人也许会感到受了冒犯。于是，他只是对他们露出爽朗的微笑，承诺说还会再来的。

"汤非常美味，里面的鸡肉够大块。"他说。

没有什么比这样的评价能让那店主更为开心。

"那只鸡昨天上午还在后院里满地跑来着。"店主自豪地宣称。

白天的徒步旅行对柯瑞的时差反应产生了奇效，这天晚上他睡得又沉又香。他六点醒来，感觉赖床躺在被窝里听着外面的风声和涛声很舒服。今天风浪的声音更大，他可以确定。风向好像变了，在击打着窗子。最终起床时，他看到外面的海浪黑沉沉的，狂暴地翻滚着。

果然，斯达尔太太在早餐时向每位客人都发出了天气预警。他原本考虑，可以试试往崖壁下方走，去看看有怪石嶙峋的水湾点缀的海岸线，但鉴于女主人的提醒，这事最好三思。他不确定还有什么替代线路可供选择，他发现自己还逗留在桌旁，慢饮着早餐的最后一杯咖啡，而其他客人都在门口忙忙碌碌地准备出发了。大家都离开后,他对小鸡露出微笑,扬了扬一边的眉毛,邀请她坐下来聊聊。

"我听说你在纽约住过一段时间。"他先开口。

他开始有点期待他们之间的闲聊。假如有个人,对你没有任何先入为主的固定成见,对你在此之外的生活一无所知,因此也就不抱有什么预期,那么,当你跟他或她进行正常的谈话交流时,这就让人感到平静与安宁。接下来的这个早晨,约翰又一次磨蹭着,成为留在餐桌边的最后一个人。他看着奥拉把餐具收拾走。

"你运气不错,有家人在这里做帮手。"约翰采取主动。

"确实。奥拉其实有另外的计划,但暂时没能如愿,所以我就想,她在这里帮帮忙应该还有点乐趣,尽管也不是要干长久。"斯达尔太太一般从来不会显得匆忙,但这天早晨除外。她看上去稍稍有点心不在焉。

"斯达尔太太,我是不是妨碍你做什么事情了?"

"抱歉,让你看出来了,约翰,我确实有点分神了。我的车坏了,维修店的丁尼会来修车,但要到晚上才能来。里格尔,我们这里的物业经理,今天必须带孩子去医生那里接种疫苗。而我们,奥拉和我,需要去采购。我在琢磨着怎么才能……"

"我为什么不能开车送你们呢?"他立即提议道。

"不,那不行的。你是来度假的。"

奥拉也在桌边,加入了对话:"哎呀,小鸡姨妈,不用太拘泥,反正约翰都不介意的。一路开过去只要十五分钟。我跟他去,然后自己搭车回来。"

就这样定了。

他们开车去镇上,仿佛好友同行。奥拉是个漂亮姑娘,也聪明,交谈起来挺轻松。

"你是客人,却请你来送我,这真的过意不去,但这毕竟是度假屋开业第一周,小鸡要考虑的事情实在太多。我想,你不会介意的。"

"没事的,我很高兴能帮点忙。另外,我打算跟你一起去看看。我喜欢逛逛商店。"约翰满是诚意。奥拉跟卖肉的、卖奶酪的打招呼,在蔬菜店里摸一摸掐一掐地挑选菜品,这些都着实让他看得津津有味。很快,一切都打包完毕,也付了钱。

奥拉表示很感激:"非常感谢你。我待会儿就联系奥哈拉家的一个人,搭他的车回去。现在你走吧,去享受你的休闲时光。"

"我原先就打算再喝一杯咖啡的。"约翰坦白道,"我看到那边有个地方。你要么把东西先放到车上,我们去那咖啡店坐一坐,然后我再送你回家。"

他们还挺聊得来。奥拉告诉他,自己差点就跑去纽约看沃尔特姨父和小鸡姨妈了,但当然没去成,因为那场事故,可怜的沃尔特姨父丢了命。

奥拉说,她在都柏林读完了一个专业,然后与好朋友布里吉德去了伦敦工作。有那么一段时间,她们过得挺欢乐,可后来她朋友订婚了,嫁给了一个神经病,一个疯子,她自己感到有些心绪不宁,开始思念石桥的大海和石壁陡崖。如果小鸡不开这个度假屋,她回来可没工作干。这个地方有一种疗伤的东西,一种慰藉的气氛,有助于把那种不安和痛苦从她的心里驱散掉。

"我想,你说这地方有治愈作用,我大概能明白你的意思。"约翰表示同感,"我在这里才短短的时间,但能感觉到,那种气氛已经开始影响我了。"

"你所习惯的那种生活,跟这里肯定差别很大吧。"奥拉通情达理,由己及人。

"差异是很大。"他回应,但并不愿详细谈他的常态生活。

"我猜,在你生活的地方,你不能就这样坐着喝咖啡,在像这个店面一样的地方……"

他眼神敏锐地看着她。"你指什么?"他最终发问。

"约翰,我们当然知道你是谁,你是柯瑞·瑟利纳斯。一开始看到你,我们,小鸡和我,就认出来了。"

"但你们没说出来啊。"他几乎大惊失色。

"你来这里,说自己叫约翰。这表明你想隐瞒身份。我们为什么要说什么呢?"

"其他人呢,那些客人?*他们也知道?*"

"是的。那个瑞典人第一眼就认出你了。那对英国夫妻,亨利和妮柯拉,偷偷地问过小鸡,问你是不是匿名来的。"

"我说的可是实话。我是要去德国参加一个业务会谈,半路停留在机场。我是一时兴起,突然决定来这里的。"

"确实。你想叫自己什么名字就继续叫什么呗。约翰,这也挺好,这是你自己的生活,是你在度假。"

"但既然所有人都知道了……"他心有疑虑。

"说实话,你想做个普通人,他们会尊重你的愿望的。不管怎么说,大家主要关注的还是自己的生活。"

"如果他们已经知道了,当然咯,那反倒可以让事情轻松一些。我只不过是想把现实世界丢在身后,至少是暂时丢掉那么一会儿,为的是摆脱所有的累赘和负担,享受几天悠闲日子。"

"不得不去解释所有事情,还被人问你跟汤姆·克鲁斯或布拉德·皮特熟不熟,那肯定是烦死人的。"

"这只是一个方面,更麻烦的是别人对我的期望太高了。他们想当然地认为,我实际上就是我在电影里扮演的那类人物。我总是觉得自己让他们失望了。"

"是吗?我对此倒是不敢苟同。这里的每个人都认为你充满魅力。我也不例外。我自己某种程度上可说是对男人没多大兴趣了,但你让我眼中又迸发了一丝希望的火花。"

"你在笑话我吧。我可是老头子啦,够老的。"他笑道。

"哦,我可不是在笑话你,相信我。我想,我是要祝愿你从中得到更多的乐趣:世人皆知,功成名就,万人爱戴。如果我能做到你那个样子,我会对自己感到很满意的。不管走到哪里,我都会对别人笑脸相对的。"

"那只是扮演角色罢了,"他辩解说,"那是我的日常工作。在现实生活中,我可不想也那么做。"

奥拉认真地思索片刻。"可是,跟家人在一起时,你可以做真实的自我,不是吗?"她问道。

"我没有什么家人,除了一个女儿。前两天夜里,我打电话给她了。她在加州。"

"你跟她说了石头大屋没有?她会来玩吗,带着她的家人一起来?"

"她没有成家。她是个教师。"

"我确信,她为你而感到非常自豪。你去过她学校吗?跟那些孩子说过话吗?"

"没有。老天,不行的。我永远不会那么做的。"

"孩子们难道不是很乐意见见电影明星吗?"奥拉没想到会这样,颇为惊讶。

"哦,玛丽亚·罗莎不会喜欢那样的。"他解释。

"我打赌她会喜欢的。你有问过她吗?"

"没。我不想把我自己和我的那种生活强加给她。"

"苍天做证,你难道不是天下最了不起的父亲吗?像你这样讲道理的父母,我为什么就没碰上?"

柯瑞转入了倾听模式,那是他一直都感到很舒适的一种状态。

"你的爸妈很难缠?"他问道,满怀同情。

"嗯,坦白说,是的。我想,他们不喜欢我现在的这个样子。他们认为,我自己一个人住,没人管着,说起来会显得有些不检点。他们觉得我为小鸡刷盘子——他们就是这么说的——是在浪费生命。他们希望我过上不同的生活,嫁给那恶心人的奥哈拉家族的孩子,住进一栋俗气的大宅子:前面要有气派唬人的罗马柱,家里至少三个卫浴间。"

"他们是这么说的吗?"

"根本都不需要说出来。那意思很明显,在空气里无处不在,就像一朵巨大的蘑菇云。"

"也可能他们只是希望你能得到最好的一切,但不知道怎么妥帖地表达出来。"

"哎呀,不是那样的。怎么表达,我妈可一直熟练得很,通常能弄四五种方式说出来,但说的其实是同一回事——就是我没有利用自己的条件,是在浪费生命。"

"你所说的恶心人的奥哈拉家,暂且先放到一边不谈,那有没有别的什么人是你喜欢的?"他态度柔和,是真诚地关心,而不是强加于人。

"没有。正如我告诉过你的,我某种程度上都对男人免疫了。"

"这很可惜。有些男人还是非常好的。"他脸上浮出爽快的笑意,略微有点讽刺,满含着一种合谋共犯、心知肚明的乐趣。

"我不想冒险。我肯定你明白的。"

"我当然知道。我结过两次婚,交往过的女性就更多了。我不能说是真正懂得和理解她们,但我可从来也没放弃过呀!"

"你的情况不同的,约翰,整个世界都随你挑。"

"在我看来,奥拉,你可是相当出色的,应该有大把的追求者。"

"不是这样的。这件事上,我脑袋转不过来,搞不定的。从最好的角度来说,那只是某种妥协;从最坏的来讲,简直就是噩梦。"

"你从未恋爱过?"

"说实在的,没有。你呢?"

"跟莫妮卡,我的第一任妻子,我确信爱过她。或许,那是因为我们当时都年轻,一切都是那么新鲜,令人兴奋,然后我们就有了玛丽亚·罗莎。但我相信,那就是爱……"

"那么说来,比起我,你有过的爱要更多。"

"你是故意要回避爱情这回事?"

"不是,但我一开始就不想成为一个被爱冲昏头脑的傻瓜,也不想去妥协迁就。那样的例子,我已经见过太多了。我的父母,他们就没什么共同语言,但愿他们曾有过吧……我的姨妈玛丽嫁给了一个男人,那人快一百岁了吧,就因为他有一大片地产,可他连今天是礼拜几都搞不清楚。小鸡是为爱而结婚的,但不幸的是,她老公被车祸夺去了性命,从这个地球上给抹掉了。这些实例,没有一个能让你对爱有幻想!"

"或许,在人家有机会认识你之前,你已经穿上了一身防护的铠甲,拒人于千里之外。"他这样劝解。

"也许是吧。我也不是想要当个'打蛋器'什么的。只不过活着活着就成了那个样子。"

"不,你误会了,我说的不是那个意思……"

"我估摸着,真正让人讨厌的还是我的爹妈。他们对我的个人生活太关心了。要想对他们掩饰那有多么恼人,已经越来越难了。"

"他们全部的希望就是你能幸福,即使他们的方式错了,奥拉,这是必然的。"

"看来,你跟你女儿之间,这些隔阂已经消除了吧。"

"希望如此。"

"你自己的父母是怎样的?"

"这没什么好谈的。我父亲是谁,我一无所知。母亲也从未回来找过我。"

"我真是非常抱歉。"奥拉伸出手,按在柯瑞的手背上,"是我太鲁莽了。我不知道是这样。请原谅。"

"没事。我只是要告诉你,我为什么对家庭这个话题这么在意,这么念念不忘,一提再提。"约翰宽慰她,"关于自己的妈妈,我一无所知,除了她是说意大利语的,还有就是将近六十年前,她把我裹在襁褓中丢在了孤儿院门口。这么多年过去了,几乎无时无刻,我都会不由自主地想起她,但愿她过得不错。我也一直试图搞清楚,她当初为什么要遗弃我。"奥拉的手依旧放在他的手上。出于同情和支持,她抓紧了他的手。

"我敢肯定,她也一直在想着你。我肯定是这样。看看你这一辈子做了什么,取得了多大的成就!她一定会引以为豪,非常骄傲的。"

"她会吗?好吧,我是成名了,但就像你说过的,我没有从中得到足够的快乐,没能真的乐在其中。妈妈或许更愿意我过得无牵无挂,更开心一些,少一些不安和忧虑。"

"我们来做个交易。"奥拉想出一个提议,"对男人,我争取变得更宽容更豁达。我会少些成见,不再一棍子打死,认为他们都是无聊蠢蛋。我将学学你们美国人的作风,把陌生人当成朋友,只不过还没认识的朋友罢了!"

"我可不认为那只是美国人的作风。"约翰辩解道。

"可能吧。反正,我不会再那么过敏,一想到布里吉德·奥哈拉那可恶的兄弟或小叔叔们,无论是跟其中哪一个出去,仿佛就要吐了似的。我会给他们一个机会。这听起来算讲道理吧?"

"很有道理。"见奥拉如此热切认真,他报以微笑。

"另一方面,你呢,要接受自己的身份,你是谁就是谁,要乐于承认。人们喜欢见到名人的,约翰。那对他们有益无害。我们过着平淡沉闷的生活。见到一位电影明星,是一种挺兴奋的感觉。你应该有雅量来理解和对待这个事实。"

"我承诺,我会照办。我之前没那样想过。"

"对了,关于你的女儿,也许,你跟我说过的那些东西,关于爱情亲情的,你应该同样告诉她。如果爸爸像那样跟我聊天,我会很乐意的。"

"我以前从没跟她谈过心。"他坦诚地说。

"不要紧,你可以现在就开始。我打赌,她会很高兴的。"

"恐怕她会拒绝我的。"

"我都准备去见男人了呀,他们也有可能会反感我的。这是你我之间的一个公平交易,你忘了吗?"

"好吧。对父母,你也不要那么敌对,不要那么牙尖嘴利,怎样?也许,他们是让你抓狂了,但他们毕竟还是为了你过得好。"

"那倒也是,我会尽力的。有生之年,我大概会成为圣徒,当个仙姑吧,不过,我会努力不当仙姑的!"她笑道。两人握手,以示对交易的认同,随后上车回石头大屋。

路上,他们经过了石桥高尔夫俱乐部。几个无畏风寒的铁杆高球爱好者在球场上享受运动。会所大门外停着一台小货车,是明艳暴烈的粉色。

"哦,天哪,弗兰克这时候就已经喝上热威士忌啦。"奥拉感叹道。

约翰突然刹车。

"我也想来一杯热威士忌。"他说。

"不行的,你可不是这里的会员。况且,你吃过早餐还没一会儿呢。"

但约翰仍然停下了车,大步朝着主门那边走过去。

奥拉现在警醒起来,跑上去跟着他。

酒吧区一张高脚凳上,孤零零地坐着一个头发和衣衫都乱蓬蓬的老人,手拿放大镜,眯眼看着一份报纸。门"哗"的一声被推开,他抬起头望向门口。一个完全陌生的外乡人走了进来,大概五十岁,身穿挺高档的皮夹克。

"哎呀,真是非常意外,那边的哥们,难道不是弗兰克·韩拉迪嘛。"那陌生人说道。

"嗯……有何见教?"认识弗兰克的人,也很少来主动接近他的,陌生人就更少。

"你好,弗兰克,我的老伙计,过得怎么样?"

弗兰克盯着他看。"你是,柯瑞·瑟利纳斯!"终于,他说道,尽管还是不敢相信。

"我当然就是。我难不成还能是别的什么人?"

"可你怎么会知道我的?"

"昨天在啤酒馆,我们才说起过你。我得知你是个超级影迷,今天,现在,我在这里找到了你。"

"可是,你怎么会知道我在这里的?"可怜的弗兰克大为困惑。

"外面不是停着你的车嘛!"约翰说,仿佛一切就是如此简单。

弗兰克若有所思地点点头。那就让人明白了,说得很有道理。"那么,柯瑞,你也来一杯热威士忌?"弗兰克提出邀请。

"我可不擅长上午喝酒。不过,我可以喝一杯咖啡。这是我的朋友奥拉,你认识吧?"

他们坐了下来,聊起电影。侍应生把咖啡送到了桌前。

"难以想象,你会跑到这里来看我。"弗兰克从未像现在这么高兴过。

约翰和奥拉会意地交换一下眼神。

两人之间的交易达成了。

亨利与妮柯拉

亨利拿到医生资质证明时,父母希望他能继续深造,比如成为专业的外科医师。父母都是医生,他们很遗憾自己当年没能进修。想想那可能会打开什么样的新天地啊,他们心有不甘,老是这样颇为憧憬地说道。

但亨利很固执。他就只想当个全科医生。

父母的执业诊所里,没有什么空位好给他,但他会去找一个小社区开业的。在那里,他和妮柯拉将会很快就认识每一个街坊邻里。他们也会有自己的孩子,然后与那个社区融为一片。

读医学院的第一周,亨利就和妮柯拉相遇了。尽管他们还非常年轻,但几周相处下来,两个人就把事情给定了——非他不嫁,非她不娶。双方父母请求他们等一等,把爱情的小船多划两下再登上婚姻的小岛。四年之后,他们说不能再等了。

那是一场喜气洋洋的婚礼,简单朴素,在妮柯拉的老家举办。宾客们都说,在这样一个充满了困惑和误解的复杂世界里,亨利和妮柯拉是如此与众不同,就如同两块磐石,傲然屹立在波涛汹涌的海面上。

他们花了六个月的时间顶岗实践,分别是在一所妇产医院、一处心脏病理疗中心和一间儿科门诊,由此为自己的普通全科医生职业做了良好的铺垫和准备。很快,他们觉得可以在哪里的大门外挂上自己的姓名牌了。他们开始寻找一个开诊所、安身立命的好地方,而与此同时,二人也决定了尝试孕育新生命。剩下的只是时间问题。

要找到理想的开业地点很难,但怀上一个孩子甚至更难。他们感到无法理解。再怎么说,他们可是医生啊,他们知道各自的生理节律和受孕的最佳时间和概率。医学检查也显示没有任何明显的问题。体检给出的建议,就是鼓励他们继续努力、继续尝试,而那当然是他们一直在做的。一年之后,他们甚至求助于试管婴儿技术,但还是没成功。

双方父母都希望能升级当爷爷奶奶、外公外婆,因此便有了些完全出于好心但也令人生气和厌烦的言辞。他们都忍了。有些朋友还未雨绸缪说可以帮着带孩子。他们也只有忍着。

要么生,要么就是生不了。亨利和妮柯拉能够面对并承受一切。在突发事故和急诊部顶岗的时候,他们甚至还亲历了一场就在两人眼前展开的悲剧。一个处于吸毒后的癫狂状态的年轻人,把女友打得鼻青脸肿,把她送到了医院,然后在众目睽睽之下,开枪打死了那姑娘,接着又自杀身亡。

从表面上看来,他们当时的应对举措很冷静很专业。那种处理危机和保护在场的其他病人免受创伤冲击的方式,让他们得到高度赞许。但在内心,他们却遭受了一次非常严重的打击,始终保留着那天上午的可怕记忆——仅仅相距五英尺,他们眼睁睁地看着两条生命的终结。他们所受的训练固然就是去面对生死,但那血腥的一幕毕竟太残忍、太粗野、太疯狂了。这事带来了一定的后果。他们原本积极地要找到定居和开业的理想街区,随后却放缓了脚步。与他们目击的那场暴力悲剧相比,定居开业显得不再那么重要了。

一天,妮柯拉看到了一则招聘启事:一家做地中海邮轮观光的公司需要一名随船医生。他们相视而笑。多惬意的生活：玩玩甲板"网球"（圈状球），跟船长喝上两杯鸡尾酒，最可能出现和需要处理的问题就只是可能有乘客消化不良或晒伤而已。多么轻松愉快，简直跟郊游野餐差不离。看来，这是个让两人一拍即合的好差事。他们总是辛勤忙碌，一直都没时间出国度假。或许，这正是他们所需要的。

享受阳光，休养放松，改变一下生活。现在，他们所急需的，就是能抹去那个惨剧带来的阴影，还有他们那无谓的遗憾与自责——没能及时预见一个吸毒成瘾者的暴行意图。

他们发出了申请，面试也挺顺利。

邮轮公司说，只需要聘用一名医生，但他们也可以一起同船旅行，只要其中一个能找到别的什么事情，可在船上做一做忙一忙的。

妮柯拉提出，她可以教乘客打桥牌，同时管理船上的图书室。

"要么你当随船医生，"亨利说，"我做点别的事情。"

"他们只有安排你去陪半老徐娘们跳舞啦。我觉得你穿白大褂待在外科诊室要更安全一些。"妮柯拉笑道。

于是，他们签了聘用合同。

在船上，他们两人都很受欢迎，也很容易就适应和喜欢上了那种生活。邮轮乘客们大多显得心情热切，同时又对医学懵然无知，他们的健康问题大部分是因为年老体衰，需要的是安慰与鼓励。这两方面，亨利做起来都驾轻就熟。

在她自己的小世界里，妮柯拉也得心应手，攻城略地，捷报频频。她甚至开起了"科技"班，教游客们如何使用智能手机，如何使用网络电话软件 skype，以及基础的电脑操作。

他们去了很多他们原先根本不会去探访的地方。如果不是因为这份邮轮差事,他们怎么可能到访摩洛哥丹吉尔的露天集市和类似的农贸市场,怎么会跑去蒙地卡罗的赌场,怎么会到庞贝和以弗所去看那些废墟遗址?在耶路撒冷的哭墙前,他们曾驻足凝思;在克里特岛附近的碧海中,他们也曾尽兴畅游。

随船医生的这份合约本来只有六个月的时间,当公司主动提出续约时,他们自然就感到很难拒绝如此美差。这是他们长久以来第一次有机会得到完全的放松:有时间来跟彼此谈心,分享各自的感受。那种精神上的轻松之感,是他们前所未有的体验。突发事故和急诊部那次骇人的枪击事件,也开始变得没那么触目惊心了。

他们得到的冬季邮轮随航线路将会在加勒比海一带。如果不是因为这份工作,他们怎么会跑到如此遥远的地方去观光?这是多么难得的机遇!他们于是再次签了合同。

他们走过牙买加那些古老的种植园,也曾在巴巴多斯那异域风情的花丛中驻足。遇上如此的好事,他们不禁相互庆祝。有时候,他们讨论起回归本业,去真正行医,还有这件正经事——收养孩子,成立一个家庭。但这些话题不常被提起。他们只想暂且享受好运,等这段惬意时光过了再说。

不过,这份差事也并非完全悠闲;还是有些工作需要他们做的。他们照料着同船乘客,确保大家健康安全。亨利判断出一个小男孩阑尾穿孔,随即联系直升机把他接去岸上医院手术,由此救了小家伙的命;一位老太太吃东西噎住,妮柯拉对她实施了海姆利克急救法,让她转危为安;一个十六岁的少女意外怀孕了,亨利觉察到后,帮着把消息委婉地透露给女生的父母；一位消沉绝望的妇人，走上邮轮之初就想在旅程中结束生命，妮柯拉日复一日地长时间陪伴她，劝导谈心。那妇人后来写信给邮轮公司的董事局主席，说她有生以来从未得到过如此细致的关心和爱护，现在感觉好多了。

第二年春天，亨利和妮柯拉拿到了新合约，在做斯堪的纳维亚观光线路的邮轮上服务。

妮柯拉有了个新想法，她跑去跟邮轮活动总监探讨，为什么不安排一个美发师，给男人们上培训课，教他们为自己老婆吹头发？

总监满脸迷惑地看着她。

妮柯拉并未放弃。有伴侣参与其中，给以呵护和帮助，女人们会很喜欢的，而且只要男人掌握基本技巧就行。男人们也会欣然接纳这个主意的，因为能给他们省钱。

"船上的发廊生意还怎么做？"总监问道。

"首先，她们是要去发廊理发跟做造型的，是不是？听我的没错，她们会很喜欢的。两边一算，还是相抵掉了。"

她果然没说错，吹头发的培训课成了船上最受欢迎的消遣活动之一。

从卑尔根直到特罗姆瑟这一带的挪威海岸风光，亨利和妮柯拉都感到赏心悦目。他们并肩站在甲板栏杆边看美景，一边指向那些壮丽的峡湾。北欧的天光令人叹为观止。乘客们还是那种惯常的组合：喜爱邮轮出行的老常客，以及初次坐邮轮的新人——船上提供如此丰富的娱乐项目、美食和饮品，让他们惊掉了下巴。

出海之后的第三天，一个客舱服务员来找亨利。那是个波兰姑娘，名叫贝娅特，挺漂亮的一位金发女郎。她说，有一个非常棘手的问题，真的非常棘手。

亨利让她别着急,慢慢说。他希望这姑娘不会告诉他说自己弄出了什么棘手的大麻烦。不过,贝娅特很为难地扭着手指头,左顾右盼,讲出来的倒完全是另外一件事。

有一位名叫海伦·莫里斯的女游客,住在5347号客房。她是跟父母一起出行的。贝娅特欲言又止。

亨利摇摇头:"怎么了?那些是家庭套房吧,不是吗?到底是有什么问题?"

"是她父母的问题,"贝娅特说,"她爸爸失明了,妈妈又是痴呆。"

"不会吧,那不可能。"亨利说,"登船之前,如果有什么异常状况,乘客必须先声明的。他们必须签了文件才行。这是为了办理保险,以防万一。"

"她把妈妈锁在房间里,先带爸爸上甲板转转,呼吸一点新鲜空气,然后把爸爸锁进客房,再带妈妈出来散散步。三个人一直都没有离船上岸转一转。吃喝三餐也都是在他们的客房里进行。"

"那你为什么告诉我这些情况?难道不是应该向船长或者邮轮活动总监汇报吗?"亨利大为困惑。

"因为那样的话,到了下一个港口,他们就会被丢上岸。船长他们才不会冒险继续收留这样的乘客在船上。"贝娅特摇头反对。

"可我能做什么呢?"亨利真的感到茫然无措。

"你现在反正已经知道了,事情就是这样。我实在没法独自保守这个秘密。你和你太太都很善良,是大好人。你们能找到一个两全之策的。"

"这位海伦·莫里斯女士多大年纪?"

"四十左右,我想。"

"那她正常吗,贝娅特,我是说她神志上*没问题吧*?"

"完全正常,她是个很好的人。我去他们的舱房给他们送餐。她信任我。她说,要想让父母度假,这是唯一可行的做法。你会知道该怎么办的。"

当天夜里,亨利和妮柯拉讨论了这个问题。他们清楚,他们应该做什么。他们应该按规矩上报,说一位乘客撒谎了,隐瞒了亲属有健康问题、无行为能力这一事实。他们知道,邮轮公司尽管为各种出险可能支付了数额巨大的保险金,但乘客欺骗导致的损失却不在赔偿范围之内。

要做出决断,可真是头疼!

"你为何不去见见她,跟她谈谈?"妮柯拉提议。

"我不想搅和进去,变成她的同谋。"

"当然不是跟她串通。必须做的事,你还是要做,不要让她仅仅作为一个名字符号存在着只停留于一个名字的层面,不要把那只当作是一个数据,一个乘客人数统计。亨利,请你去跟她谈谈。"

他在旅客名单上找出了这一家人。上面没提到父母两人当中任何一个有残疾或不健全。海伦的登记住址是在西伦敦,跟父母住在一起。

他敲响了5347号套房的舱门。海伦是个肤色苍白的女士,长直发,大眼睛中有焦虑不安的神色。

"哦,你是医生?"她语气中有警惕之意。

亨利手里拿着便笺写字板。"只是例行访问。所有八十岁以上的乘客,我都要探视一遍,是为了保证每个人都健康状况良好。"他感觉到,自己的声音听上去肯定挺假的,显得过于热情明朗。

"他们都挺好的。医生,谢谢你。"

"那么,也许我可以跟你父母见一见,就只是为了——"

"我母亲睡觉了。我父亲在听音乐。"海伦回应。

"请合作,可以吗?"他问道。

"你到这里来的真实用意是什么?"她面有崩溃之色。

"因为他们一直没有去餐厅用过餐,所以我就担心他们可能是晕船了。"

"没人跟你说过什么吗?"她的声音听上去颇为惶恐不安。

"没,没有。"亨利语气很坚定,"只是例行公事。这是我工作的常规内容。"他对她微笑,希望能获邀进入舱房。

海伦看着他,看了有三十秒,她的目光在他脸上搜寻了一遍。终于,她做出了决定。

"请进,医生。"她说着,然后把客房门完全打开了。

亨利看到一个老人坐在轮椅上,头上戴着大耳机,正听着什么,一边还用脚跟着打拍子。他那黯淡无光的眼睛对着客房的窗洞。外面,挪威峡湾那壮美的景色缓缓滑过,但他看不到。他的妻子坐在床边,怀里抱着一个娃娃玩偶。"小海伦,海伦小宝宝。"她一遍又一遍地念叨着,摇来摇去,哄那娃娃睡觉。

亨利哽咽了。他根本没想到眼前的场景会是如此。"只是例行探视,我刚才说了的。"他清了清喉咙。

"那你一定要上报吗?"她眼圈红红的,满是哀求的神情。

"是的,要上报。"他说得很简略。

"但是,医生,为什么要那样?已经四天了,我都处理得挺好。剩下只有九天了。"

"事情没那么简单。你也明白的,有一个很清楚的规定。"

"没有任何规定能帮我安排他们度个假,让他们呼吸一点新鲜空气,让他们的日子稍稍有点变化,走出铁匠区的那套公寓——那里只有步行楼梯上上下下……医生,这是我仅有的一次机会。"

"可你没有告诉我们全部的实情。"

"我没法说出全部的情况。否则你们不会让我们上船的。"

他沉默了。

"听我说,医生。我确信,你有着愉快的生活,没出过什么岔子,我也为你感到高兴,但并不是每个人都能那么幸运的。我是家里的独生女。我父母没有任何别的人可依赖。他们对我非常好。他们供我上大学,让我成为一个老师。我现在不能丢下他们不管。"她停顿片刻,看似是在镇静情绪,尽力自控,然后又开口了,"我在家里上班,为一门函授课程的学员修改作业,给他们的考试评分。工作量很大,无休无止,让人累断了腰,可至少,我能照顾父母。而他们索取的少之又少……带他们出来度假放松几天,换一下环境,这真的能说是什么过错吗?而我自己也可以休息休息,看看世间美景,这不对吗?"

亨利感到底气全无。

海伦双手放在裙子前兜中,紧张地搓来拧去。她父亲还在听着音乐,此刻脸上浮起微笑。她母亲胳膊里依旧抱着那玩偶,柔声细语,笑意盈盈,亲热地把那娃娃唤作海伦。

"我确实能理解,真的。"他说道,但觉得这些话无能也无助。

"可你还是必须上报,然后,他们就会把我们赶下船?"

"他们不愿承担那些风险的……"他有些语塞了。

"但是,医生,你能不能承担这个风险?世上所有的好运气都算是被你碰到了,你受过很优秀的教育,有一位漂亮贤惠的太太。我看到过你们在一起。你拥有一份许多人梦寐以求的工作,这工作总的来说就是一次长假。像我这样的情形,你一直都不知道。你的人生很顺利。请您无论如何拿出一点善心,来为我们承担这次的风险,好吗?我会极其小心,极其谨慎的,相信我,我不会出差错的。"

亨利沉吟着,想着要不要告诉她,他的生活并非一帆风顺、万事如意。他们都想要孩子,但妮柯拉就是怀不上。他们近距离正面目击过两条生命的惨死,而他们至今仍感到懊恼,如果能再机敏一些,或许就可以阻止那悲剧。他们还是对邮轮上的这种享乐生活隐约觉得不安,有些负罪感。但这些,跟眼前这位女士的处境相比,有何值得一提?

"你怎么会有那闲钱来……"他还是感到笨嘴拙舌。

"爸爸的哥哥去世了。这位大伯留给我们一万英镑。这样一个机会,应该说恐怕不会再有了,所以,我就动用那笔钱了。"

"我懂了。"

"到目前为止,一切都很好,非常棒,比我预想的都好。"她满心希望。

"这可真不容易。"他说道。

他得到的回报是海伦的微笑。他心里寻思,这个女人有生以来,是否曾有过什么人可以跟她分担一下照顾家人的重负,可以交心长谈,聊聊是怎样的决心和毅力,让她一路坚持下来。

"我要让妮柯拉也加入进来。"亨利跟海伦达成了协定。

结果,事情并不像设想中的那般过于艰难。每天,海伦领父亲出来散步甚至游上一会儿泳,妮柯拉就在舱房里坐守。然后,海伦带抱着玩偶的妈妈上甲板走动时,亨利就拿着他的巡查记录本,进客房陪护那盲眼老人。

避免与其他乘客交谈,这一点海伦做起来挺熟练。一天天过去,她看起来都更坚强更轻松了。

关于这事的安排,亨利对贝娅特什么也没说,但他心里清楚,那姑娘肯定知晓这一切,而她想必对此也挺赞同的。

有几次,他们差点露馅。邮轮的每日例会上,活动总监提到,有人报告说一位老人在甲板上走不稳,跌跌撞撞的。亨利医生注意到此人没有?会不会带来什么麻烦?

亨利很平静地撒谎了。是的,他注意到了,那老家伙是有点体弱,但根据观察,他女儿将情况掌控得好好的。

另一天,妮柯拉正在看护那老太太,客房主管来抽检。完全毫无预兆地,她来到了舱房门口,后面尾随着贝娅特。

妮柯拉咽了下口水。她必须保持冷静。"我在做一对一的电脑课辅导。"她边搪塞,边在脸上露出明朗的微笑。苍天有眼,海伦的妈妈在这一刻没有对着那玩偶娃娃唱摇篮曲。主管继续去查下一间舱房了,一边说,所有四十以上的人都需要一对一的电脑辅导。

"那么,你什么时候光顾我的办公室一趟,咱们筹划一下吧,"妮柯拉恳切地说,"我会注意安排时间,在你休班有空闲时才上课。"

还有一次,是在船长举办的鸡尾酒会上,他们注意到5347房的客人没有到场。

"他们正吃晚餐呢,提早用餐了。"妮柯拉这样解释。

"那家人喜欢自己待着,不喜欢热闹。"亨利补充了一句。

那九天期间,他们对海伦有了不少的了解。她说很是想念以前教书的日子。她喜爱课堂,最终能让孩子们懂得些什么,会给她带来快乐。她从心底里感谢亨利两口子,说他们是好人,理应得到已有的全部幸福。亨利和妮柯拉温和谨慎地试探她,问她回家之后,日子将会怎样。

"跟之前一样。"她的语气凄凉无望,"但至少,我们有这次出游的所有经历可以时时回顾。这笔钱花得很值当。"

"像这样的额外遗赠,还会有吧?"亨利努力想让气氛轻快一点。

"不可能有了,好在我自己还存着一千镑,可以用来小小款待父母几次。"海伦脸上又是一抹悲哀的微笑。

船停泊在南安普顿码头。妮柯拉和亨利开始呼吸得更容易一些了。

海伦租了一台车,要自己开回伦敦去。在上岸的地方,他们将打车去往租车行。

亨利夫妇与她交换了联系地址。

"你们去下一趟航程时,记得给我寄一张明信片。"海伦说话的样子就仿佛他们是同船偶然相识的旅伴,而不是持续九天九夜的共犯。

"会的,你也要告诉我们你的情况。"妮柯拉回应道。她的声音一片空洞。

正如海伦已经预见的,她的境况只能是跟之前一个样。

船长和员工们站在甲板上,向乘客们挥别。海伦离去时,妮柯拉和亨利跟她拥抱。他们看着她两边胳膊上分别架着自己的父母,走下了舷梯。她那矮小壮实的身形显得很稳固,头则高高地扬着。

妮柯拉和亨利开始登岸之际,清洁工们已经在船上忙着打扫了。

他们要开车回家,在家停留十天,与父母和朋友们相聚闲谈,消弭远离期间产生的隔膜,直至下一次开航。这一趟的邮轮线路是北大西洋的马德拉岛和加那利群岛。

他们正跟活动总监道别,这时,他们听说,在南安普顿市区外围发生了可怕的事故,一台车被撞毁了,三人丧命——都是刚从邮轮登陆不久的乘客。亨利和妮柯拉震惊地看着彼此,茫然失措。不用等总监开口,他们已经知道是怎么回事了。

"据说,那看上去应该是自杀,你们能相信吗?她上了租来的那台车,载着家人,就直接撞上了一堵墙。车子完全毁了,驾乘全都当场毙命。处理事故的人发现车里有邮轮的标牌,所以就联系我们了。一定是那个女的,住5347客房的海伦·莫里斯,还有她的父母,显然是……"

"肯定是意外事故吧。"亨利勉强说出了一句。

"我不这样认为。目击者说,她先停住了车,还往后倒了一定的距离,然后直直地就冲向石墙了。老天啊,她为什么干出那样的事?"

"我们可不知道,她竟然会那样……"妮柯拉含糊其词。

"我们是知道的,妮柯拉。法律是逃不脱的,人家就会来调查问讯的。我们不得不接受警察的质询,做出供述。"

活动总监说得言简意赅,切中要害。

"我们的航程已经结束了,不是吗?亨利,你也没看到有任何异常,对吧?"

开口应答之前,亨利感到似乎煎熬了一百年之久,但那实际上很可能只有四秒。

"没有异常,她看上去好好的。我很确信。"总监松了一口气,但依旧忧心忡忡。

"老人家呢?他们也没问题吧?"

"他们年老衰弱,但她把他们照顾得很妥帖,无可指摘。"他这样回应。随后的二十四小时,他跟妮柯拉还得设法准备好一系列的"台词"。

离开邮轮之前,亨利找到了贝娅特。她听到那消息了没有?当然听到了,所有人都听说了。贝娅特盯着亨利看,目光非常平稳、坚定。

"那可怜的女士和她的家人,太令人悲哀了,但在生命即将结束之际,他们度过了一次愉快的假期,这终归有点欣慰。"她是在求亨利什么也别透露。因为一起掩饰和保守了那个秘密,她也同样会陷入麻烦。

他跟她道别,在她脸颊上亲了一下。

"在另一趟邮轮上,亨利医生,我们也许还会重逢的。"

"我倒是不这么想了。"亨利觉得他作为随船医生的日子已告终结。从现在开始,他要去做学医之初就计划要做的事情:为人们疗愈疾患,提高他们的生活质量,而不是出于感情因素去扭曲规则——最终让三个人在他手上送了命。

"不管怎样,她还是会那样做的。"他们开车回萨里郡伊舍尔,妮柯拉辩白说。

亨利紧盯着前方,没回应。

"在卑尔根,或者特罗姆瑟,或者别的什么地方,她都可能做的……"

依旧是沉默。

"你清楚的,你只是让她享受了九天额外的度假生活。那就是你做的一切,我们俩所做的一切。"

"我打破了规则。我试图扮演上帝。这一点无法否认,也逃避不了。"

"亨利,我爱你。"

"我也爱你,但这都无济于事,那个悲剧已经发生,改变不了了。"

他们没把事故的内情告诉任何人。为何要放弃那份听起来完全是世间最佳的工作,他们也没给出任何解释。夫妇俩主动去当义工,为预防自杀和应对抑郁消沉的研究项目出力。他们跟朋友和家人疏远了,减少了接触。他们也做了一些短期的代理开业医生岗位。曾经在一个小社区开诊所的梦想逐渐漂移而去,显得更模糊了。他们感到似乎没希望达成那个目标了。他们接受过相关的测试,结果发现仍有欠缺。

最终,亨利的父母决定说出心里话。那是在老两口的家中,在又一顿静默无言、令人沮丧压抑的周日午餐之后。

"自从上次邮轮出行回来,你变了很多。"他父亲期期艾艾,但又不吐不快。

"我想,你是不赞成那个的。你暗示过,那不是真正的行医治病。"亨利语气有些暴躁。

"我是说过,我也一直想说,你应该在某个专科上深造。眼下,你可以做个专业健康顾问,所有的机会仍然摆在你面前。"

"我们只是希望你过得快乐。亲爱的,那就是我们全部的心愿。"母亲帮着解释道。

"没有谁是快乐的。"说完,亨利就出门走到了花园里,扔假棒子骨给那老狗锻炼牙齿和体力。

于是,亨利的父母便决定对妮柯拉说他们的心里话。她在厨房里小口啜饮一杯茶,目光落在不远不近的虚空之处。公婆便在这时走上前来。

"亲爱的妮柯拉,我们并不是要瞎掺和。"亨利的母亲期期艾艾地开口。

"我知道,你们从不插手干预的,你们真是非常开明的长辈。"妮柯拉表示赞赏,同时却在私下揣测,自己是否能躲得掉那个眼看要紧随而至的转折词"但是"。

"只不过,我们担心……"亨利的父亲不想让诚恳的讨论还没开始就宣告结束。

好在,妮柯拉脸上一片明朗——尽管也是空无一物。"你们当然会烦心。"她表示认同,"可怜天下父母心嘛。"

"你们四处溜达都有两年多了,却没有确定下来要做什么。你看,我也明白,这真的跟我们没多大关系,但我们确实挺忧心的。"亨利父亲语重心长,乞望儿媳能听进去他的话。

妮柯拉转过脸来,面对着公公。

"你要我们做什么呢?那就有话直说吧。也许,我们可能会去做的。"

她表情中包含的什么东西让公公吓住了。他可从未见过儿媳如此生气,于是立马就忙着把话往回撤了。

"我想说的是……我想说的意思是……是那个……你们应该,度个假什么的,休息放松一下之类的……"他的声音逐渐减弱,细小如蚊蝇。

"哦,度个假!"对此提议,妮柯拉的快乐反应听上去有点歇斯底里的疯癫。度假!这可是她几乎不堪应对的一个话题。差点就无话可说,"您说起这个,可是够有趣的,因为我们最近正好谈过这回事。我会跟亨利讨论一下的,我们会告诉您我们的计划的。"趁着公婆还没来得及再说什么,她就逃离了厨房。

那天晚上,开车回家的路上,她跟亨利说起了度假的事。

"我可不认为自己还有什么精力去度假。"亨利如此回应。

"我也没那个心情,只是,我不得不说点什么,省得他们烦我们。"

"对不起你了。你家里人可不会像那样动不动就来烦人。"

"其实他们也一样烦人的,只不过没有当着你的面罢了。你知道的,他们对你这个女婿还是有些畏惧的!"

"妮柯拉,你想度假吗?"

"冬季真正到来之前,我倒是想去什么地方住上一周时间的,可我真不知道我们该去哪里。"她回应道。

"这个嘛,加那利群岛的冬日暖阳,我们反正谁也都不想去了,这一点是肯定的。"亨利接话道。

"可我也不喜欢冬天的冰雪。我对滑雪毫无兴趣。"妮柯拉表明态度。

"跟团的那种长途大巴旅游,我也懒得去。"亨利排除了这个。

"要么去巴黎?那里的冬季又冷又潮湿。"

"我们已经变得很挑剔啦,难以取悦,但你我都还没四十岁啊。"亨利突然感慨起来,"等到真的老了,天知道我们会变成什么样子呢。"

她亲热又深情地看着他。"也许,我们必须首先度过这个衰老期,然后才可能最终变得正常一些吧。"她说话声音挺轻,但语气中大体上有一种惆怅与伤感。

"我知道我们要怎么办了,"亨利说,"我们找个地方住住,天天去散步。"

"散步?"

"是的,去一个以前从未去过的地方,苏格兰高地,或者约克郡的荒野湿地。"

"或者,甚至是去威尔士?"

"都可以。到家之后,我们先找几个地方出来看一下。"

"我们不至于要住青年旅馆吧,你说呢?"妮柯拉申诉说。

"当然不!我想我们应该找个温暖舒适的酒店,热水充足,美食多多。"

妮柯拉往后靠到副驾座位的椅背上,长舒了一口气。

两年以来第一次,她终于敢相信,他们或许真的跨过了一道坎。冬季外出散心一周,固然不能化解所有的烦恼,不能消除心底所有的伤痛,但那也可以是某种复归之路的开始。

当晚稍迟些,他们回到伊舍尔的家里时,天气很冷。亨利在小壁炉里点起了木柴烤火。两年来,这是他第一次这么做。他看到妮柯拉脸上露出了惊讶的表情。

"这个嘛,既然我们拿出巨大的决心来选个地方去度假,那让我们把其他每个老框框也一起打破好了。"他主动解释。

妮柯拉给两人弄了些巧克力热饮。这是另一个第一次。无论是探望哪一方的父母归来之后,他们一般都会感到筋疲力竭。但今夜,他们似乎有了更多一些精力。他们把手提电脑放到炉火旁边的一张小桌上,开始在网上搜寻度假信息。

有些相当特别的去处可供挑选。威尔士的一座农庄,四周几英里范围内都没有村镇。但毕竟太偏僻了,他们并不想如此彻底地与世隔绝。汉普郡"新森林"的木屋,那里有小野马可能来到你的窗前,如何?或许可以考虑。但一天两天之后,每天都看野马,会不会觉得单调甚至厌倦?或者,去哈德良长城附近一座古老的驿站旅店?这当然也是可行的选项,但他们并未立刻确定。

然后,他们看到了爱尔兰西部一栋民宿大屋的图片。石头大屋位于崖壁之上,俯瞰着下面的大西洋。那里可供消遣的,有散步、观赏野鸟,还能享受到可口的美食与身心的宁静。看来那里有些东西能吸引到他们。

"也许这只是夸大其词的宣传吧……现实情况经常名不副实。"妮柯拉几乎不敢表现出什么热情。

"确实也是,但这些图片不可能是假造的吧——那里的海浪,空无一人的巨大海滩……所有那些鸟儿。"

"我们打个电话问一问?那女主人的名字是?哦,是斯达尔夫人。"

电话那头的人有轻微的美国口音:"这里是石头大屋。请问有什么可以帮到您的?"

妮柯拉解释说,她和丈夫三十多岁了,一直都在勤恳工作,需要度个假,改变一下生活节奏。关于那个民宿,对方能否多做一点介绍?

小鸡·斯达尔告诉他们,那地方很简单,没什么花哨东西。但在她自己看来,那里的环境非常安宁,能让人沉下心来,从中得到慰藉。她曾经在纽约工作过,那时每年都要回来休养几天。她喜欢在那一带走啊走,望向远处的大海。回到美国的时候,她总是感觉自己有力量和勇气去面对一切了。

她希望客人们也能得到同样的感受。

这一切听上去太好了,简直不像是真的。

"是不是大家都会兴高采烈地唱歌,你懂的,就像爱尔兰啤酒馆那样?"亨利踌躇胆怯地问道。

"我倒是很希望能那样呢。"电话那头笑出声来,"晚餐时也会上酒,那是当然的,但客人们如果想要更热闹一点的夜生活,他们可以光顾本地的酒馆,那里是有音乐的。"

"我们全都一起吃饭吗?"

这一问题的潜台词,小鸡似乎是听明白了。

"每天晚上,同桌就餐的大概会有十一二个人,但那绝不会去考验你的耐心。在开办这个民宿之前,我一直都在包膳食的寄宿公寓干活。我会确保饭桌上没有哪个客人需要强颜欢笑。这一点你大可放心。"

他们信任她,立刻就预订了客房。

亨利的父母对此感到满意。

"妮柯拉确实跟我们说过,你们是有计划的。"他母亲说道,"我还担心,我是不是瞎掺和了,但她之前说行程还没明确。"

"妈,没那回事。你没有瞎掺和。"亨利撒谎了。

妮柯拉的父母则大为惊讶。

"去爱尔兰?"他们倒吸了一口气,"英国不好吗?你们还有很多地方没去看过呢。"

"这是亨利的决定。"妮柯拉这样谎称,而这也让事情迎刃而解。她爹妈不啰唆了。老两口对女婿还真有点畏惧。

他们先飞到都柏林,再乘火车去西部。他们望向窗外,看到了小块的田野,皮毛湿乎乎的牛群,还有那些城镇——听上去都不熟悉,路牌上的地名用两种语言(英语和盖尔语)标识。这里很有异国风情,尽管当地人讲的还是英语。

正如小鸡·斯达尔打包票的,开往石桥的巴士果然与火车站无缝衔接。她说,她会开车到石桥接他们。

"可我们怎么才能认出你呢?"亨利有些不安地问道。

"我会认出你们的。"斯达尔夫人这样说,也这样做到了。

她是个身材娇小的妇人,看到他们立刻就挥手致意了。开往石头大屋的路上,三人轻松地聊着天。

那地方跟网站图片上的一模一样。一段砾石铺成的路面尽头稳稳地挺立着那座房子。白日的光线已经消退,从大屋窗子里泛出柔和的灯光。一只黑白花的猫儿蹲踞在其中一个窗台上,团成一个令人意想不到的小圆球,只看得到它的皮毛、爪子和耳朵。

他们后方就是大海。浪花裹着奶白色的轻盈泡沫,翻滚着卷向岸边,拍打在荒凉的崖壁上。陡峻的峭壁看上去很壮美,让人望而生畏的同时又能感受到海纳百川的襟怀。

小鸡用热茶和司康饼招待他们,然后领他们去客房。房间有个小阳台,正对着前方的海面。

她有让人感到心安的力量。客人的生活,或者他们选择她这家民宿的理由,她都没问。她让他们放心,说其他客人有些已经到了,看上去都挺高兴的。亨利两口子在大床上躺下,很快就迷迷糊糊地睡着了。下午五点小睡一阵!对他们来说,这是两年来的又一个第一次。

如果不是小铜锣的声音叫醒了他们,他们恐怕能继续睡上一整夜。带着一丝谨慎,他们来到楼下的大厨房,与其他人碰面。

已经聚在桌边的,有个名叫约翰的美国人。此人看上去挺面熟,但他们没法一下子就想起在哪见过他。他说,他是临时起意来这里的,因为在香侬机场误了航班。然后,有个面相愉快的护士,叫作温妮,跟她朋友一起来的,她朋友是个年龄稍长的女士,名叫莉莉安。她们是爱尔兰人,各自都挺有趣的,不难相处,但两人结伴,看起来就有点奇怪。还有个客人,唤作奈尔,是个有戒备心的老妇人,不爱说话,似乎比较内向拘谨。另外一个年轻的瑞典人,他的名字他们没怎么听清。

食物很美味,在周边游历的那些建议也很仔细很周到。并没有什么人跑到餐厅里来,拉起小提琴或手风琴,闹腾腾地唱上一通爱尔兰民谣。斯达尔夫人的侄女奥拉来收拾清理餐桌时,这群人便都随意地散去了,不用相互说些什么,也不用做什么解释。回到房间,妮柯拉和亨利几乎不敢对彼此说,这一次尝试看起来像是会成功。过去的两年间,他们已然有过太多类似的经历——开局似乎不错,但随即就遭遇失败。

一种迷信的心理魔法让他们小心翼翼,如履薄冰,但这次他们再次沉沉入睡了。陡崖下海浪冲击石壁的声音,不但没让他们受到惊扰,反倒使他们觉得舒适。

次日早晨,他们醒来,看到窗外丛云飞渡,听到风声猎猎,便觉这里是来对了,这里有着真正的新鲜空气。他们跟其他客人的熟识程度也恰到好处,不至于太熟稔而受到搅扰。他们在这里度过了美好的一天,并期待着晚上与其他客人的晚餐。第二天晚上,温妮和莉莉安久不归来,被疑失联,亨利提出参加搜救小组,以防发现她们之后需要医疗处置。斯达尔夫人说,她宁愿亨利和妮柯拉守候在大屋这里,以防失联的两个女人自己跑回来。她们已经给当地的医生戴·摩根发去预警,他在诊疗室正严阵以待。

"戴·摩根?那听上去不太像爱尔兰人的名字吧?"亨利说。

"确实不是。三十年前,他从威尔士来这里,赶上老医生巴里病倒了,他就做了代理开业医师。然后,可怜的巴里医生去世了,戴就留了下来。就是这么简单。"

"他为什么留下来?"妮柯拉问。

"因为大家都喜欢他,现在仍然如此。戴医生和安妮就在这里落脚了,安居乐业。他们有个可爱的女儿,叫贝珊,那姑娘也很喜欢这里。如今她也是医生了。真是想不到啊!"

第二天,戴·摩根巡诊来到石头大屋,看那两位女士有无健康隐患——毕竟,她们在那岩洞中被困了太久。小鸡给他端来咖啡,留他在厨房餐厅的大桌子边,跟亨利和妮柯拉聊天。亨利夫妇隔天外出散步一次,这一天就在大屋消闲。

戴医生六十五六岁,是个大个子,敦实健壮,平易随和,爽朗地笑着,让人感到踏实又放心。

"小鸡告诉我了,你俩跟我是同行啊。"他主动示好。

他们立刻就戒备起来。他们真的没心情去回答诸如此类的询问——具体有过哪些医疗实践,事业进展如何。不过,面对这么个好人,他们也不愿失礼。

"确实是这样。"妮柯拉回应。

"如果说是救人性命就有愧了。"亨利加了一句。

"呃,我想,比我们还不如的都大有人在。"戴·摩根安慰他。

三人都礼貌地微笑了。

"我会想念这个地方的。"摩根突然冒出一句。

"你要离开?"这是个意外的消息。小鸡之前完全没提过这个。

"是的。这一周才决定的。我的太太安妮确诊了,得了坏病。她想回威尔士的老家,斯旺西。她姐妹们都在那里生活,她妈妈也在那里,八十了,但身板硬朗,精神矍铄。"

"听到这个,我很遗憾。"妮柯拉说。

"病情确实跟你认为的一样糟?"亨利问。

"是的,只剩下几个月的时间了。复查过两三次,结论都差不多。"

"她能接受这个结果吗?"

"哦,安妮可谓人中龙凤,很难得。她很清楚这是怎么回事。没有过激反应,没有崩溃哭闹,最后的日子,她只想跟亲人在一起。"

"但,在那之后……"亨利问。

"我不会有心情再回来了。石桥,是我们两个人的石桥。只剩下我自己的话,就再也不一样了。"

"这里的人都喜爱你们。他们说,你改变了人们的生活。"妮柯拉表示赞赏。

"我也爱这个地方,但独自留在这里,我办不到。"

"那么,你们哪天走?"

"圣诞之前。"他简略地回道。

后来,坐在山间的一处酒馆中——黑脸的野山羊会跑来探头朝门内张望——他们聊到了摩根医生。这个男人和妻子离开家园,竟然来到如此遥远的村镇,又停留如此之久,真有些不可思议,尽管他们最终要落叶归根了。

亨利夫妇走过一段长长的海滩。除了他们,那里空旷无人。他们仍旧在说着那位威尔士医生。是什么劝导他留在了这样一个孤寂的小地方?他那时对这里的病人和他们的生活背景都一无所知。

晚上,在那能听到浪花拍击石崖声音的客房里,他们又谈论起摩根。

"你知道吗,我们实际上说的是什么?"亨利若有所思。

"知道,我们是在谈论*我们自己*,而不是他。我们能不能像他那样,找到这样一个地方,求得平静与安宁?"

"那对他有用,但可能不会对每个人都有用。"亨利慎之又慎,害怕被那潜在的心念裹挟而去。

"可是,也许有个什么地方,在那里,我们可以融入其中,能做一些事,而不只是疲于应对,去规避医疗体系的束缚。"她双眼中闪动着希望的光。

亨利身体前倾,伸出双手捧住她的脸:"妮柯拉,我真的很爱你。海伦说的没错,我是个幸运儿,有着幸福的生活,而这都是因为有了你,你是这一切的中心。"

他们发现自己越来越热衷于跟戴·摩根聊天。他看似也喜欢与他们相处。他妻子时日无多,他们并没就此说多少虚假无用的安慰话。比起与摩根第一次见面时,他们没那么沉默和拘谨了,也没那么警惕了。于是,慢慢地,他们讲出了自己的设想和希望:找到一处地方,一个小社区,能在那里出一份力,做出一点具体的贡献,实际上,就如摩根已经实践的那样。

"唉,我在这里还有很多事还没做。"戴·摩根叹气了,"如果能重来一遍,有些事情,我要做得完全不同。"

"比如说呢?"亨利的语气并不像要去打探别人的隐私,听起来倒是想要学到什么。

"比如说,附近那处新一些的联排屋,其中有个耍家暴的大混蛋。我接到求救电话,去过两次。那混蛋说他老婆迪尔德丽有眩晕症之类的病,一次从梯子上摔下来,另一次是从车上,每次都多处骨折和瘀伤。但在我看来,恐怕是他打了她。我讨厌那家伙,但我又能做什么呢?他老婆一口咬定,是她自己摔下来的。然后,到了第三次,我知道了真相。但为时已晚。她没能挺过来。"

"哦,天哪……"妮柯拉说道。

"确实,苍天何在!那个混球最后一次打她的时候,我的上帝,或者是她的上帝,跑到哪里去了?之前,我没说过这事,因为我只有直觉,一种内心深处的怀疑。因为我不信任那种直觉,但迪尔德丽却死了。"

"后来,你说过这事没有?"妮柯拉已经泪水盈眶了。

"我试着去说了,但他们不让我说。她自己的家人,兄弟姐妹,都说她的名字绝不能受到这样的玷污。她下葬时,只能被说成是一位快乐的母亲,一位深受爱戴的妻子,否则的话,她的一生就名不正言不顺。我无法理解这种说法。现在还是无法理解。但是,如果事情能重来一遍,我在第一时间就会说出真相的。"

"那个丈夫,他后来怎样了?"

"他继续生活在那里,掉了几滴鳄鱼的眼泪,说过几次'迪尔德丽啊,我苦命的老婆'。但后来,他遇上了另一个女人,完全不同的一种人。他第一次动手打她,她就径直跑到警察那里去了,因为暴力侵犯,他被逮去坐牢了,吃了半年牢饭,然后灰溜溜地远走他乡了。迪尔德丽的家人竟然自欺欺人,说这是因为妻子早逝,他太伤心了,所以才会有暴行。某种程度上,我猜想,那恐怕也有一定原因吧。"回顾起这一切,摩根看上去很是沮丧。

"你是不是总会想起这事?"妮柯拉问。

"曾经是,我一直都耿耿于怀。每天,当我经过迪尔德丽下葬的墓地时,就更是如此。每一次看到他们家的房子,我都会想起她向我起誓说是自己从梯子上摔下来时的那副神态。不过,后来安妮就开导我了,说那事让我崩溃了,除非我能克服和摆脱那个阴影,否则就对其他任何人一点帮助也没有。在某种程度上,我就跨过了那道坎。"

戴医生看到他们点头,所体现出的理解和同情是那般诚挚,于是便意识到这对夫妇是真的理解他的感受。或许,相似的事情他们也亲历过。

他小心翼翼地继续说:"安妮说,一定程度上,那是因为我把自己放在了一个中心位置,把那悲剧完全视为我的问题,是我卷入其中造成的,或者是我没干预才导致的。但有其他因素应该考虑到:那人一直都是个残忍暴躁的混蛋,稍有不满就会动拳头;而迪尔德丽始终也会是受害者。我是不是以为自己是什么正义的天使,下凡来主持公道,为受欺凌者复仇? 安妮的这个提醒有道理。"

"于是你原谅了自己?"亨利问。

"就在那时,发生了另外一件事。我守在诊疗室,奥哈拉家的一个小男孩被送了过来。他妈妈说孩子胃疼或是肚子生虫了什么的,还呕吐。她还说孩子非常嗜睡,并且发烧了。我感到不对头,所以给孩子做了详细的检查。我怀疑他得了脑膜炎,随即打电话通知了医院。他们说,需要立刻把孩子送过去,化验确定病情。如果要等救护车过来接孩子的话,时间太久,于是我抱起孩子冲出门外,让他妈妈和他在车后座坐好。我像疯了似的疾速开车奔向医院。那里已经准备好了化验程序和抗生素,结果我们救了那孩子的命。现在,他可是个壮实的大块头啦,能喝得很,可以代表这个郡去参加比赛了。喝酒归喝酒,他仍然是个好小伙子。对他们家最小的那个男孩沙伊非常好,有那么一点照顾的意思。每次我经过时,他都会说:'就是这个大好人救过我的命。'我就要他说出一个可信的理由,告诉我为什么听到他这样说我会高兴。不过,我知道我确实挺高兴的。毕竟,我曾经改变了一个危急局面。"

"我敢肯定,那不仅仅是曾经而已。"妮柯拉评价道。

"或许吧,但那在某种程度上也是对我的救赎。说实话,那时候我急需这样的救赎。"

亨利和妮柯拉坐在石头大屋的客房里,等着晚餐的小铜锣敲响。两人还在谈论着摩根。

"救赎……我们所寻找的就是这个。"妮柯拉说。

"也许,童话里的那个牙仙能为我们找到一点吧。"亨利并非对此不屑一顾或冷嘲热讽,他实际上是在微笑着,一边握住了妮柯拉的手。

他俩是最早下楼吃晚餐的。

小鸡和侄女奥拉在为客人们准备酒水饮料,放了一托盘。她们正认真地说着什么事。

"他们又能怎么办呢,小鸡?用链子锁上他的腿,固定在床头?"

"当然不是,可他们也不能让他夜晚时独自出去游荡。"

"是要拦住他。不过,他还是会跑出去的……"

看到妮柯拉和亨利,她们立刻停住不说了。小鸡很有职业操守,自家的事务从不会当着客人的面讨论。这地方运转得相当顺利,几乎毫不费力,但这都是因为有细致周到的准备。她们问妮柯拉和亨利白天去哪里活动了。听说两人看到雁鹅在湖附近的湿地上昂首漫步,她们便拿出鸟类百科图书,查找那野禽的品种。那鸟儿有粉色的双腿和大大的橙色的喙。

"我觉得那应该是灰雁。"小鸡翻动《爱尔兰鸟类》的书页,"你们看,是不是这个样子?"

他们认为看到的就是这种鸟。

"它们每年从冰岛飞过来。想象一下有多远!"小鸡不说话了,以此强调她的惊奇之情。

"像你这样知道这么多关于野鸟的知识,真是太有意思了。"想到灰雁从冰岛飞过来,小鸡就一脸心驰神往。她的样子让妮柯拉心生羡慕。

"哎呀,实在是很业余的。我们本来指望能有个真正的观鸟内行来陪同你们的。那是本地的一个男孩,叫沙伊·奥哈拉。天上飞的每一只鸟,每一个品种,他都了如指掌。但这个设想没能实现。"

"如果他好好的,这事让他来做就再合适不过了。"奥拉悲哀地摇摇头。

小鸡意识到,这话有必要给出一点解释:"这些天,沙伊的状态不太好。他老是很沮丧,情绪低落。没人能跟他说上两句。我们都希望这只是暂时的。"

"青少年抑郁消沉是非常严重的问题。"亨利指出。

"呃,我知道是那样的。戴医生照管着这个小家伙,但沙伊不愿吃药,也不肯去见心理咨询师,不想跟任何人交流。"小鸡连连叹气。

其他客人开始相继来到餐厅,这话题就先被搁置一旁了。

妮柯拉旁边坐着的是那个美国老帅哥。他还是自称约翰。他新认识了名叫弗兰克·韩拉迪的一个当地人,两人成了朋友。弗兰克开着一台粉色小货车,载他驶过好几英里的山路,去拜访一位年迈的电影导演。数年前,那老人退隐,在世界的这一个小角落定居了。那老绅士快乐自足,令人如沐春风,还请他们喝了荨麻嫩芽做的汤。

"他认出你没有?"妮柯拉一不留神,就这样脱口而出。

直到现在,他们还没公开明确地道出真相:约翰实际上是个电影演员,是明星。

约翰倒也没惊讶,而是坦然平淡地接话了:"认出来了,他很抬举我,说知道我的一些作品。但他自己才真是有趣。他养了鸡,告诉你吧,还有蜂箱用来取蜜,外加一头山羊。他的屋子里放满了书——我至今遇到过的人里,没有谁像他那样快乐。"

"真是奇人。"妮柯拉一脸神往幽思,"能那么快乐,一定是很美妙的事。"

约翰目光敏锐地看看她,但没再多说。

上床安歇之前,他们出去呼吸了一点清新冷冽的海洋空气,正好碰到奥拉骑着单车回她自己的住处。

"这里的风景,你看久了不厌倦吗?"亨利问她。

"没有啦。以前在伦敦的时候,我可是很思念这里的。有人说这里景色挺凄凉。我就不这样觉得。"

"你们说过的那个可怜的孩子,那个野鸟专家,他有什么看法?他也觉得这种景色凄凉吗?"

"沙伊,他觉得一切都是悲哀凄惶的。"奥拉边说边骑车远去了。

凌晨三点,亨利和妮柯拉被鸟儿惊慌失措、彼此呼喊的叫声吵醒了。显然时间还早,还没到它们黎明合唱或者海鸥清晨集结的时间。或许,是一只遭遇不幸的鸟儿落在了他们的小阳台上。

他们起床来一探究竟。

月光照亮的海面上映出一个男孩的轮廓,他穿着单薄的套头卫衣,双手环抱肩膀,头往后仰,抽泣着。

那肯定是沙伊。沙伊,那个觉得一切都悲哀的孩子。

几乎没有相互商量片刻,夫妻俩就穿上外套和鞋子下楼了。他们走进了冬夜寒冷的空气中。

那少年的眼睛闭着,脸庞扭曲歪斜。他仍然在大声哭喊着什么,但他们无法听明白那些言语。他浑身颤抖,瘦瘦的肩背因为绝望而缩成一团。他就站在陡崖边上,非常危险。

他们稳步向他走过去,一边还装作在交谈。弄出这些声音,是为了免得默默靠近会惊吓到他。

他睁开眼,看到了他们。"你们休想让我改变主意。"他发出警告。

"不会,那是肯定的。"亨利回答。

"你这话是什么意思?"

"我是指,你说的没错。我不指望让你改变主意。即使你现在不那么做,今夜过一会儿,或者下周,你也会做的。这个我明白。"

"那你为什么还想要阻止我?"

"阻止你?我们不是在试图阻止你。妮柯拉,我们是要阻止他吗?"

"不是。老天在上,我们没这个想法。人们有权去做他们想做的事。"

"那么,你们来这里是要干什么?"他的眼睛很大,充满了恐惧,瘦弱的身躯抖抖索索。

"我们就想问问你灰雁的事情。我们白天看到了一只。我估摸着它是从冰岛飞过来的。"

"看到灰雁根本没什么好奇怪的。这个时节,它们当然会迁徙到这里。现在,如果你看到雪雁,那就值得一说了。"沙伊果然很在行。

"雪雁?那也是从冰岛飞过来的?"妮柯拉挪到了少年身后,但几乎不露痕迹,仿佛完全出于无意,一边茫然地望向海面,似乎是希望能在月光下看到一只雪雁。

"不是。它们来自加拿大北极地区,格陵兰岛一带。在东海岸的维克斯福德,你可以看到它们。它们不太来这里。"

"你看到过它们吗?"亨利追问。

"呃,看过,也算常看到,但正如我说的,不是在这一带。去年,我看过一只豆雁。那倒是相当少见的。"

"啊,豆雁!"亨利有意在语气中透露出敬畏、崇拜和叹赏的意思。

那孩子笑了笑。

"可不可以到屋里去给我们看看豆雁?那里有一本鸟类图册。"妮柯拉似乎是漫不经心地,刚刚才冒出这么个想法。

"呃,不行。我一去,小鸡就只会反反复复地唠叨,劝我去看医生。我讨厌医生。"

"哦,我懂的。"妮柯拉朝天翻翻眼,仿佛很赞同男孩的意见。

"不过,你们自己可以查看这些鸟类。她那里这些书全都有。"

"那可不一样。你能给我们讲解的……"

"不行,我感觉不好,没心情。"他想要后退,但妮柯拉就在他身后。

她温柔地拉住他的胳膊:"请跟我们进屋坐坐吧。你知道吗,亨利就是睡不着,你来讲讲那些鸟儿,会对我们有很大帮助的。"

"那好吧。就稍微坐一会儿。"他跟着两人走进了石头大屋的厨房。

他们拿来一件大大的方格花呢夹克给他套上,把他那薄薄的卫衣放在暖气片上烘干。妮柯拉弄了茶,他们一起吃了几片面包和一点奶酪。奥哈拉家里人赶来,激动地喊出他的名字时,他还在那里给他们解释如何区分白颊黑雁和短颈小黑雁。

家人看到了沙伊放在他们桌上的字条,留言说他对不起所有亲人了,但那是唯一的解脱办法。他们一边在陡崖间奔跑搜寻,一边焦急地祈祷,但愿这些努力还来得及。

沙伊的父亲在餐室桌边坐下,整个人都垮了,哭得像个小孩子。

他们给沙伊的妈妈打去电话通报消息。她受到的精神冲击过于巨大,没能跟其他人一起出来找孩子。小鸡也已经来到了楼下,沉着地应对这一局面,仿佛这是预期中的日常事务。

"我们需要联系医生。"沙伊的姐姐提出来。

沙伊抬头看看,对这个主张显然感到厌烦。

小鸡刚想解释,说现场已经有两位医生了。但亨利摇头制止了她。

"我相信,戴医生会来的。"他开口道。

"他会清楚该做什么的。"妮柯拉随即附和。

小鸡也听懂了。

第二天早餐时,他们没有谈论这件事。但奥拉已经听说了,整个石桥的居民们也得知了两个英国游客是如何劝导那个男孩放弃了自杀计划。上餐时,奥拉感激地看着亨利夫妇。

有几个客人提到,他们在夜里模糊地听到了喊叫声。一点小事,小鸡解释道,其实也没事,不必在意,于是大家又接着聊这天各自的活动计划了。

上午稍迟一些时,他们去拜访戴·摩根。

"就是因为你们,有个人今天才会继续活着。"他表示赞赏。

"可是,能持续多久呢?"亨利感到疑虑,"他会再一次那么干的,不是吗?"

"或许不会吧。他已经同意去住院观察了。他答应会好好接受药物治疗,也许会跟心理咨询师谈谈。尽管这事不会立竿见影,但跟以前比,毕竟是走上了该走的轨道。"

亨利和妮柯拉相互看了一眼。

戴接着说下去:"我自己的事要尽快行动了,不能再拖延。今天开始,我就要告诉街坊们,我要搬走。我就是寻思着……那有点异想天开了,不现实,但我还是想问问……"

他们知道他要说什么。

"这里需要一个代理医师,顶上几个月的班。你们可不可以考虑一下?"

"他们不会信任我们的。我们是外人。"

"我曾经也是外人。"

"但还是不一样。这里的乡亲对我们的情况都一无所知。"

"他们知道你们救了沙伊·奥哈拉的命。那可是比任何一张名片都管用。"戴·摩根让他们放心。

然后,要讨论的事情就很多了,因为要做出计划安排。

"不需要跟我一样,一干就是三十年。"戴提醒他们。

他看着这对夫妇:两人并肩站在冬日的阳光里,前所未有地松弛和自在。

"可话说回来,当然啰,在这里,你们甚至可以干得更长久。"他补上一句。

安德斯

还在上学时，当人家问安德斯长大了要做什么时，他总是说，他要像爸爸和祖父一样当个会计。他要为自己家那个很大的家族生意工作，事务所在斯德哥尔摩的办公室，高档又气派。奥姆科维斯特是瑞典历史最久的家族企业之一，他会这样自豪地告诉你。

安德斯是个很快乐的孩子，柔软蓬松的金发从额前垂挂到眼睛这里。他从小就喜爱音乐，五岁的时候便会弹钢琴，而且水平令人称道。长大一些之后，他跟父母要了一把吉他，开始自学。每天晚上做完作业，他就在房间里玩他的吉他。然后，他们的女管家弗洛·卡尔松向这位小主人介绍了"尼柯尔竖琴"（nyckelharpa）——瑞典传统的弦乐器，有点像带按键的提琴。琴传自弗洛的爷爷。她从爷爷那里学会了演奏，现在又表演给安德斯看。她教他在那老琴上演奏一些瑞典经典民谣，而这少年立刻就迷上了那天籁般的美妙琴音。

他和父母，也即帕特里克和格妮拉·奥姆科维斯特夫妇，还有弗洛，以及宠物狗利瓦，住在一套漂亮的公寓房里，楼上可以俯瞰"皇家猎场"公园和运河。他告诉别人，他上的是瑞典最好的学校，而利瓦则是世上最好的狗狗。夸赞老爸的办公室，只是他那惬意满足的生活，他那幸福世界的又一部分罢了。他的两个亲戚，堂姐克拉拉和堂哥麦茨，已经在家族事务所里实习了，为的是在攻读财务课程的同时也得到具体的工作经验。麦茨有点儿自视甚高,但克拉拉就非常踏实,一步一个脚印,已经把业务的里里外外都掌握了。他们知道,作为家族后嗣和继承人,安德斯最终会把钢琴以及尼柯尔竖琴丢到一边,去读大学,适当的打磨和训练之后,就会接手迟早要交给他的那个职位。在那期间,他们打算经常带他出去喝喝咖啡,跟他讲讲他们所接触到的那些客户的逸闻趣事。

来自商界、体育界和娱乐界的各种各样的名流,从公司办公室的大拱门间穿行来去。董事局会议室里的讨论商洽,高档餐馆私人包间里郑重其事的午餐。办公室里的每个人都着装考究。麦茨穿设计师品牌套装,衬衫整洁得体,无可挑剔,而克拉拉的样子始终那么优雅干练。尽管她穿着简练低调、严肃正式的商务职业装,但看上去的感觉却好像随时可以走上T台。在奥姆科维斯特事务所,效率、格调和审慎明智,是企业精神的宣传口号。麦茨和克拉拉的形象与言行,也正是体现出这个意思。安德斯却感到疑惑,在这个商业世界里,他是否也能游刃有余、轻松自如。

安德斯觉得最难对付的,是格调这一方面的要求。其他人的穿戴打扮,他几乎视而不见,一直都只喜欢穿自己觉得舒服自在的衣服。手工定制的鞋子,走时精准的瑞士表,真丝领带,这些东西有何重要,他简直无法理解,而他沉醉其中的民间音乐,他们当然也完全不懂有何乐趣。

妈妈有时亲切又疼爱地拿他打趣。

"安德斯,剪裁精良的衣服会让你看上去更帅的,会帅上很多。如果你穿得考究又时髦,姑娘们都会爱你的。"

"她们不会只注意衣服的。她们假如喜欢我就会喜欢,要么就是不喜欢。"这时他十五岁,举止笨拙,对自己缺乏信心。

"你错了,大错特错。她们会爱上你的,但首先她们要看看你的样子呀。第一印象至关重要。相信我,这一点我很清楚。"格妮拉·奥姆科维斯特总是那么优雅精致。她在一家电视台工作,那里对穿着打扮的要求自然很高。她要充分准备好这一天的活动后才会走出家门。她去上班,需要走两公里路,穿的是跑鞋。那些漂亮的高跟鞋被她放在办公室置物架的最底层——总共备有七双。

她想方设法引导安德斯去穿得更时髦更光鲜,尽力想让儿子对衣着产生热情,但事实上,安德斯对那一点兴趣也没有。到了儿子十八岁的时候,她停止了诱哄劝导。

"安德斯,这可不再是玩笑话了。你看,如果你是在军队,那你必须穿制服。如果你要去外交部门做事,那穿什么衣服,都是有规矩的。你往后要在奥姆科维斯特会计师事务所工作。公司里有规定需要遵守。大家对你抱有期望。"

"我去学会计,那不就结了吗?那不就是家里对我的期望吗?"

"那只是其中的一部分。另外也包括尊重家族传统,包括融入和适应。"这一次,妈妈的语调中有些不同以往的东西,有些怪异的痕迹。

他抬头看妈妈:"那些根本没有什么是重要的,不是吗?那跟生活没多大关系。"

"我跟你说过的话,如果别的你都记不住,那一定要记住这个。我承认你说得对,从生活的大局来看,这也可以被认为不重要,但这是举手之劳,可以让你的生活更轻松、更顺利。我想说的就是这么多。我只要你记住,我告诉过你这个。"

妈妈说的话怎么听起来如此奇怪?

"你总是在谈论衣服、时尚这些东西。我没必要记住这个,因为你会不断提醒我的。"他朝妈妈微笑,希望会一切如常。

但一切都不会照旧了。

"要是那样的话,我现在就不会在这里跟你说这个了。"她的声音听上去就仿佛喉咙缩紧了,"那也正是你现在要听我说的原因,这很重要。我要走了。我要离开你爸爸。今年秋天,你就要去上大学。我们家的情况变了,你也应该改变。"

"他知道你要走吗?"安德斯的说话声如同低语。

"知道。他知道我会一直等到你高中毕业才走。我要去伦敦。我在那里找到了一份工作,也要在那里安家。"

"可是,你在那里不会孤单吗?"

"不会。安德斯,我在这里反倒是非常孤单寂寞。你父亲跟我有隔阂,我们越来越疏远,已经有很长一段时间了。公司就是他的老婆。他应该一点也不会想我的。"

"但……我会想你的!这不可能是真的!我怎么一点迹象也没看到,什么也没听说?"

"那是因为我们都非常谨慎。在此之前,没必要让你知道有什么异常的。"

"你在伦敦有别的人吗?"他心里清楚,自己这样问就像个七岁的傻孩子。

"是的,有个蛮和善的人,他叫威廉,风趣也暖心。我们在一起时总是充满了笑声。我希望,在以后的日子里,你能慢慢地认识他,并且喜欢他。不过,为了你父亲,请你务必记住我说过的,就是要注意穿戴。那会让你的整个生活变得简单很多。"

他扭过头去,免得妈妈看到他脸上的痛苦或烦恼。妈妈要去伦敦了,去跟一个能逗她笑、名叫威廉的家伙一起过日子了。眼看就要走了,可她在这里说些什么呢?讲的还是衣服!该死的衣服!他感到自己的世界似乎颠倒了,所有的东西都滑向一旁,失去了中心。

表面上,他父母的关系并未疏远。上个周五,他们还举办了晚宴派对。爸爸向桌子对面的妈妈举起酒杯:"这一杯,敬我美丽的太太。"他就是这样说的。而他竟然一直都知道,她要离开他去找那个威廉!

这不可能是真的,怎么可能?

妈妈站在那里,她不敢触碰儿子,她怕他会挣脱她,把她甩到一边:"我爱你,安德斯。你可能觉得这很难相信,但我真的爱你。你爸爸也是。非常爱你。他并没有表现出来,但那份感情就在那里。他为你感到骄傲,深深地爱着你。"

"骄傲和爱是不同的东西,"安德斯辩驳道,"他也为你骄傲吗?他爱你吗?"有生以来第一次,安德斯目光定定地看着妈妈。

"我把自己这方面的事情打理好,他对此引以为豪。家务,我管得好好的;所有那些晚宴,不管多频繁、多漫长,我都陪着他,打扮得时髦又端庄,给他撑场面;他请客时,我就当好女主人。我为他生了个儿子。我想,他对我是感到满意的,没错。"

"但他爱你吗?"

"我不知道,安德斯。除了事务所和你,我想他大概没爱过别的什么。"

"听他说话的语气,好像也并不爱我。他总是那么冷淡,一点都不亲近。"

"他就是那样的人。他也一直会那样的。但从你出生到现在,我都在你身边,也都看在眼里,你爸实际上是爱你的。他只是不善表达罢了。"

"如果他对你表达过,那你能留下来吗?"

"这是个不现实的假设。就像你希望一个正方形能变成圆形那样。"妈妈态度明确。安德斯相信妈妈,于是伸出了双手,妈妈在他怀抱里啜泣了好久。

接下来,一切都进展得很迅速。

格妮拉将自己的衣物整理打包,但把所有的首饰都留下了——弗洛·卡尔松在一旁怀疑地看着,对女主人的决定心存芥蒂。一个掩人耳目的故事编造好了。一家卫星电视台向格妮拉提供了在伦敦的这个工作职位。如果让这样一个机会白白溜掉,那简直就是犯罪。安德斯反正就要去读大学了,她丈夫对此举也是全力支持。这样说起来,就不会有什么负面舆论,来指责妻子扔下家庭跑了,来揭露这一场失败的婚姻。没有什么猛料可供狗血八卦煽风点火——奥姆科维斯特公司的任何丑闻,外界一定会津津乐道,而丑闻与这个沉稳的家族自然是格格不入的。

帕特里克·奥姆科维斯特看上去谦恭低调、心怀感激。跟自己的独生儿子,他从未讨论过这个变故。安德斯开始注意发型了,同意让裁缝给他量体定制西服。看到这些,帕特里克显得挺高兴。

他还注意到安德斯在办公室待的时间越来越长。

安德斯的妈妈走之前的那个晚上,他们三个一起外出就餐。帕特里克向妻子举起酒杯:"祝你在伦敦如愿,找到想要的一切。"

安德斯难以置信地看着他们。二十年的共同生活,二十个春秋的希望和梦想结束了,而他的父母却仍在扮演各自的角色。每个人都是这样演戏吗？那一刻起，他有了一种感觉，就是感觉自己永远也不会去恋爱了。爱情只存在于情歌里，诗人和做梦的人才相信。现实生活中，人们没有爱情。

第二天，他动身去哥德堡上大学了。他的新生活就此开始。

在那里才一周，他就遇见了艾丽卡，一个学纺织和服装设计的女生。在一个派对上，她直接向他走过来，邀请他跳一支舞。

后来，他问她那个晚上为什么会主动接近自己。

"你看上去利落又时尚，这就是全部的原因。不是那种邋遢的样子。"她给出解释。

安德斯非常失望。"那一类东西有关系吗？"他问。

"有关系。那表示你对自己的形象在意，对与你相见的人在意，因为你要在别人面前表现出一个好样子。就是这么回事。我讨厌邋遢的人。"她有话直说。

从那以后，他们就成了情侣。至少看起来是。艾丽卡喜欢烹饪，但她只是有心情的时候才做饭，做也只做她喜欢做的菜式。另外，她也很喜欢呼朋引伴去她的公寓聚会。当她得知安德斯会演奏尼柯尔竖琴时，就大为震惊——他竟然没把竖琴带到学校来。于是，一等到他下次回家，她就坚持让他把竖琴带过来。然后，她就开始在自己住处筹划组织爵士乐即兴演奏会，并承诺要做最美味的晚餐犒赏大家。

艾丽卡身形娇小，很风趣，认为女权与时髦衣装并非水火不容。有任何活动，她都愿意盛装出席。每当参加什么派对，她成为全场最迷人最时尚的美女时，安德斯总是如梦方醒，有点受宠若惊之感。他们相处愉快,彼此欢声笑语不断。很快,两人变得如胶似漆,难以分离了。

就在复活节前夕,她告诉他,她永远不会嫁给他,因为她认为婚姻是某种形式的奴役,但她一辈子都会爱着他。她说,她必须快刀斩乱麻,尽早把这一点向他解释清楚,以免有任何含糊的灰色地带。

安德斯被吓了一跳。他还根本没求过婚,也没有过那种暗示。但一切看来也没什么不好,于是他就随遇而安,继续着这份恋情。

艾丽卡邀请他一起回家见父母。

她爸爸经营着一间小餐馆;妈妈是开出租车的。他们对安德斯热情欢迎,而安德斯则很羡慕这一家人的家庭生活。艾丽卡的妹妹和弟弟,是一对双胞胎,十二岁,什么事情都要掺和进来,什么话题都会跟父母快乐地争论一番,百无禁忌,从零花钱到隆胸,从上帝到王室家族——在奥姆科维斯特家的屋顶下,可从来没有谈论过这些。双胞胎问艾丽卡,她何时会去见安德斯的家人。安德斯还没来得及开口,艾丽卡就迅速回答说不着急的。她是一种后天习得的口味(原先厌恶某物,后来却成为嗜好),她解释说,要让别人欢迎她进家门,那得花更长一点的时间来缓冲。

"什么叫后天习得的口味?"她的弟弟问道。

"你自己查词典去。"艾丽卡戏弄他。

过了一段时间,安德斯说:"如果你能跟我到爸爸那边去待上三两天,那我会很高兴的。"

"没门。我可不想让那位老人家心脏病突发。不过,我也许可以跟你去伦敦,到你妈那儿看看。"

"我不敢肯定这会不会是个好主意……"

"你只是不想见到那个威廉罢了,你不愿想到他跟你妈妈睡一起了。就是这么回事。"

"这不是事实。"他这样否认,但没一会儿就无法再继续自欺欺人了,"好吧,我承认,我想,你说的也有些对。"

"我们来看看,能不能把去伦敦的事安排好。我会试一试,找个短期项目,那样我们提高一下英语水平,*同时*在伦敦观光游览,还能看看你妈的那个新伴儿到底怎么样。"

伦敦之旅最终成行,是在四月份。所有的公园和小花园里,水仙都开花了。万物复苏,一切都生动起来,亮晶晶的。格妮拉和威廉住在一栋雅致的独立屋中,屋子位于一处漂亮的街区,离帝国军事博物馆相当近。从那里去泰晤士河边,去伦敦因以闻名的所有那些历史古迹和王家胜地,都只要步行几分钟。这是他们第一次来到这个城市,亲眼看到这里丰富多彩和忙碌繁华的一切。一开始,拥挤和喧嚣的人群令人畏怯与气馁,但他们还是满怀热情地一头扎进去,决意让每时每刻都得到最大收获。

儿子带女友来,格妮拉感到高兴和自在。作为奥姆科维斯特家族下一位接班人的伴侣,艾丽卡是否合适?即使她对此有疑问,也绝不会提及,连委婉地暗示一下也不会。威廉显得非常热情好客,从他的电视制作公司特地休了三天假,领着两位年轻来客去探访真正的伦敦。第一站是伦敦眼。坐上这个摩天轮,四面八方都能望到数英里以外。他事先查找了几个城中的民谣音乐特色酒吧,这样的话,只要安德斯他们愿意,就可以自己跑出去消遣一个晚上。让安德斯喜出望外的是,威廉甚至还发现了一个会有尼柯尔竖琴表演的啤酒馆,那是在不太远的伯蒙西一带,酒馆正举办一个斯堪的纳维亚主题活动。

安德斯意识到,自己跟妈妈说话比以前轻松了不少。她也不再责备他不修边幅、衣着品位差了。实际上,她现在对儿子倒是满心的赞赏。

"艾丽卡蛮讨喜的。"她告诉安德斯,"你带她见过你爸没有?"

"还没有。你知道的……"

即便他妈妈对个中原委确实心知肚明,她也不会接着说下去的。

"不要拖延得太久。尽快带她去见他。艾丽卡是个很可爱的姑娘。"

"但你知道他有多么世故,他是多么介意人家是做什么的,属于哪个阶层。你难道忘了他是什么样的人?艾丽卡敢说敢为,对自己的权益毫不含糊。她讨厌大公司。我爸爸成天往来接触的那种人,她是无法容忍的。"

"她有教养,很礼貌,不会让那种情绪有丝毫的流露。"

安德斯希望自己能相信妈妈的话。

格妮拉想了解一下事务所的状况。安德斯回家的时候,公司办公室去得多吗?

"我实际上不经常回家的。"他如实回答。

"你应该多去看看的,留意一下业务,那可是你的领地,是你要继承的家业。你爸爸会喜欢的。"

"他从没要求我那样,也没有过什么建议或提示。"

"那是因为你从未主动过,因为你从不去看一看。"妈妈点拨他。

回到瑞典,安德斯给父亲打去电话。两人的交谈很正式,仿佛帕特里克·奥姆科维斯特是在跟一个泛泛之交说话。安德斯尽其所能才揣摩体会到,在听说他夏天要回去,并希望能在事务所干点活时,他父亲听起来挺高兴的。

"最好是做那些我不会造成多大损害的业务。"安德斯提议。

"大家都会不遗余力帮助你的,不会怕麻烦的。"父亲承诺。

果然如此。安德斯略带尴尬地注意到,事务所的人们确实不厌其烦地来帮助他,鼓励他。跟他说话时,他们都表现出一种尊敬的姿态。对一个实习生,一个还在读大学的年轻人如此逢迎,是相当过分了。这只是因为,他确定无疑是家族的"王储",是等待即位的王子。谁也不愿冒犯他。他是公司的未来。

甚至是两位堂亲,麦茨和克拉拉,也急切地想让他看到,他们是如何兢兢业业、尽心尽职。他们不断给他汇报最新讯息和全部事情的进度,以及展现他们在各自的领域又是如何得心应手。他们不辞辛劳地想搞清楚什么东西能让安德斯感兴趣。他似乎并不喜欢高档餐馆的昂贵美食。生意场上的八卦传闻,他好像也不关心。甚至竞争对手的失算和落败,他都不感兴趣。

他是个谜。

安德斯的兴趣到底在哪里?他的父亲似乎也对此感到困难。关于儿子在大学里的生活,他问了些体贴而客气的问题。比如,除了学术上的成就,老师们是否也在相应行业里有过实战经验。

安德斯有无其他兴趣,有无恋爱,或者是否还爱好音乐,是否仍然在玩尼柯尔竖琴,或者甚至是他的朋友,父亲都一概不问。晚上,他们坐在奥斯特马尔姆区的公寓房里,谈论的都是事务所,还有白天刚见过的那些形形色色的客户。有时候,他们去帕特里克最喜欢的餐馆吃饭。

不然的话,就是在家中用晚餐,在餐桌边端坐,吃冷肉和奶酪——那是弗洛·卡尔松给父子俩准备好的——这位寡言少语的女管家对主人眼下的日子颇不赞成。父亲说得越多,安德斯对他了解得反倒越少了。这个男人没有生活——有的只是他在奥姆科维斯特事务所的那种职业人生。

安德斯向妈妈承诺过,要做出努力来打破父亲的缄默。但事实证明,这比他意想中的要远为困难。他于是试着说起了艾丽卡。

"爸,我有这么个女朋友。她是我同校的学生。"

"那挺好。"父亲含糊地、赞同地点点头,就仿佛儿子刚才说的只是他新买了一台手提电脑。

"我见过她的家人了。我想,我或许可以邀请艾丽卡来这里住上几天。"

"这里?"父亲大为惊骇。

"呃,是的。"

"可她在这里整天能干什么呢?"

"我想她可以在市里观光一下,我们可以约好一起吃午餐。我还可以抽几天空,带她到处转转。"

"这是当然的,只要你愿意的话……当然没问题。"

"她跟我一起去伦敦看过妈妈了。"

"哦,是吗?"

"结果情况很好。在那里,她发现有很多事情可做。"

"可以想象,每个人在伦敦都能找到消遣的。但这里就相当不一样了。"父亲还是一副冷冰冰的样子。

"老爸,我很喜欢她。"

"好,那就好。"他那语气,就好像是要防止有任何感情来挡住他的路。

"说实话,我们打算同居了。"现在,他透露出这一实质信息。

"我真不知道,你怎么会认为自己有能力支付那些开销。"

"呃,我想,既然我现在跟您在一起,那也许是我们可以讨论一下的事情。下周,我能邀请艾丽卡过来吗?"

"如果你想的话,那就请她来吧。所有的安排,都跟弗洛·卡尔松知会一下。她要为你朋友准备一个睡房。"

"爸,我和她要住一起。我想,她可以睡在我房间里。"

"你的那些道德观念和行为标准,我不想强加给弗洛。"

"老爸,那不是我的道德观念。如今可是二十一世纪了!"

"我知道。不过,即使按照你妈对现实的那种肤浅的理解,她还是能意识到谨言慎行以及保持个人生活隐私的重要性。弗洛会给你的女朋友准备好一个房间。你们到底怎么睡,自己安排好了。"

"我让您生气了?"

"根本没有。实际上,我欣赏你的直率,但我肯定,你也看到了我的立场。"他讲话就像是在办公室一样,从未提高过音量,对自己绝对正确的那种信念也从未动摇过。

七月的第一周,艾丽卡坐火车来到斯德哥尔摩。她有满肚子有关同行乘客的故事可讲。她穿着牛仔裤与一件大红色的夹克,大大的背包里装着要完成的课业。她说,她每天上午都要学习,然后跟安德斯碰面共进午餐。

"我爸,他坚持要带我们去高端场所。"他紧张地开口。

"反正你给自己置办了一些时髦衣服,穿上去不就行了。"

"我的意思不是说我。我意思是……"

"不用担心,安德斯。我带了鞋子来的,还有晚礼服。"她回应。

她确实有备而来。三人一起去帕特里克最钟爱的那间餐馆。艾丽卡穿着小巧的黑色长裙,配上艳粉色的披巾和漂亮的高跟鞋,看上去光彩熠熠。她耐心地倾听,聪明地适时插话提问。她开开心心地说起自己的家庭:那小魔鬼一般的双胞胎弟弟和妹妹,她妈妈在出租车行业中所经历的种种奇遇,她父亲餐馆里提供的腌制鲱鱼——不带重样的,多达三十七种。关于伦敦之行,以及安德斯的妈妈如何尽善尽美地款待他们,她都轻松地娓娓道来。她甚至毫不避讳,谈起了威廉。

"奥姆科维斯特先生,因为眼下的情况,还有种种其他因素,您大概不认识这个人,但他真的非常好。他竟然找到了伯蒙西的一个啤酒馆,那里有尼柯尔竖琴表演——安德斯喜爱这种乐器。然后我们去了一个餐馆吃晚饭,餐厅的金箔马赛克天花板可真是令人称奇、大开眼界。他有一家电视制作公司,您听说过没有?当然了,这完全是一个资本家。任何形式的社会福利救济,他都反对:他把那叫作财物施舍。但同时,他也很慷慨,乐于助人。这证明,人不能被简单归类。"

安德斯焦灼不安地看着父亲。面对奥姆科维斯特的老板,人们一般不会这样说话的。他们通常都会回避诸如不平等和特权之类的话题。但这场交谈,他父亲完全能应对,平心静气,安之若素。似乎他是在跟一个无关痛痒的泛泛之交说话。关于艾丽卡的学业,或者她对未来的期望和规划,他没有问一个字。

安德斯暗中寻思,除了那间一辈子都在为之忙碌的事务所,父亲可曾对别的什么事物显露过任何的热情或渴望?

艾丽卡则没有这些忧虑:"他只不过是视野狭隘罢了。很多人都是那样。他那代人就这样。我爸也是,什么都不关心,什么都不在乎,除了酒水的应征税率,还有顾客们的动向——他们搭乘轮渡去丹麦买便宜的酒回来喝。我妈就偏执一念,老念叨有必要推广女性专用的出租车。你爸呢,就总关注那些合法避税途径,怎么做好资产管理和信托投资之类的事情。在他那个世界里,那些客户所需要的就是这些。不要再对此大惊小怪了。"

"但那不是正常的生活吧。"安德斯依旧坚持。

艾丽卡耸耸肩:"对他来说,那就是正常的。一直都正常,也将永远正常下去。作为一个人,你想要的东西才是重要的。"

"无论如何,我可不想这样了结一生,除了办公室就对什么也没兴趣。我不想那样,就像你说的,视野狭隘。"

"那么,你就该让自己不狭隘啦。今晚我们出去,怎样?找点好音乐享受一下?"

对任何一件事,艾丽卡都采用完全务实的策略。她对弗洛假装每晚都睡在客卧。营造如此假象,她觉得也无可指摘。她说,这不是问题,只不过是向对方表示尊重而已。

一周转眼即逝,安德斯又只能跟父亲坐在那空落落的屋内,谈的全都是账目审计、新业务和兼并之类的——无非是当天工作的那些重要事项。安德斯发现,他开始喜欢上了商务会谈,在磋商谈判中也发觉了乐趣。但他更盼望返校,与艾丽卡一起搬进他的新公寓。他觉察到,自己要离开事务所,这让堂哥堂姐两人似乎如释重负。他父亲还是无动于衷的淡漠样子,很正式地跟他握手道别,说希望他能好好学习,把当今的最新见解和经济理论带回到奥姆科维斯特公司。

一旦回到校园，在安德斯听来，父亲的声音就仿佛是来自另一个星球的奇异信号。

日月如梭。按照向妈妈承诺过的那样，他跟父亲保持着联系。每十天左右，他就给父亲打个电话——都是那种呆板僵硬的对话，说到后面无非是谈谈奥姆科维斯特内部的人事情况，或者是又有什么新客户新业务有望敲定。有时候，他会告诉父亲自己最近接触到的财务业内的一个进展，或者税法的一个新内容，或者是跟艾丽卡的父母一起去地中海马略卡岛度过的长周末。但每当通话结束时他总是感到松了一口气，并且觉得电话那头父亲心里想的大概也是完全一样。

到了第二年的暑假，安德斯写信说他跟艾丽卡计划去希腊游玩两个月。这么长的时间，竟然不到办公室实习，来了解业务门道。即使对此大为吃惊，父亲也什么都没说。安德斯感觉到而不是听到了父亲的反对意见。

"我学习已经很努力了。爸，我需要放松一下。"

"确实是这样。"父亲的声音冷冰冰的。

在希腊小岛上，他们度过了一段美妙的夏日时光：游泳、欢笑，品尝当地特色的松脂味葡萄酒，晚上在小酒馆中随着布祖基琴弹奏的乐曲乘兴起舞。

艾丽卡告诉安德斯她的就业计划。毕业时，她打算加入一个新创立的事业小组，收集和保护古旧纺织品。项目资金已经筹措到位了。这真够令人兴奋的。展馆将会在哪里？这个，就在哥德堡嘛，那是理所当然的。项目将会附属于哥德堡的世界文化博物馆。

安德斯沉默了。他一直都希望艾丽卡最终能在斯德哥尔摩找到一份合适的工作。那样的话，他们就可以在市中心的某座岛屿上购置一套小公寓同居。

他们不必结婚,因为艾丽卡仍然认为婚姻这个形式体现的是一种奴役关系,但他们可以一起生活,他一样可以打理奥姆科维斯特的生意,然后再生两个孩子。

他的设想看来没法跟艾丽卡的计划协调了。但他什么也不会说,除非能想出两全之策。

"你为什么这么闷声不吭的?我还以为你会为我高兴的。"

"当然,我替你感到高兴。"

"可是呢?"

"只是,我心里希望我们能在一起生活。那是不是太自私了?"

"不是自私,当然说不上自私。但是,我们之前都是在等待,等着想清楚了自己要干什么。你到现在都没做出决定,所以我就先提出了自己的计划,看你能不能就着这个计划来统筹安排。"她殷切地看着他,满怀热望,期待他能理解。

"可是,我会做什么,我们都知道的。我要回去经营家族企业。"

艾丽卡看着他的表情有点怪异。"你这话不是当真吧?"她说。

"这个,当然是认真的。你清楚这一点的。你都去过那里了。你已经看到了那里是个什么情况。我不得不回去接班的。从来没有过任何别的选择。"

"但你可是不想接那个班的!"她惊奇地说道。

"我是不愿照它现有的那个样子去接班。但你跟我说过,我应该让自己不要那么狭隘,而我也那样做了。或者不管怎么说,我是在尝试那样做。我不想照我父亲做的那样,把一辈子都交给那个办公室。"

"可是你已经反抗了啊,冲破束缚,追寻自由。我们能来希腊,而不是让你一个人整个暑假都在那里上班,这不就是因为你挣脱出来了吗?"她觉得彻底困惑了。

"但我们知道,艾丽卡,我必须得回去。"

"不,我们不知道你是必须回去的。你只有一次生命,你不想把一生都耗在那里,耗在那个小世界里,跟堂兄堂姐和同事耗在一起。"

"没有别的选择。他只有我一个儿子。如果我有兄弟能继承家业的话……"他的声音越来越小,逐渐模糊。

"有姐妹也行。"艾丽卡如条件反射般地纠正他,"与其拖着浪费你爸的时间、他们的时间、你自己的时间,现在及早跟他摊牌,只会更好更明智。"

"我没法那样做。至少,我觉得我做不到,除非是真的摊了牌。那对他是冒犯,是侮辱。尊重他人,你这一点做得很在行。而我欠父亲的,就是那份尊重。"这是个暖风拂动的夜晚,他们坐在海边的小酒馆中,听到不远处人们的欢声笑语。都是快乐的度假客。乐师们调音定弦,演奏即将开始。

安德斯和艾丽卡坐在那里,感觉到有一道巨大的裂隙正在两人之间展开。

半个钟头前看上去还无比美好的未来,现在眼看就要完全破灭了。

他们试着去挽救剩下的假期,但纯属徒劳。问题就悬在头顶,威胁着他们:安德斯的想法是在奥姆科维斯特公司度过终生,艾丽卡的意见是,他还得去另找真正想做的职业。两人的分歧太大,已无法掩饰或搪塞过去。及至回到瑞典,他们都已清楚,两人没什么共同前景可期待的了。

他们友好地分掉了书和唱片。安德斯搬进了学生寄宿区的一个房间。他告诉父亲,他跟艾丽卡不在一起了。

父亲对此的反应,就跟对这样一个消息——仿佛他说的只是自己搭乘的哪趟火车晚点了——的反应基本上差不离,只是温和又疏远地嘀咕一两声,说生活中这类事总是常有的,然后便接着转向了下一个主题。

他勤奋学习,下定决心要拿到好成绩。有时候,在往返图书馆的路上,他会看到艾丽卡在人群中说说笑笑,便感觉到一阵阵强烈的痛苦和深深的愧悔。但他们总是诚挚友善地向彼此打招呼,偶尔,他甚至还加入其中,在学生餐厅跟艾丽卡和朋友们喝上一杯啤酒。

这一切让好友们大惑不解。这两个人可是一直都气味相投,关系很融洽。表面上看来,他们没有任何的变化,但他们就是不再像之前那样在一起了。

妈妈写了电邮给安德斯,说听闻他们分手,她很遗憾。肯定是艾丽卡告诉了她。格妮拉说,她和威廉都认为艾丽卡是个可爱的好姑娘。她让安德斯别忘了,即使门关上了,也经常有机会重新打开的。妈妈还建议他玩玩音乐,或者去学学打网球,要么桥牌,要么高尔夫;任何活动都可以,只要在除了奥姆科维斯特公司之外,还能让他拥有另一片世界。也许,他甚至可以重拾童年爱好,接着弹钢琴。自从与艾丽卡一拍两散,他竟然连尼柯尔竖琴也不拉了。

安德斯被感动了,但他不会有什么时间去培养业余爱好了。毕业考试需要他集中精力去准备。只有以优良的成绩走出校门,他才能当之无愧地去奥姆科维斯特事务所走马上任。现在是埋头苦干的时候了,必须一心一意,坚持到底。

每个月他都回家,去办公室那里工作几天,试着管理公司的具体营运。他学着如何来表达自己的意见，怎么做出业务决定。他有着挺好的经商头脑，人们很快开始对他刮目相看了。他不再只是老板奥姆科维斯特的儿子和继承人，而是凭自身能力立足的年轻才俊。他发现自己能够跟堂哥麦茨挑明喝酒的问题了：由于麦茨是家里人，这个问题至今都没被认真地指出来，但这事本身已不容含糊——麦茨酗酒的程度日益严重。安德斯态度坚定，同时又处事公允。他没有多加责难，但给出了一个很明确的警告信息。麦茨骤然振作起来，这一麻烦也就得到化解，公司恢复了平静。

他父亲恐怕知道此事，但一个字也没提。不过，他逐渐留下越来越多的事情给安德斯来打理。安德斯转而又去依赖克拉拉。她乐于跟他分享自己的实践经验。离最终的毕业考只剩下几周了，所以克拉拉的协助帮了安德斯一个大忙。

终于，在六月的一个晴朗的日子，帕特里克·奥姆科维斯特与格妮拉并坐在一起，参加儿子的毕业典礼。威廉在伦敦没来，因为有业务安排，抽不开身——他这样说的。私下里，安德斯认为那大概是一种圆熟的策略，他选择回避。威廉到场的话，也许会遭受一番心理上的痛苦煎熬。不过，安德斯还是很高兴地看到，整个下午直到晚上，父母都愉快地微笑着，而这不单单是教养风度的缘故。他意识到，现在父母不再一起生活，反倒可以轻松了。让他略感惊诧的是，父母之间看似萌生了某种友谊，因此他们两人能共享儿子学有所成带来的快乐。

晚餐桌上谈的都是关于未来的规划。很早之前就计划好了，安德斯毕业之后要去一家大牌的美国会计师事务所干上一年。除了在业界享有显赫的名声，那间事务所还能让安德斯在短期内学到非常多的东西。此事已经跟那边的高级合伙人敲定,安德斯满怀憧憬,想尽快成行。克拉拉在波士顿有熟人,帮了很大的忙,一切都已安排妥当。碰巧的是,格妮拉也有朋友在那边,所以安德斯想必会在那个城市度过精彩纷呈的美好时光。一家人在哥德堡的街道上漫步而行,安德斯感到万事俱备,就等着他施展拳脚了。

第二天早上,在酒店大堂,帕特里克·奥姆科维斯特突然倒地。

是心脏病。

医院方面告诉他们,不是很严重的病变。奥姆科维斯特先生没有生命危险,但必须静养。安德斯和格妮拉在病床边守候了两天。然后,妈妈飞回伦敦,安德斯就将父亲带回了斯德哥尔摩的家里。

弗洛·卡尔松立刻接手看护病人。安德斯知道,父亲会得到悉心照料。他打算跟弗洛商议一下,安排找住家护士和家政帮手,却被父亲直接打断了。

"现在,你去波士顿的事就别提了。安德斯,你必须硬着头皮去挑重担了。我需要你在办公室里充当我的耳目。现在就是你独当一面的时刻了。"

这不应是他投身家族事业的时刻。他毕竟还太年轻。适合他自己的生活甚至还没开始。

波士顿的行程被取消了。很快地,公司这里看上去就仿佛一直是安德斯在掌管似的。他不畏惧任何挑战,但心里也清楚,假如没有克拉拉的专业技能和忠诚辅助,他是无法顺利履职的。每次开会之前,她都向他简述要领,面授机宜。每个客户的背景信息,她都整理好了交给他。每天午餐时段,他都设法挤出一点空闲去游上一会儿泳,而不是在那些沉闷昏暗、四周墙上都镶板的餐厅隔间里吃丰盛大餐——那是父亲领衔的前任高管团队所青睐的格调。每周一次,他会去看一场音乐表演。每隔一天,他晚上必定陪父亲吃饭:弗洛将餐具收拾干净,父子俩坐在桌边,他就讲讲事务所当天的具体工作。

渐渐地,奥姆科维斯特先生的精力有所恢复,但从未复原到以前的水准。他回到办公室上班后,每天只能停留短短的几个小时,主要是参与各类会议。有他坐镇,这些场合无形中就有了分量和重要性。

月复一月,时光荏苒。

有时候,安德斯感到自己被这一切压垮击碎了。另外有些时候,他总觉得就在某个地方,那里有一个真实的天地,人们忙着他们真正想做的,要么是真正有意义的事情,或者就是两者兼顾的理想事业。但他也意识到了,能承袭如此高高在上的一个尊贵职位,自己已是享受了莫大的特权优待。在这个就业现状和经济前景都令人焦灼、充满不确定性的世界里,他能处于目前的位置,无疑是极为幸运了,尽管手上的工作每天都会对他提出新挑战。特权也伴随着责任,他一直都明白这一点。他的责任,便寓于他的职位和权限中。

父亲主动提议,他应该去度假。

他说,这小伙子做事太辛苦了,必须去充充电了。去哪里休闲?安德斯却茫然了。民谣俱乐部结识的朋友约翰推荐说,爱尔兰不错。你可以就这么跑过去,随意选定一个方向去漫游,总会有好东西可看,或者碰上好玩的活动可以加入。

他于是订了张飞往都柏林的机票,毫无计划地动身了。对奥姆科维斯特家族的任何成员来说,这可是闻所未闻的举动:无论去哪里,出发之前他们通常都会详尽研究所有事项。到了机场,安德斯突然极度地想念艾丽卡。就是从这里,他们曾飞去伦敦,飞去西班牙,还有希腊。如今,他却形单影只。

就那么让艾丽卡从身边滑走,他是不是疯了?

但当时他也别无选择,不可能做出什么其他的决定。虽然艾丽卡在哥德堡找到了心仪的职业,他却不可能永远跟她住在那里。而她也不愿过来,生活在奥姆科维斯特家业的阴影下——就像安德斯的妈妈曾做过的那样,扮演一个恭顺隐忍的贤妻良母。

他也曾希望,自己会忘记艾丽卡。参加晚宴或者去跳舞,找个伴儿并非难事。身为奥姆科维斯特公司的继承人,他被外界视为非常抢手的金龟婿。但没有哪个姑娘能抓住他的心,能长久地吸引他。所有的社交场合他都去了,但从未对谁有足够的兴趣,有欲望去跟人家厮守相伴。而且,当得知艾丽卡也没达成新的恋爱关系,他竟然感到愉快和欣慰。现在,人在机场,他是如此渴望跟她说话,告诉她他要去爱尔兰了。她倒是立即就接电话了。听到他的声音,她流露出的惊喜也绝非伪装。对他急于倾诉的每件事,她好像都感兴趣。可话又说回来了,艾丽卡对任何事情、任何人都总是表示兴趣和关注的。对安德斯也是一视同仁。

"你是跟朋友一起去吧?"她问。

"我不想跟朋友去,"他伤感又可怜地说,"我只想与你同行。"

"别这样,你说些这样的话,也得不到别人的同情票的。你需要的朋友,你全都有。你所过的生活,也是自己选择的。"她的语调挺轻快,但意思却不含糊。他已经做出了他的选择,"到了爱尔兰,你会结交很多新朋友的。这边有个爱尔兰酒吧,我经常去。他们那儿的音乐很棒。他们人都很好,很轻松地就认识了。"

"呃,到那儿之后,如果发现不错的爱尔兰酒吧,我会给你寄明信片的。"

"我相信,找不到好酒吧,那才是很难遇到的情况。不过,你想寄明信片就寄呗。"

听她说话的样子,是真的愿意听到他的消息吗?或者那只是艾丽卡她本身的性格罢了——放松,平易随和,同时却也能投身其中?

安德斯郁郁不乐地走向他的航班。

入住的这间都柏林酒店,在吵闹喧哗的同时又可爱迷人,艾丽卡应该会很喜欢的。店员建议他先搭游览专线车兜上一圈,好对城区的方位格局有个大致概念。晚上,则去附近的一间啤酒馆感受一下传统的爱尔兰夜生活。接着第二天,在早餐桌旁,他遇到了一群爱尔兰裔美国人。这帮人在讨论租船泛舟香侬河。事实证明,这个方案的花销比他们预想中的要贵。他们觉得很有必要多一个同行者来均摊费用。不知道安德斯是否愿意赏光,来凑个数?

有何不可呢?他心想。行程宣传单页看上去挺诱人的——美丽的湖泊,一条宽阔的河流,沿途一些小码头可停靠探访。还没意识到自己究竟要去哪里,他已经在路上了,来到了爱尔兰中部的阿斯隆,随即登上一条摩托小游艇,学起了驾船航行。很快,他们就踏波前行了,一路经过芦苇丛,河岸和古旧的城堡,以及有着小港口的一些地方——长长的陌生地名干脆就直接忽略了。阳光灿烂,世界放缓了运转的速度。

同船的五个人,有男有女,都很好相处,来自芝加哥的一间保险公司。他们本意是回来寻根的,找找祖先的遗迹和亲属们的行踪,但他们也没把这太当回事。寻找动听的爱尔兰音乐,畅饮爱尔兰黑啤酒,才是他们更感兴趣的。安德斯也兴致勃勃地与他们打成了一片。

在一处小邮局,他买了三张明信片,分别寄给了爸爸、妈妈和艾丽卡。

困惑了好久,他才在给父亲的明信片上写了几行字。实在没有什么话题能让那位老人家感兴趣的。最终,他决定说一说这个——因为经济衰退的影响,这个国家遭受了相当严重的冲击。这至少是他父亲能理解的东西。

行程结束后,那帮爱尔兰裔美国人又踏上了为期五天的高尔夫休闲之旅。他们邀请安德斯一同前往,但他谢绝了。在香侬河上驾船,他已经左支右绌了,他不愿再去高尔夫球场上出洋相,省得那些真正的行家里手受到他的搅扰。

取而代之的是,他参加了一个大巴旅行团,去爱尔兰西部。

司机名叫约翰·保罗,是个红脸汉子,乐呵呵的。他声称,西岸那些最棒的音乐酒馆,他无一不知。每天晚上,他们都可以看到一场精彩的演出。那些民间音乐人,约翰·保罗都认识,能叫得出他们的名字。每晚到达现场之前,他都如数家珍,向同车游客们介绍乐师和歌手的来历,还有他们的经典保留曲目。

"一定记住,请米奇·摩尔唱凯尔特民谣《我勇敢的心上人》,那会让你后脖根的汗毛竖起来的。"他挺能渲染气氛。或者,他也会知道某位擅长笛子的退休老艺人重新出山了,要去哪里友情演奏一场。这一切,安德斯都喜闻乐见。

说着说着,安德斯就得知,约翰·保罗自己原来也是玩笛子的,不是风笛,确实不是,风笛是苏格兰的乐器。这是真正的笛子,伊宁笛。你不用吹这个笛子,不用像苏格兰人那样。这笛管接着一种气囊风箱般的东西,夹在你腋下,你用胳膊肘挤压就行。"伊宁"这个词,在爱尔兰语中实际上指的就是胳膊肘。

这笛子奏出的音乐很有魔性,萦回不散,安德斯简直都被催眠了。

约翰·保罗说,只要能攒够一笔钱,他就想开一间自己的啤酒馆,然后欢迎各类音乐人来现场表演。

"在西部,就在这里?"安德斯有所疑惑。

"或许吧。但话说回来,已经在这里开店的人,我可不想抢他们的生意——他们靠这挣钱买面包跟黄油呢。他们可是我的朋友啊。"他回应。

约翰·保罗和安德斯聊到了上帝、命运、罪恶和想象力。安德斯问约翰多大了。这汉子看着他,似乎如梦初醒。

"你英语说得这么好,我都忘了你不是我们这附近的人啦。我1980年出生,是在约翰·保罗教皇到访爱尔兰九个月之后。那一年出生的男孩子,几乎都起名叫约翰·保罗了。"

"你是不是打算一辈子都开旅游车?"安德斯问。

"不是。到时候我还是要回老家的,去照料老头子。家里其他人全都远走高飞了,各自混得都还挺好。只有我约翰·保罗,还是个没用的傻瓜,而我家老爷子已经不能独自打理那块小田产了,他真的老啦。不远的将来,我总有一天要面对这个现实,回到石桥去接班。"

"那蛮不容易的。"安德斯表示同情。

"哎呀,也没那么糟糕的! 我不是还有那老房子嘛,不是还有田里的牲口,不是还有一个小农庄在等着我吗? 爱尔兰有一半人都还会眼馋这份财产的,愿意拿他们最宝贵的东西来换。只不过这不是我想要的生活。绵羊摔倒在哪里,卡住了,四脚朝天,我要出去找,找到了还得用正确方法把它们给扶起来——干这个我可不在行。还要去对付欧盟的牛奶产量配额,真是烦死人,还有,他们要你种什么,要你不种什么,你都得照办。对有些人来说,这是活着的意义,对我来说却是苦差事。不过,这也可以谋生。甚至是挺不赖的一门生计。"

"可是,你不是想开自己的酒馆,还要请那些音乐人?"

"那还得等等,安德斯,等到我转世投胎。等来生我再搞那个吧。"他那饱经风霜的圆圆的大脸,看上去完全认命了。

大巴旅程的最后一个晚上,所有同行的乘客凑钱请约翰·保罗吃饭。为表答谢,他拿出伊宁笛,演奏了几段民谣小曲。他安排人给大家拍了一张合影。在相片背面,每个人都写下了各自的名字和电邮地址。

最后这一天的早晨,安德斯跟约翰·保罗一起喝咖啡。

"我会想念有你做伴的日子。"安德斯诚意满满,"没人能像你那样来探讨这个世界和它背后的法则。"

"你这是在笑话我!难道你们瑞典没有大把的思想家和音乐家,就跟我们这里一个样?"

安德斯胸中浮起一丝荒唐的愉悦感,因为保罗奉承他,暗示他是音乐家兼思想家。

"可能是那样吧。但我偏偏没遇到过这些人,这样说你应该懂了。"

"反正他们就在那里。"约翰·保罗显得很有把握,确定无疑,"来游玩的瑞典人中,我碰到过一些很出色的。他们拿勺子就能敲出曲调来。爱尔兰民谣《一束百里香》,他们全都会唱。还有,乔·希尔①不也是来自瑞典吗?"

"也许你说的没错。等我认识这些人了,我会告诉你的。"

"那就保持联系吧,安德斯。你是个难得的好人。"约翰·保罗下了结论。

回到奥姆科维斯特事务所工作时,安德斯还在思虑,自己是否真算得上是一个好人。走进办公室还不到一个钟头,他就了解到,麦茨,这个曾有过酗酒问题的堂哥,显然又故态复萌,踏上了回头路,而且变本加厉了。更有甚者,事务所最受尊敬、最具声望的顾客之一,在一次重大审计之前,竟然带着个年轻的小蜜跑路了,同时带走的还有大量钱财。

他父亲的脸色看上去比以往更灰暗了,也比以前更忧心忡忡。回来没几个钟头,安德斯就感到,爱尔兰度假所带来的好心情已经悄然而逝。他在唱机上播放了一些带回家的民谣音乐,伊宁笛演绎出的孤寂的哀叹,众人的高歌,这些都让他回想起那些无忧无虑的日子,还有那些轻松愉快的游伴。但他知道,那只是暂时的。就像一个小孩子,希望生日派对能永远开下去。

不管他多么想讲述他度假期间的任何见闻,父亲都不曾表现出丝毫的兴趣。

"我找几张路上拍的照片给你看看怎样?"他如此提议,"要不要跟我一起欣赏欣赏那些音乐? 我们在那里听到了一些美妙的爱尔兰传统

---

① 乔·希尔,劳工运动家和词曲作家。

音乐……"

"是的是的,那肯定非常有意思,但,安德斯,要知道那只是旅游度假而已。你就跟弗洛一个样——她老是喜欢向你叨叨她夜里梦到了什么。那都无关紧要,跟什么都不相干。"

就在那一刻,他决定要搬出父亲的公寓,自己找个小房子单独住,以便打破那种从早到晚都无休无止讨论工作的沉闷循环。

他希望自己有勇气做出实际行动。所有人都会反对的。为何要搬出这个完美的,又舒适又优雅的,有朝一日会变成自己住处的地方?为何要让弗洛惶惶不安、不知所措?为什么要打破她习惯的管家方式?在父亲的晚年岁月中,为什么要让他独居,而不是陪伴在他身边?

安德斯想起了约翰·保罗。他将要去照顾自己的父亲,去把仰面摔倒的绵羊扶起来。为了尽孝,他将放弃那打造音乐人避风港的梦想。但即便是约翰,他毕竟也有些属于自己的闲暇时间。也许,某个晚上,他能照样出去演奏他的伊宁笛子。他也不用每天在月亮高悬天空时就不得不跟他父亲谈论农活。

如果安德斯有了自己的儿子,他会从一开始就告诉那孩子,一定要跟随自己内心的召唤,他也不会被期待着进入奥姆科维斯特事务所充当继承人。但是,看起来他不太可能有个儿子。因为除了艾丽卡,他一直都想不到自己还能跟别的女人有瓜葛。而那份情缘,已经被他放弃了。

尽管如此,他还是给她打电话了,他想和她聊聊自己的爱尔兰之行。

艾丽卡对他所说的一切都挺感兴趣的,而且对爱尔兰音乐已经了解了很多。她买了一只锡质的六孔小笛,正在自学。

"抽空过来度周末吧,我带你去'戈尔韦'酒吧。你会喜欢的。"她提议。

一个周末,逃离奥姆科维斯特事务所,逃离堂哥恶习难改、那位老主顾带着小情人携款潜逃的闹剧,逃离父亲的忧虑,逃离那大体上已显颓势的生意……这正是他需要的。

在哥德堡读大学时,安德斯曾经是那样快乐无忧。开车去那里的路上,安德斯想自己要不要住在艾丽卡的公寓里。关于这一点,他们此前什么也没说。她也许已经给他订了酒店。即便真的住在那公寓里,他们是否会睡同一个房间?假如她在地板上给他准备了一张床垫,那也会显得很做作。毕竟,这么多天来,艾丽卡也没有什么新欢或伴侣——他自己也没有。所以,根本就谈不上要去欺骗或糊弄任何人。

但再怎么说,他也不敢奢望他们之间的关系能恢复到从前的状态。他不禁暗自叹气,知道他只能等待,静观其变。

艾丽卡看上去情况很好。她眼光流转,神采奕奕。跟安德斯说那个古董纺织品保护项目有多成功时,她掩饰不住兴奋,语速太快,舌头都快打卷了。她说,他们的努力已经得到业内权威的认可,刚刚拿到了一笔可观的专项拨款。她给他做晚餐:瑞典肉丸——有什么好事值得庆祝时,这总是他们的必备菜式。那套公寓没多大变化,除了新的窗帘,还有更多的书架。他注意到靠墙的地方有一张床垫。

晚餐结束后,他们去了"戈尔韦"。艾丽卡俨然是这个酒吧的熟客,受到热情的招呼。屋里两边的人,她都给安德斯简单介绍了一下。随后,他们坐下来观赏现场音乐表演。一下子,安德斯恍惚就觉得回到了爱尔兰西部,仿佛听到波浪拍打海岸的声音,看到每晚都有一组不同的新面孔沉醉地演奏提琴、笛子和手风琴。乐声将他席卷而去。

稍后,他跟那些乐师聊天,尤其跟那个笛子手聊得投机。那人名叫凯文。

"你知道奥弗林领衔演奏的管弦乐组曲《布兰登航程》的主题旋律吧?"他问。

"当然知道,不过我通常不会表演那个。因为,以前在伦敦的酒馆,每次我演奏那首曲子,总是会让客人们流泪,还有人哭出声来。"

"那让我也哭了。"安德斯坦白。

艾丽卡抬头看他。"你可从来都不哭的。"她感到惊讶。

"我在爱尔兰哭过。"他满是惆怅追怀的情绪。

"我们是有这个习惯,表演时喜欢煽情。"凯文有些懊悔和伤感,"明天晚上来,我给你演奏这个曲子,我们可以一起发泄一下,痛快地哭一场,顺便也能畅饮两杯。"

"就这么说定了。"安德斯立刻就同意了。

回到艾丽卡的公寓,他们又喝了些啤酒,又随便吃了一点晚餐剩下的食物。他们面对面坐在小茶几边,桌上放着艾丽卡点燃的蜡烛。突然之间,两人强烈地意识到彼此的存在。她认真地凝视着他。

"你变了。"她说。

"有一点没变——我还是非常喜欢你。"他说。

"关于这点,我也没变。不过,你还是要去那垫子上睡觉。"她笑起来。

"那可是有点遗憾了。"他微笑。

"是吧,我可不想又花上数周或数月的时间来为我们原本可能会有的结局感到遗憾。"

"你还懊恼了那么久?"

"是的,安德斯,你知道的。"

"可是,你还是不愿考虑来跟我一起生活,没法容忍我在事务所的工作。"

"你呢,你也不愿考虑放弃那份家族产业,不能来跟我一起生活。听着,这个事情,我们以前都已经说过无数遍了。"

"你知道我要负起责任的。现在仍然是这样。"

"但是安德斯,我的朋友,你不喜欢那工作。你不快乐。关于事务所里你的生活,你可是从没对我说过一个字。这是我感到委屈的一个方面。如果我以前能认定,那是你想要的生活,那我也许就会考虑跟你回去的。"

"你叫我什么,你的朋友……"他感叹道。

"你就是啊。哪怕你我都跟别的人结婚了,哪怕结婚都很多年了,你都永远是我的朋友。"

"那不可能的,艾丽卡。我身边没有我想要的人。"

"这样的话,我们就得更用心地去找。多说点你在爱尔兰的见闻来听听。"

他于是告诉她香侬河上同船的那伙爱尔兰裔美国人,还有不得不回老家照顾父亲的约翰·保罗。然后,他们把床垫拉过来铺在地上,艾丽卡给了他一条羽绒被和一个枕头。他们互道晚安后,他好长时间都没能入睡。

第二天,安德斯和艾丽卡坐在"戈尔韦"听音乐,凯文演奏着那首笛子曲。笛声悠扬,安德斯再次听到了浪花拍打大西洋荒寂海岸的声音。他感到心底涌起一阵痛苦,把他淹没了。他恍然看到自己面前豁然展开的一辈子,那是一条无休无止的直线:早晨起床,穿上正装,去办公室工作,晚上回到形影相吊的公寓,上床睡觉,次日早晨再起床……责任、忠诚、义务、规则、期望、家族传统。乐师们休息时,安德斯试图向艾丽卡解释他为什么要跟父亲在一起,可话到嘴边又不知所终了。

"就是这么回事……"他嗫嚅着开口,结结巴巴地讲下去,"是因为家族传统。我是说,如果我不干……家里抱有这些期望……那也是我的身份。另外,我有能力做这事。我也正在做。奥姆科维斯特事务所下一个掌门就是我。他们都等着我接班。我一辈子就是要干这个了……不管怎样,如果我不做这个,那我又能是什么人呢?"

"安德斯,请你停下,别说了。你要清楚,我不喜欢的,并不是你进你爸的事务所工作。关键在于,你讨厌这个职业,而且你会永远都厌烦它的。但是你又不愿去做别的什么事。要做决定的是你,而不是他们。这是你的人生,不是他们的。你自己的人生,你有支配权,想干什么就干什么。至少你要思索一下,有什么别的你可以做。等你明确了这别的事业是什么,你大概就能考虑丢开家里的工作了。"

她身体前倾,手放在他手背上摩挲着。"丢下那工作,试一段时间看看。"她这样提议。

"那就意味着,永远不会再干了。"他悲哀又沮丧。

"不是这样的。眼下的这条路,你尽力走了,可总是会遇到同一个岔道口。也许会有什么新情况发生吧。会有什么东西,你真的想要,胜过那份家业。等那一天到来时,你可以再考虑一下取舍。"

他很想说,他宁愿要艾丽卡而不是那份家业,但这严格上来说并非事实。他没法甩手走开,他们两人都明白这一点。他们相互拥抱道别,然后安德斯开车,踏上了漫长的回程。

他在车里放起 CD。爱尔兰音乐萦绕耳畔,他的心沉甸甸的。那一切只是一场梦罢了,只是一段假日的回忆。幻想那或许可以成为他的另一种生活,无疑是孩子气的幼稚念头。

时间一周一周地流逝。安德斯搬进了自己的小公寓,父亲对此依旧是冷淡疏远的反应。弗洛对此则满肚子意见,气不打一处来。她竭力让安德斯答应,每天晚上都要到父亲家中来探望。

他经常在自己的住处孤零零地吃饭:将买来的熟食放进微波炉加热一下,同时再开一罐啤酒。在那套大公寓房里,他的父亲也是独自一人进餐。

安德斯每周回去一次,陪父亲吃晚餐。去之前,他已经准备就绪,等着面对埋怨、不满和施压——迎接他的就是这些。要么是父亲,要么是弗洛,总会提醒他一句:如果留下来过夜,他的房间随时可用,收拾得好好的。家里的这套公寓这么大,又这么空荡荡的——总是有如此的长吁短叹。父亲总是说,这段时间事务所的运营状况如何,都很难掌握了,因为他自己每天只在办公室待上三个钟头。而安德斯呢,一到晚上又只管跑掉去自寻快乐,却不肯回来汇报和讨论一下当天的事项。

安德斯经常寻思,自从上次见面,约翰·保罗这几个月过得怎样?农场里的生活是不是比他预计的要好,还是比他所担忧的更糟?他所做出的牺牲是否值得?他不愿回去当农夫和照料老爷子,这个内心隐私向安德斯和盘托出了,约翰或许对当时的亲密坦白感到后悔了。倘使跟他旧话重提,他恐怕未必会高兴。

一天晚上,安德斯上网查找石桥的信息,那是约翰·保罗要回去生活的地方。在电脑屏幕上,他看到,那是个引人入胜的海边小镇,但显然只在夏季才会热闹起来;而在冬天的日子里,估计会相当冷落荒僻。不过,他也注意到,那里有一个颇为冒险的新事业已经开始了。那是陡崖边上的一间民宿,地方蛮大,名为石头大屋,提供冬季一周的度假项目:壮美的自然景观,美味的餐食,户外散步,观赏野鸟。只要客人留心去搜寻,还能在周边一些啤酒馆中碰上音乐演出。他明明知道,自己内心蠢动的念头够荒唐的,但他还是打开网站页面,预订了一周的客房。

这趟旅程,他没向父亲透露什么——不过短短一周而已。他父亲,当然什么也没问,只是对他如此突然的决定隐约流露出不满。

这次出行,安德斯也没告诉艾丽卡。上次见面,某种程度上已经成了他们之间的分水岭。告诉她自己又要去爱尔兰了,那没多大意义,她不会跟他一起去的。她只会老调重弹,指出他犹疑不决,是在荒废生命。她无法理解,在这件事上,他根本就是别无选择。他不想让那种车轱辘话再反复说下去。

他飞到都柏林,搭火车去往西部。

小鸡·斯达尔在车站接他。一位年轻的瑞典会计师,竟会跑到这个人烟稀少的僻远之地来游玩——小鸡似乎并未觉得其中有什么好奇怪的。她夸赞安德斯英语讲得很好。她说,斯堪的纳维亚半岛那边的人学外语都蛮有天赋的。以前住在纽约的时候,她已经见识过了,从丹麦、瑞典和挪威过去的新移民适应环境之快速,简直令人惊叹。

远在到达那奇妙的老宅子,与其他同期住客相见之前,安德斯就已完全放松下来,感觉舒服又自在。那位美国游客,绝对是跟演员柯瑞·瑟利纳斯一个模子脱出来的,甚至连说话也像。安德斯发觉自己立刻就在琢磨了:这么个大牌明星,在这里究竟要干些什么?那边的一个英国医生似乎也注意到了这位演员。安德斯发现自己无意中跟医生交换了会意又疑惑的眼神。但即便真是大明星本尊,那又怎样呢?如果这人只是想稍事休息,换个环境改变一下生活,那就最好把他跟相聚在这里的其他人同样对待。谁也不该多事,去搅扰别人。

晚餐桌边,他不经意间跟一位友善随和的女士聊了起来。听说他对音乐感兴趣,这个名叫弗丽达的女子看似挺惊讶。她说他来对了地方,爱尔兰的这一个地区,你呼吸的每一口空气中都有音乐。她自己也很渴望能在这里听到一些美好的音乐。

"你自己也会一两样乐器吧。"她的语气与其说是询问,还不如说是在陈述事实,仿佛一切都了然于心。安德斯莫名地就发现自己跟对方说起了尼柯尔竖琴,还有他对音乐的热爱。

"那你的主业是什么呢?"她问道。

"就是个会计师,挺无聊的。"他苦笑着。

"会计师其实也并不比任何其他职业无聊。"她这样回应,"不过,如果你的心是在别的什么地方,那你就不想跟随内心,服从命运吗?"她一边说着,双眼却没看安德斯,而是看向了远处。

"不,不是这么回事。"他一副幽思绵邈的神情,"我清楚地知道,我的命运在哪里。不久之后,我只能从父亲那里接班,掌管那份家族产业,那是他投入一生的事业。然后,每周一到两次,我会去一个小型俱乐部搞搞音乐演出。观众当然很少,大概也就六七个吧。那将会是我的生活。"然后,似乎是要打消自己话语中的凄凉和绝望,他微笑着补充道:"不过,我这可是来度假的,我要去发现这附近乡镇中最好的东西。愿意跟我同行吗?"

对方同意了。第二天,他们将在早餐时碰头,随后出发去寻找此地最动听的音乐。

这一切如此松弛,纯然没有压力。他很高兴自己来到了这里。上床睡觉时,他望向窗外,看到月光下涌动的波涛,他知道自己会睡得又沉又安然。夜里,他不会三番两次地醒来,不会惊魂不定、患得患失。仅仅是这一点,就已让他不虚此行。

次日早晨,安德斯向小鸡打听有音乐表演的场所。小鸡正在往壁炉里塞木头,连忙停下来回答他。

她知道有两个啤酒馆,都因为特色音乐专场节目而在当地闻名。其中一个在午餐时分还有非常棒的海鲜美食。如果他想品尝当地风味,那里不失为理想去处。

他们聊着的当儿,弗丽达也到来了。她已准备就绪,迫不及待地要开始一天的活动。天气看起来很晴朗,两个人兴致勃勃地朝着镇子的方向走去。安德斯背着小双肩包,里面放有地图和观光指南。他们经过刷成白色的乡间小屋、农场住宅,还有民房外围的那些附属建筑。有那么一会儿,路沿着海岸线延伸开去。当他们走到陡崖顶上的高处时,冷风劲吹,裹挟着海浪和飞沫,脸上便有明显的刺痛感。大西洋的狂风威力惊人,甚至连陡崖这里的树木也被吹弯,向一侧歪斜,而且生长受阻碍,都显得相当矮小。然后,路又折向内陆,海面于是逐渐淡出了视野。快接近镇上时,田野消失了,土地被挖出沟槽,然后是新建的房屋,一排又一排,但看起来都空着,有些诡异。

石桥的主街两边顺次分布着两层或三层的民居,每栋房子的外墙都刷成了不同的颜色。啤酒馆很容易被识别出来,但这两位探访者选定小咖啡屋作为他们的第一站。他们随意地聊着,说起了对石头大屋同期住客的第一印象,看彼此的感受有何差异。

安德斯注意到,弗丽达没透露她自己来石头大屋的缘由,反倒是对其他所有客人都观察得相当仔细。那医生和他的妻子——她说,一边还微微地摇了摇头——心情很不好,挺悲伤的。她能看出来,他们大概最近碰上过死人的事情。到底是怎么看出这个的,她却没有解释。还有那位护士,那大龄好姑娘——叫什么名字来着?温妮,对吧——跟她的朋友莉莉安正忍受着这几天的可怕煎熬。但这一切终归还是值得的。

他们去了酒馆中相对较大的那一家吃午餐。一大盘子热气腾腾、爽口多汁的青口贝,配上新烤的脆皮面包。然后,仿佛是对什么无声的暗示做出了反应,一个坐在角落的、红脸膛的小个子摸出了一把小提琴,开始拉起来。音乐的序幕打开……

最初,乐手人数比听众还多,但渐渐地,更多的客人陆续到来。店家解释说,大部分人都是晚上来,但有些乐手喜欢下午来表演。到场的每个人,只要愿意加入,他们都一概欢迎。演奏的音乐一开始是轻柔低回的慢节奏,后来就越来越欢快了。厅堂的一边,一男一女相携起舞。安德斯借了乐队的一把吉他,弹了两三首瑞典歌谣。他把歌词教给大家,所有人都兴高采烈地加入了合唱。

他颇有些腼腆地承认,这次度假,他在随身行李中还带了一种传统的瑞典乐器,第二天可以拿到店里来助助兴。不过,前提当然是,假如各位还有兴致听他的……

他走回到桌边。弗丽达有些奇怪地看着他。"每周一到两次,只面对六七个观众?不,我觉着那不行,不够满意。"她轻声地说道,但受到现场欢呼声的干扰,安德斯几乎听不到她的言语。

安德斯开始觉得,他仿佛就属于这里,从未在别的地方生活过。那个美国人真的是柯瑞·瑟利纳斯,显然想来消隐几天,所以假称自己名叫约翰。那两位女士,温妮和莉莉安,来这里的这二天就差点被淹死,好在最后还是从海蚀岩洞中获救了。安德斯错过了那惶惶不安、吵吵嚷嚷去找人的忙乱场面,因为他继续停留在镇上,等着晚上的音乐演出。这一天,他把尼柯尔竖琴带来了,结果发现人们一次又一次地喊他返场演奏,或者跟大家一起唱歌。尽管那两间音乐酒吧安德斯都轮番去了,却连约翰·保罗的影子也没看到。

最终,又一天光顾酒馆时,他问一个吹锡质小笛的乐手——那人面部线条粗硬、如刀砍斧削般——对方是否知道这附近有个会玩伊宁笛的,名叫约翰·保罗的人?

这人当然知道他。所有人都认识他,他是个很不赖的小伙子。立刻,另外四个乐手也加入了交谈。他们都认识可怜的约翰·保罗。他被困在岩石岭那边,拴在他老头子身边。那老东西是个魔鬼,谁也别想让他开心。老怪物总是牢骚不满,叨咕着多少年前没搭上移民船跑路。他责难所有人,只除了他自己。

"约翰不来这一带玩笛子吗?哪里都不去了?"

"到眼下为止,他都几个月没来了。"其中一个人边说边难过地摇着头,"有一天,我们哥儿几个开一台小货车去找他,但他说他不能丢下那老家伙。"

第二天早上,安德斯问小鸡往岩石岭的路怎么走。她给他打包了一份午餐。

"我可以肯定,约翰·保罗会给你弄顿饭吃的,但还是以防万一的好。假如他不在家,这打包的东西你就需要了。"她考虑很周全。

路程比他预计的远。走到那宽大但凌乱的农家场院时,他还觉得挺累的。看起来没人在家。安德斯朝着门走过去,几只母鸡跑了出来,咯咯直叫,大概是因为被打扰了而不爽。

一个老人坐在桌边,手拿放大镜读着一份报纸。一只大大的牧羊犬趴在他脚下。看上去更像一块地毯而不是狗。

"我来找约翰·保罗……"安德斯谨慎地开口。

"你,还有半个国家的人,都在找他呢。他出去了,天知道是多久之前就出去了,影子也没有。我是他老爸马迪。顺便告诉你一声,我到现在还没吃饭呀,都下午三点了啊。"

"呃,我叫安德斯;我正好带了点野餐,所以我们不妨就吃这个。"安德斯拿出小袋子里小鸡给打包好的吃食,打开那层油蜡纸。

他找出两只盘子,将冷鸡肉、奶酪和酸辣酱都一分为二。他又煮了一壶茶,然后就坐下来跟老人一起吃饭。那样子是如此自然,就仿佛这事相当普通,也经常发生:过路的一位瑞典游客给约翰的父亲奉上餐食。

他们边吃边聊,说到了农事劳作,这么多年来农业经营又是如何变化的,说到了经济衰退,自命不凡的奥哈拉家修建的那些联排屋又是如何空置在那里,形同鬼宅的——因为人们贪心不足,总以为"凯尔特之虎"①会生机勃勃地永远欢腾下去。老爷子提起了他其余的孩子,说各自在国外都过得蛮不错。他说面前的这条狗叫作谢普,现在瞎了,没用了,但无论何时何地,他都会给它一个家。

他想了解了解瑞典的农牧业。安德斯尽自己所能做了回答,同时

---

① "凯尔特之虎",二十一世纪初,爱尔兰经济增长迅猛,获此称誉。

也说了,他希望能告诉老人更多信息,但实在所知甚少。从根本上来说,他是城里长大的孩子。

"既然你是城里人,那是什么把你带到这地方来的?"马迪有些好奇。

安德斯便解释,他如何在那趟大巴旅游行程中结识了约翰。

"他爱那台老破车,爱那死路一条没前途的工作,总喜欢在那些末流小酒馆中进进出出,快活得就像一只灌木丛中的呆鸟。甚至还想自己开个小酒馆呢。但他重新考虑过了,决定在这里谋划谋划,要从这个地方榨出最后的几文大钱。"他说着,一边摇头表示反对。

安德斯觉得有些气愤,心中的厌恶感也随之增加了。儿子做出了那样的牺牲,而这就是老家伙的回报与答谢。生活,难道还有比这更不公平的吗?

他试着去讲道理,耐心地解释说,也许约翰·保罗只是想尽力帮助他这位老父亲。

"你不会想买下这个地方吧?我就是随便问问,那应该是不可能的。"马迪眼睛半睁半闭,用眼角的余光盯着安德斯。

"没那个意思。不过,说真的,这里你打算卖掉吗?"

"哎呀,只要真能卖掉就卖。我巴不得今天晚上就离开这里呢。"

"那,你是想住到哪里去?"

"我要住进圣约瑟夫安养所。那是在镇上,类似于老人院吧。有人要看我的话,去那里会更方便。在那里,我也好有些伴儿。我不想再死守岩石岭,跟约翰一起困在这里埋头干活。上帝赐给的好时光,我们都拿来辛苦劳动了,但得到了什么呢?几乎什么也没有。"

"这个事情,你跟他说过没有?"

"我没法跟他说。他还认为这里可以讨生活呢。这一辈子,他到现在也没能为自己搞出什么名堂,可他倒是有一副好心肠。他想碰碰运气,让这地方起死回生,说实话还是应该给他一次机会的。他有权利试一试。我不能不顾他的感受,就这么直杵杵地把农场卖掉。"

安德斯坐在那里,沉默了好一会儿。马迪没吭声,她早就习惯了静默。老狗谢普继续呼哧着昏睡。生活,也许充满了诸如此类的误会吧。

约翰·保罗出门在山尖上忙活,对付他厌憎的农牧杂事。他父亲盼望着能住进一处暖和安全的养老院,朋友们可以去看他,而他也能每天在一点钟就吃上饭。父子俩各自却还以为对方一心一意、拼死拼活想把这农场维持下去。

瑞典那边也是同样的情形?有可能吗?

安德斯的父亲希望能把事务所交给别的什么人,将儿子从那找不到多大乐趣的职业生涯中解脱出来?这恐怕只是一厢情愿的空想吧?难道这只是一种虚妄的类比,是他要把自己牵强附会地跟这里关联起来?

问题不会仅仅因为一些巧合就自行解决的。解决问题的方法,是拿定主意,做出决定。艾丽卡总是这么说,而安德斯认为她那只是纸上谈兵。但她说的没错。决定不去改变什么事情或局面,这本身也是一个决定。这一点,他之前还没能完全理解和领悟。

天光云影变幻,日头慢慢西去。谢普在睡梦中抖动了两下。安德斯又煮了一些茶,从屋里找来几块饼干。马迪跟他聊起小鸡的经历,说她嫁给了一个男人,那人在纽约碰上车祸当场丧命。亡夫给她留下了钱,她回到老家,买了谢狄家的房产。马迪说,小鸡真是顽强,不认命不服输,从不指望别的任何人来给她遮风挡雨。很多男人对她有意思,表白和暗示的都有,但她坦率又公平,光明磊落地对待所有的人。她告诉他们,她自己过就挺好。

不过,你永远也猜不到老天爷可能给你做了什么安排。也许,会有个什么美国佬,某个有魅力的大好人,来这里度假,让她一见倾心,然后就又会意志动摇了吧。民宿的住客当中,有没有看上去合适的?

安德斯认为没有。不错,那里是有个讨人喜欢的美国来客,但他没看到浪漫爱情的萌芽,没什么蛛丝马迹。

"噢,那人是柯瑞·瑟利纳斯吧?我听说他住那里了。"

"你知道?"

"是的,他想隐姓埋名,不让人家知道,但这里所有人都认出他了。弗兰克·韩拉迪到处大声嚷嚷,乐颠颠地讲那个故事,说他怎么走进高尔夫俱乐部,给弗兰克买了一杯酒,就因为他看到那家伙的粉色小货车停在了门外。弗兰克这傻瓜,最好能克制一下自己,别再咋咋呼呼的。"

就在这时,他们听到小货车开来的声音。约翰·保罗跑进了屋子。

"爸,牛群从高地那里的一道围栏钻出去了。它们在路上到处瞎转悠。戴医生拿高尔夫球杆想把它们从栅栏豁口赶回草场来的。他也是外行,比我还不如嘞。然后我们找人修好了围栏——"看到安德斯,他立刻停下了话头。因为高兴,他的大脸亮起来,神采焕然。

"安德斯·奥姆科维斯特!你来看我们啦!"他喜出望外,"爸,这是我朋友……"

"我难道还不认识他吗?我们在等你回来,都聊了半天工夫了。瑞典人用克朗,日子过得比用欧元更好更富裕,这其中的原因我全都明白咯。"马迪打断儿子。

约翰瞪眼看着,嘴巴傻乎乎地张着。

"*而且*,他还带饭来给我吃。"老头子快乐地宣告。这是最关键的赞赏。安德斯又拿过来一只杯子,为约翰倒上茶。

无须着急,不必匆忙。有大把的时间来解释这一切。

约翰·保罗开车送安德斯回石头大屋。"想象不到,你又跑来我们这里,还到岩石岭去找我!"他感叹。

"我原先指望你会在本地哪个啤酒馆玩音乐的,但他们说你干农活太卖力了。说你太劳累了。"

"我猜,你来是要告诉我,你打算丢开家产,把事务所抛到身后?"约翰打探道。

"没有。还没有。"

"但还是有可能会……"看起来,约翰为自己的朋友感到高兴,"这么说来,奇迹确实会发生。"

"你老爹真正想要的是什么?等我告诉你这个,你就要好好想一下奇迹是什么意思了。"安德斯有点豁然开朗的感觉。

安德斯对自己悄悄溜进去,在小鸡那大大的晚餐桌边落座很是歉疚。"对不起,我回来有点迟了。"他一边说,一边坐到了那英国医生夫妇的旁边。

"不要紧的。今天晚上的主菜是鸭。我给你留了一份,热着呢。你去找约翰·保罗,一切都好吧?"

"还好,蛮好的。你应该知道圣约瑟夫安养所,那里怎么样?"

"非常好。只要马迪能被劝服住到那儿去,他肯定会喜欢的。我有个姑妈就在那里养老,你去看她的时候,她几乎没空闲跟你聊上几句的。"

"问题不在这里,马迪自己乐意去的。反倒是约翰·保罗对此抱有疑问。"

"我们可以给他把事情搞定。你就告诉约翰,说他应该出去走走,随便去哪里游玩游玩,让他的兄弟姐妹不管是谁回来一趟,也好出点力照顾一下老爷子。他们应该时不时地回老家看看马迪,而不是把这事全都推给约翰·保罗。"

"我心里面倒是有点儿想法的。"

"如果那是要给约翰一次机会,让他的生活有所改变,我就全心赞成。"

"我在考虑,是不是可以在瑞典弄个爱尔兰主题酒吧。就请他来帮忙,帮我搞定音乐这一方面的事情。生意经营那一块,我自己能对付。"

"那么说来,你来这里就是因为这个咯。我之前还好奇是怎么回事。"未曾问东问西就搞清楚了事情的缘由,小鸡好像还挺开心的。

"不,那不是我本来的想法。只是情况多多少少发生了变化,演变成现在的样子。"

"这个地方倒真是会带来些变化的。这样的演变,我已经看到过不止一次了。我觉得,这里的海边空气有些特别之处吧。"

"这事我还没跟父亲沟通过。"

"假如他反对呢?"小鸡语气温和。

"我会向他解释的。我会谦恭有礼,把意思明确地说出来。我父亲也一直是这样,尊重他人。对*他自己的*那些追求,我不会泼冷水,不会表示轻蔑,只是要指出那些不是我的人生理想。"他的声音现在听上去自信了很多。

小鸡听着,一边连连点头。就仿佛她看到那一切正在发生:"等你开始招人的时候,也可以请我的侄女奥拉去帮忙,负责弄吃的东西,哪怕做一个季度也好。这会有助于你的酒吧开业顺利,也免得她在这里变成老姑娘。老跟我在一起,她会疯掉的。"

"变老变疯的话,比这里糟糕的地儿可有的是。"安德斯大笑起来。他希望,自己能把这一切向父亲解释清楚,但愿结果不会让他太失望。克拉拉可以接管奥姆科维斯特事务所。那份产业,不仅属于他,也同样天生流淌在堂姐的血液中。她对业务了如指掌,而且热爱有加——那份全情投入的劲头是他永远不具备的。现在,他要做的全部努力,就是劝服父亲去相信,女人也可以执掌像奥姆科维斯特事务所这样声誉卓著的公司。他略感解脱地叹口气,换个舒服的姿势靠坐到座椅上。可以找谁来帮他劝服父亲呢?他拿出一支铅笔和便笺簿,开始列一个清单,写出需要办的事项。单子上的第一条,是给艾丽卡打电话。

沃尔夫妇

对外自我介绍时,他们从来都不说两人分别是安和查理。他们总是说:"我们是沃尔夫妇。"

圣诞卡片署名,他们也这样写:沃尔夫妇敬贺。每次接电话,他们会说:"我们是沃尔夫妇。"

这种举动大概是团结和睦的表示吧。你几乎看不到他们单人出现,而且两人站那里时还靠得非常近。显然,他们从未厌倦过彼此的陪伴。在都柏林的家中,他们也相伴左右,一起工作。他们给一间函授学院的学生改作业打分数,按劳取酬。夫妻俩曾经都是老师,但与上班相比,这样在家兼职就没那么有压力了,也有了更多的时间做伴。屋子里有一间小书房。他们早上九点进去开工,下午两点才出来。夫妻俩说,在家里工作,必须完全自律,那非常重要。否则的话,一天一晃就过去了,你都不知道时间耗在了哪里。

然后,下午的空闲钟点,他们就用来散步,要么打理花园,要么去购物。五点,他们就安顿下来,开始一天中最重要的活动,也是最大的亮点——参加各类比赛。

他们赢得过很多很多奖项。赛事林林总总,从巧克力厂商的复活节邦尼兔征名,到为夸赞某品牌的花园棚屋征集五行打油诗,无所不有。他们给一款香水新品创作的广告主题词中选,于是得到了法国南部的一趟度假旅行；参加竞猜一只火鸡的重量，由此拿到了一套沉甸甸的铸铁厨具。他们赢得过最新款的电视机、一台最高端的微波炉、成双的男女款运动单车、天鹅绒窗帘，还有各种的小物件，比如时尚电水壶和真皮镶边的影集之类。有时一整周都徒劳无功，没有斩获，他们就觉得挺惨的。不过，他们对这种竞逐游戏本身感到乐在其中。假如再有奖品带来的额外安慰，那就是锦上添花了。

这对夫妻有两个儿子，但儿子们似乎很少参与到他们的生活中。一向都是如此。上学的那些年，兄弟俩总是跑去别的男生家里玩。沃尔夫妇没兴致加入孩子们的活动，陪他们娱乐。然后，其中一个儿子安迪，被英格兰一家出名的足球俱乐部挑中，成为了一名职业球员。另一个儿子罗里，当了司机，开长途货车，在欧洲各地跑来跑去，常常连续驾车好几个钟头。

这两份职业都让沃尔夫妇感到困惑不解。他们实在搞不明白兄弟俩为什么不想去读大学。而儿子们也根本一点儿都没法理解自己的双亲：爸爸妈妈成天翻来覆去地看报纸和杂志，就为了找到什么比赛，去赢得豪华烤面包机这一类的小玩意儿。

不过，这么多年来，沃尔夫妇倒也过得平平安安。对自己的生活状态，他们心满意足。他们谨慎仔细地挑选那些赛事，只有感到有相当不错的获胜把握时，才会参加比赛。电视上看到的那种竞赛类节目，他们都嗤之以鼻。那些只不过是些选择题罢了，比如：维也纳是哪国的首都？请从以下答案中三选一：A.安道尔共和国；B.奥地利；C.澳大利亚。这哪能算真正的比赛？这些只是俗套的骗人伎俩，让你拨打收费超贵的抢答热线，光电话费那一块就够他们赚的了。任何自尊自爱的赛事高手都不会考虑这些小儿科的东西。

他们也知道，顺口溜或口号什么的绝不可写得太高明。中庸之道才是明智选择。他们相互审核对方的应征方案，看看其中的一些谐音、双关语或者指涉，是不是过于深奥，超出了一般人的理解。他们必须注意，避免一步跨到了主流之外。至今为止，这个策略倒也很管用。

一个夏日的黄昏，他们坐在花园里，举杯庆祝幸福快乐的婚姻已持续了二十五年。他们坐的户外椅是赢来的奖品，因为他们将十二种园林花卉与各自盛开的月份正确配对了；他们用来喝酒的沃特福德玻璃平底杯也是奖品，那个比赛要求写一首短诗，对水晶称颂一番。这天晚上，他们处于一种颇为兴奋的状态。他们计划要赢取某个精彩的大奖，以此庆祝他们几个月之后的银婚纪念日。首先，有一个奖品是到阿拉斯加的邮轮旅游。不过，那肯定非常抢手。参赛者估计会来自全世界各地，大家对这个奖项都趋之若鹜，因此他们对自己获胜不能太乐观；意大利那边有个度假屋的美食烹饪活动——应该还是挺不错的；苏格兰有一处城堡搞推广，奖励是一周的入住体验。各种各样的赛事，简直有着无尽的可能。这不是吝啬或太计较花钱的问题。出国度个假，沃尔夫妇完全负担得起，但赢得一个免费奖赏所带来的那种激动和愉快，无疑会更过瘾。于是，他们填好参赛表格，劲头十足地准备构思相应的广告语。

他们随后发现了最为理想的奖品：巴黎，一趟冬季之旅，豪华酒店的七天住宿，还有一台车，配专任司机，供他们差遣，每天都安排好外出游览的计划，去凡尔赛宫、夏特尔以及城区观光，在举世闻名的餐馆中享用美食。这将是千载难逢的机会，将是一生中难得的经历。

这看上去也是很有希望如愿。他们在一本相当高端的杂志上看到了这个活动，而且杂志发行量不大。这大有好处，意味着赛事不至于会吸引到无数读者的目光。比赛的任务,是让参选者写一小段话来说明自己为何应当得到这个度假奖赏。

沃尔夫妇清楚,不能耍花腔瞎幽默。评委有杂志社的编辑,一家旅行社,还有三五个爱尔兰和英国的旅馆业老板,比赛的二三等奖就是由这几间酒店提供。这些人挺敬业,对他们的服务产品也很较真。开玩笑,或不尊重对方,那绝不会获奖。必须以同等严肃认真的态度来处理这个问题。

对自己提交的短文,他们感觉良好。沃尔夫妇相当简洁地解释说,二十五年来举案齐眉、相敬如宾,如此的眷侣关系固然令人满足,不过他们也很乐意自己的生活中能再度增添一点小浪漫。他们从来都不是生活方式张扬的那种人,但跟所有人一样,如果有什么奇妙魔法的幸运之光碰巧洒落到他们身上,他们当然也会喜不自胜的。以前,在那些主题词或广告语中,他们就用过"魔法"和"洒落"这类词,而且事实证明效果不错。这一次会再度奏效的。

他们现在相当确信,那大奖已被他们攥在手心里了。完全没料到的是,最终的结果却让他们震惊了:他们获得的是二等奖——去本国另一端度假,那是大西洋岸边陡崖上的某处偏僻的民宿。他们相互看看,愕然又沮丧。投入那么多的心力,写出那无比挚诚、字字滚烫的词句,来企求有一小撮梦幻的星光在他们的日子里闪耀片刻!而得到的,却是如此不相称的寒碜回报。

他们赢得了石头大屋一周的免费食宿。打电话来通报消息的女士还满心以为他们会非常激动的——从她的语气能听出这个意思。从根本上来说,沃尔夫妇毕竟是有教养的人,所以他们强打精神,努力调动一定程度的热情来敷衍回应。然而,一想到别的什么人将去巴黎,坐进原本就要专为他们服务的、配私人司机的豪华轿车,一想到这同样的人要走入米其林三星的顶级餐馆——那里的桌位原本也是为他们预约的——大快朵颐,他们的心一下子就沉得像铅块。

安·沃尔本来已经忙着把随身行装摊开了,斟酌着哪些物件要打包。其中包括一个品牌设计师的手袋和一条爱马仕的真丝大方巾——两样东西都是以前比赛拿到的奖品。为了在到巴黎之后,能显得对那里的经典建筑和艺术瑰宝耳熟能详,查理还买好了旅行指南书,现在也只好心有不甘地放下了。

之前是如此自信能赢得头等奖,最后却折戟沉沙,这让他们都不禁怒火中烧、耿耿于怀。他们愤愤不平,极想知道获大奖的那短文是怎么写的。他们决心要把此事搞个水落石出。

沃尔夫妇给石头大屋的老板娘小鸡·斯达尔打去电话,安排入住事项。对方显得很愉快,同时还很务实。她告诉他们详细的火车班次时间,并确定届时有专人在车站接他们。他们不得不承认,这位店主绝对令人满意,去度假肯定会感到宾至如归。如果他们本意就是想赢得这个奖项,那必然会对她的接待感到愉快。但斯达尔夫人想必永远也不会知道,对沃尔夫妇而言,这次的民宿之旅是多么可怜的一个安慰。

她询问他们的饮食习惯,确认他们是不是素食主义者,还给出建议,让他们带暖和以及防水的衣物。他们意识到,大牌围巾和手袋在这里是无用武之地了。斯达尔夫人说,她将给他们邮寄有关当地的导游小册子和文字读物,好让他们能预先确定要体验哪些休闲活动。他们可以骑单车漫游,可以观赏野鸟,还能和一群志趣相投的客人共进晚餐。

志趣相投?沃尔夫妇可不这么认为。

没有谁会带着这么一种退而求其次的心情去那里的。

斯达尔夫人说,她不会跟任何人提起这是他们竞赛获得的奖励——愿不愿意跟别人谈论这个,由他们自己决定。沃尔夫妇倒是有点蒙了。通常来说,他们是很乐意跟旁人轻描淡写地解释几句,说自己在什么比赛中获了奖,靠他们的聪明智慧来到那里,而不只是靠花点钱就如愿的。但无论如何,斯达尔夫人能这样考虑,终归还是很有心的。

带着沉重的心情他们商讨和同意了火车和巴士的时间安排,还真诚地表示非常期待这次旅行。

两个儿子回到爱尔兰庆祝父母的银婚。他们请爹妈去昆廷斯吃饭:那是都柏林最出名的高档餐厅之一。

孩子们竟然变得如此成熟了,沃尔夫妇惊讶不已。安迪身为英超联赛球队的职业球员,现在已习惯于高消费的生活。他翻看菜单的样子,就仿佛每天晚上都光顾这样的地方。即便是罗里,在那里也同样显得泰然自若,而他平素主要是在货运休息区餐厅和类似地方吃饭的——长途货车司机们在那里聊上几句,匆匆吃完就重新上路。

尽管困惑难解,他们还是表现出一点兴趣,询问父母近期参赛的战果如何。夫妇二人的确斩获不少,拿到了大小成套的两个行李箱,一些花园彩灯,还有一只刻花的木质沙拉碗,配有相应的分菜叉匙。

安迪与罗里咕哝着表示赞许和支持。他们说起了各自的生活,沃尔夫妇只是听着,但一头雾水。安迪提到了转会,以及联赛降级什么的。罗里告诉他们有一些简直是要绞杀整个货运行业的新规定,还不断有人找到这些司机,开出价码,让他们把非法移民藏在货物当中运进欧洲。两个小伙子都有爱情生活的进展要通报。安迪正在跟一个超模约会,而罗里已经跟一个名叫帕伊勒的西班牙姑娘同居,搬进了一套公寓房。

沃尔夫妇说,再过一周,他们要去爱尔兰西部。他们大致描述了那个地方,列举出那里全部的优点。他们说,度假屋的老板娘斯达尔夫人,在电话里让人感觉很愉快。

意想不到的是,儿子们看似对此还真的很热心。

"这次不同以往,你们能这样做挺好的。"安迪很是赞赏。

"这个是你们自己选择的,不是什么赢来的奖品。"罗里也认可。

沃尔夫妇没向他们透露实情。这并非故意撒谎,只是没点破真相而已——西部一周的度假,实际上还是竞赛所得。这部分是因为,与巴黎之旅失之交臂,他们依旧感到义愤难平。但主要是因为,他们决定去那个僻远荒凉、连上帝都嫌弃的地方,儿子们却显得挺高兴,这出乎预料的赞许让他们觉得有点受宠若惊。

他们想在儿子们的热情中多沉浸一会儿,而不是煞风景地道出去西部的真实原因,破坏了欢聚的气氛。

安迪说,他的超模女友一直都想去野外度假,来一趟健身徒步游,所以两人会在将来的日程安排上留意一下的。罗里说,那部老电影《蓬门今始为君开》,帕伊勒都看过六七遍了,迫不及待地想看看片子里故事的发生地爱尔兰西部。爸妈前往的这间民宿,大概也正适合他们小两口去。

多年以来第一次,沃尔夫妇感到终于跟孩子们同频共振,有了观念一致的时刻。实在是令人欣慰又满足。

一周之后,当沃尔夫妇坐在火车上横穿爱尔兰时,那种沮丧感又回来了。雨下个不停。看着湿漉漉的田野和水雾朦胧的灰色远山,他们快快不乐。就在这同一个时刻,别的什么人正在飞抵巴黎戴高乐机场。他们将见到那去接机的专任司机,而那人本该迎候的是沃尔夫妇。那专车中会配备小毛毯,以防天气冷。司机将载着那两位幸运儿开往超豪华的五星级马提尼克酒店①。套房里为来客接风洗尘的香槟已经安放在冰桶中。不只是一个客房了事,而是一个真正的套房。这个晚上,他们将在酒店用餐,随意点菜——那菜单,沃尔夫妇在网上都已经看过了!而他们自己呢,却要住进某处只管床位加早餐的廉价旅馆——美其名曰民宿而已。那里估计会四处漏风,哪怕在室内,他们恐怕也得穿着保暖的外套。整整一周,每天晚上,他们吃饭的地方将会是斯达尔夫人大厨房中的进餐区。

想想看,厨房!

他们原本应该在巴黎,坐在枝形大水晶灯下用餐的。

越往西,田野地块看似也越小,越潮湿了。这一切,他们都不需要跟彼此说。所有事情,沃尔夫妇早就有了共同的感受和见解;他们清楚地知道对方在想些什么。这将会是失望透顶、度日如年的漫长一周。

在火车站,他们一下子就认出了小鸡·斯达尔,因为石头大屋宣传册上有她的照片。她热情地欢迎他们,帮着把手提包拎到厢式小货车上,一边从容地介绍起这个地区和主要景点。小鸡解释说,刚刚在镇上的时候,另外有几样东西她都顺便拿了,已经先装进车里了。然后,沃尔夫妇就眼看着他们那昂贵的成套行李箱被放到了车顶上。与斯达尔夫人那些基本款的袋子和背包相比,这套行李箱看上去格格不入。

---

① 作者笔误,或为蒙田酒店。

斯达尔夫人似乎认识这里的每一个人。她问巴士司机,今天市场那里是不是有很多人;她跟穿队服的学生们打招呼,问当天的比赛怎么样;碰上一位老爷子,她主动提出让他搭车,但老人说儿媳妇会来接他的,所以他坐在那里看看风景,等着儿媳就好。

沃尔夫妇静静旁观这一切,觉得颇有趣。认识这里的每一个人,可真够不寻常的。友善随和,易于交往,那是肯定的。但也许是出于内心的幽闭恐惧症?她一直都未曾提到斯达尔先生。安·沃尔决定立刻就把这个疑惑给解决。

"你先生也帮忙打理这个民宿生意的吧?"她一副明快乐观的样子。

"很遗憾,他去世已经有几年了。但假如能看到石头大屋开业运营,他想必也会高兴的。"小鸡的回复很简练。

沃尔夫妇觉得受到了惩戒。他们刚才多管闲事,问了不该问的。

"你生活的这个地方真是挺美妙的。"查理言不由衷。

"这里是很特别。"小鸡表示认同,"我以前在纽约住过挺长的一段时间,但每年要回来一次,停留几天。那样多少是给自己充了电,以便有精神去应付一年中其余的那些日子。我觉得,这对别人也可能同样有用。"

沃尔夫妇对此抱有怀疑,但心口不一地发出热烈的含糊低语,以示赞成。

到达石头大屋时,他们倒是感到一阵惊喜。室内很暖和,也很舒适。他们房间的装修十分精致,颇具格调;一扇大大的凸肚飘窗面朝大海。窗边的小圆桌上有两只水晶杯、一只冰桶和半标准容量的小瓶香槟。

"这是我们的一点小意思,恭喜你们伉俪情深二十五年。能够拥有美满的婚姻,你们非常幸运;能意识到它的存在,那就更幸运了。"小鸡祝贺道。

至少这一次沃尔夫妇语塞了。

"呃,我们的婚姻算是幸福吧。"安·沃尔回过神来,"但,你怎么会知道的?"

"我读了你们的参赛作品。非常感人,文中说到你们是如何在平凡事物中得到快乐,但照样也期待有点小魔法的星光洒进生活。我真诚地希望,在这里我们能提供一些些的那种小魔法。"

毫无疑问地,她是读过他们写的短文。

他们都忘了,她也是评委之一。可是,尽管她被打动了,却没有投票给他们,让他们获得那梦想中的巴黎假期。

"这么说,全部征文你都读了?"查理问道。

"他们给了我们决选的短名单。我们读了最终入围的三十篇。"小鸡承认了。

"那么,获奖的人是……"

"嗯,总共有五篇征文获奖。"小鸡实言相告。

"是这样的,但我要问问得到头奖的人。他们写了个什么样的短文?"安·沃尔铁定心意要问个水落石出。她必须知道,到底是什么样的文字打败了他们,夺去了巴黎之旅?

小鸡迟疑了片刻,似乎在思虑要不要给出解释。

"说真的,那有点奇怪。他们写的是完全不同的一种东西,跟你们讲的内容根本不一样。那更像是一首歌,比如说,类似于《我爱春日的巴黎》这种歌,但换了版本,填进去的歌词不同。"

"一首歌？规则里没说可以用歌词的。说的是写一段话。"沃尔夫妇气愤难当。

"这个，你们也知道的，同样的事情，人们会有不同的阐释和理解。"

"可是，借用别人的歌词，只是改头换面而已——那岂不是侵犯版权吗？"他们极为震惊，简直义愤填膺了。

小鸡耸耸肩。

"他们的歌词很抓人。"

"原版的歌词或许就够打动人了，而他们只是戏谑模仿了一下，就去了巴黎。"那种深受伤害和不满的意思溢于言表。

小鸡的目光在夫妇二人身上游移不定。

"呃，你们现在已经到这里了，那就只能希望你们会喜欢这趟假期了。"她无奈的语气中听不出抱有多大希望。

沃尔夫妇挣扎着恢复常态，但那毕竟是勉为其难。

小鸡心想，留下这两人自己来权衡，大概更为明智。因为很显然，在沃尔夫妇眼中，这个退而求其次的民宿行程非常不入流，聊胜于无。

"如果对你们多少还算有点安慰的话，我要说，每个人，全部的评委，都这样认为，尽管弗莱明夫妻拿了头奖，但你们的征文也极为出色，绝对温暖感人。我们都羡慕甚至嫉妒你们的关系呢。"她尽力安抚他们。

不过，这纯属徒劳。除了之前大失所望，沃尔夫妇现在还觉得知晓了内幕——他们被骗了。这会让他们永远难以释怀，如鲠在喉。

为了平复心绪，他们倒是做出了努力，极大的努力，但那绝非易事。他们试着去跟同期的其他客人闲聊，人家说的那些话题，他们也装出感兴趣的模样。这样一伙人竟然聚到了一起,看上去有点匪夷所思:来自瑞典的一个小伙子,诚恳又严谨;一位图书馆女馆员,名叫弗丽达;一对英国夫妻,都是医生;奈尔,一个成天噘着嘴,仿佛对全天下都不满的老妇人;一个美国人,误了航班,临时起意跑到了这里;还有温妮和莉莉安,说是朋友,但怎么看也觉得这两个女人不太可能当朋友。所有这一帮人,他们来这里都干些什么呢?

民宿的餐食很棒。负责上菜的是奥拉,很漂亮的姑娘,是店主的侄女。说真的,没什么可指摘的。是的,无可挑剔,除了弗莱明夫妇——到底何人姓甚名谁都没关系反正就是那两口子——偷走了本该属于他们的巴黎之旅。

这天夜里,沃尔夫妇没睡好。凌晨三点,他们就醒了,在房间里煮茶喝。他们坐着,听外面的风声和雨声,还有浪头退去后又再次撞上海岸的涛声。这声音听上去悲凉又哀怨,仿佛是跟他们心有戚戚,对他们的遭遇感同身受。

第二天早上,其他客人看似都准备就绪,热切地聊着各自计划中的游览路线。沃尔夫妇胡乱地选了一个方向,随意走过去,发现自己到了一片长长的荒寂沙滩上。

空气清爽冷冽,令人振奋,那是当然的,而且有益健康。他们不得不承认这个。风景也很壮观。

但是,这里不是巴黎。

他们去到小鸡推荐的一家啤酒馆,各自喝了一碗浓汤。

"每天就这样,继续再过六天,我认为我大概吃不消的。"安放下了手中的汤匙。

"我的还好。"查理回应。

"我说的可不是汤,我意思是指蹲在这个我们压根儿就不想来的地方。"

"一定程度上,我也这么觉得。"查理表示同意。

"他们得了头奖,但似乎谈不上光明磊落,不够公正。连小鸡都承认这一点了。"安还是觉得非常委屈。

"你就不想打探一下,看看他们玩得怎么样?"查理提出来。

"想啊。但既想知道又讨厌知道。"他们默契地笑了。

吧台后面的女人赞赏地看着他们。

"老天做证,看到一对夫妻关系这么好,真是太让人开心了。"她对着他们这边说开了,"昨天晚上,我还跟帕迪聊,说别的夫妻就只是走进来,各自盯着面前喝的东西,根本什么都不说。帕迪倒是没留意到这些。他是这样认为的:要说的话,人家也许都说完了吧。"

二十四小时之内,因为关系好而两次得到称赞,沃尔夫妇感到心情舒畅。他们此前从未想过,这还能算是什么了不得的事。可小鸡已经说了,连评委们都对他们称羡不已的。当然啰,没有艳羡到足以给他们大奖的那种程度……

他们告诉女主人,说他们是从都柏林来这里度假的,住在石头大屋。

"小鸡在那里干得很棒的,可不是嘛。"那女人接过话头,"对周边这一带的人来说,她是个绝佳榜样。她那可怜的丈夫,唉,但愿上帝怜悯他,在纽约那边碰到可怕的车祸,英年早逝,然后小鸡就打定主意回到这里,为自己开创全新的生活,同时为了在冬季也能给这个地方招徕一点生意。我们全都祝她能如愿。"

小鸡丈夫的遭遇令人悲伤,沃尔夫夫妇对此也颇为同情。但在内心深处,这并未让他们觉得,在爱尔兰这偏僻荒凉的一角,他们能更淡然一些,因为他们的梦想在别处。

直到第四天晚餐时,他们才告诉大家自己是在一个比赛中赢得这趟度假行程的。晚上围坐在餐桌边,每个人都更为放松了。这时,沃尔夫夫妇意识到,其实这些人没有谁就是一开始看到的那个样子。那两个女人,莉莉安和温妮,根本不是什么老朋友,她们在海蚀洞窟中差点被淹死,好在获救了;医生夫妇看似也更释然了;妮柯拉跟那个美国人——那家伙身份暴露,竟然是个影星——聊得挺欢乐的;那个瑞典男生非常热爱音乐;而图书馆员弗丽达则天赋异禀,能看透人们的生活,判断之准确,让人感到不可思议;奈尔依旧是什么都看不惯的样子——起码这个没有变化。无论如何,大家确实感到彼此像熟人了,而不是偶然聚到一起的一群陌生人。

比赛获奖,这个说法让他们觉得很新奇,都被深深吸引住了。他们此前一贯认为那是有黑幕的,拿奖者早已内定。要么就是认为参赛的人太多,你毫无机会胜出。

沃尔夫夫妇列举出他们得过的一些奖品。这个话题似乎抓住了每个人的注意力,这让他们感到莫名满足。

"那是不是有什么诀窍?"奥拉想一探究竟。她很乐意能赢得一台摩托车,然后骑行畅游欧洲,她解释道。

沃尔夫夫妇不加保留,大方地给出他们的建议:那也不能说有多大的诀窍,最关键的就是要坚持不懈,文字表达要简洁明了。

大家的热情都被点燃了,迫不及待地想一试身手。任何比赛都行,只要能马上找到一个。小鸡和奥拉跑去拿了一些报纸杂志回到桌边。大伙儿于是开始翻看查找赛事信息。

有一个活动,是为动物园的一只动物征名。沃尔夫妇解释说,那则启事登在了报上一个以儿童为受众的版面中,所以全国的每间学校估计都会提交应征方案的。这种情况对他们大为不利,胜算不大。两口子的语气中透着权威,就如同顶级扑克玩家,能明确告诉你这一局有多大概率摸一手顺子或者一副同花牌。其他人看着他们,对他们肃然起敬。

然后,在《爱尔兰西部》这份当地报纸上,他们发现了一项比赛——"创立一个主题节日"。

沃尔夫妇仔细地通读活动规则:参与者要提出创意,设立能给西部的这个镇区在冬季带来一些人流和消费的节日。

这倒可能正是适合大家的赛事。那么,为石桥这个地方,他们能想出什么样的节庆提案呢?

客人们面露疑色。他们原本都预期着去构思一句漂亮又顺口的口号,或者是机智聪明的五行打油诗的。设计一个节日,这太难了。

沃尔夫妇不这么认为。他们说,还是有不少可能性的,大家认真探讨一下。那必须是冬季的活动,所以选美就谈不上了——可怜的姑娘们会被冻死的。生蚝节?戈尔韦那里已经搞了,因此他们不能再提这个。冲浪、皮划艇或独木舟这类运动项目,西岸这一带其他地方早就认领了。

攀岩太专业,一般人玩不转。传统音乐,当然是有的,但石桥没那么知名,不像克莱尔郡的杜林村或米尔敦马尔贝那样是爱尔兰的民间音乐中心,而且这里以前也没出过什么传奇音乐人、琴师或笛子手之类的。外地也已经有了一个徒步旅行主题的节庆。石桥连个可以鼓吹一番的文学名家也没有,否则不妨借此由头搞个阅读与写作冬令营。

视觉艺术?这地方的历史上没这个东西。没有类似杰克·叶芝或保罗·亨利这样的画家来充当节庆的核心元素。

"一个故事节,怎么样?"亨利和妮柯拉,那对安静的英国医生夫妻,提出这一建议。所有人都认为这是个好点子,但隔壁的那个郡显然已经有讲故事的活动了,而且反响不错,会持续举办。

安德斯设想搞个短期讲习班,叫"自得其乐",让来客练习演奏爱尔兰音乐,但其他人说,这地方其实都染上这"毛病"了:游客们在酒馆里学着吹锡质小笛,用勺子敲出曲调,还打鼓玩——那种被称作"宝倭兰"的爱尔兰单面浅鼓。

别人一会儿叫他约翰,过一会儿又叫他柯瑞的那个美国人,发声说他觉得弄个"寻根节"或许还不错。可以找几个族谱专家在那节日期间常驻,帮着人们寻访先祖遗踪。大家普遍的意见是,寻根问祖这种做法,在爱尔兰早已蔚然成风,是老生常谈了。

温妮提议设立厨艺节。当地人可以教游客们怎么做黑麦面包和土豆薄饼,尤其是,怎么做出鹿角海苔的奶油慕斯——那非常美味,昨天晚餐大伙儿才吃的。然而,不用说,教烹饪的学校已经太多太多了,要去竞争,去吸引访客,绝非易事。

他们最终同意都先去睡觉,躺上床慢慢想,有了新点子,第二天晚上再一起讨论。这个晚上的气氛愉快又热闹,沃尔夫妇不知不觉间也兴致盎然,乐在其中。

一旦回到客房,他们的思绪又飘向了巴黎。今夜,本应是他们去看歌剧的时间。那台豪华轿车应该已经从巴黎流光溢彩的夜色中滑行而过。然后,他们应该会满意地一路哼唱着回到马提尼克(蒙田),在那里得到礼宾部的欢迎和问候——及至此时,酒店员工应当都认识他们了。领班经理会殷勤提议,他们回房安寝之前,不妨在钢琴酒吧小饮一杯。但现实呢,他们是在向一群陌生人解释比赛的技巧和基本规则,而这些人压根儿就一窍不通。

自从得知征文结果,只要一想到这个,他们就气不打一处来。

"我敢打赌,他们完全不懂欣赏歌剧。"查理断言。

"他们说不定都取消了看歌剧的安排,换成逛酒吧了。"安的语气中满是轻蔑。

突然,一个想法从她脑中冒出来。

"我们来打电话给他们,问问那边的情况怎么样。至少,我们能心里有个数。"

"我们打不了电话的,他们在巴黎啊!"查理很吃惊,觉得那是异想天开。

"为什么不能?只要讲一会儿就行了。我们就说,打电话是希望他们一切顺利。"

"但是,怎么才能找到他们?"查理傻愣愣地呆问。

"我们知道酒店的名字,我们也知道他们的名字——找到他们,那还有什么难的?"在安看来,这简单至极。

在他们比赛用的记事本上,沃尔夫妇已经写下了关于巴黎假期的全部详情,其中也包括酒店的电话号码。还没等查理想出另一个理由来反对,安已经打通了那个号码。

"麻烦帮我接通爱尔兰来的弗莱明先生和夫人。"她法语流畅,发音清晰,如铃声般清脆。

"我们自己是什么人,那该怎么说?"查理心虚胆怯地问。

"看情况见机行事。"安沉着镇定。她按下免提,方便让查理也能听见谈话内容。

查理焦急地听着,对方接通了电话。

"晚上好,是弗莱明太太吧,我们打来电话,就是问问度假情况怎样。是否一切都令两位满意?"

"呃,这个,还好……我意思是说,真心谢谢你。"那女人听上去在犹豫,吞吞吐吐的。

"在酒店的这一周,你们住得还愉快吗?"安追问下去。

"你是酒店的人?"那女人紧张地问。

"不是。这是从爱尔兰打过来的电话,我们就是想了解一下,希望你那边没遇上什么问题。"

"这个嘛,情况相当尴尬。这事一言难尽,因为,毕竟这是个很贵的酒店。我们当然知道这个,但这里跟我们预期的相差不止一点点。"

"哦,是这样啊,听到这个我很遗憾。不过,确切地说,是哪些方面有不足呢?"

"呃……首先,这不是一个套间,而是一个很小的房间,还靠近电梯,电梯整夜都有人上上下下的。此外,我们也不能在酒店餐厅吃饭——给的券只能去他们所谓的小餐吧用,那里只有简单的自助小食。"

"唉,太糟了,合同的条款中可不是那么说的。"安对接待方的做法也颇感不满。

"就是,但你投诉也没用,得到的回应没有任何意义,就等于是对着空墙说话。他们就只顾耸耸肩,说这些安排跟他们酒店毫无关系。"弗莱明太太的声音听起来开始显得憋屈又懊恼。

"那司机服务怎么样?"

"我们只见过他一次。他属于酒店调用的。很明显,那些VIP客人一个接一个,不断地要他去开车。他从未空闲过。他们给了我们票,参加大巴旅行团去凡尔赛,那把人累得够呛,甚至还有好几英里的卵石路要走过去。我们根本就没去成夏特尔。"

"这跟之前承诺的可大不一样啊。"安啧啧有声地表示震惊和指责。

"是啊,我们本来不想抱怨的,你看。我是说,这本来是个非常慷慨的奖励。只不过……只是……"

"外面的高档餐馆呢?这一方面还对头吧?"

"某种程度上,也能说他们做到了,但不完全如此。你看,那只包括*固定价格*的东西,你明白的,就是指定的套餐,经常是肚子、内脏或兔肉之类的,都是我们不吃的东西。他们之前*明明*说了,我们可以从常规正式菜单*上*点菜的,但到那里之后,却又不可以了。"

"那你们打算怎么办?"

"呃,我们不知道要怎么办。正因为这样,你能打电话过来真是太好了。你是杂志社那边的?"

"我不直接属于那里,但多少有些关联。"安很有策略。

"我们并不是想跟他们埋怨或者诉苦什么的,那样似乎就太不感恩了。但是,这一切比我们预期中的实在是差太多了。"

"我明白,我能理解。"安此刻是真感到同情了。

"酒店的员工,个别来说,还是很好的,很和气也令人愉快,但作为一个整体来看时,就不太对头了。他们似乎认为,我们赢得的奖励就只配非常廉价低端的服务,而根本不是比赛中所宣传的那样。我们该怎么办? 你能给点建议吗?"

沃尔两口子茫然地相互看看。说真的,能怎么办呢?

"这样吧,你也许可以跟策划这个项目的公关公司取得联系。"安终于想出如何回应。

"你能不能帮我们联系一下?"弗莱明太太显然是那种息事宁人的性格,怕制造风波。

"你们直接去投诉,恐怕会更有效。因为你们在现场,可以说出那里碰到的全部具体问题……"安有些忙乱,急于把皮球踢回给弗莱明夫妇。

"可是,你都打电话来问我们情况了。当然,要谢谢你的好意。不过,你是哪一方的,到底是代表谁来问这事的?"

"我只是对此有所关注的社会公众而已。"安挂掉电话。由于怕露馅,她紧张得有点哆嗦。

现在,他们要怎么办?

首先,他们需要让那种喜悦庆幸的感觉慢慢渗透身心。巴黎假期的美梦,结果被证明是噩梦一场。真是他们的运气能置身其外,大西洋岸边的这个破地方,他们一开始以为会多么令人失望的,结果反倒要远远好过那个五星酒店。

这里所承诺的每一样东西都兑现了。或许可以说,终究还是他们拿到了头奖。

他们决定,第二天上午要致电那个公关公司反映情况,说巴黎酒店那边没有履行义务,与应有的服务项目出入太大。

几天来第一次,他们睡得很安稳,一觉到天亮。没有在凌晨三点醒来，带着满怀的不甘和怨气坐在那里喝茶，郁郁不乐地沉思笼统意义上生活的不公，还有具体赛事中的不公。

沃尔夫妇带上打包好的午餐，顺着陡崖和巉岩怪石徒步旅行，直到看见了一座倾圮的古老教堂。小鸡说，那里是个很不错的地方，可以坐下来野餐。大风被残墙挡在了身后，海面一望无际，直指另一头的美洲。

他们打开分量充足、美味多汁的鸡肉馅饼，还有保温壶里的汤，不禁喜笑颜开。想想看——在巴黎，弗莱明夫妻俩面对的大概又是一顿内脏和兔肉的午餐。

安·沃尔已经给那公关公司留了一条神秘的语音信息，说为各方的利益考虑，他们需要立即跟进核实弗莱明夫妇在马提尼克（蒙田）的情况，否则的话，恐怕会招致很不利的曝光，绝对有损公司声誉。因为那两口子感觉就像冒失的学童，被留堂关在了学校里，却没人管，也不知犯了什么错。假期剩下的那点时间，但愿他们能得到款待。

这天晚上，在小鸡的大餐桌边，所有人都准备好了各自的节日设想。几乎等不及吃完饭，他们就急着推销自己的创意。三五天过去，莉莉安脸上的神色已经缓和下来。她说，如今不管什么节日，本质就在于有一种让你——但愿大家能原谅她使用下面这个恶俗的表述——"感觉好的元素"。大伙儿都点头赞成，说那确实是必需的。

小鸡说，现在这个世界上，一种社区归属感和融入感正变得越来越重要。年轻人起初都逃离那种相对封闭的小社会和紧密的小团体，当然，他们也应当那样做，去开拓眼界，但过了一定的年岁，他们就又想回归那个群体了。

奥拉寻思着说，是否可以组织家庭团聚的活动来作为节庆主题。大家觉得这个概念很好，但指出，具体操作会有难度。这个活动是让一个大家族相聚呢，还是说让疏远失和的亲友聚到一起，重修旧好？莉莉安认为，搞个欢乐的"风采奶奶节"可能还不错。老了之后，谁都想当奶奶、当外婆的，她很肯定地说。温妮目光敏锐地看了看她。以前，她可从未提过这种念头。

亨利和妮柯拉试探着说，社区健康或许是个好主题。如今，对均衡饮食、生活方式和运动健身，人们可是非常注重。所有这些，石桥这里都有现成的资源。突然，安德斯提出，可以搞个庆祝友谊的节日。你们都懂的，就是老朋友们一起聚到这里，也不妨跟一个往日伙伴去附近哪里同游一程，就是这一类的活动。出于礼貌客套，对这个很难说高明的提案，他们先考虑了片刻。但越想，越觉得这主张似乎可行。

家人，或者其他任何人，都不用被排除在外。因为你的姐妹，或者阿姨、姑妈，也可以是你的朋友。

大部分人肯定都时不时有过这样的感受：很乐意跟什么人叙叙旧，聊聊近况，增进感情——你原本想跟这个人多见面的，但实际相聚的次数远没那么多。

设想一下，假如有个节日，能提供多种多样的休闲娱乐，正如大家已经在建议中提过的那些，但都是在友谊的主题下进行，如何？大家脑袋里纷纷冒出无数的主意。节日活动中一样可以有厨艺演示、健身课、徒步旅行、观鸟、去农庄品尝茶点、唱歌、看地方戏剧、踢踏舞教学这些内容。

整桌人都在出谋划策，做记录，把那些内容汇集整理成一个完整的方案。沃尔夫妇看着，心中越来越兴奋。他们赢定了，胜券在握。

他们又翻阅了那份报纸，看看奖品是什么。是都柏林一座大型商店的狂欢购物赠礼，价值一千二百五十欧元。

沃尔夫妇把奖金做了安排。在场的都参与均分，额外多给安德斯一份，因为采用了他的倡议。这样可以吗？

每个人都高兴地同意了。

他们这个团队，该用什么名字来称呼？就叫石头大屋联合体？好，那听起来非常合适。奥拉将把提案打印出来，每人都发一份。他们会留意看结果的，圣诞之前的那一周就将公布。

等友谊节正式创立和举办活动时，大家全都要回来，在这里共同庆祝。而最让人欣慰的是，在这座能看到浪花拍岸的可爱民宿中，他们仍可以享受这一周剩下的舒适时光。这里不仅兑现了所承诺的一切，甚至还超出预期，给了他们更多。

那像魔法一般洒落在他们身上的，*确切地讲*，不能说是浪漫奇幻的星光，但那是某种更深沉的东西，一种对生活意义的领悟，一种安宁平和的美好感觉。

奈尔·郝小姐

郝小姐退休时,伍德公园学校的女生们认为她大概已经九十岁了。但她实际上才六十。不过也没什么差别,反正都已经老了。她们想都没想一下,从此往后,她的每一天、每一周、每一月,要怎么过。老人嘛,无疑只会继续发号施令,叨叨咕咕,看不惯东也看不惯西。她们根本就毫无概念,她是多么害怕这一天,多么恐惧这第一个九月——四十年来第一次,她将无法照旧开始一个满是希望、规划和目标愿景的新学年。

从任何人能记得的时候起,郝小姐就一直在那个学校了。她高高瘦瘦的,头发从前额这里直直地往后梳过去,用一个式样古板的条形发卡挽在脑后。她总穿深色衣服,外面罩上一件学位袍。过去,她教过这些女生们的妈妈,教过她们的三姑六姨,但近些年来,身为校长,她已经很少出现在教室中,主要是在办公室里忙活。

女生们讨厌去郝小姐的办公室。首先,去那里总是意味着犯了某种过错,要被训斥或惩罚。但还不止于此。校长室是个没一丝人气的地方。郝小姐的办公桌非常实用,桌面上总是空空的:她是个无法容忍丝毫混乱或杂物的人。

室内的一面墙边竖着便宜的搁板架子,放着很多教育方面的专业书。那里没有手工制作的温馨小书架。对于一生中几十年都在教书的一个女人来说,有那种工艺书架是很自然的事。另一面墙上满是时间表和待办事项、近期活动的日程,还有各种值勤名单和计划事务的细节。两个大大的铁质文件柜里大概就保存着学校历届女生的学籍记录,还有一台笨重的老旧大电脑,占据了主要空间。窗子旁挂有严肃沉闷的棕色窗帘。墙上一幅画也没有。四面墙壁之外的生活,在这里一点踪影都看不到。没有照片、摆件、装饰物,或者任何迹象,来表明郝小姐,伍德公园学校的校长,可能对什么东西有点兴趣——只除了这座学校。这间办公室是她会见各类来客的地方:申请入读的学生及其家长,应聘的新教师,教育部来的巡视员,偶尔到访的往届毕业生——这些人有了成就,就会回母校捐建一个图书室或者一处带棚顶的小游戏场。

郝小姐有个助理,叫艾琳·奥康纳,在学校也好多年了。艾琳身形圆胖,乐呵呵的。在教师办公室,大家都说她是"拯救校长室的笑脸"。她似乎都没注意到,郝小姐每次对她讲话,不是在说话,而是在叫嚷。不管做了什么工作,郝小姐差不多从未向她道过一声谢。经常地,这位校长与人会谈搞僵了,甚或是争执起来,艾琳便端着茶水和饼干进去打圆场。而每当此际,郝小姐看上去却总是一副略感惊讶和几乎恼火的样子。

郝小姐的办公室里没有任何花草,于是艾琳就在一个铜罐中养了一点伽蓝菜。这种植物基本上不需要打理,结果郝小姐就从未给这个盆栽浇过水,或者表面上看来,她甚至压根儿没注意到有这么个东西。艾琳穿颜色鲜艳的T恤,外面配深色短上装和裙子。似乎她是在尽力平衡——要给那丧礼般死气沉沉的办公室带来一抹亮色,同时要避免招惹到郝小姐。艾琳的美德都快赶上圣人了,她在有生之年大概就可以被奉为圣徒吧。

她在校长室外侧一个小小的房间里办公。那里满是体现她个人性格的东西,而她跟人交谈时也是个性鲜明。小房间里有垂挂拖曳的天竺葵,有艾琳的全部好友寄过来的风景明信片,用大头针钉在公告板上;桌上的小相框里嵌着她和亲友的照片;她的书架上放着去西班牙度假带回来的纪念品,还有她自己的留影——在当地一个民间节日期间,她穿上了褶边裙装,还戴着一顶大大的宽边帽。这里,你看到的是一份实实在在的生活记录,忙碌而又快乐,与隔壁那灰暗惨淡的"牢房"构成鲜明对比,而那"牢房"却寄托着郝小姐的骄傲和乐趣。

每天午饭时,艾琳都要回家,因为她的妈妈病弱无法自理,另外,她还有一个外甥,名叫肯尼,是她去世的妹妹的遗孤。艾琳跟母亲一起,给了肯尼一个温暖的家。这孩子正成长为一个好小伙子。

教师办公室里,大家都惊叹于艾琳的耐心和无限的好脾气。有时候,他们对她感到同情甚至怜悯,但艾琳却不想听到对郝小姐的反对意见或声讨,一个字也不肯听。

"不,不,她就是那么个人,就是那样的风格。"她会帮着自己的老板开脱,"她其实有着金子般的心,而这又是我梦寐以求的工作。请你们理解。"

老师们私下里议论,说像艾琳那样的人,在这世上总会成为郝小姐之流的受害者。"她就是那样的风格",艾琳这么说是什么意思?一个人是什么风格,是什么德行,就决定了这人是谁。除此之外,我们还能怎么去判断一个人?

郝小姐被大家戏称为"自虐教母",这倒也合情合理——她的大敌就是她自己。这一绰号够机智,老师们提起来就不禁咯咯傻笑。而莫名地,这也似乎驯服了郝校长。既然他们可以背着她喊她这个,她就显得没那么可怕了。当然咯,所有人必须严格保密,绝不能走漏一丝风声,让学生们听闻他们对校长的"昵称"。

郝小姐退休之前的这一年间,关于她的继任者,人们有过很多猜测。现有的员工当中,没有谁具备足够的资历或威信可以来接替她。那也是郝小姐掌管学校的方式——从来都不授权和委任下属代为行事,于是谁也没得到职能锻炼。估计新校长的人选是要来自外面了。对此前景,教职员们也不喜欢。他们已经习惯了"自虐教母"。他们知道怎么去对付她。他们还有艾琳来缓和局面。谁料得到那新人上任之后会出什么幺蛾子呢?与其要面对一个硬塞过来的、你一无所知的全新魔鬼,那还不如继续跟老魔鬼玩玩算了——至少你已经熟知对方。

对艾琳的前景,他们也心存疑问。她会留守原位,为那个新沙皇效力吗?下一位校长和她的为人德行,艾琳还会找托词来辩护吗?假如,新来的这人不要艾琳干了,怎么办?

改变即将到来。他们害怕改变。

不过,暂时先要考虑的是如何欢送郝校长。她的兴趣关注点到底在哪里?对此,谁都一脸茫然,连一丝头绪也没有。学期开学时的寒暄闲谈,甚至也不能提供任何的线索。郝小姐没有度假见闻跟大家讲,类似这样的常规话头,她从未提过。家庭亲友团聚?房屋维修?挖坑弄园艺?一概都跟她不沾边。最终,他们都绝望了,不再试探或追问。

可是,这个女人把一辈子都献给了伍德公园女校,究竟拿什么来祝贺她荣休呢?邮轮旅游,或者在温泉水疗中心享受一周,或者一套沃特福德水晶器皿,或者是制作工艺精良的什么小家具,这些想都不用想,因为郝小姐的品位和价值观大家早就看到了,是完全功利主义的:任何东西,只要能用就行了。

老师们拜托艾琳来想办法。

"你每天都跟她见面,一直都跟她说话。她可能喜欢什么,你肯定知道一点眉目吧。"她们向她求告。

但艾琳说,她脑袋里也是一片空白。郝小姐这人,绝对公私分明,独来独往。私人的事情,她从来都是不愿谈论。

家长委员会也向艾琳提出了同样的问题。他们想对校长离任有所表示,但又不知如何是好。艾琳决定不负众望,拿出勇气,来对老板的个人生活打探一番。

她知道郝小姐的住址,所以她首先做的就是去那里看一看。那地方叫圣加拉斯弯月道,郝小姐的家就在那连成一圈半圆的房舍当中。这些房子都不大,最初被认为是适合工薪阶层的平价居所,后来被地产业美其名曰联排镇屋。而现在,因为经济衰退,这类住宅的价钱又回落了。大部分房子前面的小花园都照料得挺好,很多人家还弄了条形的窗台盆栽,或者是色彩缤纷、姹紫嫣红的花坛。

然而,郝小姐的花园中什么装点也没有,只有两棵到季开小花的灌木和一片修剪整齐的草坪。栅栏门、屋门和窗檐的油漆都很旧,需要重刷了。外表上看,这屋子并未被弃之不顾了,而更多是被忽视了。看不出有任何线索可表明主人的喜好。

艾琳决定,她必须更勇敢一些,她要看到房子的内部。带着这份心事,第二天上午,她将郝小姐的老花镜悄悄放进了自己的手提包,然后装作不经意的样子去上门送还,假称是在办公桌上看到了眼镜。

郝小姐开门看到她,毫无热情欢迎的意思。

"没这个必要的,艾琳。"她语气很冷淡。

"可是，我担心你今天晚上没法看书看报。"艾琳笨嘴拙舌，吐词艰难。

"不会的，我家里有很多，可替换用的。但还是要谢谢你。你真是好心。"

"郝小姐，我可以进去坐一下吗？"有勇气问出这一句，艾琳几乎紧张得要晕了。

停顿了片刻。

"当然可以。"郝小姐终于把门完全打开来。

屋内光秃秃空荡荡的，如同诊所，跟学校里的那间办公室风格一致。墙上没有挂画；有一个简陋的旧书柜，几乎要散架了；还有一台老古董样式的小电视机。桌子上放着晚餐托盘，里面已经准备好了一块奶酪、两只番茄和两片面包。而在艾琳的家中，他们今晚要吃的是香辣番茄汁配意大利面。艾琳已经教会了肯尼做饭，今天他将做个甜食，是奶油拌水果泥，加上大黄叶梗。他们三个会一起玩玩拼词游戏，然后艾琳陪着妈妈看电视剧，而肯尼，如今已经十八岁了，则跑出去找朋友玩。跟这个冷冰冰、凄凄惨惨的地方相比，那个家是多么温暖快乐。

但既然事已至此，都迈出了这么大一步，艾琳也不愿就此放弃。

"郝小姐，我有个问题。"她开口道。

"你有问题？"郝小姐的声音冷如冰霜。

"是的。老师和学生家长都要我告诉他们，今年夏天你退休的时候，什么样的送别礼物才比较合适。大家都希望，送给你的东西会是你真正喜欢的。因为我每天都在你旁边，同事们就误以为我知道该送什么好。但实际上并非这样。我也一片茫然，郝小姐，我不知该怎么办才好，你能不能指点我一下……"

"艾琳,我什么都不想要。"

"可是,郝小姐,重点不是这个。大家都想给你一点礼物,合适的什么东西。"

"为什么?"

"因为他们珍视你。"

"如果他们真的尊重我,那么就不用管我,不用再老想着搞什么伤感的欢送仪式。"

"不是那样的,郝小姐,他们不是这么想的。"

"那你呢,艾琳,你是怎么看的呢?"

"我估摸着,协助工作了二十年之后,如果我还说不出你可能喜欢什么样的送别礼物,他们肯定会认为,我是个糟糕的朋友和同事。"

郝小姐看着她,看了好一会儿。

"可是,艾琳,你不是朋友或者同事。"她终于抛出结论,"那是一种完全不同的关系。要你了解我,弄清楚这类问题,那些人没道理这样指望的。"

艾琳的嘴张开又合上,如是反复了几次。

以前,老师们在员工办公室里骂郝小姐来解气,称其为"自虐教母"时,她都站出来为这个女人辩护。现在,她真想不通那是发了什么傻。千真万确,郝小姐是个不近人情、毫无暖意的人,没有朋友,连半点兴趣爱好也没有。让大家给她随便买个什么好了,野餐篮或吸尘器,都行,那都没关系。艾琳已经不再把这事放在心上。

她拿起自己的包,朝门口走过去。

"郝小姐,我该走了。不能打搅你耽误你吃晚饭了。我只是想把眼镜拿给你,就是这样。"

"艾琳,我没把眼镜忘在桌上。我从来都没有把任何东西遗忘在桌上。"郝小姐这样强调。

艾琳努力迈稳步子,走向外面的花园门。直到沿着外面的主路走了一小段,她才感到双腿是那样地虚弱无力。

这么多年来,她鞍前马后地为郝小姐效力,怒气冲冲的家长、牢骚不满的老师、叛逆捣蛋的学生,她都为这位校长推挡着。但今晚,郝小姐却面对面地明确通告,让她不要想当然地自以为是她的朋友或同僚。她只是为校长大人干活的一个雇工。

自己之前怎么会那么眼瞎呢?对自己的角色怎么会那么确信?

她扶住路边人家的栅栏门,好让自己不至于瘫倒。一个年轻女人从屋内出来,关心地看着她。

"你没事吧?你脸色不好,苍白得像一张纸。"

"应该还好。我就是觉得有点头晕。"

"那进来坐下,歇一歇。顺便告诉你,我是个护士。"

"我认识你的。"艾琳费劲地喘了一口气,"你在圣布丽吉德医院的心脏病理疗所工作。"

"是啊,你是那里的病人吗,不是吧?"

"我陪妈妈去的,她叫佩姬·奥康纳。"

"哦,是的,我知道了。我叫菲奥娜·卡罗尔。佩姬总是说起你,说你对她是多么孝顺。"

"有人能说我好,说我有点用处,这让我感到高兴。"艾琳叹息一声。

"请进,奥康纳小姐,我来给你弄一杯茶。"菲奥娜搀扶着她的胳膊。艾琳感激地看到自己进了一栋与郝小姐家截然不同的房子——相隔不远但差异巨大,简直是来到了另一个星球。菲奥娜和她的两个小儿子一起招待客人,拿来了热茶和巧克力蛋糕,还给艾琳带来很多的鼓励。

艾琳开始觉得好多了。

她始终是个谨小慎微又忠诚的人,内心里在抵抗着那种冲动诱惑——对这位善良可亲的菲奥娜吐露真相,纾解内心的委屈,而她肯定知道那位难以相处的邻居,甚至或许会对她深表同情,来劝慰安抚艾琳。

终归是旧习难改。

艾琳觉得,你不能在做某人助理的同时又向其他人说这个人的坏话。于是,在郝小姐住处的令人心烦的遭遇,她一个字也没提。她让菲奥娜放心,说感到体力恢复了,现在完全可以搭公共巴士回家。但就在那一刻,一个叫"丁狗"的人来到了门前卸货,是种花草的表土和用来装花坛植物的底盘。卡罗尔一家这个周末要搞园艺,他们告诉艾琳。两个小男孩每人将得到一个小花坛来照料。

"奥康纳小姐,'丁狗'会把你送回家的。"菲奥娜热心张罗,"他正好顺路。"

对此提议,"丁狗"绝对赞同,还很高兴。

"这真是个快乐幸福的家庭。"艾琳在小货车里坐定,便跟"丁狗"寒暄起来,"你呢,你是不是也有家有口?"

"没有,我单身,一直都觉着做个独行侠更明智。"他立场鲜明,"相信我说的,奥康纳小姐,并非所有婚姻都能像菲奥娜和迪克兰的那么美满。你也见过的吧,有些夫妻简直像雷公电母,吵起来凶神恶煞的。你也没结婚?"

"是的,'丁狗',我没结婚。曾经有过那么一次机会,但他是个赌鬼,我就害怕了。后来妈妈又需要我照顾,就这么单身直到现在。"她意识到自己的语气很沮丧,有强烈的挫败感。通常,她的情绪不会如此低落。这都是拜郝小姐所赐。

"丁狗"继续开车,对此似乎毫无觉察。

"我的叔叔纳塞也是同样的情况。他说,他很多年前喜欢过一个人,但错过了机会。他老是让我留意看看,有四十来岁的女士,就可以介绍给他。奥康纳小姐,你大概就是四十多吧?"

"差不多。"艾琳如实作答,"但明年就别问我这个了。那时我只能说不是了。"

"好,我会马上告诉他的,耽搁太久就不好了。""丁狗"很认真的样子。

艾琳回到家中,照常做晚饭。这天发生的事情,她在妈妈或肯尼面前提都没提。艾琳为郝小姐效劳这么多年,却被残忍无情、冷冰冰的一句话打发掉了。这是他们无法理解的。

等到坐下来吃晚餐的那一刻,他们也完全不知道,给艾琳找个丈夫的行动已经努力张罗开了。"丁狗"跑去见了叔叔纳塞,通报消息说,这婚恋市场上有个性格很好的女人,只是年龄稍大,四十九了。他传达的回音非常明确,非常令人信服,说纳塞叔叔很感兴趣,迫不及待地想对艾琳有更多了解……

接下来的那几周,伍德公园学校的老师们注意到,艾琳在某些方面发生了变化。他们试着去讨论可以为郝小姐组织怎样的一种欢送仪式,还有应该选择怎样的礼物,每当此时,艾琳不再显得热切,而是不屑和厌倦的样子。

"说真的，我认为那都无所谓。"这样说一句之后，她紧接着就转变了话题。她很有可能是在忧虑会失去饭碗吧，大家这样猜测。说不定新任的校长会自己雇请一个助理。

艾琳继续做她的事，一如既往地可靠，但没有丝毫热情或积极性了。即使郝小姐注意到了这个，也不露声色，没表示她看到了什么不对头的地方。那些场面尴尬生硬的会谈，艾琳不再送茶水和糕点进去。那株小伽蓝菜被她移到自己的办公室里，施些植物肥料，侍弄侍弄，很快就生机焕发了。她以前总有关于自己生活的有趣的故事可讲，那种日子似乎已经一去不返。

不过，艾琳现在有了另外的社交活动，那是郝小姐一无所知的。纳塞打电话给艾琳了，说他那个侄子虽然傻不棱登的，但看人的眼光倒是不错，对她的评价就很高，也许，偶尔有空的时候，不知艾琳是否愿意跟他一起看场电影什么的。然后，两人就约会了，他们去打过保龄球，也泡过有唱歌娱乐的啤酒馆。他的本名是伊格纳修斯，简称为纳塞，他解释说，至少，这总比伊格要好——从前上学时有另一个男孩子就叫伊格，可总被人家喊成"蚁哥"。他在一间肉铺工作，店主是姓马龙的一位先生。在古往今来所有活过和活着的人当中，他可说是最正直宽厚的大好人。

他很快就开始时不时到艾琳家拜访，每次都带上最好的羊排，或者是一块上佳的猪排肉。艾琳的妈妈佩姬很中意这个卖肉的，从不会放过任何一个时机来夸艾琳，说女儿多好多贤惠。

"奥康纳太太，这个我清楚。你都不必向我推销她，我自己已经上钩啦，叫我跑也跑不掉的。"听他这一说，佩姬感到心花怒放，喜气洋洋，脸上都泛出了红光。

纳塞来自爱尔兰西部,独自在都柏林谋生,几乎没有家人在身边。他有一个侄儿和一个外甥。侄儿"丁狗"是艾琳已经见过的,开一辆厢式小货车,为人家拉拉货,帮着干点杂活。外甥叫里格尔,是纳塞的妹妹鲁拉的儿子。不幸的是,里格尔以前的生活脱离了正道,有很多时间是在少管所里度过的。他被送到西部的老家去了,如今看来,他好像踏踏实实,已经站稳了脚跟。他找到了一个好姑娘,在那边种蔬菜,还养鸡。他有一份听上去还像样的工作,是给刚刚搞起来的一个旅店当经理之类的。那地方过去本是大户人家的房子,虽不是豪华大庄园,但说小也不小,相信你能明白那是什么意思。房子是在一处海边陡崖上面,那里一望无际的风景会让你把眼珠子给看呆的,之后你就看不上别处的海滨了。纳塞承诺,将来有一天要开车载着艾琳和她妈妈一起去那里看看。她们肯定会喜欢的。

肯尼也欢迎纳塞来串门,加入自家的生活。如果那两只爱情鸟——他这样指称艾琳和纳塞——要出门逍遥,去找点乐子,肯尼总是有求必应,他会守在家里照看外婆。

然后,就在学期结束前,经过六个月的追求和交往,纳塞向艾琳求婚了。一场小型婚礼摆上了议事日程。当她告知肯尼时,那孩子提出充当娘家人,把这位姨妈交给新郎。但艾琳心里还压着一件事。她一直等到了佩姬上床睡觉之后才说。

"肯尼,我要告诉你一件事。"艾琳笨嘴拙舌,难以启齿。

"我早就知道了。"他简洁地回应,"九岁那年,我就知道了,你是我的生母。"

"你怎么从来都没提过?"她惊呆了。

"那没什么关系。我知道,你总会陪在我身边。"

"你就没有什么事想问问我吗?"她的声音低低的,接着就开始哽咽起来。

"那时候,你是不是又害怕又孤独?"他在艾琳身边坐下,伸出胳膊搂住她的肩头。

"有点儿吧。但是,你知道吗,他当时没法出来。你父亲那时已经结婚了。如果跟他闹,要他放弃所拥有的一切,那也不太公平。然后,你的莫琳姨妈不巧在英格兰去世了,于是我们就假称你是她的孩子。也是为了外婆着想。她从此有了个外孙,我也有了儿子——我们都过得还不错。"到这时,艾琳模糊的泪眼中已经露出欣慰的笑意。

"纳塞知道这些吗?"

"知道,我提早跟他坦白了。他说,你很可能都已经猜到了。真是想象不到,他竟然说对了。"

"他会搬过来住吗?"

"只要你不反对就行。"艾琳说,"他跟你外婆相处得很融洽。"

"难道我看不出来吗?晚上,你们打三人桥牌时,那样子可带劲了。看你们打牌,比在拉斯维加斯还精彩。"他说,他很高兴纳塞要住过来,因为他希望能外出旅行,有可能会去美国走一趟。现在,他觉得可以自由制订出行计划了。

整整十八年,艾琳都在恐惧这一天的到来,因为她必须把事实真相告诉肯尼。而现在,这事就这么解决了,几乎波澜不惊。生活也真是奇怪。

艾琳戴着订婚戒指去上班。郝小姐对此不予置评,艾琳也就一字不提。不用说,老师们全都注意到这个了。于是艾琳告诉他们,自己的妈妈将会担当首席伴娘,纳塞的外甥里格尔会从石桥过来庆贺婚礼,那个侄儿"丁狗"则给叔叔当伴郎。还有,八月的最后那个周六,他们将在一间啤酒餐吧备好三明治和蛋糕之类的食品,热诚欢迎全体老师届时光临。他们立刻就闹腾起来了,兴奋地讨论要置办什么样的结婚礼物。

艾琳如此随和通融,礼物自然也好办。不管什么,她都会欣然接受的。可以是一趟西班牙假期,一个花园阳光棚屋,一幅康尼马拉地区的风景油画,某处城堡酒店的一个浪漫周末,一套带轮子的旅行箱,一组门球槌杆,一个装饰富丽的大镜子——镜框上有胖乎乎的小天使……这些都没话说。不管是其中哪一个,艾琳都会把礼物夸上天的。

而郝小姐退休,该赠送什么,他们还没有半点主张。

他们不断问艾琳,要她决定应该给离任校长送什么。面对催迫,她显得无所谓的样子,说送啥都一样。但她心里清楚,为了老师和学生们,她不得不给出一个什么答复或方案。她不愿让大家失望。晚上,一天的工作结束之后,能对纳塞唠叨唠叨,倾诉一切,真是太好了。

纳塞说,这事他会动动脑筋的。同时,他也有消息要通报。外甥里格尔打过电话来了。

"在石头大屋那边,他们有点心虚慌乱。开业的时间是定了,但第一周的客房,到现在还没有一间明确预订出去。里格尔和小鸡担心会出师不利,白白辜负了他们付出的辛苦努力。"

"这样吧,"艾琳帮着出主意,"我们让里格尔邮寄一些宣传册或广告单页过来,然后我拿去学校散发。这种民宿,有些老师可能会喜欢的。"

"那个郝小姐,你为什么不把她给弄到那边去呢?"纳塞兴致盎然地提议。

"可是,既然她那么可怕,脾气那么臭,我们把她送过去,不是祸害他们吗?"

"也许,在学校以外的地方,她人没那么坏吧。我是说,她可以在那里散步休闲,也不至于惹恼很多人的。"纳塞是个乐天派,他不会把艾琳的老板想得有多可恶。

"我会跟他们建议的。这也许是个完美的解决方案。"艾琳答应了。

"让我们扣起十指来祈祷吧,但愿你的校长大人不会住一夜就把那里搞得关门大吉。"纳塞边说边大笑着。然后,两人把心思又放到了婚礼的筹备上。

老师们注意到,这些天来,"自虐教母"比平时更加金口难开了。学年即将结束,长假就在眼前,大家兴高采烈,不免有些浮躁。对此欢乐情绪,她也显得比往常任何时候都更不能容忍,更为苛责。她更关注学生的考试成绩,而不是这些孩子的未来。如果没弄错的话,她在各个方面似乎对自己也更严苛了——只要可能做到更严苛。

他们相互通报情况。在学校停车场,很晚还能看到她的车,而且停得越来越晚;早上出现在那里,则越来越早。每天,郝小姐肯定只有七到八个小时不是在校园里面度过的。

这可不正常。

终于,郝小姐跟艾琳说到了婚礼。

"艾琳,有个学生的妈妈告诉我,说你考虑要结婚了。"郝小姐说着,轻轻笑了一声,"她是当真的吗?"

"是的,郝小姐,确实,就在八月底。"艾琳回答。

"你从未想过要告诉我吧?"她声音中有责怪的意思,也有一点悲伤。

"呃,是没有。正如你说过的,我不是你的同事或者朋友,我只是在替你干活。还有,因为婚礼都是在放假期间才办,我实在看不出告诉你有多大的意义。"

尽管这并不能严格说是失礼,但艾琳的语气中还是有些唐突冒失的东西让郝小姐抬起头来,目光锐利地盯着她看。此刻,本应是她说这一类话的时候:很高兴得知艾琳要结婚,祝她幸福长久。这甚至是她挽回僵局的一个时机,只要能说一句,她事实上还是把艾琳当朋友和同事看待的。

但是,她并没有这样说。多年来"自虐教母"的习性把转折的可能踢到了一旁,所以,她又干笑起来。

"那个,我估测,到了这个年龄,到了人生的这个阶段,你不会再打算开始建立一个家庭,来生养什么的吧。"想到这一点,她不禁感到挺好笑。

艾琳迎视她的目光,但没有一丝笑意。"的确没那个想法,郝小姐。上帝保佑,我已经有个儿子了,如今都十八岁了。纳塞跟我都没想要更多的孩子。"

"纳塞!"郝小姐差点就控制不住地爆笑了,"他叫这个名字? 纳塞? 圣徒伊格纳修斯! 仁慈的上帝啊!"

"是的,他就叫这名字,而仁慈,用来描述他这个人也正合适。他人确实非常好。对我,对我儿子,对我妈,都好。他是个卖肉的,大概你觉得这也很好笑吧。"

"艾琳,请你冷静一下。你这样子已经是歇斯底里了。你的两个秘密都令人惊讶,我都是才刚刚得知。你以前总是给我看肯尼的照片,说他是你的外甥。"

"既然我没结婚,我就想着那样说会更慎重。"

"但这个纳塞会让你有了名分,得到尊严,是不是这样?"

艾琳真想不通,她怎么竟然能够为这个女人服务了二十年,更别提还找理由为她辩解,说她"就是那样的风格"。郝小姐没心肝,没有一丝温情。

"我一直认为自己有尊严,一直都是。认识我的每个人,也都认为我令人尊重。但话说回来了,郝小姐,你根本不算真正认识我,从来都没有。"

"我离职之后,在你结那个……呃……结婚之后,你大概还是想继续在这里上班的吧?"郝小姐的眼中满是怒气。

"那是当然的。我爱这个学校,爱这里的教职工和学生。"

"那么,艾琳,如果想要我写一份好鉴定来推荐你,你就有必要管住自己的嘴,当心你的语气。我的继任者恐怕不必照单接收这样一个遗留员工的:遮遮掩掩隐瞒实情,而且态度还差。"

"郝小姐,你喜欢写什么就写什么吧。随你的便。"

"艾琳,这整件事上,你目光都太短浅了。"

"谢谢你,郝小姐。我该回头去干活了,趁着我现在还有份工作。"艾琳说完,头也不回地走了出去。

她坐在桌子边,气得浑身颤抖。手机响了,她差点就没力气去接。

是妈妈打来的,要和她报告好消息。中午的时候,纳塞来家里了,给她演示怎么上网,让她看网页上展示的新娘妈妈礼服。她打算选一件海军蓝加白色的长裙,还有相应的短上装小外套。这身衣服跟艾琳计划穿的婚纱相配吗？

很快,那种温暖亲善和兴奋热切的感觉又开始悄悄渗入艾琳的身心。门外,从那单人牢房般的办公室里,郝小姐所传递出的刻毒、冷漠和孤绝的气息,也逐渐退散了。

新校长人选已经确定,是名叫威廉姆斯夫人的一位女士。这位寡居的夫人在英国负责运营一所规模挺大的女校,现在想回到爱尔兰的老家人身边。显然,她要把自己的办公家具搬进校长室;另外,也乐于保留学校现有的行政管理人员。七月和八月的部分时间,艾琳要继续上班,帮她安顿就位。她也已经得到了消息,知道艾琳在那之后将休假三周,但新学期的第一天就将回到办公室。

全校员工会聚一堂跟郝小姐道别。就像过去每天早晨所做的那样,她站到了学校礼堂那高高的讲台上,仍旧穿着黑色的学位袍,头发用同样的条形发卡挽在脑后,脸上依旧冷漠,完全不动声色。

有几位老师读了他们的欢送稿,对郝小姐的成就表示认可和敬意。女生代表上台发了言。家长委员会的主席致辞,代表在伍德公园学校顺利成长、取得优秀成绩的全体学生表达感激之情,诚挚地向郝小姐致谢。没人提到,她多年操劳,理当安心休养了。也没人给她打气鼓劲,乐观断言说她真正的生活如今才刚刚开始。最后,为表对郝小姐的肯定和赞赏,作为大家的一份心意,一个信封被递交到她手上。里面是一张礼券,提供石头大屋开业那周的度假服务,那是爱尔兰西部一处新办的民宿。郝小姐没摆出任何姿态,让人以为她要感谢谁;礼物被宣布时,她脸上也没流露出任何表情。不过,除此之外,也没人真的指望她会有任何别的反应。

郝小姐的荣休仪式也邀请了威廉姆斯夫人出席,但她推辞了。她说,她不愿在那里喧宾夺主,那一天是属于郝小姐的。

实际上,如果威廉姆斯夫人到场,大家反而会高兴一点。那尴尬痛苦的欢送会,以及随后红酒加奶酪的餐饮环节——虽然是简餐,也感觉漫长又难熬——假如她也来,多少能缓和一下气氛吧。那天在场的人,都忍不住盯着手表看,乞求着时间能快点过,然后就可以开溜,而不至于显得失礼。时间何曾流逝得如此之慢?世间可曾有过如此无趣的演讲,絮絮叨叨地声讨和哀叹学校教育中的现代潮流,强调纪律约束的必要性和死记硬背的重要性,呼吁所谓的创造性培养千万也永远不可取代那些老一套但可贵的基本教学常规?

在场的听众,包括那些竭尽全力让课程变得有趣的同时也要求严格的老师,那些欣慰于自家姑娘拿到好分数而被大学录取,同时又因反对唯成绩论而不免心怀愧疚的家长,那些等不及要放暑假的学生……每个人都在祈祷眼前的这一切能赶紧结束。

艾琳回办公室拿自己的东西。她急切地想回家,告诉纳塞,学校的同仁们为他俩筹备了什么结婚贺礼。不仅仅有用燃气的那种烧烤炉,而且,一家园林公司会上门给她家搭建一个小露台,还要砌一堵矮墙把露台围起来。从此以后,他们一生中所需要的一切,就只是晴朗暖和的夏日,然后就可以享受户外烧烤的美味!

令她讶异的是,她听到了校长室那边的动静。于是她去敲门,看到郝小姐孤零零地站在她的办公桌后面,桌上空无一物,除了她的车钥匙。在她身后,厚重沉闷的暗棕色窗帘框在窗子周围。窗外是空荡荡的学校操场。

"我只是要确认一下,没有外人闯进来。"解释完毕,艾琳便开始往后退。

"艾琳,你等一下。我要给你一份结婚礼物。"

这个情形,当然是她未曾预料到的。

"郝小姐,你太好了。真是太费心了。"

郝小姐递给她一个相当花哨的小包,上面有很多闪光饰件。这种风格的东西,根本不是你预期会从郝小姐那里收到的。艾琳一时不知道该说什么了。

她当即的反应是愧疚。欢送郝小姐去度假的那份礼券,她连一块钱都没捐。哪怕是一张告别卡片,她都没写,也没有表达任何美好祝愿。现在,她为自己感到羞耻。

"根本谈不上费心的。只是一点小东西,让你能记得我。"

"郝小姐,我不会忘记为你工作的这些年月的。"

"我非常希望,威廉姆斯夫人能看到有理由把你留下来。"

"是的,那样再好不过了。再次感谢你送我礼物。现在我可以打开吗?"

"哦,请你,先别……"郝小姐的上身往后闪了一下,带有一种挑剔和嫌弃的意思,仿佛当场打开礼物会多少玷污了这空荡的办公室似的。

书都被搬走了,但那廉价的密度板书架还立在那里,上面空无一物。这东西过几天也要被清理掉,只是郝小姐对此不知情。没有任何痕迹能让你看出有哪个人曾在这里工作了如此之久。

"那我今晚回家再打开吧。请允许我提前说声谢谢。你不嫌麻烦为我们选了礼物,我是打心底里感激。"艾琳全身都表现出诚意和真挚之情。

这是艾琳往日的效忠姿态。这份熟悉之感让郝小姐稍稍打了个激灵。

"呃,我希望这东西还算合适。真的,生活中会得到什么,谁也不知道。特别是结婚很晚的情况下。"

"对不起,你是说?"

"我的意思是说,也许,你所有的东西都齐备了,不像那些年轻人,要建立新家庭了,会兴奋激动。"

这份礼物带来了感动与温暖。艾琳舍不得那美好的感觉顷刻又惨遭破灭。

"是的,当然不像小年轻了,但对我俩来说这还是很新鲜、很兴奋的。因为我和他之前都没结过婚。"

"确实。"郝小姐的嘴噘起来了,似乎艾琳哪里又得罪了她。

"不管怎样,郝小姐,我都祝你事事顺心。我相信,往后的这些年月,你肯定已经计划好了,有很多事可做。"

郝小姐本可以感谢艾琳的善心祝福,本可以顺势含糊地说确实有很多事要做。但她没有那份美德,不会含糊婉转,也不会令人愉快。她嘴里冒出的是:"艾琳,你生活的那个童话世界,平凡庸碌,倒也很美好啊。凡事不用去多想,肯定能过得安宁吧。"说完,她拿上车钥匙走了。

艾琳从窗户里望出去,看着奈尔·郝坐进那小车,看着她驶离了她多年来唯一知晓的生活,她仅有的生活。车子开出学校大门之后,艾琳在原地又站了一会儿。郝小姐今晚会做些什么呢?还有随后的日日夜夜,她有什么事可做?那冷冰冰的房间里,是否总会放着一个餐食托盘?有没有什么人会陪陪她,和她一起吃顿饭?

欢送仪式上,在场的人里没一个是她的朋友或亲属。她就这么过了一辈子,却连一个可以邀请来参加自己荣休酒会的人也没有?

艾琳是个非常宽容大度的人。这个妇人曾侮辱她,最后临走的一刻甚至还要取笑她,她却不忍心也不愿只想到对方是多么坏。再怎么说,郝小姐毕竟还买了结婚礼物。而且更重要的是,如果她那天不去郝小姐家打探,就永远没可能碰上"丁狗"——正是他给艾琳牵线,才找到了他的叔叔纳塞。

她叹了口气,搭公共巴士回家,手里紧紧抓着那装礼物的亮闪闪的花哨小包。

晚餐时分,他们打开了那包。是一块蕾丝镶边的茶盘衬布。上面还绣有小小的玫瑰花蕾。艾琳惊奇不已。她无法相信,郝小姐竟然去店里选购了这个。这根本不是讲究实用的那种东西,而且相当老式,但终归还是一片善意。

然后,她发现小包底部有一张卡片,放在一只信封里。艾琳拈出卡片来看:"致郝小姐,感谢您督促我们的女儿认真学习,扭转了她的人生。"卡片上签名的是一个女生的父母,那姑娘最近被一所大学录取,还赢得了一份重要的奖学金。郝小姐没打开这赠礼就直接转送给了她。卡片上感激的附言,郝小姐想必也根本没读到。

艾琳迅速将那卡片揉皱成一团。

"她说了什么呀?"佩姬对每个细节都感兴趣,每个心跳的瞬间都不愿错过。

"就只是祝福我们一切都好。"艾琳敷衍过去。在心里,她打定了主意,绝不会再去想郝小姐的事。她要把她彻底排除在自己的思维和生活之外。那老妖婆空有皮囊,没心没肺。哪怕再念叨一下,都不值得。

但一周之后,威廉姆斯夫人上任时,艾琳就被迫又一次想到了郝小姐。威廉姆斯夫人给校长室带来了巨大的变化,使它看上去跟以前一点都不像了。

一台小巧的手提电脑取代了那粗大笨重的台式机。有手工雕刻花纹的桌子上,放着拉菲亚酒椰纤维编织的漂亮平底扁筐,颜色鲜亮的几个文件夹,还有已故的威廉姆斯先生的一张照片。新书架上已经放了书,但留下了空间,可用来放置装饰摆件和小花盆。威廉姆斯夫人甚至还弄了一只微型喷水壶在手边,以便那些植物能得到及时的照料。

原先硬邦邦的大椅子,都换成了软垫座椅,远没有那么令人生畏了。新校长已经建立起一套日常惯例,看上去比其前任的那一套要正常得多,也不至于让人有催迫感。她看来对艾琳挺满意,连声感谢这位助理的支持和高效。这样的经历对艾琳来说可是人生第一回,因为她此前都习惯了郝小姐那阴郁可憎的沉默——那已是你所能指望的最好礼遇了。

她们一起商议每天的常规日程。讨论的间歇,威廉姆斯夫人抬起头看着艾琳说:"顺便问一下,你就要结婚了,怎么不告诉我呢?"

"个人的那些事,我不想全都拿来烦你。要是说了,我恐怕会唠叨一阵子的!"艾琳回道,一边抱歉地笑笑。

"这个嘛,结婚这样的大喜事,如果都不唠叨唠叨的话,那我们还怎么去说道别的事情呢?"威廉姆斯夫人看样子是真心关注此事,"跟我说说吧。"

艾琳于是告诉她有关纳塞的情况,讲他在肉店上班的工作时间,还有他的计划——卖掉所住的公寓,搬过来与艾琳和丈母娘一起生活。他们打算在房子里再多弄一个卫生间……艾琳噼里啪啦地说着,满怀热情,期待着大喜之日会很棒,不会有什么无聊可笑的差错。

威廉姆斯夫人看着桌子上的照片,说她还记得自己的婚礼,仿佛就在昨天。一切都如愿以偿。

"那天有太阳吗?"艾琳好奇道。

威廉姆斯夫人想不起天气怎样了,但那反正没什么要紧的。在场的每个人都很高兴,这才是最重要的。

就在那时,直线电话响了。艾琳有些困惑,不知如何处置。这些年来,她都不知道有电话从这条线打进来过。这是为了方便校长使用,万一她想要尽快打个电话出去,就可以从这里直拨,而不需要经由内线电话系统。威廉姆斯夫人对她点点头,艾琳便拿起了话筒。

一个男人说要找奈尔·郝。

"郝小姐已经从校长位置上退休,不再来这里工作了。现任校长是威廉姆斯夫人,你需要跟她通话吗?如果要的话,能否告诉我,你是哪位,有什么事?"

"请告诉我郝小姐住在哪儿。"对方询问。

"这恐怕不行,我们从不泄露员工住址。"

"你刚说了,她已经是前员工了。"

"我表示抱歉,但我没法帮到你。我们跟郝小姐没有保持联系。"艾琳还没说完,那人就挂断了电话。

艾琳和威廉姆斯夫人面面相觑,想不通那男人是怎么回事。

距婚礼还剩一周,艾琳外出时看到奈尔·郝在街对面。她情不自禁就忘了怨恨,主动跑过去。

"郝小姐,又见到你了,真好。"

奈尔冷漠疏远地看着她,然后,似乎付出了巨大的努力,她平淡又生硬地回道:"哦,艾琳。"

"是我,郝小姐。近来过得怎么样?我想着要联系你的。"

"是吗?那你怎么又没联系?"

"我们去哪里喝杯咖啡吧,你觉得怎样?"艾琳提议。

"为什么?"这一邀请似乎过于熟稔了,让郝小姐吃了一惊。

"有件事,我需要跟你说一说。"

"可是,附近找不到什么合适的地方。"郝小姐对那里的位置环境嗤之以鼻。

"这里有个小咖啡屋,咖啡做得还挺好。郝小姐,请……"

仿佛碰上什么无法躲开的东西,不得不屈服让步似的,郝小姐总算同意坐了下来。品尝着浮满泡沫的意大利咖啡,艾琳跟郝小姐聊起了婚礼的筹办计划,还有已经决定了的蜜月行程。她问郝小姐,是否期待着冬季的那趟西部度假之旅。

"那么偏远的一个鬼地方,不管什么时候,也无论是什么人,有谁会想去呢?"这是唯一的回复。

艾琳转移了话题,说到打校长室电话的那个男人以及他的怪异行为。

"那可能是什么人,你有没有线索?"她问道,"他什么口信也没留下,连个电话号码也不愿给。"

"那肯定是我的弟弟。"郝小姐毫不怀疑。

"你弟弟?"

"是的,我弟弟马丁。我已经很久没见到他了。"

"但那是为什么呢?"艾琳感到自己有些心悸虚弱。令人如此不安的,是郝小姐说话那种漫不经心的冷淡样子。

"为什么?哦,那就说来话长了,要从很多很多年前说起。"郝小姐的脸上一副无动于衷、不置可否的淡然神态,"不管怎么说,这都不关你的事。你要说的就是这个?全部都说完了吧?"她冷冷地点了下头,便离开了咖啡屋。

婚礼这天,万事顺意。肯尼代表娘家人把新娘送到了男方身边;佩姬看上去非常开心,自豪之情简直要漫出来;"丁狗"穿戴整齐,一身新西服,担任伴郎。在致辞中,他说他感到很得意,因为是他牵线做媒,把这对幸福的新人撮合到了一起。

卡梅尔和里格尔特地安排了时间,来都柏林参加庆典。里格尔的妈妈,也就是纳塞的妹妹鲁拉,也来了。一整天,从早到晚,都阳光灿烂。威廉姆斯夫人到那个啤酒餐吧向艾琳道喜。她加入派对,跟老师们,跟马龙肉店里的伙计们,跟所有的亲友和邻居们,都打成了一片。哪怕再过三万年,可怜的郝小姐也无法像这样融入人群。

新人要去西班牙度蜜月,然后艾琳将回到学校继续工作。伍德公园女校的生活,无疑会比前任校长在位的那些年头要轻松愉快很多。

里格尔与卡梅尔一直跟舅舅舅妈保持着联系,通报石头大屋那边的最新进展。为郝小姐订制的那份礼券,让他们灵机一动,有了更多的主意:某杂志要举办一个比赛,洽商之后,在石头大屋度假一周被列为奖品之一。现在,客房预订的情况蛮不错。看起来,开业第一周,小鸡这里大概是要宾客盈门了。整个度假屋都洋溢着兴奋欢快的气氛。里格尔说,他妈妈很快就会去那里看看。除了从前还是做姑娘的年代,这将是她第一次回到石桥。

她不愿住在大屋那边,但里格尔和小鸡都坚持那样安排。她这次回来,将受到热情隆重的款待。

艾琳自然没忘了提醒和警示他们:郝小姐不是"好"小姐,取悦她恐怕很难。

"我们能应付的。"里格尔显得挺乐观,"对我们来说,那将是很好的实战锻炼。之前的霍华德和芭芭拉,我们不也打发走了嘛。你那刁难人的郝小姐也不是问题,你等着看吧。"

郝小姐搭乘的火车到达时已经挺晚了,所以是里格尔去接她。他看到一个神色严厉的高个妇人,只带了个小拉杆箱,不耐烦地在站台旁东张西望。这一定就是那一位客人了。

他上前自我介绍,接过她的行李箱。

"有人告诉我,说斯达尔夫人会来接我。"这女人指出这一点。

"她在大屋那里,正忙着招待其他客人。我叫里格尔,是她的经理。我也住在那个地方。"他回应。

"那好吧。你的名字,你刚才跟我说过了。"从她的语气能听出,她对安排的变动相当有意见。

"郝小姐,我祝你能在这里度过美好的一周。大屋还是非常舒服的。"

"我所期望的,并不会比这更少。"她说。

里格尔希望能赶紧向小鸡发出预警:从现在开始,得系紧安全带了。

这个预警,小鸡根本不需要。单是看肢体语言,就足够让她警醒起来,意识到这个郝小姐刁钻古怪,并非善类。愉快明亮的大厨房中,大家已经欢声笑语不断,而她就僵直生硬地站着,倨傲顽固地杵在人群当中。给她雪利酒或一杯红酒,她都拒绝,偏偏只要一杯冰镇柠檬奎宁水。主人向同期客人介绍她,她招呼都不打一个,只无言地点点头。

她说,她不需要先去看房间,也不必梳洗更衣。既然她属于最迟到达的,她不愿因为自己上楼收拾而推迟了集体用餐的时间。她有一种"诀窍":说几句话就能让对话即刻终结。

小鸡给客人们规划的游玩路线和项目,她没有表示出任何的兴趣。一个接一个地,大家也就先后放弃了她。

那个美国人问她是做哪行的。她回答说,跟美国不同,这里的人们可不是根据对方现有或曾经的职业来判断别人的。

那瑞典年轻人告诉她,这是自己第二次来爱尔兰旅行。但他还没来得及把第一句话给说完,这老女人就清楚地传达出了厌烦的情绪。

一位名叫温妮的护士问郝小姐,以前是否来过西部。她不以为然地撇了撇嘴,说不记得有过那样的事。两位英国医生礼貌地跟她寒暄,说这里风景壮美,令人叹为观止。郝小姐回道,她到的时候天都快黑了,目前为止还没看到什么特别之处。

奥拉负责给大家上菜,随口问了问郝小姐对餐食是否满意。她答道,如果不满意的话,她当然就会说出来的。不说出心里真实的意见,对这个民宿并无好处。

晚餐结束,小鸡领着郝小姐去房间。家私陈设漂亮,床上是崭新的亚麻布寝具,托盘中放有精美的瓷器茶具……这样的客房,所有其他人都喜出望外,对此赞不绝口。小鸡简单介绍了一下,指望着这老小姐也能称许两句,稍稍表示欣赏。

郝小姐呢,只是微微地点了点头。

"远道而来,我想你一定累了吧。"小鸡咬咬牙,把失望咽回肚子里,努力去原谅对方不近人情、难以伺候的臭脾气。

"谈不上。只是从都柏林来这里,一路都在火车上呆坐着。"郝小姐毫不留情,扫兴到底。

接下来的几天,一众客人当中,唯独郝小姐发现不了任何值得夸赞的东西。旷野风景毫无乐趣,奥拉和小鸡每晚奉上的餐食也得不到她的赏识或褒奖。

小鸡特意坐在这金口难开、脾气古怪的妇人身边,好让其他客人省却那份折磨。出于礼貌,还要设法跟她闲扯两句。哪怕是对小鸡而言,尽管有在纽约那间包餐小旅店工作数年的经验——餐厅里全是建筑工地上干活的男人,被繁重的劳动搞得倦怠又沉闷——眼下的这种局面也够她受的。

郝小姐从不问什么,什么见解也不提。她这一生中,不管是什么出了差错,反正肯定错得不轻。

第四天上午,郝小姐对散步闲逛、探索附近海岸的建议再次置若罔闻,小鸡只好求里格尔,让他带她去镇上的市集转转。

"哎呀,小鸡,我必须带她去吗?上帝啊,就她那德行,好好的牛奶,都会被她搅馊的。"

"拜托了,里格尔。否则她只会坐在那里,整天死盯着我看,而我有很多饭菜要准备的。"

眼下,里格尔情绪还不错,对此也还能容忍。开业的这一周进展挺顺利,只有郝小姐除外。其他全部客人想必都要把这地方夸上天了。正如他们一直坚信的那样,石头大屋的事业将会成功启航。跟郝小姐周旋一天,不至于要了他的命。

来这里度假感觉怎样?喜欢这里吗?问郝小姐这一类的问题,等于是跟砖墙说话,里格尔便转移话题,愉快地聊起了他自己的生活。他当然说到了家里的两个孩子,双胞胎罗茜和麦肯,一边自豪地指着贴在小货车仪表板上儿女的照片。

"两个都长得像妈妈。"他感到满足又开心,"我就希望,他们也能遗传她的头脑!他们老爸这一边,可是没多少头脑的。"

"你父母呢,也不聪明?"郝小姐问。她声音冷冷的。但这毕竟是她仅有的一次,似乎终于对某个话题有了点兴趣。实在难得。

"我妈不笨。我爸,我就从没见过。"他实话实说。

听到这个,绝大部分人会说很遗憾,或者说真不该提到这个,但郝小姐却没反应。

"郝小姐,你的父母,他们都很聪明吧?"里格尔反问。

她迟疑了,似乎是在斟酌要不要回答。最终,她说道:"不,一点也不聪明。我母亲是那种极不适合养孩子的人,最好都别靠近孩子。我十一岁时,她走掉了。我父亲应付不了,只能糊弄。他失去了工作,酗酒,然后喝死了。"

"噢,上帝啊。郝小姐,那样的人生开局可真糟。有哥哥姐姐照看你吗?"

"没有,我只有一个弟弟。恐怕他日子过得不好。他一辈子一事无成。"

"没人管他吗,给他点拨点拨之类的?"

又是一阵迟疑。

"没有,很不巧,就是没有。"

"那岂不是很悲哀吗?你那时也太小了,不可能为那小家伙做什么的。我就挺幸运。我犯过浑,陷进泥潭了,但总是有妈妈在那里照料我。哪怕在我被关进管教所的那些日子,她每周都给我写信。她尽其所能地帮我,甚至不惜一切地要把我送到这里来找出路。读和写这些老一套,你明白的,我以前学得太差。这要花很多工夫才能补上的。我也不考试啊升学什么的,但我脑袋总算清醒过来了,走回了正道。"

"你妈为什么不要你去升学考试?"

"这个嘛,她知道我永远也成不了专家教授的。郝小姐,我妈整天辛苦干活,为的是能让桌子上有吃的,能养活我,但是,看到别人个个都有钱,而我自己连五毛都没有,心里还是不舒服。"

"你就又去惹麻烦了?"郝小姐抿紧的嘴唇噘起来,仿佛已经预计到里格尔会去学坏。

"我跟以前结识的那帮家伙又碰头了。他们混得都不错,但干的不是正经事。我猜,你能懂我说的是什么意思的。他们说,活儿容易得要命,你也不可能被逮到的。但是,舅舅纳塞让我知道了害怕,要去敬畏上帝。他认为我应该去乡下,重新开始。那是我压根儿都不想要的生活。我害怕奶牛和绵羊。跟都柏林相比,乡下也很无聊,闷死人。但我妈年轻时在乡下住过,她说她爱这个地方。"

"那她为什么会离开?"郝小姐反对任何暧昧不明的说辞。

"她有麻烦了,那个男的不肯娶她。"

"她带你回来过吗?"

"没有。她自己一直都没回来过,但现在就要回来了。按照约好的,很快就回。"

市集上很热闹。郝小姐就在那看着里格尔卖鸡蛋和羊奶做的奶酪。后面货箱里已装袋的蔬菜,也是出售给人家的。他把菜卸下来,然后搬了很多肉放进车里——回去存在冷柜中,随时可用。他买了两只小鸭子,说那是给孩子玩的宠物,而不是小鸡餐桌上的美味。

他似乎认识遇到的每一个人。人们跟他打招呼,说两句近况,自然也问到小鸡、里格尔的孩子,还有奥拉。然后,里格尔要在岳父母家门口停一下,送些鸡蛋和奶酪进去。郝小姐说,那她坐在车上等一会儿就好了。

"他们会要我喝杯茶,吃一块苹果馅饼的。"他提醒她。

"那也一样的,里格尔,你只管去喝茶、吃东西吧,把我留在这里就行,我想想事情。"她注意到有人从农舍的窗子里往外看着,但她没有兴趣下车,走入一间又小又闷气的厨房,跟陌生人没话找话说地拉家常。

按出行短游的标准衡量,这次的市集观光很难说成功了,但小鸡对里格尔倒是很感激。

"关于她,你有没有了解到什么?"她问。

"一点点吧,但我那小车被搞得差不多就像个忏悔室啦。她大概后悔告诉我那些事了。"

"那就先把这事放一边吧。"小鸡安慰他。

第二天,郝小姐去花园顶头的里格尔家拜访了卡梅尔。卡梅尔知道是怎么个情况,于是很热情地欢迎这位来客——哪怕她是无亲无故、孤苦无依地活着,遇上有人来看望,最多也只能热情成这样了。她让两个小宝贝向郝小姐问好。小家伙们可爱地微笑着,开心地咕咕哝哝学说话。他们一起去看兔子,看乌龟,还有那新买回来的鸭子——已经有了名字,分别叫作"公主"和"小土豆"。

郝小姐端起大茶杯喝茶,始终拒绝陷入女主人的"诱导",去对石头大屋或这次假期笼统地夸上几句。卡梅尔尽力避免崩溃,即使当郝小姐开始说教,给她宣讲死记硬背学诗歌是如何善莫大焉,她也挣扎着附和。

突然,郝小姐提出要看一看卡梅尔两口子的书房里有哪些书。

"我们实在算不得是家里有专门的书房或图书角的那类人。"卡梅尔有些羞于启齿。

"那样的话,对孩子来说,你们该会是多糟糕的一个示范啊。"郝小姐牙尖嘴利地抛出这一断言。

"我们会竭尽全力的。"

"如果家里没词典,没诗集,连地图册也没有,那就不是好榜样。如果家里没有丝毫学习的迹象,孩子们怎么会明白学习的重要性?"

"他们会去上学的。"卡梅尔为自己辩护。

"是的,都是这种想法,把所有事情都扔给学校,等到出问题了就来指责学校。"

郝小姐的语气中满是威吓和训斥的意思。仿佛在她面前的是自己学校里一个不守规矩的学生,而不是一个诚心希望她能享受假期的友好少妇。

"我们不会责怪学校的。我们不是那样的人。"

"可是,你们能给孩子提供什么呢?除非是下一代能有一个良好的基础,一个恰当的人生起点,否则不管什么,还有什么意义呢?你肯定不想让他们最终成为缺少教养的人吧,就像你丈夫那样,给关进少管所去。"

卡梅尔再也无法忍受了。

"对不起,郝小姐,我可不允许你这样来侮辱我的老公。如果他对你讲了他的过去——这肯定是他自己讲的,因为小鸡不会告诉你这些——他这样做是出于对你的信任,是跟你推心置腹,而不是要让你拿这个来羞辱我们。"卡梅尔意识到了,她的声音大概像尖叫一样刺耳,但她实在控制不住自己了。这个老妖婆是发了什么癫?

"我很抱歉,但我不得不下逐客令了。请你走吧,现在就走。我太生气了,别怪我说话难听,哪怕会后悔我也要说。对你,对你的生活,我都一无所知,但你为什么要这个鬼样子呢,跟每个人都作对?应该有人朝你吼一声'你打住吧'才对,早就该有人吼你了!"

毫无征兆地,郝小姐的脸痛苦地皱缩起来。猛地一下子,她把头埋到桌上放声大哭,哭得全身都在抖动。

卡梅尔很惊愕,她被吓呆了。有那么一会儿,她完全不知所措,然后才艰难地伸出一只手,安抚地拢住郝小姐的肩头。

僵硬而又固执地,郝小姐把卡梅尔的手推开。她那苍白瘦长的脸都哭红了。

卡梅尔新煮了一壶茶,然后在这个不速之客对面坐下,沉默无语地看看她。

起初还有犹豫,但慢慢地,郝小姐开始诉说起来。

"那是在一九六三年。我十一岁,马丁八岁。家里只有我们两个。这一年,肯尼迪总统到访爱尔兰,我们都跑上街头凑热闹,沿路边站着想亲眼看他。"

这听来感觉很不真实,郝小姐竟然在讲她五十年前的私人经历。

"我想起来,我们没有扣好家里楼下窗户的锁扣。那是派给我的职责。又没人在家。爸爸在上班,妈妈去她姐姐家了。他俩总是非常严格地要求我外出时一定锁好门窗。所以,尽管我满心不情愿,我还是不得不放弃自己占据的那个极好的位置,跑回家。在屋子里,我听到声音,像是什么人受伤了在叫。于是我到了楼上,看到我妈和一个男人在床上,赤身裸体。我以为他在打妈妈,要杀了她,便拼命去拖开那人……然后,我妈对我跪下来,恳求我不要把那事告诉爸爸。她说,只要我能保守这个小秘密,不跟别的任何人讲,那她就会一辈子对我好。那男人在一旁穿衣服,我妈反复地对他说:'别走,拉里。奈尔已经懂事了。她是个十一岁的大姑娘了,她知道该怎么做的。'我跑出了房子,找到电话给上班的爸爸打过去,说要他快点回来,因为有个叫拉里的男的在伤害妈妈,而妈妈却想让我保守秘密不说,然后他就回家了……"

"你当时毕竟只是个孩子。"卡梅尔宽慰她。

"不,我知道是怎么回事。我知道我妈所做的是错事,我认为她必须受到惩罚。我不想保守什么秘密,不想参与欺骗,我要她受到惩罚。我也不知道拉里竟然是爸爸的好朋友。但就算我知道了,我还是会告诉爸爸的。这两人犯了错,谁都清楚的。"

"你爸爸怎么做的呢?"

"我们一直不知道,但等我和马丁在街边向肯尼迪挥手致敬完了回到家,妈妈就走了,我从此再也没见过她。"

"她去哪里了呢?"卡梅尔努力掩饰自己声音中的忧虑和恐惧。

"我们从未听闻过她的音信,爸爸随后就照料着我们,但他做这个实在不行,然后他就酗酒了。他动不动就对我说,感谢我给他揭露了真相,让他知道那老婆是个婊子货。他还无缘无故地揍马丁。在学校里,马丁跟一帮小流氓混在了一起,什么也不学。我只管双手捂住耳朵,上帝赐予我的所有时间,我全用来埋头学习。我一路都拿到了奖学金,等到父亲因酗酒去世的那年,我已经勉强能独立生存了。马丁抱怨说,我毁了他的生活,而且是两次。第一次是把他的妈妈赶走了,现在又让他失去了父亲。"

"他一直都不原谅你?"

"是的。他自己一事无成。我有很多年没见到他了。不久前,他给我在学校的办公室打过电话,但我不知道他有什么事。我不想再见到他。"

"那么,从那以后,他就跟你的生活没关系了?"卡梅尔伤感地问道。她现在所能期望的最大好事,就是在听到其他秘闻之前,能逃离这个尴尬处境。她心里已经很清楚,这个郝小姐是永远不会原谅自己刚才失控的表现的,连带着也不会原谅卡梅尔的——谁让她目击了那一幕呢。卡梅尔看上去肯定是急于结束谈话的样子,因为郝小姐已经觉察到了这个。

"好了,就这些了,你之前说要我现在就走的。我这就离开。我无所谓的!"

卡梅尔伸出手跟她握别:"请允许我跟你道别,我也祝福你未来一切都好。"

"你跟我道别,是跟我说永别吧,应该就是这个意思。"郝小姐冷笑一声,"这真够老套的。这样的陈词滥调,你还要教给你那些不幸的孩子们。我为他们感到担忧,为他们的未来痛心悲泣。"

"那你就去痛心悲泣好了。我们会一直爱他们,照顾他们,给他们最快乐的生活。"卡梅尔无可奈何地回应。

"我估计,不用等到明天天亮,你和你老公大概就会把这事抖搂出去,弄得全乡都知道。"郝小姐悻悻然的口气。

"不,你搞错了,郝小姐,那可不是我们的做派。里格尔跟我都是正派人,有尊严、有分寸的人,不是那种爱嚼舌根的货色。你告诉我的那些,只是你自己的事,不会从这里传出更远的。"

郝小姐走之后,卡梅尔坐在餐桌边,还是忍不住气得发抖。里格尔会火冒三丈的,小鸡也会生气恼火。自己刚才为什么就没能管住脾气呢?既然得知了对方的家丑,郝小姐八辈子都不会原谅她的。

"我不想要那个郝小姐再到咱家来了。"里格尔回家后,她告诉他,"她说我们是愚昧无知的父母,她为罗茜和麦肯感到悲哀,还要痛哭呢。"

"得了吧,她是唯一一个说那种废话的。"里格尔不以为意,"其他每个人都为我们的宝贝高兴还来不及。那老娘们胡说八道,见鬼去吧,有谁当真啊?"

卡梅尔对他报以微笑。确实也是这么回事。她要梳梳头发,然后跟里格尔一起去海滩散步。他俩将沿着潮湿的沙滩往前走。咸咸的海风吹拂着面颊,而他们要弯腰捡起一些漂亮的贝壳。他们将竭尽所能,给儿子和女儿最好的生活。

这一天晚些时候,里格尔悄声告诉小鸡,说还是应该提醒她一句为好,卡梅尔跟郝小姐之间有过口角。

"没关系。"小鸡安慰他,"我不指望她会给我们介绍生意的。她完全不是那种热心人。她刚才跟我说过了,今天晚上要回都柏林。过不了一会儿,她就要走了,从我们的生活中消失。你告诉卡梅尔,别往心里去。"

"小鸡,你太棒了。"

"不,并没有。我只是运气好。你也是。郝小姐就不是。"

"我们也做了一点努力,才争取到好运。"

"大概是吧。至少,有人要帮我们时,我们是听人家意见的。她就不听。"

晚餐前,小鸡帮着把郝小姐的小行李箱提到货车旁。

"郝小姐,我希望这里有些东西还是能让你喜欢的。"她总是那么殷勤周到、彬彬有礼,"也许,等气候更好些的季节,你说不定能回来再光顾我们这里吧?"

"我想不会吧。"郝小姐禀性难移,"这不算是真正适合我的假期。这一辈子,我花了太多时间对人说话了。我发现那也挺累人的。"

"那,回到你自己的地方,平静又安宁,你会感到高兴的。"小鸡懒得抬杠。

"对,某种程度上是的。"

这个女人极端实诚,丝毫不顾及别人的感受。这正是她的失败之处。

"你在这里有没有发现什么?客人们总说他们在这里有新发现。"

"我发现,生活是很不公平的,而我们又无能为力,只好听之任之。你同意吗,斯达尔夫人?"

"不完全同意,但你说的确实有一定道理吧。"

郝小姐点点头,似乎满意了。即便是要走了,她还坚持投下一片阴影。她将孤零零地坐在回都柏林的火车上,然后换乘巴士回到她那冷清孤寂的房子里。里格尔开车送她去火车站。她直挺挺地坐着,一言不发,死死盯着前方。

弗丽达

弗丽达·奥多诺万十岁时,她妈妈的一个朋友,斯卡利太太,在一个茶会派对上给所有人看了手相。斯卡利太太给每个人都看到了大好前程:财路亨通,人丁兴旺,婚姻幸福,长长久久。她看到有惬意的海外旅行,还有意想不到的地方飞来的小笔遗产。于是大家都很高兴,派对也圆满成功。

"你能不能也算一算我的未来?"弗丽达问道。

斯卡利太太仔细地审视那小手。她看到了一个又高又帅的男子,婚姻,还有三个快乐的孩子。她看到了出国游玩的场景——弗丽达想过没有,她可能喜欢滑雪?"从那以后,你会一直过着幸福的生活。"她弯腰对弗丽达微笑着。

一阵安静。似乎好长的一段时间之后,弗丽达叹了一口气。尽管妈妈看来对所听到的这些预言挺高兴,弗丽达自己却很迷惑。她心里清楚,那些说法没一个是真的。

"我想知道会发生什么。"她坚持追问;然后,就开始哭了。

"究竟有什么问题呢?那不是很好的未来嘛!"妈妈哄她,央求女儿不要吵吵闹闹,不要对算命这种本就不当真的游戏大惊小怪。

但弗丽达不听她的,只管哭得更凶了。预言中的这些,她什么也不会有。说出来的根本就不对。她知道的。有时候,她感到自己直觉中能看到什么事情将要发生,但她已经学会了保持谨慎和沉默。

她没看到她会有丈夫和三个孩子。当然也没看到自己从此以后一直过着幸福的生活。她越哭越伤心。

弗丽达的妈妈一点儿也不理解女儿为什么会受到那么大刺激。没有别的任何事比请斯卡利太太来给孩子算命更让她后悔的了。她一定要确保这样的蠢事绝不会再发生。

在这之后,斯卡利太太从未被邀请算过命。而弗丽达也从未告诉过任何人她看到了什么样的未来。

弗丽达有两个姐姐。她们家里的生活挺平静,还略微有点俭省。父亲英年早逝,所以没闲钱来点小奢侈,比如安装中央暖气系统或出国度假之类的。妈妈在干洗店上班。弗丽达在学校的日子波澜不惊。她挺聪明,学习也用功,经常得到奖学金。她已经拿定主意,要当个图书馆馆员。她最好的朋友莱恩,则希望在剧院工作。她们两人几乎形影不离。

弗丽达记不起来,她何时第一次模糊地意识到,自己可能有某种异乎寻常的预见力。那很难描述。"感觉"这个词无法恰当地表达那种状态,因为预见差不多是已经看到了直观的影像,比"感觉"更具体、更生动。她也记不起来,自己是在什么时候意识到,并非所有人都具备同样的预见力;不过,那些年月里,她已经学会了不对任何人说起这种超能力。每当她指出什么时,总是会让别人感到不安,所以她就逐渐习惯隐瞒那些预感了。她甚至也不跟莱恩说这个。

她也没有什么热烈的爱情体验。作为一个学生,弗丽达也去各种俱乐部和酒吧,认识了一些小伙子,但那里从未有过让她怦然心动的时刻。对弗丽达的私人生活,老妈不免有些过度关注,但同时也颇为失望,因为她根本看不到女儿恋爱的迹象。

弗丽达极爱读书。当她拿到图书馆学的毕业文凭,然后又幸运地在当地图书馆谋得一个助理馆员职位时,她就感到想要的一切仿佛都有了。不过,她连个男友都没有,这让两个姐姐很是不屑。

"哎呀,你找不到男朋友,那是当然的。你能跟人家谈什么呢,除了书就是书。"这是玛莎的见解。

"假如试着去谈过恋爱的话,那你的情况就会改善,恐怕会大为不同了。"劳拉一副嗤之以鼻的口气。

弗丽达看上去很是挫败的样子,于是姐姐们过意不去,觉得懊悔。

"还好啦,你也不算是彻底的失败。"玛莎试图给小妹妹一点安慰和鼓励。她跟一个名叫韦恩的年轻人相处着,关系磕磕碰碰的,总是争吵,因此并不倾向于相信男人们有多可贵,哪怕最优秀的也不行。

"你当然是有工作了,也喜欢当个图书馆助理馆员。其实干其他行业,你一样可以谋生的。"劳拉吝于夸赞别人,但还算公允。她正在跟菲利普约会。那个家伙派头讲究,很爱摆谱儿,是做金融投资这一行的。在他眼中,格调排场和知名度就是一切。

姐姐们的意见,一个也谈不上客观。

就在气氛渐浓的圣诞前夕,弗丽达又一次有了"感觉"。当时,她们全家正一起吃午餐,一边讨论圣诞节的欢庆计划。不用说,弗丽达那天会在家里,但劳拉将去菲利普父母那边,参加盛大的平安夜晚宴。玛莎则怒气冲天,因为韦恩竟然没有安排。圣诞没有节目安排?那算怎么回事?

妈妈一点一点地把对话拉回到火鸡上。圣诞节正餐将在下午三点开始,谁愿意回家来都好。

劳拉有些坐立不安。她有消息要跟她们分享。她并非绝对确定,但觉得菲利普可能会在圣诞夜向她求婚。关于父母举办的晚宴派对,他表现得非常暧昧。这一类的场合,他通常都郑重其事、大费周章,会提前告诉劳拉到场的分别是谁谁谁。这次可不是这样,他应该是正在酝酿更加重大的事情。劳拉越想越兴奋,脸都红了。

然后,完全猝不及防地,弗丽达就知道了——不是猜疑而是明确地知道——菲利普要在圣诞之前跟劳拉摊牌散伙。他将告诉劳拉,他跟另外一个女人的孩子就快出生了。这个预感如此清晰,就像是弗丽达看到什么报纸上的头条正式公布了这一消息。她感到自己的脸色变得苍白如纸。

"哎呀,你们说点什么嘛!"她的惊天大消息和憧憬美好姻缘的那份信心没得到任何回应,劳拉颇感懊恼。

"那肯定是大好事啦。"妈妈善意地迎合。

"你运气不错。"玛莎表示祝福。

"你确定吗?"弗丽达脱口而出。

"不,我当然不能确定。很抱歉告诉你这个事。你这么说,就只是因为我之前不顾情面,说你找不到伴侣。你只是恨我而已。"

"你跟菲利普谈过结婚的事吗?"弗丽达问。

"没有,但我们说过彼此相爱。算了,弗丽达,不跟你提这个。跟你说,你又能知道什么呢?"

"但是,你也许搞错了。"

"哦,得了吧,你这个讨厌鬼,别太扫兴好不好。"

"你打算在晚宴之前跟他谈吗?"

"是的,今天晚上就跟他碰面。七点钟,他会到我的公寓那里。"

弗丽达不说话了。今晚就是菲利普跟劳拉摊牌的时候。这预感一整天都在她心口这里堵着,如同消化不良,就仿佛她吃了什么东西,但无法正常地吞咽。晚上九点,她给姐姐打去电话。

劳拉的声音都变了,简直无法辨别。

"你早就知道会这样,对吧?你知道的,还在偷偷嘲笑我。好吧,现在,你幸灾乐祸吧!"

"说真的,我不知道。"弗丽达求告道。

"我恨你,因为你早就知道了。我永远也不会原谅你!"劳拉冲妹妹大吼。

几周过去了,几个月过去了,劳拉对弗丽达都非常冷淡。圣诞夜,菲利普公布了订婚的决定——就在一月,他将跟一个名叫露茜的姑娘举行婚礼。劳拉哭得稀里哗啦。

玛莎说,劳拉到死也不会相信弗丽达事先不知道露茜。除此之外,不可能有别的解释。

"我就是有了一种感觉。就是这么回事。"弗丽达坦白。

"一种感觉!"玛莎冷冷地哼一声,"万一你对我和韦恩的事有了什么感觉,拜托你务必要告诉我,好不好?"

"我想,我再也不会对任何人说这些了,不管是谁都不说。"弗丽达诚恳地回答。

芬兰路图书馆兹定于九月十二日星期四,举办首次读友聚会,当晚六点半开始,地点为图书馆内。欢迎各路朋友光临。我们期待诸位畅所欲言,多提建议,让我们能更好地回应大家的需求。

在图书馆,这个通知刚刚打印出来,弗丽达就知道情况一点也不妙。根本不需要什么超能力了,明眼人都能看出来:达菲小姐的视线越过弗丽达的肩头,瞄着这边。她一脸的不乐意,神态严峻。那表情显然在说,这个图书馆才不需要什么朋友。这里不是联谊约会的中介所,这里只是人们来借书的地方——更重要的,也是还书的地方。读友聚会之类的活动,不该在这里举办。这种活动显然是*相当不得体的*——最严厉的批评也只能如此了。

弗丽达脸上带着一抹非常坚定的微笑。她事先将卷曲的黑色长发用丝带扎到了脑后,为的是在筹办和准备聚会时显得更严肃一些。这时候就应该是公事公办的认真样子。这时候绝对不该去跟达菲小姐发生严重争执。如果这次事没办成,她就耐心等待,改日再试。

她一定不能让达菲小姐知道,她是多么坚定地要把图书馆的大门向社区敞开,让那些从未跨进过这里的人们应邀而至。弗丽达热切地希望,要让真正到来的每个人都觉得受到了欢迎,就仿佛这里也是他们自己的地盘。达菲小姐是来自另一个年代的。那个年代的概念是,你家附近能有个图书馆,就已是莫大的幸运,你就该知足了。

"达菲小姐,你记得吧,我申请这份工作时,你告诉我说我们的职责之一就是让更多的人来到这里……"

"对,是作为图书借阅者来这里,而不是作为*朋友*。"达菲小姐成功地将这个词用作贬义。

弗丽达想不通,达菲小姐难道一直都是这样吗? 或者,是否有过什么时刻,她对这栋陈腐老朽的建筑也曾怀有希望和梦想?

"如果他们能多少把自己当成是这里的朋友,也许会多多出力来帮忙的。"弗丽达显出很乐观的样子,"他们也许可以帮着组织捐款,筹集资金,或者是动员作者们赠书……很多事情都有可能。"

"按照你说的,我设想一下,那大概也不会有什么坏处。但是,假如他们确实来了,我们到哪里去找那么多座椅呢?"

"我朋友莱恩的剧场那边有大量的折叠椅。那天晚上她用不着那些椅子的。"

"哦,对的,剧场是有。"街道那一头的实验小剧场,达菲小姐倒是知道,但没有兴趣关注。

弗丽达等着。只有得到了达菲小姐的首肯,她才能把通知贴到公告板上去。她已经快成功了,但就差一点点。

"能安排这个活动,我很乐意。我是说,我先简单介绍两句,让在座的跟馆长你认识一下。等你致了欢迎辞,我就把现场交给他们……也就是那些朋友,请他们提意见。"弗丽达不禁屏住了呼吸。

达菲小姐清了清喉咙:"呃,看到你对这事是这么热心,那就把通知贴出去呗,让我们看看会发生什么。"

弗丽达的呼吸又正常了。她把那张纸贴到了公告板上。她强迫自己放慢动作,以免表露出想法得逞的兴奋劲头。等到确定达菲小姐已经坐在一边埋头工作,形势安全之后,弗丽达掏出手机,悄悄跟莱恩通话。

"莱恩,是我,我说话必须很小声才行。"

"理当如此。你上班的地方毕竟是图书馆嘛。"莱恩干巴巴地回应,一边笑着。

"那个读友会的提议,在达菲小姐那里过关了!这事儿能成!"

半条街开外,莱恩正在给人写信恳求支持她的小剧场。听到这个,她停下了笔。

"太棒了,弗丽达,干得漂亮!你这个家伙,真有办法。"

"别那么说,高兴得太早也白搭,说不定是一场灾难呢。或许都没一个人来的!"能进展到这个地步,弗丽达挺欣慰的,但仍然担心最后会搞砸了。

"我们总能弄一些人来捧场的。我这里的团队,我会让他们全都去。剧场这里,我们可以张贴宣传告示,大概能拉一些观众去参加见面会。听着,我们要不一起吃午餐,庆祝一下?"莱恩兴高采烈,不愿错过这个得意的时刻。

"不行,莱恩,我出不去,没时间。我有活儿要干,做预算资金的用途分配。"想想看——人们竟然都认为,在图书馆工作,除了站在那里就整天没事干!"不过,按我们计划好的,今晚在我姑妈伊娃家里见不是吗?"

弗丽达和莱恩要来吃晚餐,伊娃·奥多诺万挺开心。但这意味着,她不得不给自己"通上电",进入工作日的状态。首先,她要完成《锦翎》——她在报纸上开的观鸟专栏,每周写一篇稿。伊娃发现,如果她很确信能早点找到写作素材,整齐利落地输入手提电脑,然后她就可以把文章中的奇谈怪论抛诸脑后。

接着,她得在冰箱里找一找,找些那两个姑娘可吃的东西出来。她们的午餐从来都很马虎,没什么像样的食物,所以到晚上总是饥肠辘辘的。此外,她不能只请那两个丫头喝几杯"阿拉巴马监狱"①就了事的。她可不想她们喝了之后就在那里晕晕乎乎地瞎晃荡。她仔细地审视冰箱中的存货。

冰箱里有一份烘烤食品,主材是某种鱼肉和番茄。等姑娘们带些新鲜番茄和罗勒嫩叶来,她就把这个烤菜放入烤箱。她解冻了一些冷冻的法式长棍面包。真没什么大不了的,人们把做饭这事搞得太复杂了,而全部所需只是一点点前瞻思维罢了——提早准备少许食材就得。

她点击"发送",把这期的文章发出去。这篇文章写的是连雀,这种鸟已经大群大群地从北欧飞过来了。然后,她要选一件色彩鲜艳的披肩,配上一顶帽子,在小巧的鸡尾酒桌上摆放好全部的调酒配料。这是一天中最美好的部分。

"栗树丛林"这样一处住宅,几乎不适宜任何人居住,除了伊娃。这里颇显破败,急需维修,花园如野地,植物蔓生,排水管道摇摇欲坠,电气线路已经不可靠,时有故障。恰当地维护和保养这房产,耗资不菲,伊娃真的花不起那么多钱。也许,把这里卖掉看来会更明智——但话说回来,伊娃难道曾干过什么明智的事情?况且,花园里满是各种鸟儿,它们定期会来搭窝栖息,这可是她写专栏的绝好素材来源。

她书房的墙上都是鸟类的图片,还有全国各地各种各样自然保护组织和观鸟爱好者团体完成的专题报道。书架上则塞满了杂志和出版物。伊娃的手提电脑也在那里,半埋在纸堆当中。跟屋子里其他所有房间一样,这里也放有一张贵妃榻。如果有人临时要过夜,知会一声之后立马就可以安置妥当备用。而且,确实有人经常在此留宿。

---

① "阿拉巴马监狱",一种鸡尾酒。

每个房间里都挂着衣服。几乎每一堵墙上都钉有衣架,挂着花花绿绿的便宜的长裙,通常还配有风格相称的大披肩或者帽子。这些衣物,都是伊娃从跳蚤市场、车尾厢当货仓的路边摊,或者停业大甩卖的档口淘来的。她从未在所谓的常规服装店买过所谓的正经衣服,连一件也没买过。伊娃发现,那些大牌时装的价格是如此不可理喻,于是她干脆就拒绝关注,懒得再想一下。

女人们是在干什么呀,让自己被吸进一个整天围着品牌和潮流转的世界?这个世界充斥了人工制造出来的时尚。伊娃觉得那丝毫都没法理解。关于格调,她只有两个原则,一要容易打理,二要色彩明艳。至今不管是在哪个场合,她每次的穿戴打扮都无可指摘。

伊娃拿出她的调酒高口大杯,把"南方舒适"①、意大利杏仁味烈酒和黑刺李金酒顺次排开。她的酒柜里存货很齐备,但她自己喝得很少。在伊娃看来,要营造一丝丝颓废的气息,要为微醺半酣后的戏剧效果准备,调制鸡尾酒,然后请客人饮用,这个过程是必需的。

弗丽达和莱恩从"栗树丛林"的后门进来,走过那植物蔓生的大花园。那里没有正儿八经的花坛,没有草坪,没有精心绿化的露台或凉棚。相反,那里只有大片的灌木和荆棘,在黑暗中随时可将粗心的人绊倒。一些晚开花的玫瑰遍布各处,在藤蔓间探出头来。但总体而言,这里看上去就像一处典型的废弃民宅,就等着收拾打理,让它旧貌换新颜,成为电视上家居改造类节目中的样板。

"跟我爸妈的花园相比,这差别可不是一般的大啊。"莱恩边说边

---

① "南方舒适",金馥力娇酒。

躲避那些长满可怕钩刺的低垂枝条,"他们那园子,看起来就仿佛一年到头都准备接受考察评估,只等着拿个大奖了。"

"是啊,他们把那里弄得非常漂亮。不像这儿,在这里,你是要拿小命来冒险的。"弗丽达附和道。

"差不多吧。但也有个坏处,老爸的那些蔬菜不许被种在任何可以看到的地方。我妈会叨叨,如果看到了一垄垄土豆和蚕豆之类的,邻居们看到了该怎么说呢?"

她们到门口时,伊娃跑出来迎接。她穿着一件深橙色的土耳其式长袍,用一条同样面料的围巾扎紧头发。她就如同一只极具异域风情的鸟儿——你在动物园珍禽馆可能会看到的那种。凭着这打扮,她直接去参加一场摩洛哥婚礼庆典、一个奇装异服派对或者哪家艺术画廊的开幕式,都绰绰有余。

"这花园现在的样子很漂亮,不是吗?"她喊着。

弗丽达和莱恩刚刚千辛万苦地走过这片荒野。要描述这园子的话,漂亮可绝不是她们首先想要选择的词儿,但伊娃那么热情高涨,她俩无法不被感染。

"这里面的草木色彩多样,点缀起来,当然挺生动的。"莱恩回应。

"枝干在天空的映衬下看起来的样子,我最爱的就是这个。"伊娃领着她们进入前厅,开始调配鸡尾酒。

"这一杯是为了图书馆,我亲爱的弗丽达,也为了那许许多多的等着参加活动的朋友。"

姑妈是如此真诚地为她高兴,弗丽达不禁感到有点哽咽了。除了莱恩和伊娃姑妈,没人能理解和关心她决定迈出的那巨大一步。有她们支援,是多么幸运啊。大部分人,连个分享兴奋心情、共庆好消息的伴儿都没有。

鸡尾酒的热劲几乎把她的脑壳顶给冲掉。弗丽达小心翼翼地放下杯子。伊娃可不喜欢你把酒水倒进喉咙,一口气就给喝完的。她希望你能品鉴混在其中的不同风味。这一杯中差不多有五样东西,弗丽达心想,除了橙汁之外,全都是烈性酒。她不得不对此心怀敬畏。

图书馆这边的新举措,伊娃事无巨细都想了解。达菲小姐是否不乐意了?她是否有敌对情绪?她虽然退让了,但是否表现得大失风度?一旦把朋友们召集起来,弗丽达又想让他们干些什么?

她是那么急切又满怀热情。跟她相比,弗丽达和莱恩都感到自己不免沉闷无趣、行事迟缓了。如果是伊娃运营那图书馆,大概室内到处会配上圣诞节那样的装饰小彩灯,或许还会有音乐从里面澎湃涌出。在馆内大厅,她照样能给你弄出个鸡尾酒休闲吧!她的生活就像她的房子——是一个色彩缤纷的奇幻世界,只要你真的非常渴望,她什么东西都可能给你变出来。

达菲小姐正忙着应付那些愿意成为图书馆之友的人。她感到有些难以招架。她把弗丽达已经准备好的宣传单页递交给他们,说在读友会上将有个欢迎各位光临的小仪式。但对方问起具体有哪些事项,她就只能含糊其词了。

有些人神色略有忧虑,问这是否会牵涉到钱,比如说报名费或份子钱之类的。没有,没那回事的,达菲小姐说。但她立刻又疑惑起来:弗丽达不是提示过吗,不妨尝试动员读友们筹集一点公益基金?

一个男人问,会不会有推荐阅读书目这样的环节。达菲小姐无从回答。两个女生问,会不会有个入会考核,还是谁都可以来?达菲小姐说,没有考核。但她也知道,对"管他是谁"这么个说法,自己肯定皱起了眉头。

一个模样紧张的年轻人走进来,说他写过很多诗歌,在学校时还得过奖,想问问是否有机会让他在现场读一读自己的作品。他很羞怯,尴尬得一直东看西看的,仿佛就怕达菲小姐听到这个提议,就会立刻下逐客令,把他轰出这个地方。

达菲小姐开始头疼了,觉得这读友会完全是个馊主意。

"哎呀,你终于来啦,奥多诺万小姐。"她见了救星般地喊起来,但弗丽达实际上比正常要求的时间早来了半个钟头以上。

被她这一咋呼,弗丽达不由心虚地看看手表。

"这里有太多咨询那个读友会的人了,都要打乱我们的日常节奏啦。"

弗丽达双眼放光,脸色亮了起来。"达菲小姐,出现这个情况,我感到抱歉,但那难道不是好消息!那意味着人们对这活动有兴趣啊。"她把外套挂好,立刻坐下来干活。

达菲小姐心软了。这样勤勉的态度,你很难再挑刺的,只应感到高兴。尽管这个傻丫头是在给她自己招来更多的问询,更多劳心费神的麻烦事。她看似还挺开心的,忙乎起来显得乐此不疲。

"奥多诺万小姐,周末过得不错吧?"她主动发问,以此来表示之前的烦躁嫌恶情绪并不是认真的。

弗丽达感到惊讶,抬头看看这位上司。她面带微笑地回答说周末很不赖,但回到芬兰路这里来上班,她也一样高兴。这当然是正确的说法。

达菲小姐并非真想知道任何细节,这只不过是她的责任感罢了。

弗丽达把那些咨询内容记录过一遍。她打电话给问是否有推荐书目的那个男人,说如果大伙儿想要这样的介绍,那就可以有。她告诉那两个问有没有入会考核的女生,让她们大可放心,那天晚上的活动很轻松——别忘了把她们所有的朋友都带来。她邀请那位年轻的名叫莱昂内尔的诗人过来见她。

这次,她内心里又有了一个"感觉":有什么真正重要的事情将要发生。这隐约的预感够恼人的,她干脆就置之不理。

那晚的读友欢聚派对,人们会津津乐道,谈上好几天的。从很多角度来说,那都是一个巨大的成功。连达菲小姐也神采飞扬、情绪热烈。弗丽达原本担心,因为猛烈的暴雨,没有人会来,但所有人都来了,一边还在抖落雨伞上的雨水。

他们全都来了。年轻诗人莱昂内尔现场朗诵了几篇优美的诗章,诗歌描写了沉默无语的天鹅。听众的反应让他大受鼓舞。弗丽达给他介绍了姑妈伊娃之后,他就更乐不可支了——这可是写《锦翎》的专栏作家,竟然在此幸会!

六七个小女生一起出现时,达菲小姐还满心疑惑。但结果表明,她们对读书小组给出了很多好建议。

"我必须承认,大家是那么尊重我们,这让我挺意外的。"第二天一上班,她就说道。莱恩和弗丽达已经把场地打扫得干干净净,椅子也还回了剧场。没有什么可让达菲小姐埋怨的。于是她就决定开心点儿,甚至是心满意足。

弗丽达早就想好了,这一切她都不会视为自己的功劳。尽管,万一活动搞砸了,面对责难,受尽委屈的必定会是她。

"那本来就是你应得的。"弗丽达的语气听上去就仿佛这读友会完全是达菲小姐的主意,"你在这里好多年了,建立和经营着这个地方。大家尊敬你,说这个图书馆对他们意义重大,那都是应当的。"

达菲小姐一下子宽容大度起来,也就把这一切当成她自己的功德了。

这倒也好,可以让弗丽达省下恭维的时间去处理杂务。每个平常的工作日,要安排的事项还是相当多的。她们必须核查调整每天的"流出清单",也就是被借出、暂时尚未归库的书目。然后是给逾期不还书的借阅者发催还通知。她们要浏览"流出清单",在其中寻找读者要求或预约借阅的书刊,并告知人家这些书刊的流通状态,何时可借。这一天还有"选股"会议——所有的馆员跟达菲小姐坐到一起,讨论选购哪些新书。送来的样书,她们要审看评估;书评杂志上的评介文章,她们也要参考借鉴。几乎没什么闲工夫来想一想读友会的事情,更别提去组织下一次聚会了。弗丽达突然感到很泄气——这真挺奇怪。她此前非常确信要发生的事,无论那究竟是什么,倒是没有成真。

有人送过来一大束很贵的花,这让达菲小姐颇感惊讶。其中附带的便笺写得很简短:"我已是图书馆的朋友……现在希望成为管理员的朋友。"那天晚上的活动固然挺成功,可谁会送来这个表示感谢呢?曾给达菲小姐送过花的,只有她的姐姐,而姐姐更多是那类人:送个盆栽紫罗兰多实惠,又养得久!那么,这束花可能是谁送给她的呢?她再次爱不释手地端详这鲜花。如果能找到一个足够大的花瓶,奥多诺万小姐大概可以帮她把花安顿好。

当然了,弗丽达找到了花瓶。她打开杂物间,搬出了一个超大的玻璃花瓶。这些花肯定要一大笔钱。到底是什么人送的呢?

达菲小姐含糊其词,说是一位朋友送的。她看着自己在玻璃门中的身影,轻拍了好几次头发,眼中显出若有所思的神色。

弗丽达不猜了。

她把茎干长长的玫瑰和陪衬的绿色蕨叶分开,以便插花造型更漂亮。就在这时,她看到了夹在花束中的留言小卡片。

"……现在希望成为管理员的朋友。"这是给她的。她意识到这个,大为震惊。那震惊如此强烈,她的身体几乎都颤抖了。但那人是谁?他又是什么意图?为什么不把弗丽达的名字直接写在卡片上,而是要让达菲小姐误以为花是送给她的?她感到周围的一切都减速了,变得有点不真实。疑问太多太多了。她要独自安静安静,好好想想自己为什么觉得如此心神不宁,而且略感晕眩。

芬兰路图书馆下一次活动主题内容为有关本地历史的讨论。免入场费。欢迎所有朋友前来!请带上老照片和你的故事。

莱恩打电话问伊娃,海鹦鹉的脚爪是什么颜色。

伊娃一秒也不用犹豫:"橙色呀。有什么关系吗?"

"还有喙呢?我们在画布景。我知道那东西的形状,别的都知道,除了颜色,告诉我什么颜色吧。"

"蓝,黄,还有橙。但这几个颜色的排序你得搞对了才行。"

"我指的不是动物园里养的外国海鹦鹉,我说的是爱尔兰本地的那种。"

"就是啊,我刚说的就是本地海鹦鹉。你来图书馆吧——我正在去那里的路上。我会告诉给你可以看哪些书。"

"我想也是,跑一趟为好。蓝、黄、橙色的喙,这是什么鸟!在爱尔兰看到这样的鸟儿,你的人生态度一定都会被颠覆啦。"

她们在大门外的台阶上相遇了。

"我们画的这些巨大布景,下一个剧目要用。"她开口解释,"对海鹦鹉脚爪和喙的颜色,我需要百分百确定。真的是那种彩虹色?你是在逗我玩吧?"

"喙是有三种色彩的,脚爪是橙色——在生育季节尤其如此。到了冬季就远远没那么鲜亮了。"伊娃跟她确认。

"我的神啊,在爱尔兰竟然有这样的鸟!"

"这个嘛,如果跟我们一起去大西洋海岸,你就会亲眼看到的,你会看到整个种群。"伊娃辩驳兼教育她,"那边有个地方,叫石桥。你应该一起去看看。"

她们走进去,看到弗丽达在柜台旁跟一个女人说话。那女人指着一本小册子,而弗丽达则边笑边摇头。她目光明媚,看上去是如此年轻。在这座灰不溜秋的老建筑里,她更显得生机勃发、活力四射。达菲小姐一如往常,穿着海军蓝的羊毛开衫,上部的圆领口嵌着小条的白色蕾丝。她一脸的严肃,浑身上下端庄凛然。与之形成反差对照的是,弗丽达穿了一件红衬衫,搭配一条黑裤子,卷曲的黑发用一条大大的红缎带挽在脑后。她看上去就像一朵鲜艳的花,凸显在这周遭的环境中,莱恩心里这样想。难怪人们都愿意排队等着跟她说话。

紧随那女读者等在队列中的,是个脖子上挂着条羊绒围巾的男人。他身穿剪裁精良的大衣,目不转睛地看着弗丽达。

莱恩的身体骤然往后退缩了一下。她也说不清为什么,但隐约地感到不安。

"怎么啦?"伊娃问。

"那个男的,等着跟弗丽达说话的。"莱恩压低声音。

"我看不到他。"伊娃抱怨道。

"你来这边就能看到他了,这样也不会让弗丽达注意到,让她分心。"

弗丽达看着那男人走上前。她那样子,她俩都看到了。隔得太远了一点,她们听不到她在说什么,但可以看到她的神色完全变了。不管这人是谁,他反正都大有讲究。

从第一眼起,莱恩就讨厌这人。

"喜不喜欢我送的花?"

"是那束送给达菲小姐,送给馆员的花?花很漂亮。要我帮你找她过来吗?"

他停顿片刻,闻了闻那些玫瑰当中的一朵:"是送给你的,弗丽达。"他很帅,笑容中有着无边的暖意。

她不由自主地回报以微笑;尽管,哪怕弗丽达确曾懂得如何跟男人调情,她也已忘掉了那门技巧。

"那晚的读友会,你没参加。如果你到场,我确信能记起来的。"

"哦,但是我在场的。我不知道有那个活动,当时雨开始下大了,我就进来躲雨。我站在后面,就在那里。"他指了指后门旁的一根柱子。

"你没坐下来?"

"没有,我只是想躲过那阵倾盆大雨。还有,图书馆里的发言演讲之类,我总认为会很无聊的。"

"那天的也是?"她感觉,这就仿佛明知牙痛还偏要用针去扎它。

"不,弗丽达,那天晚上非常棒。就是在这里,那一晚到处都是温暖、热情和希望。正因为这样,我才逗留了好久。"

这也恰恰是她感受到的。她觉得,那天晚上在场的人们似乎是被赋予了某种再生的机会。大家都迫切渴望什么新东西,什么可以参与的事业。他们都那么热忱地想助一臂之力。她看着他,一时不知该怎么说了。

"我来是想请你共进晚餐。"她看到他的脖颈稍稍有点发红了。突然,他看似没把握了,"我是说,不一定必须是晚餐,也可以散散步,喝杯咖啡,看场电影,什么都行,只要你喜欢。哦——等一下,都忘了说名字了——我叫马克,马克·马龙。能赏光跟我出来吗?"

"吃晚餐也挺好的……"她听到自己这样回应。

"好的。今晚我就预订一个地方吧?"

弗丽达最初本不愿让自己开口。"那个,好吧,今晚可以。"她最终妥协了。

"你喜欢去哪里?"

"我也不知道……哪里都行。我喜欢码头那边的恩尼奥餐厅。有时候我跟朋友一起去那里小聚。"

"嗯,那是你和朋友们定点去的地方,我就不想闯过去插足了。你觉得昆廷斯怎么样?那里也挺好的,对吧?你看晚上八点合适吗?"

"那就八点吧。"弗丽达答应了。

他微微露齿一笑,然后挺招摇地抓起她的一只手,吻了一下。

他走了之后,弗丽达抬起那只手,手背贴着脸颊,就这么放在那里。她自己并不知道,她的姑妈伊娃,她的朋友莱恩,达菲小姐,还有那个诗人莱昂内尔,都在一旁注视着她。

弗丽达慢慢把手背移向唇边。他们都看着她的脸。那是那男人吻过的手背。就在这些人眼前,一件严重的大事情刚刚发生了。

不知不觉地,这天剩余的时间过去了。

莱恩说:"你就没有什么要告诉我的吗?"

弗丽达问:"关于海鹦鹉?"

"不,关于进来亲了你手的那个男人。"

明天再说,弗丽达向她承诺。

弗丽达走进昆廷斯餐馆时,他已经在那里了。他穿着深灰色的西服,干净挺括的白衬衣,看上去很帅。餐馆那风度优雅的老板兼经理布伦达把弗丽达带向桌边时,他露齿微笑着站起身来欢迎她。

"我之前想,你大概会愿意喝一杯香槟,但我还是没给你先点。"他迟疑地说道。

"两方面来说,都对。"弗丽达微笑着,"喝杯香槟,我确实不反对,但也谢谢你没么自以为是。"

"我不会那样做的,我希望我没那么武断。又见到你,非常高兴——你看上去真是太美了。"

"谢谢你的恭维。"她简略地回应。

"可你确实就是如此,非常漂亮。但我约你出来吃饭,不是因为这个。"

"那是因为什么呢?"她倒是真心想知道。

"是因为我没法不去想你。关于那小伙子的诗歌,你说其中有着优雅的悲哀。我很喜欢这样的评价。要是别的什么人,花上比这多一倍的词句也表达不好这个意思的。还有,那些女生和她们的读书小组,你是那么的热心关切。你为此而兴奋,鼓动激励她们所有人。你的精神显得那么饱满,全身散发出生命的活力。最初在图书馆看到你的一刻,我就注意到了这个。在这里,我也见到了。我希望成为这当中的一部分。就是这样。"

"我不知道该怎么说才好。我很幸运吧。我的工作、生活,还有一切……都让我很开心。"

"来这里,你也高兴吗?现在也是?"

"很高兴。"弗丽达语气肯定。

他们的交谈轻松自如。

她所有的事情,他都想知道。她的小学、中学、大学;她跟父母和姐姐们共同生活的那个家;她是如何找到芬兰路图书馆的这份工作的;她在一栋维多利亚时代样式大屋顶层的那间小公寓;她那在报纸上长期写《锦翎》专栏的姑姑——这个怪姑姑经常外出观鸟,有时会带上弗丽达同行。

"听上去就像云雀那样自在。"他挺严肃的样子。

"我达不到那个境界。"她扑哧一笑,"在你这里,我又是燕鸥了。"两人都绷不住了,大笑起来。

她有生以来做过的每件事,他看似都感兴趣。聊天内容转向了度假——大费周章地跑那么远,就为了享受一周的艳阳,到底值不值?或者,是不是一定要当个运动健将才去滑雪?这岂不是颇令人惊讶,他竟然也去过同一个希腊小岛!世界真小,不是吗?两人喜欢同样的电影,同样的歌曲。弗丽达最喜欢的书,他甚至也读过其中几本。

弗丽达也问了马克的生活。毕竟,这就像相亲一样,两人对彼此的情况一无所知,但他们却一起来到了这里,在都柏林最好的餐馆之一坐下来共进晚餐。他是在英格兰长大的,生活在一个爱尔兰裔家庭。他父母仍然住在那里,他兄弟也是。不,他不经常跟家人见面,他悲伤地说道。他耸耸肩,将这个话题一带而过,但弗丽达能看出,这让他颇为受伤。

他上了英国的大学,主修市场营销和经济学,但那并没有多大意义,不如他在休闲产业工作中得到的那些实践经验有价值。他做过汽车租赁、游艇出租、大众餐饮,一直都在学习让生意运转起来的实用诀窍。他在伦敦和纽约都干过,现在到了都柏林。尽管童年时来过这里度假,这个城市对他而言还是陌生的。他现在效力的是一家休闲产业集团。这个公司打算投资郊区的霍莉酒店。他们想要把那乡村酒店扩建成一个大型的度假休闲综合体。

"我可以确信,这在你听来都够无聊的。但这个计划真令人激动,而这一切不仅仅是钱的问题。"他语气热忱又迫切,"我很想了解那个地区的历史。这一点,你可以给我帮大忙的。"

他还没能给自己找个合适的住处,所以暂时就住在那乡村酒店里。待在那里也好,因为这意味着,他能看到店里所做的是怎样一种生意。谁想远离俗务,逍遥几天,那里就再好不过了。人们习惯上会颇为自负地相信,这种地方是只有自己才能发现的世外桃源。员工大都能一口叫出你的名字,他们看上去很期待你会喜欢住在那里。难怪这个乡村酒店做得很成功。

下雨的那天,马克正跟发展商开会,一直开到很晚。雨势加剧,倾盆而下的时候,他恰好在芬兰路上疾奔。完全是愉快的巧合,完全是碰运气,他看到图书馆的门竟然开着,于是决定进来暂时躲避。就在那时，他注意到了弗丽达。如果他不停留，继续顺着街道跑下去，会怎样？假如会议准时结束，早在大雨如注之前他就走掉了，会怎样？

"那我跟你，大概就永远不会相遇了。"他笑着，一边假装哆嗦了一下——因为那种情况确实是有可能发生的。

弗丽达感到双肩放松了好多。霍莉乡村酒店，她喜爱那里现在的样子。亲友之间搞个小庆祝什么的，那里是非常不错的选择。而现在旅店要转型为"休闲综合体"，这设想听起来够糟的。但那也没关系了。反正阴差阳错地，这个令人心动的男人就被带到了她面前，而这人出于某种无法理解的原因，看似对她有着强烈的爱慕之情。她满心欢喜，轻声长舒了一口气。

他对她微笑。她的心融化了。

弗丽达希望，他不会提出要跟她一起回家。她的公寓乱糟糟的。此外，还有那些老一套的正常顾虑；这毕竟才是第一次约会，不能被对方认为是一搭就上手的女人。如果马克要去她那里的话，她至少需要一周来准备。不过，假如他提议去霍莉乡村酒店呢？

但他不会那样的，对吧，他是那么有风度。

或许，他也并不想要什么风度呢？

就餐的客人中，他们是最迟离开的。店里给他们预约好了出租车。马克说，他要送她回家。到了地方，车子停下，他也下了车，护送她走向门口。

"跟我预想的一样，很可爱的一个地方。"他在她左右脸颊上都亲了一下，然后回到车上。

弗丽达走上楼梯，走进自己的小公寓房。房间里看上去就跟被窃贼洗劫过似的,但实际上她出去时就是这个样子。她坐在床边。马克没上来——她不知道对此是感到释然还是失望。

她给他讲图书馆的事情时,他每个字都听进去了,就仿佛她是餐厅里仅有的一个人。但假如那是他对待所有女人的习惯方式呢?他真的喜欢她吗?当然不是,他怎么会呢?她只是个图书馆员,而他是那么帅气精干,见多识广,什么地方都去过。

这一夜,她突然感到孤单无助。如果有只猫,她大概会对猫倾诉的。

伊娃忠告过她,不要养宠物。她说,猫是鸟儿的天然仇敌,而且一旦你喜欢上了这些小家伙,它们就会妨碍你外出旅行。但是,如果养了一只猫,它就可以对着她发出嘟噜声,成为这个空荡荡场所中的某种存在。

她迷迷糊糊睡着了,但睡得不踏实,反反复复地梦见自己在试图登上一艘渡船,但每次在她成功走上甲板之前,船就驶离了岸边。

"弗丽达,跟我老实说吧,不要玩含糊。"第二天上午,在小剧场里,莱恩喝着咖啡,满腹狐疑。

"我没有含糊。每一个细节都告诉你了呀,从菜单开始,直到最后甜点上的 Q 字形巧克力。"[①] 弗丽达几乎怒不可遏了。

"可是,他那个人怎样呢?你喜欢他?他好说话吗?"

"他人挺好的,非常随和,很有魅力。他做那一行的,他们叫作'休闲产业'……"

---

① Q 是"昆廷斯"的开头字母。

莱恩鼻子里哼一声,表示不屑和嘲讽。

"……他来这里是商讨给霍莉乡村酒店投资。他们想把那里做大,扩张规模。"

"霍莉不需要扩张。现在这样子就很好。你跟他……"

"没有。"

"那他是不是想……"

"再次告诉你,没有。好啦,现在,你这些关于滚床单的疑问都得到答案了吧?"弗丽达把话挑明了。

莱恩看似受到了伤害:"我们总是实话实说的,正因为如此我才问你。"

"哎呀,我已经告诉你啦。没有的,啥都没有,压根儿没有。"

"哦,那好吧,但等到有什么可以讲的时候,你还会告诉我吗?"莱恩设想道。

"能有什么事呢,我们永远也预料不到的,不是吗?"弗丽达的语气倒是轻松,但她心里可没那么轻松。

"假如我要警告你,离马克这个家伙远远的。"莱恩看上去挺严肃。不管那是什么,她没法伸手干涉的,但那男人身上有种东西让她忧虑,"假如我说,我不信任他。假如我说,你对他一无所知,他只是在欺骗你罢了。如果我那么做,会不会失去你这个朋友?"

"不需要警告我远离什么的,因为没东西可回避——送到达菲小姐手上的一束玫瑰,一顿晚餐……算不得风流韵事。"

"还早着呢,等着瞧吧。"莱恩语调灰暗,"他会回来的。我敢确定。"

每个人都很喜欢那晚关于历史与旧邻的读友聚会,但现在,弗丽达正疯狂地寻找着下一次聚会的新主题。

与乔·达根最近一次见面,还是五年前弗丽达在读大学的时候。这个男人突然打电话过来,邀她参加当晚的一个派对。弗丽达无意跟一个自己几乎都记不得了的家伙同行,而且是去见一群陌生人。但她一向都礼貌待人,于是寒暄问乔近期做的是什么行当。

"也就是搞点电脑培训,主要面向那些电脑盲。"他倒也挺乐活的,"你懂的,就是那些看到电子科技产品就犯怵的人,但他们又不甘心一窍不通,彻底落伍。事实上,我做这一行还不算太糟。我告诉他们,机器终归是机器,很蠢的。那样一说,他们就安心一点了。"

"乔,我这里或许能给你个好差事干干。你周五能来图书馆这里吗,我们见面聊聊?"弗丽达心想,下一期读友会的内容差不多能搞定了。

水到渠成,完美。

达菲小姐的脸色凝重得简直能让钟停下来。

"奥多诺万小姐,等你的个人社交生活安排好了,我想我可否烦请你帮着处理一下那边交罚款的事情?有几个丢书和超期还书的人在柜台前等着你去接待。"

柜台边排着队的第一个人,是马克·马龙。他什么都不说,就只看着她。

"你没有什么工作要去做吗?"她这样问,是为了让对话显得随意一点,也省得他继续盯着她看。

"我工作很忙的,经常要到深夜,但今天安排了一点时间出来,来看你。"

"非常感谢你的款待。"弗丽达说,"本来,我打算给你写个短信的,表达一下我是多么喜欢那餐馆的美食。"

"如果写,你会说什么?"

"也没什么,就是那晚感觉很温暖,让你破费了,谢谢你请客。"在说话的方式和语气中,她尽力摆出到此为止的意思,就仿佛认为那只是仅此一次的经历,她欣赏和感谢,并且毫无遗憾。

"你说过的,明天你休假。"他毫不迟疑。

休息之日,弗丽达通常会做她和莱恩口中所称的"日常营生":她要把床单和浴巾之类的东西拿去洗衣房清洗,去超市采购些必需品,有时或许能说通莱恩,一起去悠闲地吃个午餐。偶尔,她会去看一个艺术展或者逛逛时装店,也可能会打理她窗台上的盆栽,在里面埋上花卉球根,等着春日开放。晚上的时间,她也会跟朋友们去酒吧聚聚。

但明天就不这样安排了。那将是大为不同的一天。

马克问过弗丽达了,问她愿不愿意跟他一起下乡去威克洛郡。他要在那里跟霍莉小姐会谈。也许,他们中午可以在那里用餐。淋浴时,弗丽达为这天计划了一下。他们下午可以在野外散散步,然后回到她这里,她还有时间给他做个晚餐。或者,他们就住在霍莉的酒店里。不管哪种安排,他都会说,她看起来真是太美了。他会把她拥抱在怀中。

"我们不能再等下去了,"他会这样说。或者也许是,"没有你,我今晚熬不过去,我等不及了。"诸如此类的。不是这个,就是那个。到底说什么,其实也没关系。

她拿不准事情将会是个什么样子。她希望自己能对他有足够的吸引力,取悦迎合他,让他尽兴。这种事,她不是很有经验,近期更是一次也没有过。

距离上一次,肯定都快有两年了。那是在外出度假时有过的一段浪漫,一个名叫安迪的年轻人,还挺不错的,来自苏格兰,当时还信誓旦旦说了要保持联系,要来爱尔兰看她。但他没有和她保持联系,也没来爱尔兰。不过,那算不得多大的事。安迪的人生之路已经计划好了:做金融行业,银行或投资之类的,住在跟父母和已婚的哥哥们邻近的地方,一有空闲就花大把的时间去打高尔夫。

弗丽达也搞不清是为什么,她现在竟然又想起了安迪——大概是隐约担心自己在这件事上太笨拙,做得不好,而这或许就是他没有继续联络她的原因。也许,作为一个情人,她确实有点问题?但她自己对那一切还是挺享受的,那个美妙奇幻的夏日假期,她认为安迪应该也纵情尽兴了。但话说回来,对方不讲,你永远也不能真的确定。

如果能对事情的另一面有所确信,有一定的把握,那该有多好。难道,要给在银行忙活的安迪打电话,在那次艳遇的两年之后,问他对她的床上表现是否满意。一想到这个,弗丽达不禁挖苦地对自己笑了笑。

不过,马克不是在物色什么性爱高手吧。他是那个目的吗?从青少年时候起,女人们肯定都向他投怀送抱了。她希望自己能对他了解更多,能清楚他到底想要什么。

然后,在她最意想不到的时刻,弗丽达又有了一个"感觉"。她看得真真切切,就仿佛是房屋中介图册上推介的一个房源那般:一套公寓房,几面墙边都立着书架,有一个客厅,一个小厨房,两间大卧室,还有个书房,写字台上堆满书籍和杂物。从窗子里能看到不远处的海景。

在门口的,是一个身材娇小的女人,留着短金发,脖子上挂着带链子的阅读眼镜,脸上是模糊的、忧伤的一缕微笑。

这女人在说:"啊,亲爱的,是你。你回家了,真好!"她在对正走进门的一个什么人说着这话。但她是谁?她又在对谁说话?弗丽达噎住了一般,紧张得失去了呼吸功能。她感到头重脚轻,就仿佛双腿突然变成了纸做的一样。走进门的是马克?

不可能。肯定是搞错了,这个感觉肯定是错了。她刚才并未看到一个男的,她没看见门口的是什么人。那不可能是马克。不可能的。

她抖抖索索地穿上了衣服。尽管手还在颤抖,她还是刷好了睫毛,抹上了唇彩。她整理了一下发型,找出一双跟衣服相称的靴子,然后准备完毕,她感到全身又突如其来地哆嗦了一下。她没把这次约会透露给任何人,她为此而觉得非常高兴。

门铃对讲机尖锐地响了起来。他到了门口。

"我这就下来。"她朝对讲机里回了一句。

她走下台阶,进入门厅,而他就在那里极为爱慕地看着她。"你真是美极了。"他说道。

弗丽达仍然心有余悸。她希望能说句俏皮话,来消解内心强烈的不安和焦虑。她并不习惯于顺其自然地说一声谢谢,就把诸如此类的夸奖照单全收。她脱口而出脑海中的第一个正面回应。

"你也很帅,事实上非常出众。"

他把头往后甩了一下,笑起来:"这么夸我,你真是太客气了。现在,我们别再相互吹捧了,上车吧,外面有点冷。"他打开一辆墨绿色奔驰的车门。

往威克洛郡的这一路车程,在一片模糊中闪过。弗丽达几乎想不起他们是怎么到那里的,他们又说了些什么。她所能看到的,就是马克集中精力开车时的面容,还有他不时转头朝她露出的微笑。

马克去跟霍莉小姐以及酒店的管理层开会,弗丽达就坐在大堂休息区的壁炉旁一张印花棉布面料的大扶手椅里。她腿上放一本杂志,翻开了但没看;身旁的小桌上有一杯咖啡,但没动一下。她呆愣愣地看着炉火,想着已经发生和正在发生的一切。这样做的当儿,凭空而来的影像开始在弗丽达的内心浮现。她努力想驱散它们,有意闭上眼睛再睁开,但这些影像挥之不去:马克跟一些人在一个房间中,那些人在喊叫争吵;霍莉小姐坐在一个角落里哭泣;马克神态冷静,不屑一顾的样子,他正对她讲着什么可怕的、极其令人讨厌的事情。无论那是什么,反正是坏事,整个这一切太糟了,统统都错了。

她依旧心慌意乱,抖颤着,想把那幻象推到一边。那都是胡思乱想,没有任何意义的。她刚刚只是打盹迷糊了一会儿,做了个愚蠢的短梦。她叹口气,再次努力去摆脱那些画面。但她感到更晕眩,更困惑了。

他很快就回来了。

"情况怎么样?"她问。

"别提了。等我们走远一点,到了安全距离之后再告诉你。我们走吧。你跟我现在都是自由人,没人等着要见我们。我们哪里都不用去,除了自己想去的地方。"

"我必须回去。明天我要去图书馆开门,我一定要在八点之前到。"

他用微笑作为回应:"没事的。我们去吃饭,谁也不谈工作了——

就这样定了,行不行?"

"好吧。"弗丽达又让步了。

两人在车里都没说话。弗丽达注意观察马克的神色,但他脸上一副放松和开心的样子。弗丽达开始怀疑,之前的预感和幻象或许只是一场错乱的梦。他开门搀扶她下车时,顺势吻了她。就餐期间,从头至尾,她都没法思考别的,除了那个吻。

那一夜,他们第一次有了负距离接触。

第二天晚上,他们一起去看电影。弗丽达事后甚至根本想不起电影的情节内容,只记得坐在那时,她的肩膀触碰到马克肩膀时的感觉。接着,他们去了她的公寓。

周五这天,他请她去听音乐会,但弗丽达之前已经约了那位电脑达人乔·达根见面,所以她犹豫了。马克的脸色暗了下来,如阴云盖顶。他看上去失望至极,弗丽达知道她不得不想点办法。

她给莱恩打电话。

"这辈子往后的时间,为你做任何事情我都万死不辞。当牛做马,什么都行。在剧场擦地板也行……"

"那,你这是要我去干掉谁?"莱恩问。

"没那么危险,就是对付一下这个哥们,乔·达根,下周要来办讲座的。今晚我没空在图书馆见他了。你能不能帮忙把所有事情向他交代一下?"

"弗丽达,我不干。"

"求求你,我都跪下啦。"

"我不能,我只晓得剧场的门道。你才是图书馆的人。"

"那没难度的,老一套的东西,基础技能培训。你知道大爷大妈们要学什么的。"

一阵沉默。

"莱恩,好不好?"

"这都不像是你的为人风格了,而且那不只是老一套的培训讲座。那是你自己倡议和设计的一个活动,有那么多人指望着你出面把事办好的。"

"仅此一次,下不为例!我会通知乔,告诉他周一上午我再联系他。"

"假如我不干呢?"

"那我就不知道该怎么办了。"弗丽达的声音里透着焦急。

"我觉得,这是我听到过的烂事中最破的一个。"莱恩心软了。

"不过,你会干的,对吧?"

"好吧,你赢了。"

"千恩万谢,莱恩,发自肺腑、来自心底的感谢……"

"再见,弗丽达。"

弗丽达给马克去电。

"怎么?"他问。

"今晚我有空了。"她说。

"我非常希望你能有空。"

音乐会如在天堂,随后的晚餐也是。他对她说,她独一无二,没有谁像她那样美好。他说他有多么羡慕她的工作,甚至给她往后的读友会想了些点子。他愿意与她相伴度过所有时光,还要尽力弥补相遇之前错过的那些日子。弗丽达难以自持:他如此甜蜜又贴心地一碰她,她就融化了一般。

这一切太突然,太快了,她告诫自己别花痴。可话说回来,每个人总会在某时某地以某种方式遇见什么人的。无论是在舞会上,在俱乐部,还是在热闹的酒吧里相遇,那又有多大差别呢?但想到要让自己随波逐流,及时行乐,她仍然感到不安。然而,一旦他发出召唤,或者当他们在一起时,她就又把疑虑忘得一干二净了。

> 各位读友,即使你对电脑毫无基础,只要想学,我们都欢迎您的光临。本周五晚上,乔·达根将在本图书馆辅导有意进入科技天地者。无论老幼,均可参与。

马克提议两人外出度个周末,弗丽达再次动摇了。如果他结婚了,那就不可能跟她跑多远逍遥,不可能轻易找到时间和借口。但那个梦却不断浮现。那个有着金色短发的女人的面容不肯消失。弗丽达心知肚明,那女人是在迎候马克回家。她甚至能看到那场景中的婚戒。

如果他已婚,要带着弗丽达一起奔向都柏林远郊的山野,他会跟妻子怎么搪塞?弗丽达很困惑。但她又不甘愿放弃那快乐的机会。

她打电话过去,又一次请莱恩代替她来协助乔。这次,莱恩没什么好说的了。她只是听着好友的解释,随后就答应了。

"不过,这是看在乔的面子上,而不是你的。"她冷冰冰地补充了一句。

弗丽达为朋友的冷酷感到难受,但过一会儿,她又考虑起跟马克的周末了。马克在很多层面上需要弗丽达,这是显而易见的。他需要她的陪伴,她的友谊,她的支持,以及,床上的合作。他爱她,他对她这么说了的。他那婚姻只是出于利害关系的结合——她对此很确信。

伊娃希望这场恋爱及早稳定下来,那样的话,弗丽达就能集中精力做其他的事情,而不是只挂念着马克·马龙。看起来,她是真被这个家伙给魅惑住了。某种程度上,伊娃倒也能理解个中缘由。这帅哥很讨人欢心,热情有活力。从很多方面来讲,跟弗丽达相当般配。但伊娃认为这两人的差异也非常之大。马克更强硬,不管目标是什么,只要定下了,他就决意办到,誓不罢休,不择手段。而弗丽达心平气和,随遇而安,对生活现状善于包容。

从一开始,马克就跟莱恩不直面问题,但随着时间推移,那份敌意会自行了断的。莱恩旗帜鲜明地强烈反感马克。她抱怨说,弗丽达已经失去了对所有事物的兴趣——工作,朋友,她自己整个的生活。"就仿佛是某种迷雾或瘴气什么的对她作法施蛊了。"莱恩恨铁不成钢,"那家伙控制了她的一举一动。"

她们如今已经见过马克几次,但莱恩仍然不信任他。

为什么要当个愚蠢、荒唐的"苦恼"姑妈?伊娃暗中自问。试图符合逻辑地、理性地厘清这类事情,都是徒劳。然而,这依旧是一个隐忧。没错。也许有一场风暴正在酝酿和积聚。莱恩不喜欢也不信任马克。两个姑娘之间的友谊如此牢靠;能威胁到这莫逆之交的男人,他是第一个。此前每当提及男友时,她们通常都是相互鼓励,给出热忱的支持和积极的建议。

弗丽达会说,爱慕莱恩的人有一个团,这些青年男子饱受单相思之苦,对自己的女神朝思暮想。莱恩会哈哈一笑,说那都是些没活儿干的演员,他们朝思暮想的是能在她的剧场有两三周的演出安排。莱恩说,她晓得至少有三个男的,去图书馆只是为了跟弗丽达说话,而根本不会翻开半本书。他们一直想约弗丽达出来,可她看似从未明白过这一点,反而只知道帮人家找书……

关于马克·马龙,不管是喜欢还是厌恶,两个姑娘的反应都如此强烈,与她们原先的角色状态大有出入,这倒是意想不到的。

上周,乔·达根主持的电脑讲座《不要害怕科技》反响热烈。鉴于此,芬兰路图书馆读友会决定,这一主题培训每周将举办两期。

弗丽达去找伊娃借一件带亮珠嵌饰的收腰黑上衣。她得到邀请,要参加两三周之后在霍莉乡村酒店的一个酒会。为那个他所称的社交酒会,马克已经邀集了一些行业记者和旅游运营商。对他那个周期颇长的项目计划而言,让媒体和新闻界参与进来,报道度假村的未来规划,这可是很重要的一个环节。

伊娃本以为弗丽达会留下来顺便吃个午饭。

"这个,听我说,姑妈。"弗丽达感到很愧疚,"我真的没么多空闲的时间……现在我手头上有太多事要做。"

伊娃直视她。

"具体说,到底什么事呢?"

"哦,你也知道的,就是图书馆的那些事。读友会的活动真的搞起来了,因为乔·达根做得挺成功,大家都嫌不过瘾,还要他多培训。"

"不过,那用不着麻烦你。"

"你这是什么意思?"姑妈的话让弗丽达吃惊不小。

"是这么回事,你都没带他在图书馆熟悉熟悉,都是莱恩和我做的。而且,就在他开办讲座的那一晚,你还走了,去跟马克度周末。"

"是的。"弗丽达低头看着地板。

"所以,是我这个半老徐娘的观鸟狂,还有实验剧场的经理,只有我们去帮乔筹备培训。如果有个真正的专业馆员在这件事上做帮手,他的讲座还能取得多好的效果,你大可以想象一下。"

"你们很棒,你和莱恩,我要谢谢你们,干得很出色。"

"你都没在场。"伊娃语气冷硬。

"唉,你能明白的……你知道事情会是个什么样子。"

"不,事实上,我不知道。你为什么不能过来,跟我一起去考察啄木鸟呢?为什么就不能叫上马克一起来呢?"

"非常感谢你,姑妈,但我说自己忙的时候,我是真的很忙。有几处篱笆要去修补呢,你知道我说的什么意思吧。"

"我知道。"

弗丽达也明白,伊娃姑妈说的没错。至于跟莱恩那边,隔阂就严重了,就仿佛她们的友谊已经落下了帷幕。她已经开始摆出一副敬而远之的礼貌姿态,而这在弗丽达看来比满脸的怒气还要令人不安。那礼貌是如此疏远,如此冰冷。

乔·达根办讲座的那晚,弗丽达却缺席了,莱恩拒绝原谅她。

莱恩这种态度,弗丽达觉得她实在是太小肚鸡肠,太不公正。乔的培训获得巨大成功,他要开办自己的系列讲座。这几年来在图书馆,弗丽达以前从未像这样丢开过工作。况且,那甚至不是她义务中的常规的上班时间:天可怜见的,这读友会可是她在工余作为志愿者来组织的。

乔已经表示了理解。他说,安排这么个赏心悦目的可人儿来接待他,弗丽达真是仁至义尽了。他根本没觉得是她忽悠了他、放了他鸽子什么的。

莱恩那样,不免是无事生非。

马克要去伦敦出差几天,所以弗丽达有了空闲,便邀请莱恩和伊娃晚上去恩尼奥餐厅小聚。她希望她们能理解她的想法和感受。一切都会好起来的。

这是个愉快的夜晚。三人在恩尼奥餐厅坐下来,吃吃意面,聊聊天增进感情。

伊娃正筹划她的下一趟观鸟之旅,她要去爱尔兰西部。再过两三周,石桥那里有个新酒店即将开张,位置就在那一带的海边陡崖上方,对观鸟客来说相当完美。伊娃的行程已在计划之中。

她突然停下了话头,举杯祝酒。"你们两个不会吵架的。"她这样宣告,"我不允许你们吵——尤其是因为男人这么个无聊的话题而翻脸。"

到了这个地步,弗丽达和莱恩都笑出声来。

"伊娃,你可真是活宝,太会挑事儿了。我们不会吵架的。"弗丽达主动表态。

"我永远不会跟弗丽达争吵。"莱恩保证。

"很好,那这事儿就算了。"

莱恩和弗丽达彼此无可奈何地看看。

"姑妈,你真是作秀女王!"弗丽达苦笑。

"到底是什么让她认为我们会吵架的?"莱恩问。

"是因为我说了我爱马克·马龙,而你说他是一坨屎……大概就是这个,让她担心了。"

"对他那个人,我再也不会说这样的话了。我只是以为,你会想去现场支持乔的讲座。但碰巧的是,这事儿还办成了——他追我了,想跟我约会,所以,我原谅你。"莱恩透露秘密。

弗丽达探过身去,拍了拍莱恩的手腕。然后,就在那时,在晚餐的正中段,服务生喊弗丽达去接电话。侍者把她领到一张摆有客人预约登记簿的小桌旁,递给她电话。

"你是?"弗丽达想不出有谁知道她在这里。

"你好,美人。"电话里传出一句意大利语。

"马克,是你!"

"就是想让你知道我想你。我在吃一顿无聊的晚餐,你也是,而我俩本来可以在一起的。这可够荒唐的。"

"我的晚餐不无聊,我要告诉你——都是好朋友。"她纠正,"还有,你明天就要回来了,对吧?"

"不是,可惜不是。我还要在这里停留。还有更多会议要开。应该不会要多久,我会尽早脱身的。"

笑容从弗丽达脸上消失了:"不要啊,我已经预先安排好外出的时间了呀!"

"这个,要是我就不会做出那么多未来安排的。这样可以吗?要我把那些商务会议取消吗?"他听上去有点恼火。

"很抱歉。我没有什么特别的意思。"弗丽达困惑了。

沉默了一阵。

"好吧,"他最终开口了,"对不起,我在这里的压力太大了一点。我们明天再说吧。到时候我就更清楚何时能完事了。"

"那就明天吧。"她同意了,一边身体又开始发颤。然后一个念头突然冒出来,她问:"马克,你为什么不打我的手机?"

"我忘了随身带着手机,一时又没有想起号码。"他的语气很坦然,"我记得你说过恩尼奥餐厅,所以就在黄页号簿中查到了。"

"那明天再说吧。"她结束了通话。

回到桌边,莱恩问她:"是他打来的?"

弗丽达笑笑:"是的,碰巧就是。"

"他为什么不打你的手机?他是不是在查岗,看你是否真的在说过要来的地方?"

伊娃抬头看她,目光敏锐。

莱恩的语调平淡轻快,但弗丽达发现自己感觉非常紧张。毕竟,她也向马克提出了同样的疑问。但她不愿向莱恩承认这其中的分毫。

"哦,肯定的,当然就是那回事,可怜的猜疑和嫉妒心,他是牺牲品。"她说完,发出一小串非常虚假的笑声。

"你心里烦着呢。是什么让你担心?"伊娃问。

"没什么。"弗丽达嘴硬,"他就是还要在伦敦拖延一下。"

自从来图书馆工作,弗丽达这是第一次觉得不愿走进去上班。有太多的事情等着她去处理。莱恩仍然不理解马克,甚至连伊娃也失去了耐心。她们就是无法理解她的恋情。达菲小姐对书目的分类要求是如此严苛。"一本书分错类了,就等于丢了"——这是她的口头禅,她伟大的咒语箴言。

还有那个颐指气使的女人,她投诉说,有一本书是彻头彻尾的色情作品,而弗丽达却错误地把书推荐给了此女在栗树街运动场那边的社区读书俱乐部。另外一个家伙,就因为馆里没有赞恩·格雷①的书,竟至于大发雷霆,无理取闹。弗丽达还要找到乔,因没在图书馆协助他的讲座而再次道歉。

前一晚吃饭交谈之后,如果她没觉得如此心乱不安,她是可以处理这一切的。她夜里又梦到了那个金发女子,现在她能肯定马克是有妇之夫。但她不在乎。他爱弗丽达。他跟她说过很多遍了。

她挺起双肩,慢慢地顺着台阶走上去。而此前来上班时,她通常一步都要跨两级台阶的。

几天之后,伊娃邀请莱恩中午一起外出。

"有报告说,在霍斯的另一边,有大群的黑斑头海凫鸭,其中说不定还有些珍稀品种。"

"就叫罕有海凫鸭?"莱恩隐约听说过这个。

"呃,丝绒海凫鸭,它们实际上是这个名称。"

"丝绒?听上去不错嘛。"

"都是海水野鸭,雄的全身乌黑,黄色的喙,雌的颈项这里有白毛,喙是暗淡的灰色。它们是冬季来的候鸟。上车跟我走,我们可以在那里路上的一个啤酒馆吃到三明治。"伊娃在电话里提议道。

---

① 赞恩·格雷,美国最受欢迎的西部小说作家。

"我该穿什么衣服?"

"不要太鲜艳,那会惊扰到它们。无法预计天气会有什么变化,但你也知道的,要穿厚的防水布连帽棉衣,暖和的围巾和高领毛衣,也许再带个背包,要么就穿有很多口袋的衣裤。"

这是莱恩近来求之不得的一个约请。弗丽达就像一只鬼鬼祟祟的小黄鼠狼,跟马克商议计划,然后动不动又在最后一刻莫名取消了计划。那家伙不在身边时,她就那么傻呆呆地盯着手机,等他来电。莱恩立马对伊娃说,她很乐意出去兜风。

她们把干线公路丢在了身后,向海边行驶。伊娃一路指给莱恩看那些新近迁徙到达的鸟类:成群的白额灰雁,还有野鸭、天鹅,以及从北极南下过来的几种涉水飞禽。现在,她们可看的东西多了去了。

路上车还挺多,伊娃小心地开着车。

"我们去找个停车方便的地方吧?"她这样考虑,就是因为这个,她们选择了靠近海边的那间光线昏暗的小酒廊。

正是在那里,她们看到了马克·马龙。这家伙照说应该还在英格兰开会的。

他坐在窗边的一张桌子前。他对面是个金发女子,穿牛仔裤和一件厚厚的阿伦岛羊毛的套头毛衣。两人中间是个小姑娘。她看上去还很年幼,也很快乐。这是幸福的、完美的三口之家,旁若无人,仿佛这地方就只有他们三人。

马克跟那女人正拿叉子叉满意面,相互喂食,每吃下一口就笑几声。那小丫头也欢欣无比地对着两个大人笑。这三个人之间分享着如此深厚的亲情,亲密无间。毫无疑问,他们属于一家人。

伊娃和莱恩看着他们,惊呆了。

她们没法在被看到之前就退出那酒廊。抬头瞥见她们之际,马克的脸一下僵了,像戴了恼怒的面具。

伊娃和莱恩面面相觑,然后几乎在同一时刻,她们齐声喊出来:"他妈的王八蛋!"接着,她们一言不发地走出去,上了伊娃的车,开始返城。

开远了之后,莱恩问:"你说说看,鸟类也干那事吗,就是乱劈腿什么的?"

"那不是一句话就能说清的。"

"我觉得肯定也是。"

"我们该说点什么吧?"伊娃大声说出她的疑惑。

"当然要。问题在于,向谁说?跟弗丽达说,还是跟马克交涉?"

"要是我们没进那个店……"伊娃嗫嚅着说。

"那没用的——我们确实进去了。我们也亲眼看到了他。弗丽达不能这样被人耍。"

"可我们如果说了,那她会感到很羞辱的——"伊娃不忍心伤害侄女。

"这个,如果我们不说,只会让她更羞辱。"莱恩恼火地反驳。

"我们实际上还不能肯定……"

"我们当然清楚的。那绝不可能是他的同事或姐妹。那孩子就是他的。我来告诉你吧,如果你看到我的男友跟他老婆孩子在一起,而你还瞒我,那我只会说你这个朋友不够意思。"

"你现在是这么说,但假如真有这样的事,你恐怕又有不同的想法了。"

"好吧,无论怎样,我很乐意把这个问题讲清楚,因为我非常确定要知道真相,不想蒙在鼓里。那样的话,就相当于球回到了我的半场,让我有权利去做出一个决断。"

"但是，莱恩，我们不能对她说的。拜托你再仔细想一想。"

"那混蛋对弗丽达撒谎，说他在伦敦。他在那个酒廊里躲着，不想遇见任何别的人。这么做一定有原因，那一定对他很有必要。"

"或许，他就是这么想的吧。"伊娃很无奈，"莱恩，别告诉弗丽达，这会让她崩溃的。"

"但应该让她知情才对呀。如果她愿意，肯接受他回到身边，那是她的自由，但首先她有权利知道真相。"

"无论如何，先不要说，暂缓一会儿。"

最终，她俩谁也不用跟弗丽达说了。马克先把事情捅开了。

这一晚，招待酒会在霍莉乡村酒店如期举办。弗丽达一整天都没听到马克的音信，但她知道他一定很忙。她希望今夜自己的出场能给他加分。向伊娃借来的黑色上装很合身，看上去效果没得挑。她要穿一条大红的真丝裙，再配上那黑色的漆皮高跟鞋。她知道，马克要去照顾众人，转来转去地应酬，她就不得不自己对付那场面了，但稍后他们就在一起了。

弗丽达到达酒店时，招待会正渐进高潮。场内人声嘈杂，一盘盘雅致的佐酒小食正到处传递。

她悄悄地走进去，没说要找马克。窗子旁有一组人谈笑风生，正围绕在他四周。弗丽达转移到房间的另一侧，从远处看着他说话。他情绪热烈，精神饱满，不管谈论的是什么话题，他都能把身旁的那些人涵盖其中。他那轻松的微笑这会儿停留在这个人身上，下一刻又转向另一个人。这边聊完了，他又天衣无缝地融入另一组宾客。

她总不能像件家具那样傻站着不动，就只看着他吧。她好歹也是应邀而来的客人。

她认出了几位来客的面孔：一个电视脱口秀的主持人，一位写专栏的女作者，一名著名的电视记者。马克所需要的各类人物，这里当然都有了。看来，他接下来的心情和状态应该都不会差。

她跟身边的人随意聊聊天，杯中的酒几乎都没怎么喝，这样也就免得有服务生来给她添加酒水。她新认识了一个男人，那人掌管一家大公司的IT部门。他同意弗丽达的看法：信息技术每周都在更新，一两年后有些系统就废掉了，这造成了惊人的巨大浪费。弗丽达就好奇，他们怎么处置那些换代之后的老设备。然后她提出一个强有力的理由，让这人考虑一下芬兰路图书馆。她介绍了那里的电脑培训班，而对方看来似乎也很感兴趣。然后，她注意到马克在另一边表情古怪地看着她，于是便唐突地转换话题，谈起了霍莉酒店的种种优点：这地方真是世外桃源，一枚隐藏的宝石，每位访客都觉得这是他们自己的私密小天地。

"正因为如此，要改造这里，实在是荒谬愚行，是神经错乱。"这人提出反对。

"但那是为了让这里能继续生存下去，得到稳定的客流……不是吗？"她是在重复马克的那些言辞。

"市郊有几十个大酒店吧，都有大型会议的设施，水疗中心，娱乐休闲项目，用来满足成车成车的团队客人。霍莉是独特的，也应该继续保持这种独特。"他有自己的见解。

"假如因为害怕扩张，这个店被挤出市场，被所有其他同行击溃，那该怎么说呢？"

"你已经咬钩了,买账了。"这人得出结论,"那一套已经灌输给你了,甚至都不用等着听发言了。"

"你的意思,我不敢确定能明白。"

"哦,就是那种装模作样的套话,温暖怡人但虚伪的一声欢迎,在这么古雅的地方见到大家真是荣幸,现在呢,我们计划要改变这里,推倒重建。"

"他们会这样干?"弗丽达惊讶得几乎喘不过气来。

"暂时还不知道。我们董事会里有几个人想让这地方保持原貌,其他人却都看到闪闪发亮的辉煌未来,憧憬着把霍莉搞成连锁品牌,一直开到国外去。很显然,他们想把这里先拆了再说。那伙小丑想让他们在新闻界的朋友帮忙疏通关系,拿到建筑许可证。不管怎么说,我对那方案并不来电。对了,你那图书馆叫什么?我们说不定能送几台电脑过去。"

他们交换了具体的联系信息。就在这时,马克出现在他们身旁,近在咫尺。

"你该不会在这里巡游一圈为你的图书馆寻求赞助吧,奥多诺万小姐?"他阴阳怪气的。

"马克,这完全是我提议的。这位年轻女士用她的大好年华在做的事,是有价值的。如今,能结识和支持这样的朋友,是难得的赏心乐事。"

马克强硬坚定地把她带走了。

"他在董事会是?"弗丽达小声问。

"不用管他是谁。刚才到底是什么狗屁情况?"马克对她咬牙切齿,"你觉得你是在干什么?想破坏我的好事?是谁唆使你来的?不用告诉我了,别白费心机了,你,还有那帮狗娘养的……"

"马克,怎么啦?"弗丽达一头雾水。他脸上的神情吓坏了她。究竟发生了什么?

"你说,你想干什么?"他的目光在她脸上凶狠地掠过,"站在这里,来指控我?砸场子,毁掉我的机会?"他的声音短促凌厉,能听出来,他已恼羞成怒,但他脸上挂着一丝硬挤出来的微笑,继续拉着弗丽达往门口走去。

"我不知道你在说什么。"她极力振作精神,一边试图把胳膊从他手里挣脱出来,"真不知道是出了什么问题,但我明天给你打电话不就行了吗?原本打算明天晚上一起过的,那会是轻松悠闲的一晚,我们电话里确定一下怎么安排,好吗?"她听到自己的声音回荡在脑海中,很空洞,带着在劫难逃的绝望,"要么,今夜再迟些时,你也许能抽空去我那里,然后告诉我这一切究竟是怎么回事?"她希望自己的语气听来不像是在乞求。

"我可没那个想法。"他嗤之以鼻,一脸不屑,"这都已经为时太晚了。你竟然派你的朋友监视我!你为什么就不能安稳点,少管闲事?你这个蠢货,该死的蠢货……"咒骂如此恶毒,他自己都几乎说不出口了,"你怎么会这么蠢呢?你把一切都搞砸了。再想想,我竟然还那么爱你,为你冒了那么多风险。"

弗丽达现在感到很恐惧:"告诉我,这是什么情况?我做了什么吗?不管那是什么,肯定都是个可怕的意外。只要有任何事是我做错了的,那我道歉,对不起……"

及至此刻,他们已经到了酒店的大门口。弗丽达心烦意乱,但马克的脸色冷硬如铁,半拖着把她拽了出去。

"别再联系我。不要打电话,不要发短信,不要发邮件。从我的生活中消失。你,连同你的亲友,绝不允许再靠近我的妻子和女儿……"

弗丽达看着他,无语又无助,而他绝情地转头就走回了酒店,远远地把她抛在身后。大门关上了。

她从外面的一排出租车旁走过,眼中一无所见。她泪水盈眶,视线模糊。然后,她走远了一点,在从酒店看不到的地方停下,靠着一处栏杆,终于哭出声来。她身穿伊娃那件带珠饰的黑色上衣,站在那里哭泣不止。

经过的行人看到她,很是忧心。有些甚至还特地停下走近她,问有什么他们可以帮忙的,但弗丽达只是哭得更伤心。后来,她感觉有一只手臂放上了她的肩头。她意识到,那是之前一起交谈过的那位IT主管。

"你有没有什么朋友家可以去的?"他友善地问道。

她没事,只是一点私人问题。是她犯了一点傻。她会应付过去的。她一边抽噎着,一边让他放心。

她需不需要让他帮着打电话通知什么人?

尽管她一直自认为身边环绕着不少朋友,但这个夜晚,事实上,真的没有可以电话联络一下的朋友。

他把她送上了一台出租车。后来,她才意识到他已经预付了车费。她坐在后排,盯着前方足足有二十分钟。在她的小公寓里,一切都秩序井然:桌上和壁炉隔栅里精心布置了蜡烛,要不了两三分钟就能点燃;食物和红酒在冰箱中;窗台上的花瓶里插着一大把香水百合。

多么温暖怡人的地方。但它在嘲弄她,嘲笑她所有的希望和信心。

然后,四面墙仿佛都在向她挤压过来。她几乎无法呼吸。

最终,从伊娃和莱恩那里,事实真相浮出了水面。那天的外出和午餐,马克、金发女人、孩子。是的,孩子。他有个女儿。她在心中反复掂量那些她曾极力抵制的场景:这些心理视像,无论哪个环节都没出现过一个女儿的影子。但她反正是看到他妻子了,不是吗?幻视场景中的那个金发女子,确实就是马克的老婆。弗丽达事先看到了她,但却没有任何相应的举动。

有时,她会在夜里突然惊醒,疑惑那整个事情是不是自己想象出来的。或许,霍莉酒店那一晚所发生的一切,只是一个梦、一个幻象。她认为自己对马克已非常了解。他是那么文雅、风趣,对她关爱有加。他不可能陪伴她这么长时间的,除非他真的爱她,正如他宣誓过的那样。

接下来的这些日子,弗丽达变瘦了,脸色憔悴,甚至都长了皱纹。莱恩尝试让她振作起来,但并没有什么效果。

伊娃忧心忡忡,最初还只是同情,很快变成了惶惶不安、不知所措,然后是真的慌了神。"我觉得真无能,帮不了你。"她悲哀地承认。

"我不知道该怎么办。"弗丽达伤心哀叹,"我那么爱他。我以为他也爱我。我怎么才能想明白该怎么办啊?"

"你满心的自责内疚。"伊娃劝她,"实际上你不必这样,可你偏要这样。你在想怎么补救,想把事情多多少少修正过来,但你办不到的。你现在必须向前看,未来的日子还很长。"

伊娃做出了一个决定。弗丽达需要出远门散散心,需要换一下环境。她需要去一个地方,那里不会让她每天老想起马克。在那里,她可以整理思绪,重新看清一切。伊娃打了两个电话,一个打给爱尔兰西部石头大屋的斯达尔夫人,将自己的预订改到弗丽达名下;另一个打给达菲小姐。她称弗丽达身体不舒服,需要休几天假来恢复……

快接近那大屋之际,弗丽达担心她是否又犯了个大错。这地方根本不会给她带来任何益处。在这里,她谁也不认识,所能做的只有重温旧梦,重温那段曾令她如此喜乐但紧接着又如此崩溃的时光。她为什么要来这里?并没有什么梦魇鬼蜮缠绕着她,指望着到这里能消停。困扰她的,只是那场痛彻心扉的恋情留下的真切记忆。

斯达尔夫人很热情。她把弗丽达带往一间漂亮的客房,那是在大屋的远端,不受打扰。她说,伊娃交代了,这里有些观鸟的好时机,一定要跟她们提一提。弗丽达郁郁不乐地望向窗外,看到外面树木的枝条被风裹挟,飒飒舞动。圣栎,她心想,悲从中来。常青橡树,徒剩一丛绿意。屈辱的记忆又如潮水般涌来。

很奇怪的是,风似乎只搅动那棵树众多枝条当中的一根。弗丽达中了魔一般,恍惚地盯着那树,看到一张黑白花的小脸从树叶间冒出来,好奇探询地朝她看了一会儿,然后又消失在叶子背后。那小猫在树上攀爬,越爬越高,时隐时现。她屏息凝神地看着。

"不用担心。"小鸡·斯达尔顺着她焦虑的目光看过去,"那是格莱莉娅。她好着呢。她什么也不怕。不管她觉得是在追什么东西,她都追不上的,那东西早就跑远了,然后她会自己想办法下来的。如果你喜欢,我就介绍你跟她熟悉一下。到楼下厨房去吧,我把她最喜爱的猫粮拿给你。要记住,每次只喂给她三片,不要超量。"

来到楼下的厨房,小鸡打开侧门,吹了个口哨。片刻之间,格莱莉娅就出现了,一副满怀期待的模样。她爬到小鸡的膝上,蜷曲着趴下,突然就迫不及待地开始舔起脚爪。

"三片。"小鸡再次提醒,一边把猫粮盒子递给弗丽达,"她跟你卖乖想要更多时,别上她的当。不用理她。"

弗丽达在壁炉边坐下,格莱莉娅立刻就跳到了她的大腿上,朝她咕噜咕噜地大声哼哼,明显有所期待。一片一片地,弗丽达将那干燥脱水的小块猫粮喂给她。格莱莉娅接住了她的美餐,精细娇气地慢慢吃着。然后,她缩成相当紧凑的一团,像个小球,几乎立刻就睡着了。

弗丽达轻轻抚摸着格莱莉娅的小脑袋,一边冒出怅然幽思,要是一直这样多好,要是一整周就待在炉火旁,让这暖乎乎、毛茸茸的一团小东西停在膝间,那会多好。要是不必动一动,不必去见别的任何人,不必去寒暄搭话,那该多好。她害怕与同住的其他客人相遇。

客人们会聚到小鸡·斯达尔的厨房里享用餐前酒。与他们相见的一刻,弗丽达的忧虑更为强烈了。大家看似都非常愉快,但弗丽达一一审视过那些面容之后,却感到所有这些人无一不在心中深埋着什么秘密。想到不得不跟这些同期住客聊天,她的心随即沉重起来。如果她完全独来独往,或许他们也会由她去吧?

最终的情形当然根本不是那样。小鸡的欢迎致辞热情诚恳,众人都围聚在柴火欢畅燃烧的壁炉旁,气氛松弛又惬意,说话的音调很快就升高了很多。突然之间,弗丽达发现,跟这些彻头彻尾的陌生人交谈,竟也毫不艰难。有那么一会儿,她甚至恢复了以前的活泼状态。

一个温和可亲的瑞典年轻人跟她攀谈起来,这人对爱尔兰民间音乐兴趣浓厚。还没察觉到自己在干什么,她不经意间就已答应了对方,第二天上午一起去镇上寻访一处音乐啤酒馆。座位另一侧坐着一位退休女教师。弗丽达跟这老妇人发生了一点争论,探讨的是如今青少年人群的读写能力和文化水准。两人你来我往,情绪还有些激动了。令她惊讶的是,当她提出例证,把芬兰路图书馆读友会和女生们的读书小组这些情况告诉郝小姐时,弗丽达感觉自己的精神也振奋起来。

这天夜里,她躺在床上回想白天发生的那些事。出于一时冲动,她起身,悄悄地打开了房门。大厅桌子上亮着一盏小台灯,她看到四周一个人也没有。她压低音量,轻轻吹了声口哨。一开始,什么反应也没有,但过了一会儿,她听到什么东西跳落在地的一声轻柔的闷响,接着就是小爪子在地板上走动的细微声音:目标明确,沉着镇定。

弗丽达一夜安眠。格莱莉娅蜷曲着睡在她身边。早上,她跟安德斯一起出发了。她听任自己跟随他的脚步,被他的热情所感染。午餐时,听着他的故事,她发觉自己开心地笑出了声。下午听音乐时,那伤感哀怨的曲调又让她不禁潸然泪下。

慢慢地,弗丽达开始感觉好一些了。那一晚在餐桌边,她甚至比前一晚还要轻松。她在夜里梦见了大风浪,但什么都没说。尽管想给其他客人提出预警,她还是把这念头丢在一边。温妮和莉莉安被找到了,她们安全脱险,这让她大大松了一口气。

假期的第四天,小鸡看到,在"谢狄小姐厅"的壁炉旁,弗丽达和格莱莉娅一起蜷坐在圈椅中。格莱莉娅在做梦,粉红的小爪子不时抽动,鼻子里还发出呼噜声。弗丽达低头抚弄着猫毛,一边也在发呆做白日梦。

小鸡手上端着托盘,上面放有一壶茶和两只杯子。她把托盘放到小茶几上。弗丽达抬起头看着她,似乎吓了一跳。格莱莉娅的美梦也被搅了,跳到地板上,仰面躺着,四脚朝天,但双眼严肃地盯着这边,仿佛在认真忖度房间里的局面。

"我想你也许要喝点茶。"小鸡反倒有点过意不去了,"格莱莉娅知道,她是不许来这里的,但你们两个现在显然都如影随形咯。"

确实如此,及至此时,弗丽达和格莱莉娅已经变得不可分离了。这只黑白小花猫跟着弗丽达在大屋里走动,一路护送她走过花园。去逗弄卡梅尔的双胞胎时,被郑重地介绍给两只新来的鸭子——"公主"和"小土豆"时,弗丽达都少不了猫儿的陪同。格莱莉娅此前已在安全距离之外审视过它们。她随后跳到一根篱笆木桩顶上,伸出前爪洗脸,斟酌沉思了良久。

小鸡给弗丽达讲了奎妮小姐的故事,以及她如何拯救格莱莉娅,把这猫儿装在衣袋里带进了大屋。那时候,里格尔还觉着老奎妮大概是疯了。但没多久,像所有人那样,他对老太太和猫儿都溺爱得不行。小鸡说,这个房间就是用奎妮小姐的姓来命名的。

"我不知道那是真是假。"她继续道,"我也从没向她求证过。但多年多年以前,好似说那些流浪过客中有个女人给三姐妹算命,预见到等着三人的只有苦闷不幸的婚姻,所以后来无论得到怎样的婚恋机会,她们都放弃了……"

听到这里,弗丽达对小鸡提起了自己有预知能力的那些经历,讲了她有好几次是如何说出了预感,结果却只能懊悔不迭,以及从那以后,她如何尽量压制和隐瞒她的特异能力,即便有了什么"感觉",她也早已经学会了深藏于心,守口如瓶。把预言说出来,她也不能改变任何东西,那只会让人们警惕地回避她,或者是对她所说的气不打一处来。不管说还是不说,她都不会赢。

然后她把跟马克·马龙的风波也和盘托出,告诉小鸡她如何用幻视看见对方已经结婚了,却仍然把这份顾忌放到了一边。

小鸡仔细地听着。她没有给出任何评价。她看似完全理解,弗丽达对马克可能是用情太深,所以把担心和戒备弃之不顾。

"看到那些预感的事情,你为什么害怕说出来呢?"她问。

弗丽达喜欢这位女主人,因为小鸡无条件地接受了,那些预见中的东西是她确实看到的。她也根本没有试图来劝告弗丽达,说那些纯属想象、幻梦和巧合。

"因为它们什么好处也没有,只会带来不幸。"

"假如现在你有了关于我的预见呢?你会告诉我吗?"

"我觉得我不会说。是的,不会。"

"你就让我去瞎撞瞎碰?即使有什么事情是可以避免的,你也害怕告诉我?"

"但是,我自己首先就不想承认我有那些预感。只要我对谁也不说,那么我也不必去面对了。我从来都不知道预感何时会来,何时兑现,这才是可怕之处,让人非常疲惫焦灼。"

小鸡一边听着,一边摇头。她有更多话要说,但厨房那边传来一阵大动静。里格尔刚刚拿来了今天晚餐用的蔬菜。她要去忙活了。她拍拍弗丽达的手臂,留下她跟格莱莉娅待在原地。那小东西这时认定了,壁炉前小地毯的饰边流苏需要受到"严厉惩处"。那天晚上,大家都在考虑怎样参加竞赛,弗丽达也就没再多想。

第二天晚上,似乎发生了什么突发事件。郝小姐突然决定离开。里格尔被叫过来,开车送她去火车站。她没跟其他客人说一个字就走了。她钻进那小货车时,双肩耷拉着的样子,实在是够悲哀的。那情形有点令人不安。但也有一些好消息。当亨利和妮柯拉宣告将继续留在镇上当医生时,全桌人都为他们发出一阵欢呼。参赛事宜也画上了最后一笔。置身于如此欢乐的一群人,成为其中一员,弗丽达很高兴。上床睡觉时,她感到放松和满足。

尽管有这点小扰动,这次假期整体上而言是个巨大的成功。每一天都有新体验:野外风景,跟安德斯跑去镇上看音乐表演,晚上的可口美食与闲谈,还有至少八个钟头的睡眠。弗丽达觉得一天比一天更好,也更有精神了。

度假日程的最后一天,就在晚餐前,小鸡请弗丽达先去了厨房。

"我想跟你聊聊,因为我已经找到对策来解决,你知道的,就是你的那个问题。"

"你找到了?"

"我认为,你应该改变你的策略。"小鸡一边说一边布置晚饭餐桌,"你说了,你害怕人家知道你有这个特异能力,所以就保守秘密,藏在了心底。"

"对任何人,甚至包括我自己,我都不想承认我说的预言有可能成真。"

"弗丽达,问题就在这里。我觉得,你应该告诉遇到的每个人,告诉他们你是个灵媒,说你有时候能看到未来,知道有可能会发生什么事。你不妨主动给人家看手相,用扑克牌算命,也可以看茶叶占卜[①]。这样一来,你的这个超能力就完全公开化了。"

[①] 茶叶占卜,茶喝完后倒扣杯子于碟子上,依据茶叶图案形状解命。

"那能有什么帮助呢?"

"那会消解这事的神奇之处。你的秘密,你的超能力,就不会再带给你负担了。大家也许会觉得你莫名其妙,有点离奇古怪,但这在一定程度上也把整个事情的重要性大大减弱了。而那正是你想要的,不是吗?"

"对,是的,某种意义上可以说是这样。"

"那么,这就是解决之道。这能降低事情的严肃性。这样一来,不管你看到什么或说了什么,就没人会信以为真,不至于太把那当回事儿了。"

"你想让我告诉别人我有预知能力?"

"随你把那叫作什么。关于未来,就给大家说些含糊的、模棱两可但有希望的事情,让他们开朗乐观起来——说到底,人们去算命,看星座运程,真正想要的其实就是这个。这也能帮你把那份压力缓和下来,让那超能力不再有害。这件事要我看的话,是你对那些预感幻象感到内疚,一有坏事,总认为是你自己的罪责。你一定得轻视这些东西。它们只是一些想法罢了,就像任何人都会有的想法一样。就是这么回事。"

弗丽达站在石头大屋的厨房中,感到一切都微妙地转变了。她有一种巨大的解脱之感,同时也有相当的失落感。她之前一直以为马克爱过她。但根本没有丝毫证据表明,她在他眼里能算是什么东西——除了充当一时消遣的愉快玩物。认识到这个,既是对她的解放,也是彻底死心的悲哀。

"吃饭时,我会跟他们说的。我要告诉他们所有人,我会做这个,能算命。"

"让我们看看会怎么样吧。"小鸡挺有信心,"就那样干,弗丽达。你会把他们全给镇住的。"

客人们都坐下来,享用这冬季一周的最后一顿晚餐。没过一会儿,弗丽达就听到自己在告诉这刚刚有点熟悉的一群陌生人,说她是个灵媒。大家咕哝着做出了反馈,表现出程度各异的兴趣。

那个美国人约翰,说他在美国的很多朋友定期找通灵神汉、命理学家、灵修导师之类的去咨询;医生夫妇看上去对这类怪力乱神的玩意儿没那么热衷,但也面露好奇之色;温妮欢快地说,她倒是很乐意跟弗丽达预约一下,看看自己的未来;而莉莉安则说,遗憾的是,很多所谓的灵媒——当然啦,眼下在座的除外——不过是江湖骗子;安德斯说,他父亲的会计师事务所有一个客户,假如没咨询占星师,就绝对不会进行任何一笔投资。

事实证明,这原来竟是个挺轻松的话题,比她说自己是个图书馆员之后更容易引起人们的谈兴,议论的空间也远为开阔。她之前的担忧开始消退。

这个夜晚变得生气勃勃。大家马上谈论了他们的假期。然后,就有人问弗丽达,是否可以给他们算一下命。她慌乱而茫然地左顾右盼。这可不是计划中的一部分。小鸡过来为她救场了。

"也许弗丽达工作太繁忙,是抽空才能出来的,她来这里可是为了度假休闲。我们不要为难她才对。"

所有人看上去都略感失望。弗丽达想起小鸡说过的,人们找灵媒看未来,想要的只不过是些含糊的好消息和承诺罢了。她环顾这群人。要告诉他们往后的日子看上去前景光明,应该有益无害,甚至也不难做到。

于是她抓起他们的手，预言了各种各样的好运：成功、机遇、宁静安乐的生活和长期稳定的关系。

关于温妮，她看到不远的将来就会举行的婚礼，有巨大的幸福在等着温妮；莉莉安则会在那婚礼上遇到某个人，有可能展开人生第二春，即使不曾老树发新花，友谊是肯定的。莉莉安听了蛮开心，粉面飞红。

目前为止，一切都好。

从亨利的手相，她看到一个新的开端，安康快乐的一生。

在妮柯拉那里，她看到会有一个孩子。真的？妮柯拉感到疑惑。一个孩子？毫无疑问。弗丽达很确定。然后，始料未及地，弗丽达发现自己正说道："你现在已经怀上了。是一个小姑娘。我能看到她。她很可爱！"她能看到那小女孩双手环抱着妮柯拉的脖子。紧张感从妮柯拉的前额上消失了，她脸上一下子漾满了微笑。弗丽达看到这个，才第一次意识到，她能为人们的生活带来真正的欢乐。

关于约翰，或说是柯瑞吧，既然大伙儿已经认出了他，她预见到他事业方向的整体改变，将有与往日不同类型的作品产生，他还会搬到另一个地方住。生活方式将远不像以前那么复杂，还有一个外孙或外孙女成为他生命的一部分。看到泪水涌上他的眼眶，弗丽达也深深地被感动了。

安德斯会收获一份美好的爱情。他必须立刻回家，赶紧向对方求婚。只有在那之后，他的事业才会成功。

关于沃尔夫妇，她看到了一趟邮轮旅程，去往某处温暖的国度。她能看见水面上艳阳的反光。

她最后转向了小鸡·斯达尔。弗丽达抓起她的手，凝神去看。一无所见。她停顿了片刻,接着迟疑地说,石头大屋将会大获成功,还会有个男人,或许是小鸡已经认识的某个人。他是某类律师,是一个本地人。

然后,弗丽达感知到了。小鸡的生命中没有过车祸,没有过婚姻。但那没关系。小鸡依旧会好好的。她脸上浮起微笑。一切都会好起来的。

大家都因弗丽达的预言而喜笑颜开。对每个人来说,这完美地结束了一周的假期。

他们交换了姓名、电话号码与电邮地址。众人举杯,向小鸡、里格尔一家人,还有奥拉,敬酒致意,并祝福石头大屋宾客盈门。

他们都在来客留言簿上签名并写下了温暖的评语。第二天的离店时间表也已安排妥当。里格尔和小鸡为搭火车走的客人提供出租车上门服务,把他们送往车站。卡梅尔给每位客人做了一小罐石头大屋的特色橘子果酱,作为纪念。

这天夜里,弗丽达怀抱轻声咕噜着昏睡的格莱莉娅,站在她房间的窗边看流云掠过月亮构成的光影。一回去,她就要打电话给莱恩和伊娃,约好在恩尼奥晚餐的时间。她们有很多信息要相互通报,要畅叙友情。

早上,按时给每个人送行,够匆促忙碌一阵的。终于,小鸡·斯达尔挥别了每一位客人。她给弗丽达特别预留了一个拥抱。比起才到的时候,弗丽达看上去明显快乐了许多。

是时候为新一轮客人做好准备了。几个钟头之后,他们就将到来。卡梅尔已经来帮忙了,她忙着打扫客房,换寝具,将每样物件安置到位,迎接新住客。小鸡要做一个大分量的砂锅炖菜,那种慢慢烹煮的炖菜,无论客人何时需要,都可即刻享用。还要有新鲜烤制的面包和巧克力慕斯当甜点。

格莱莉娅盘曲在小鸡的脚下。小鸡抱起她,挠挠她的小耳朵。然后,她们两个走回了石头大屋。

小鸡知道,她会想念他们的。是他们让石头大屋营业的第一周就如此成功。但她也在期待着新访客的到来。与新面孔一同到来的,也将有新烦恼、新挑战、新需求。她深深地吸了一口海洋上空的空气。她已准备就绪。

A WEEK IN WINTER BY MAEVE BINCHY
Copyright：©2012 BY MAEVE BINCHY
This edition arranged with CHRISTINE GREEN AUTHORS' AGENT
Through BIG APPLE AGENCY, INC., LABUAN, MALAYSIA.
Simplified Chinese edition copyright：
2019 ZHEJIANG LITERATURE AND ART PUBLISHING HOUSE
All rights reserved.
版权合同登记号：图字：11-2015-235号

图书在版编目（CIP）数据

奎妮小姐的石头大屋/（爱尔兰）梅芙·宾奇著；杨凌峰译. —杭州：浙江文艺出版社，2019.1（2024.3重印）
（梅芙·宾奇系列）
书名原文：A Week in Winter
ISBN 978-7-5339-5425-3

Ⅰ.①奎… Ⅱ.①梅… ②杨… Ⅲ.①长篇小说—爱尔兰—现代 Ⅳ.①I562.45

中国版本图书馆CIP数据核字（2018）第234627号

奎妮小姐的石头大屋
KUINI XIAOJIE DE SHITOU DAWU

作　　者：[爱尔兰] 梅芙·宾奇
译　　者：杨凌峰
责任编辑：关俊红
文字编辑：王莎惠
插画设计：安茂楠
封面设计：尚燕平

出版发行：浙江文艺出版社
地　　址：杭州市体育场路347号
网　　址：www.zjwycbs.cn
经　　销：浙江省新华书店集团有限公司
印　　刷：浙江海虹彩色印务有限公司
版　　次：2019年1月第1版　2024年3月第3次印刷
开　　本：880毫米×1230毫米　1/32
字　　数：290千字
印　　张：12.625
插　　页：5
书　　号：ISBN 978-7-5339-5425-3
定　　价：**58.00元**

（如有印、装质量问题，请寄承印单位调换）